남도
5

남도

정형남 장편소설

5 꽃의 눈물

애플북스

| 목차 |

제5부 꽃의 눈물

꽃의 눈물

개펄 내음

1

　금강산 관광선이 북으로 향하던 날, 백상은 집으로 돌아왔다. 표상이 긴히 의논할 일이 있다하여 진주를 다녀온 것이다. 그 동안 백상은 종부네의 병세가 심상치 않아 종부네를 간병하면서 고향의 바다 환경오염에 따른 생태계 보존에 앞장섰다. 종부네의 병근(病根)은 육이오전쟁 때 받았던 모진고통과 한스러운 어혈이 세월과 함께 진물로 번져난 것이리라. 그리고 바다의 오염은 축양장에서 정화되지 않은 유독물질과 미역, 다시마, 굴 양식의 밀식에 따른 조류(潮流)의 약화와 그 부산물의 침해, 그밖에 무분별한 생활 오폐수와 공업용 폐수에 의한 생태계 파괴가 그 원인이랄 수 있겠는데, 매년 되풀이 되는 적조현상이라든가, 어패류 폐사는 그저 흘려버릴 수도, 묵인할 수도 없는 심각한 지구상의 문제였다. 무엇보다 개펄이 죽어 가는 데서 그 심각성은 더하였다. 개펄의 정화 능력의 상실. 개펄은 거대한 지구상의 정화조인데 개펄이 죽어감에 따라 바다가 병들어 가고, 생태계가 파괴됨에랴.

　백상은 김정허를 비롯하여 선후배들이 손짓해 부르는데도 마음의 동요를 일으키지 않았다. 어머니에 대한 마지막일지도 모를 효심을 저버릴 수 없었다. 뒤돌아보면 아버지의 실체를 찾아 나선 그간의 행보와 민주화를 위한 실천행위는 한 알의 민들레 꽃씨로 만족하고 싶었다. 종부네는 백상의 변화에 긴가민가 안심이 되지 않는다는 듯 현재의 생활을 썩 달가워하지 않았다. 백상이 산천을 떠돌 때는 코뚜레를 지르듯 붙들어 매려고 하였고, 백상은 붙잡힐 때마다 뿌리치듯 종부네의 시야 밖을 벗어나 세상을 떠돌았다. 그런데 지금은 그게 아니었다. 세상을 떠돌지 않아도 되었고, 자기 안으로 똬리를 틀면서 자족하였다.

미풍에 잔디가 움 솟듯 세상사가 달라진 상황에서 백상의 안주는 또 다른 의미를 부여하였다. 무엇보다 발목을 채웠던 쇠고랑 같았던 연좌제에서 풀려나 행동의 자유를 얻었다. 헌데, 종부네가 보기에는 그게 이해가 되지 않았다. 아버지의 그림자를 면류관처럼 머리에 쓰고서 행동의 자유가 불편할 때는 발길 닿는 대로 내닫더니 조롱 속의 새가 새장이라는 굴레에서 벗어나듯 자유를 얻은 지금은 오히려 칩거를 하다시피 하다니. 더구나 백상과 함께 민주화를 위해 고생한 사람들은 나름대로 눈치껏 자기분야를 찾아가는데, 백상은 그 모든 유혹을 내치고 고향에 누질러 앉아 개펄이나 뒤집으며 생태계 운운하며 책상 앞에서 머리를 싸맸다. 종부네가 반기지 않는 이유가 거기에 있었다.

"소가 사람보다 먼저 삼팔선을 넘더니 금강산을 가는구나. 표상은 뭣 땜새 보자더냐?"

종부네는 앓아누운 채 금강산 관광선이 어둠을 헤쳐나가는 모습을 텔레비전을 통해 바라보며 물었다.

"저더러 사할린을 가지 않겠느냐고 묻더군요."

"뭐라고야?"

종부네는 텔레비전에서 눈을 떼며 영문을 몰라하였다.

"표상이 사할린에다 수산물 물류센터를 건설하는데 현장 실무를 좀 맡아 달라는 겁니다."

"표상이 그렇게나 발을 넓혔다냐?"

"어획량이 나날이 고갈되어 가는 관계로 그쪽에서 나는 어획물량을 국내로 들여온다는 것이지요."

"그런디 어째서 경험도 없는 너를 필요로 한다냐?"

"바다 깊이를 어느 정도 알거라고 생각한 나머지 표상으로서는 제가 믿을만하다 생각했겠지요."

나아가 그쪽에서 사할린으로 강제 이주한 우리 동포들의 실상을 제대로 알릴 수 있는 사람을 전제조건으로 내세웠다는 것이다. 일제 때 많은 동포들이 사할린으로 강제 이주, 생몰 되다시피 하였고, 소련 통치 아래에서도 핍박을 받았는데, 그 원혼들의 참상을 기록으로 남겨야겠다는 것이었다. 그런 점을 생각할 때 백상이 적임자로 떠올랐던 것이다. 그곳 동포 가운데 사학자 몇 분이 오래 전부터 일제와 소련통치 아래서의 만행과 생활상을 취합한 자료들이 있는데, 그러한 실상이 우리나라에는 잘 알려지지 않아 이번에 그 같은 소명의식이 첨부된 것이라고 하였다.

"인자 시상이 좋아졌는갑다. 니가 그런디를 갈 수 있고……."

종부네는 백상이 대륙을 넘나들 수 있다는데 세상의 변화를 새롭게 실감하였고, 한 가닥 희망을 가졌다. 탈북자들이 늘어나고, 금강산을 구경할 수 있는 오늘의 역사적 현실에서 혹시나 남편이 살아있을지도 모른다는 기대감을 가슴에 지니게 하였다.

"그런데 저보다 명상이 더 적임자일 것 같아 그렇게 말씀 드렸습니다."

"명상이를……?"

종부네는 뜻밖이라는 얼굴이었다.

"사업수완도 남다르고 현실적응이야, 명상이 낫지 싶어서요. 그곳 동포들의 묻혀진 참상과 생활상은 명상이 취합하여 제게 보내면 될거 구요."

"경제 환란인가 뭔가로 사업이 곤두박질쳐 위태위태 한다더니만 얼씨구, 시상 만났다 하것다. 내 말 듣고 고향에 누질러 있었더라면 지놈 신상 펴질 것인디, 명상이만 생각하면 여수 느그 외삼촌 꼴이 묻어나 마음 조마조마하다. 표상은 뭐라고 하디야?"

"좋다고 하였습니다. 명상에게 연락하였으니까 지금쯤 두 사람이 만났을지도 모르겠어요."

"니가 나 땜새 집에 있는 것은 고맙다마는 언제까지 백수로 지낼까 싶어 걱정이다."

"집에 있어도 걱정, 나가 있어도 근심이니 어머니 마음을 알다가도 모르겠습니다."

"남들은 어디 그러냐. 눈치껏 제 자리를 찾지 않더냐. 인자 시상에 나온 보람을 찾아야제."

"사람은 항상 먼 미래를 바라보아야지요. 소떼들이 판문점을 넘어 갈 줄 어느 누가 알았으며, 꿈에도 그리던 금강산 구경을 생각이나 했습니까."

"그렇긴 하다만, 그놈의 기다림에 간장이 문드러졌다."

종부네는 자탄 비슷한 한숨을 내쉬었다.

"이쪽으로 돌아누우세요. 안마를 해 드릴께요."

백상은 종부네의 어깨를 안마하였다. 몰라보게 야위었다.

"니 손은 어렸을 때 그 시원함을 하나도 잃지 않았다."

종부네는 엉뚱하다 싶은 백상의 행동이 손끝에서 느껴질 때마다 또 다른 탈출구를 모색하고 있지나 않는가 은근히 걱정스러웠다. 가면 어디로 가려는가? 사할린도 마다하고, 머리 희끗한 그 나이에 갈 곳이 어디인가.

"이천네 어멈을 비롯하여 큰어머니까지 돌아가시고 때때로 말동무가 없어 마음 적적하지요?"

뭐니 뭐니 해도 도암네의 죽음은 종부네에게 큰 충격이었을 것이다. 한 많은 세월을 서로 부둥켜안고 살아오지 않았는가.

"인간사가 다 그렇지야. 느그 작은 어머니가 있어 그래도 마음 든든하다. 그 뭐냐. 한참 오래 됐다만, 만남의 광장인가에서 느그 아부지를 찾는 사람이 명상이 말고 다른 사람이었다면서야?"

종부네는 총임 좋게도 아슴하게 집혀난다는 듯 짐짓 물었다.

"기억력도 좋으십니다."

"명상이 명절 때 내려와서 무슨 이야그 끝에 안 그러더냐."

"누구일거라고 짐작하세요?"

"금메다. 친구인 오강윤인가 하는 분은 아닌 것 같고, 내 골똘히 곱씹어 보았다. 구름안개 속을 헤매 듯하는 가운데 혹시나 하는 마음으로 부산의 그 여자를 의심해 보았다. 니 생각은 어떠냐?"

"부산의 그 여자라니요?"

"느그 아부지가 일본 유학길에 오를 때마다 들렀던 여자 말이다. 여자의 직감으로 볼 때 느그 아부지는 그 여자를 가슴에 지녔다."

"저도 어느 정도 그렇게 짐작은 했습니다만, 아직은 심증뿐입니다."

"그러게 말이다. 내 한번 만나보고 싶다만 그게 가능할까 모르겠다."

백상은 종부네의 한숨 섞어 하는 말에 안마하던 손길을 멈추었다. 그날, 만남의 광장에서 사선대 그녀를 뜻밖에 만나 돌아 나오다 한민서를 찾는다는 전단을 보는 순간 명상에게 달려갔다. 명상은 그런 사실이 없다고 의아해 하였다. 누구일까? 백상은 몇 날을 뒤척이다가 비 내린 뒷날 만남의 광장에 다시 나왔다. 비에 젖어 찢겨지고 망가진 이름들을 다시금 써 붙이고 있었다. 한민서를 찾는다는 또박한 글씨가 비에 젖어 망가진 위에 새롭게 붙여져 있었다. 백상은 그 주인공을 찾아보았으나 가슴만 애달팠다. 종부네의 짐작처럼 한민서를 사랑하였던 부산의 그 여자가 아닐까 어림짐작하였으나 뚜렷이 단정 지을 수 없었다. 오강윤도 심증은 가지만 확인할 길이 없다는 것이었다. 그렇다면 그녀는 아직도 한민서를 가슴에 지니고 있는 걸까? 희망이 없다면 기다림은 막연하고 무의미한 것이다. 그녀는 희망의 불씨를 안고 오늘을 기다림으로 지새우는 건가?

"언젠가는 모습을 드러내것지야. 어쩌면 느그 아부지에 대한 열쇠를 쥐고 있는지도 모르겠고……."

"열쇠를 지니고 있다면 굳이 공개적으로 찾을 게 있겠습니까."

"그 말도 맞다만, 열쇠만 있고 자물쇠통은 행방불명이 됐다면, 그 자물쇠통을 공개적으로라도 찾아야지야. 기다림의 세월이 그간 얼마냐. 자지러질 만도 하제."

종부네는 상사로 문드러진 그 마음을 동병상련으로 받아들였다. 열쇠는 품에 지니고 있는데 자물쇠통은 소재를 알지 못한다? 백상은 또 하나의 수수께끼를 안을 수밖에 없었다. 그녀를 어떻게 찾는다는 건가? 분명 이 땅의 하늘 아래 숨 쉬고 있을 것인데 찾을 길이 막연하였다. 지난번 한옥서의 약혼녀를 찾는 것도 결국은 물안개 속으로 잦아지지 않았는가. 하기야, 이 땅을 다 뒤진다면 못 찾을 것도 없을 터였다. 백상은 종부네가 담배를 피워 무는 것을 보고 대문을 나섰다. 바닷가로 나갔다. 종부네는 백상이 바다에 나가 무엇을 하는지 신경을 쓰지 않았다. 바다의 품에 안겨 자신의 존재를 확인하는 그 진지한 모습에서 내 곁에 있구나, 가슴에 맺힌 한숨을 묻어냈다.

백상은 썰물로 드러난 개펄을 뒤집었다. 어린 시절 개펄에 누우면 참으로 부드럽고 찰졌는데, 지금의 개펄은 시멘트를 이겨놓은 것처럼 부드럽지도, 찰떡처럼 찰지지도 않았다. 그리고 그 속에서 살아 숨 쉬고 있는 갯지렁이는 병든 수숫대처럼 비쩍 말랐고, 조개는 산마루턱을 휘도는 노인네 마냥 입을 벌리고 있었다. 아직은 적조현상이 이곳까지 미치지 않았다고는 하나 내일이 문제였다. 그 위에 갯진죽은 뿌리 채 소멸되어 고기들이 알을 낳을 서식지를 앗아 버렸다.

"이 사람아, 갯벌을 주무른다고 병든 바다가 소생될 것 같은가?"

재문이 바다에서 돌아오면서 한마디 하였다. 재문은 이즈음 힘든 바다 일보다 버려진 밭에다 섬에서 자생하는 약초를 재배하는데 힘을 쏟았다. 백상이 거기에 남은 힘을 기울여 보라고 하였을 때, 재문은 다소 회의적이더니 한의대와 연결을 지어주자 쏠쏠한 재미를 붙였다. 그러자 사촌형인 석재도 백상의 조언을 받아 묵혔던 시제답을 갈아 업고 부업 삼아 약초와 유실수를 심기 시작하였다.

"바다는 웬일로 나간 게요?"

"술안주가 생각나 낚시를 나갔더니 시간만 허비하였네."

재문은 허탈하게 웃으며 빈 고기 꼬치를 들어 보였다. 문저리 두어 마리가 버둥거렸다. 백상은 재문이 타고 온 배를 빌어 타고 섬을 돌아보았다. 후박나무 군락지는 잔잔한 파도가 자갈밭을 아울렀다. 너무나 평화로운 전경이었다. 섬사람들은 난데없는 도깨비들이 밤마다 나타난다고 하였다. 아무래도 지각없는 피서객들이 내버린 오물들이 악취를 풍겨 후박나무에 깃든 신령들이 밤을 제대로 못 자는가 싶었다. 백상은 후박나무 군락지 자갈밭을 걸었다. 아름드리나무가 뿌리도 억세게 하늘을 받들고 있었다. 신과의 가교. 신이 내리는 나무들은 피서객들이 버리고 간 쓰레기며, 오물이며, 심지어는 아무 곳에나 배설한 똥오줌으로 코를 싸쥐게 하였다.

망여섬은 옛 정취는 간 곳 없고 죽은 들짐승 위에 새까맣게 내려앉은 독수리 떼처럼 들어선 가두리 양식장들이 섬의 실체마저 뭉개버렸다. 빽빽하게 들어선 미역양식이며, 굴양식으로 물길이 제대로 감돌아 흐르지 않는데도 바다는 속으로 앓으면서도 겉으로는 청정하였다. 인근에서 일어나는 적조현상이 아직은 넘나들지 않는다지만 앓아눕는 바다였다. 해수욕장도 하얀 파도에 떠밀린 쓰레기더미들로 들어차 이러다가는 섬 전체가 인간들의 쓰레기장으로 변할까 염려되었다. 백상은 섬을 한 바퀴 둘러보고 선창에 배를 댔다. 장 목수가 톱날을 켜고 망치질을 하던 집터는 흔적도 없이 사라졌다. 새삼 장 목수의 덥수룩한 구레나룻을 떠올렸다. 어디 장 목수 뿐이랴. 밤생이 당숙, 성두 아제, 등등 한 시절을 살다간 영혼들이 이제는 땅속에 묻혀 잊혀짐에랴.

"방금 표상에게서 전화가 왔는디, 명상이 사할린에 가기로 했다 하더라. 그리고 뭐시냐. 오강윤 선상님이 전시회를 한다든가……."

"전시회요? 가봐야지요."

백상은 어머니의 말에 간단스레 대답하고 명상에게 전화를 걸었다. 명상은 들뜬 기분이었다. 갑작스러운 일이어서 출국수속이야, 바쁜 관계로 집에 내려가지 못하고 곧바로 출국할 수밖에 없겠다고 하였다.

"다녀와서 어머니도 뵙고 보고를 드릴께요."

명상의 목소리는 기대감으로 부풀어 있었다. 종부네의 말처럼 경제 환란으로 타격이 큰 만큼 새로운 활력소를 불어 넣어줄 출구일 터였다.

2

　백상은 오강윤 선생의 전시회 날짜에 맞추어 길 떠날 준비를 하였다. 종부네의 병세가 염려되었으나 오강윤 선생의 팔순을 맞아 제자들이 힘을 모은 전시회를 모른 체 할 수 없었다.

　"내 걱정은 말고 넉넉하게 인사를 드리고 오너라."

　종부네는 뒤돌아보는 백상의 등을 떠밀었다.

　"건강이 회복되어 어머니도 금강산을 구경 하셔야지요."

　"난, 배타고 금강산 구경은 안 할란다. 삼팔선을 가로지른 육로가 트이면 모를까. 그때는 통일된 기분으로 두만강 끝까지 구석구석 댕기면서 느그 아부지의 그림자를 찾아볼란다."

　"어머니답습니다."

　백상은 가슴이 찡하였다. 몽매에도 그리는 지아비는 어디에 있는가. 살았는가, 죽었는가?

　"남북이산가족 상봉 신청도 우리는 안된담시러야? 금방이라도 통일이 될 것 같이 들떠 있다만 그것도 아닌 것 같고, 이왕 기다린 것 쪼깐 더 참고 기다릴 수밖에……."

　종부네는 남북이산가족 상봉 면회 신청에서 제외될 수밖에 없다는 말을 듣는 순간 섭섭한 정도가 아니었다. 백상은 종부네의 다짐에서 서리 내린 소나무를 연상하며 집을 나섰다. 마산에 도착하였을 때는 시간적인 여유가 있었다. 민주화의 성지라 할 수 있는 마산은 어딘지 모르게 빛바랜 영상처럼 가슴에 다가왔다. 그나마 오강윤 선생과의 끈끈한 유대감과 존경심은 얼룩진 세월을 우람한 비문처럼 각인시켰다. 시내를 돌아보고 전시장을 들어섰다. 뜻밖에도 김정허와 윤사암을 비롯하여 몇몇 인사들이 서울에서 내려왔다. 사선대의 그녀도 그 곳에 섞여 있었다. 전국 어디를 가나 사선대(四仙臺)라는 간판을 머리에 이고 다녔던 그녀는 인사동에 생활터전을 마련하면서 김정허와 윤사암을 비롯하여 민주투사들의 뒷바라지를 마다하지 않았다. 만남의 광장에서 그녀를 만났을 때 살아 숨 쉬는 토우를 보여주겠다고 하였는데, 백상은 그보다 명상을 먼저 만나야겠다는 바쁜 마음으로 뒤로 미루었다. 그리고 오늘에 이르기까지 숙제로 남아 있었다. 윤사암은 세월과 함께 원숙함이 흐르고 있었다. 그림 또한 투쟁적이고 구호적인 메시지 성향에서 벗어나 묵시적인 열린 공간과 통일을 염원하는 평화의 기원이 서려 있었다. 세월의 간극을 실감할 수 있었다.

"자네에게서 갯내음이 물씬 나는군."

김정허는 백상의 어깨를 정답게 껴안았다. 기다림의 미학을 삶의 한 축으로 지탱하면서 숱한 인고의 세월을 씹어 삼킨 민주투사. 반백의 머리칼은 그 인고의 세월을 고스란히 이고 있었다. 민주화를 위한 한 시절을 어떻게 보냈는가? 그 과정에서 집단이기와 파쟁의식으로 실망과 시행착오도 뒤따랐지만 드높은 민중의 함성은 기다림의 인고를 값지게 하였다. 그리고 오늘에 이르렀다.

"선배님께서도 열린 공간으로 나가셔야지요."

"감옥에서 얻은 지병이 열린 공간을 마음속에 가두는구만. 시대의 상징물로 만족하는 것도 좋은 일이지 않겠는가."

김정허는 몇 번의 투옥생활에서 훈장처럼 얻은 당뇨병과 관절염으로 고생하고 있었다.

"금강산은 가실 거죠?"

대화가 자연스레 거기에 이르자 백상은 장난스럽게 물었다.

"나는 관광객이 아닐세. 더 기다려야겠지. 길은 열리게 되어 있고, 나는 그 길을 따라 하나가 되는 세상을 구현하기 위한 디딤돌이 되겠네."

"언제까지 기다림이 지속될까요?"

"대를 물려받을 수도 있겠지. 우리의 노력이 얼마냐에 따라 다르겠지만."

백상은 김정허의 그 말에서 집을 떠나올 때 종부네의 말을 떠올렸다.

"바다에 마냥 묻혀 지낼 작정이신가요?"

사선대의 그녀가 가만히 물었다. 그 눈빛이 무언가 간절함을 담고 있었다.

"제가 위치한 곳이 세상의 중심축이자 시발점이 아니겠어요?"

"맞는 말이야. 바다 밑바닥에는 삶의 애환이 가라앉아 있지. 자네를 두고 친구들이 은둔자연한다고 하는데 나는 자네를 헤아리네. 바다야 말로 장차 올 진인(眞人), 즉 혁세주가 용오름할 광장 아닌가."

김정허는 귀 밝게 곁에서 듣고 한술 더 떴다.

"사선대는 개인적인 소망을 안고 있는데요."

윤사암은 짓궂은 얼굴로 빙글 웃음을 지었다.

"저는 아직도 희망을 버리지 않고 있어요."

"그건 무슨 종류의 사랑이오?"

"저도 잘 모르겠어요. 하지만 백상씨가 성장을 거듭하는 살아 숨 쉬는 토우를 보게 되면 마음의 변화를 일으킬 거예요."

"무슨 화두요?"

윤사암은 재미있다는 듯 여전히 짓궂은 얼굴이었다.

"직접 눈으로 보셔야 해요."

그녀는 더 이상의 말을 삼갔다.

"분명 실체가 있다? 거, 아리숭하군."

김정허는 무심의 화신으로 비쳐지는 백상의 마음을 언제까지 붙들고 있는 그녀에게서 또 다른 기다림의 미학을 엿보았다. 한 세대가 끝나고, 새로운 세기가 시작되는 지표 위에서 우리에게 내려진 과제는 열린 세계로 나아가는 의식구조와 변혁운동이 요구되는 시기요, 자연과 하나가 되는 인류애와 통일은 전설이 아니다. 지상의 과제로 우리에게 다가오고 있다. 거기에 편승한 백상의 의지와 삶의 무게는 침묵으로 일관한 은둔일 수 없을 터였다. 고요한 침묵은 곧 바람을 일구는 시원이지 않는가. 사선대의 그녀는 백상의 그 같은 고집스러움을 다시 한 번 확인하는 가운데 자신을 다져 넣고 있다. 그녀가 던진 사랑의 징표요, 화두. 언젠가는 백상의 굳건하고도 차가운 빙벽을 깨뜨리고서 그녀만이 지니고 있는 사랑의 뿌리를 내릴 것인가?

전시회의 개회를 알리는 사회자의 말에 대화는 물밑으로 가라앉았다. 모두가 귀를 기울이는 가운데 축사가 이어졌다. 서울에서 내려온 인사들을 대신하여 김정허의 축사가 시작될 무렵 여산 스님이 나타났다. 표상의 안내로 전시장에 들어선 여산 스님은 만행이라도 떠나려는 차림이었다.

"멀리 여행이라도 떠나십니까?"

"자네가 보낸 장문의 편지를 받고 공감한 바가 있어 강원도 오지로 들어가기로 하였네."

"지리산은 어쩌구요?"

"지리산 토굴은 무연 스님에게 맡겼네. 우리 두 사람, 이제 세상을 버릴 연륜에 이르지 않았는가. 자네가 말한 고향이라는 게 우주공간의 시원 아니겠는가. 더구나 자네들과 함께 어두운 한 시대를 보냈던 사람들더러는 아직도 초발심 그대로 오늘의 미래를 가꾸고 염원한다는 걸세."

"더없이 고지식한지도 모르지요."

"사람이 살다간 자리는 흔적도 없는데 다들 부질없는 허욕을 앞세워 무언가를 남기려고 하네."

"세상에 태어난 자체가 과보 아닙니까?"

"그래서 욕심을 덜어야 하네. 세상이 공해로 꽉 들어차 있어. 정화가 필요한 세상이야."

"아무튼, 스님께서 자연과 함께 하신다니 이보다 더 기쁠 수가 없습니다."

백상은 여산 스님의 단식(斷食)과도 같은 행동의지에 마음 뿌듯하였다. 법랍이 그 정도면 대체로 그 짐스러운 법랍을 앞세우고서 한껏 자신을 부풀릴 법한데, 그 나이에 초발심을 버리지 않고 수도생활과 환경운동을 병행하다니, 존경스럽기만 하였다.

"스님께서 찾아 주시고, 이 나이에 쑥스럽기도 하고, 하여간 고맙습니다."

식이 끝나고 각자 담소를 즐기며 작품을 감상하는 동안 오강윤 선생은 여산 스님을 진심으로 환대하였다.

"소승이 감사해야지요. 예술혼이 점점 세속에 물들어 잡동사니가 되어 가는데 정말 품격이 높습니다."

여산 스님은 작품을 꼼꼼히 감상하였다. 오강윤 선생은 여산 스님이 작품을 감상하는 동안 백상을 한쪽 구석으로 잡아끌었다.

"일본과 중국 삼국 교류전이 열려 일본에 갔다가 뜻하지 않게 아주 귀중한 사람을 만났네."

"저와 관계가 있습니까?"

"그래서 말하는 것 아닌가. 자네 아버지와 교분이 두터웠던 다나까 교장을 기억하는가?"

"어머님과 표상으로부터 들어 알고 있습니다."

백상은 흘깃 여산 스님을 눈으로 찾았다. 여산 스님의 어머니가 다나까 교장의 수발을 든 죄로 섬사람들에게 봉변을 당한 끝에 아버지의 도움으로 표상 동네로 피신해 가지 않았는가.

"다나까 교장의 아들이 공교롭게도 교류전에 참석하였더군. 무슨 이야기 끝에 자네 아버지에 대한 말이 오고 갔네."

"선생님께서도 다나까 교장을 알고 있었습니까?"

"나는 뵌 적이 없었네만 자네 아버지로부터 그 분의 인품에 대해 들었지. 예사 일본인과는 달랐다고 하더군. 그런데 다나까 교장의 아들로부터 충격적인 사실을 들은 거야."

"혹시……?"

백상은 순간 긴장하였다.

"자네 아버지가 밀항선을 타고 다나까 교장에게 왔더라는 거야. 사할린과 마주보는 북해도 한적한 바닷가에 숨어 지낼 수 있도록 다나까 교장이 거처를 마련해 주었는데, 다나까 교장이 돌아가시고 그 아들이 그쪽에 볼일이 있어 갔다가 들렀더니 종적이 묘연하더라네. 여러 정황으로 미루어 보아 사할린으로 건너갔을 거라고 하더군."

"그럼, 어떤 경로로 밀항선을 타고 다나까 교장을 찾아갔을까요?"

백상은 두 손을 빠지직 움켜쥐었다. 손바닥에 땀이 배어났다.

"내가 생각하기로는 그 사람이 밀항선을 주선하지 않았나 짐작하네."

"부산의 그 여자 말인가요?"

백상은 만남의 광장에서 한민서를 찾는다는 그 의문의 주인공을 떠올렸다.

"자네도 그 실체를 알고 있었는가? 나로서는 더 이상의 해답이 나오지 않거든."

오강윤은 단정적으로 말하였다.

"살아있을 가능성을 가져야겠군요."

백상은 의외로 마음이 착 가라앉았다. 만남의 광장에서 맛보았던 흥분된 감정과는 사뭇 달랐다. 여기까지 와서 뜻밖에도 가느다란 실타래를 거머쥐었는데 흥분이 가라앉다니. 그와 함께 명상을 대신 사할린에 보낸 것을 후회하였다. 아니다. 내일이라도 당장 달려가자.

"자네, 너무 충격이 큰 건가?"

"큰 정도가 아닙니다."

"사할린을 가보게."

"동생이 이미 가 있습니다."

"무슨 일로? 이런 사실을 알고 있었단 말인가?"

이번에는 오강윤이 놀랐다.

"표상이 그곳에 수산물 물류센터를 세울 요량으로 동생을 현지 파견하였습니다."

"그것 잘 되었군. 동생에게 연락하게나."

"그래야겠습니다."

"나도 자네 못지않게 마음이 울렁거리네."

오강윤은 다른 축하객들이 인사를 하자 잠시 자리를 떴다. 백상은 마음을 진정시킬 수가 없었다.

"오선생님과 무슨 이야기를 나누었기에 얼굴이 창백하지?"

표상이 다가서며 농담 섞어 말하였다.

"제가 사할린을 가는 건데 그랬습니다."

"지금이라도 간다면 붙들어 매지 않겠네. 심각한 뭔가가 있는 겐가?"

"드디어 미로를 헤쳐 나왔습니다."

"무슨 미로?"

"아버지의 실체를 찾았어요."

"정말인가?"

표상의 목소리에 주위사람들이 돌아보았다.

"확인이 필요해요."

"그렇다면 함께 가자꾸나."

표상은 백상의 두 어깨를 감싸 안았다. 전시장을 둘러보는 백상의 마음은 이미 사할린으로 달려가고 있었다. 어쩌면 한옥서의 약혼녀가 자식의 유학을 이유로 남편과 함께 소리없이 일본으로 떠난 것도 오강윤이 말한 아버지의 실체와 무관하지 않았는지 모른다. 너무나 앞지른 비약이고 상상인지는 몰라도. 따로 마련한 뒤풀이 마당도 어떻게 돌아가는지 마음은 따로 놀았다.

"갑자기 왜 그러세요?"

사선대가 백상을 돌아보았다.

"오강윤 선생님의 붓끝에서 한 세기가 맺혀나는 것 같아서요."

"아버지 친구 분이라서 그런 감회가 들겠어요."

그녀는 짐짓 둘러댄다는 것을 알면서도 더 이상 묻지 않았다.

"우리 이왕 내려온 김에 자네 집을 방문하기로 하였네."

윤사암이 그 동안 숙덕공론을 하였다는 듯이 술잔을 건넸다.

"내 어이 타박할 수 있겠나. 두 손 들어 환영하지."

백상은 그들의 우정이 고마웠다. 닳아지고 문드러지지 않은 우정들이 백발을 이고 있다. 김정허 말처럼 멀리 떨어져 있기에 잠깐이나마 외로움을 부시어 줄 모양이었다.

3

다음날, 백상은 김정허를 비롯하여 서울에서 내려온 벗들과 진주에 들렀다가 집으로 향하였다. 가는 길에 진주에서 식사를 대접해 보내겠다는 표상의 뜻을 외면할 수가 없었다. 여산 스님도 표상의 마음을 뿌리치지 못하였다.

"표상께서 내 손님들을 대신 접대하는구려."

오강윤 선생은 지그시 연륜을 깨물며 흡족해 하였다. 백상으로 하여 그들을 알게 되었지만 한결같이 믿음이 가는 사람들이었다. 표상은 성의를 다해 식사를 접대하였다. 접대를 받고 백상은 여산 스님과 헤어졌다.

"서로의 애로사항을 자주 연락하세나."

"애로사항이야 제가 더 많겠지요."

"저희들도 자연에 대한 법문을 들으러 가겠습니다."

"아니지요. 제가 여러분들을 종종 초대해야지요."

여산 스님은 솜털구름 같은 웃음을 머금었다. 여산 스님과 헤어진 일행은 다산 유배지며, 청자 도요지를 구경하고 도선에 올라 저녁노을이 물드는 바다를 가로질렀다.

"정말 한 폭의 그림이에요. 강릉 바다와는 색다른 아름다움이에요."

"청정해역으로서 마지막 보루인도 모르지. 백상이 고향 바다를 사랑하고 지키려는 이유를 비로소 알 것 같아."

사선대의 감탄사에 김정허는 바다 깊이를 자맥질하였다.

"시간 나는 대로 이곳에 내려와 캔버스에 빚어 넣겠어. 요즘은 전혀 붓을 들 수 없었는데 가슴속에서 무언가가 솟구치는구려."

"언제라도 내려오게."

백상은 윤사암의 말에서 그저 스쳐 지나치는 감탄사가 아니라는 것을 느꼈다. 김정허의 일행은 한 사흘 머물다 올라갔다. 종부네의 지병 때문에 더 붙들 수도 없었다. 청정해역의 진수를 구경하고 간다는 윤사암의 너스레가 아니더라도 그들은 바다 깊이를 하늘 높이로 새겼다.

"함께 온 여자 말이다. 무언가 한가닥 비밀을 안고 있더구나. 너와 관련이 있는지 모르겠다만. 그리고 그림 그리는 니 친구, 자주 올 거라고 하더라."

종부네는 손님들을 보내고 나서 뒷물을 부시는 모습으로 자리에 누웠다.

"마음처럼 쉽게 시간이 나겠어요? 그보다 표상과 함께 사할린을 다녀와야겠습니다."

백상은 웃음을 거두며 진지하게 말하였다.

"사할린이라고 했냐? 명상이 혼자서는 벅차다고 하디야?"

"제가 가야 할 일이 있어서요."

백상은 되도록 종부네에게 충격을 주지 않기로 하였다. 병세가 점점 기우는 상태에서 어떤 종류의 충격을 받을지 염려되었다.

"그녀러 족신통이 또 도진 게로구나. 어째 많이 참는다고 생각했다."

종부네는 끙 소리를 내며 돌아누웠다. 백상은 표상과 전화 연락으로 출국준비를 하였다. 그러나 그 기대감과 희망은 종부네의 죽음으로 뒷전으로 밀려났다. 예감은 하고 있었지만 생각보다 강파르게 숨을 거두었다. 백상의 슬픔은 이루 말할 수 없었다. 세상이 하얗게 내려앉았다. 허어, 자네가 결국 어머님을 임종하였네. 재문의 그 말이 허공을 맴돌다 혼불이 되어 큰밭재 선산 아래에 이르렀다.

반쪽 옥편

1

　죽은 자만이 말없는 침묵 속에서 진정한 인간의 숨결소리를 간직하고 있다. 그 말이 화두로 떠오르면서, 스산한 가을 달빛 아래 밟히는 은행잎처럼 발길에 채인다. 인간이 태어나 가는 곳이 어디인가? 가는 방향과 목적지는 분명하고 진실로 뚜렷하며, 거부할 수 없는 가늠자로 한 치의 오차도 없는데, 삶의 여정은 거기에 대한 해답을 물안개 속에 놓이게 한다. 알듯하면서도 도무지 휘어잡을 수 없어 묘연하기만 하다.
　어머니의 일 년 상을 치르고 집을 떠날 때와는 달리 아무런 소득 없이 사할린에서 돌아온 백상은 그 미묘한 삶의 실체가 그저 아득한 세월 너머의 망망대해처럼 여겨졌다. 어떻게 가늠하고 재단해야 할까? 한 인간의 삶의 궤적을 명상에게 맡기고 돌아왔을 때, 산상에 쌓인 눈처럼 새하얗게 빛바랜 머릿결을 이고서 외로운 모습으로 집을 지키고 있는 어머니의 영정 앞에서, 아득한 세월 너머의 삶의 여정을 눈시울 짓무르게 실감하였다. 집을 아주 잊어뿐 줄 알았다. 세월의 무게에 짓눌려 삭아버린 영상 속에서 울려나오는 어머니의 한마디는 마음을 처연하게 비질하였다. 하필이면 비가 짓궂게도 온다. 뒤따라오는 그 말이 아니더라도 사무치게 도배질한 감정은 이미 비에 흠뻑 젖어 있었다.

그래, 모두들 동토라고 하는 사할린에서 그 많은 날 무엇을 보았느냐? 비에 젖은 옷을 갈아입고 어머니의 영정 앞에 향을 피워 올리고 다시금 다가앉았을 때, 백상을 가만한 눈길로 내려다보며 비로소 정색을 하였다. 오리무중 갈증만 느꼈습니다. 백상은 무연한 눈길로 대답하였다. 짐작은 했다. 처음부터 기대치는 무리였느니라. 명상은 어쩌고롬 지내디야? 잘 적응하고 있더군요. 백상은 스산한 구름장이 넘어오는 앞산을 바라보았다. 다행이다. 헌디, 너무 멀구나. 어머니는 아슴한 눈길을 주었다. 요즘은 교통이 편리해서 언제든지 왕래가 자유롭습니다. 백상의 말속에는 변명 비슷한 무엇이 실려 있었다. 허면, 아직도 미련을 버리지 못하고 사할린을 드나들 것이냐? 당분간 명상더러 알아보라고 하였습니다. 한번 움직이기가 어디 그리 쉽습니까. 인자, 지발 그녀러 미련일랑 버리거라. 그렇다고 세월 너머로 묻힌 사람이 살아 돌아오것냐. 죽은 넋이 부활이라도 하것냐. 어머니는 삭을 대로 삭은 형상이 전설의 창살에 비치는 등잔불처럼 눈앞에 어른거린다는 표정이었다. 저 가슴속에는 아직도 콧날이 선명한 남편의 영상이 천년 옹이와도 같이 박혀 있는데, 눈앞에 떠오르는 기억의 실체는 망각 너머 치막한 안개에 가리어진 것인가. 저도 체념 단계에 이른 듯합니다. 왜, 아니냐. 지칠 법도 하지야. 부질없는 시간 낭비다. 어머니는 지나온 세월을 잘근 짓씹었다.

친정이 쩌렁 울리는 부잣집이었으나 여자라는 이유로 공부를 시키지 않았다. 오빠를 따라 서당에 앉아 있노라면 할머니가 내달려와 머리 끄덩이를 잡아끌었다. 부모의 강권으로 일본 유학 물을 먹은 남편에게 시집을 간 것이 불행의 시초였다. 애정 없는 시집살이 속에서 자식을 낳게 된 것은 조상이 가엾이 여긴 탓이었다. 해방공간과 육이오전쟁. 전쟁이데올로기의 희생양이 된 남편은 한평생 돌아오지 않았다. 감시와 고문. 그 수난 속에서 기다림으로 지새운 한 많은 세월……

　세월의 무게가 가슴을 짓누를수록 체념의 한계는 뚜렷한 울타리를 드리우는 법. 어찌 생각하면 세월이란 놈은 마술의 습성을 지니고서 사람을 눈속임하는지도 몰랐다. 하마 올해는 기대와 변화가 올 것인가, 설레는 가슴속에 한 가닥 기대치를 베어 물게 하는가 하면, 번번이 부푼 꿈을 스러들게 하였다. 처음부터 희망을 지니지도, 바라지도 않았으나, 혹시나 하는 마음은 세월이 거듭할수록 허탈한 실망감과 회한으로 들어차게 하였다. 나에게 남편의 존재는 무엇인가? 청상의 한을 똬리로 서리게 한 존재의 근원은 어디인가? 어머니는 아직도 그 의문부호를 지그시 누르고 있었다.

　　2

　오강윤 선생의 사망 소식은 구르는 세월의 빛더미 위에서 자연스러운 현상이랄 수 있겠으나, 백상으로서는 충격이 아닐 수 없었다. 본래 가고 옴이 없는 게 삶의 여정이라지만, 한 인간의 운명을 붙들 수 없는 게 현실이고 보면 가슴이 아팠다. 새해 인사를 드렸을 때만해도 전류를 타고 들려온 목소리는 비교적 건강하였다. 이렇게 한 세대가 가는구나! 백상은 마음 한 구석이 통증과도 같은 아릿한 회한으로 짓눌렸다. 일본 유학시절 아버지와 맺어진 끈끈한 우정은 시절을 뛰어넘어 스승의 윗자리를 차지하기도 하였고, 때로는 부성애를 느끼게 하였다. 어여, 문상을 가그라. 어머니의 침중한 무언의 재촉에 떠밀리듯 집을 나섰다.

　섬과 섬을 이은 연륙교는 백척간두에서 침묵을 드리운 선승(禪僧)처럼 다가왔다. 내려다보는 아슴한 바닷물은 파도를 일으키며 동서로 흘렀다. 민초들의 애환과 땀 배인 숨결로 얼룩진 고해의 바다. 그 위를 오작교를 놓듯 다리를 놓았다. 섬을 건너뛰어 탐진강을 거슬러 휘돌아 오르는 길은 청잣빛으로 물들어 언제보아도 아릿한 정감을 물안개로 지펴 오르게 하였다. 한가하게 돛폭에 바람을 실은 옹기배며 크고 작은 어선들은 어디로 갔는가. 문득 다산(茶山)의 절절한 한수의 시가 바람결로 묻어났다.

강진을 지나고부터 도로는 한적하였다. 그러고 보니 참 오랜만에 바깥 나들이였다. 어쩌면 잊힌 존재처럼 살고 싶었는지도 몰랐다. 마지막 기대를 안고 아버지의 실체를 확인하기 위해 사할린을 갔다가 허탈감만 안고 돌아온 뒤로 자신도 모르게 점점 세속과는 멀어지고 싶었다. 스스로 탱자나무 울타리를 치고자 하였다. 어쩌면 나이테처럼 가슴에 새겨진 세월의 무늬살이 무게를 더하면서 무언가 가슴에 들어찬 것들을 하나씩 비워내고 싶었는지 몰랐다. 젊은 날, 배낭 하나 달랑 걸머메고 아버지의 실체를 찾기 위해 산천을 떠돌았던 울분과 회한은 어디로 갔는가? 연륜은 그 모든 것을 곰삭혀 버렸는가.

백상은 새삼 세월의 나이테에 새겨진 회한과 절망의 인자를 민들레 홀씨처럼 차창에 흩뿌렸다. 따지고 보면 가슴에 문신처럼 새겨진 삶의 뒤안길을 빗김처럼 새겨진 가늠자로 재단할 수는 없었다. 과거를 뒤돌아볼수록 치막한 안개가 가로막혀 망각의 늪을 설정하였다. 앞으로 내달려온 만큼 지난날은 부스러지고 퇴색하여 진정한 자기 모습을 자아낼 수 없었다. 그리고 어느 사이에 죽음의 문턱에 이르러 모든 것을 눈감아 버린다.

전쟁이데올로기의 희생양으로 행방불명이 되어버린 아버지로 하여 본의 아니게 연좌제라는 가시관을 쓰고서 얼마나 방황하였던가. 그 모든 것에서 놓여났다고는 하나, 아직도 방황의 끝자락을 거머쥐고서 한 떨기 꽃처럼 그 상혼(傷魂)의 잔재 속에서 아버지의 실체를 확인하려고 하다니. 자신이 뒤돌아보아도 너무나 질기고 몽유병자와도 같은 집착이 아닌가? 그래서 놓여나고 싶었고, 은둔자연한 침묵의 공간을 둘러쓰고서 가벼운 마음이 되고 싶은지도 몰랐다.

오강윤 선생은 지난날을 어떻게 갈무리 하였을까? 붓 끝에 과거와 현재와 미래를 찍어 바른 꿋꿋한 기상. 모르긴 몰라도 오강윤 선생은 마지막 한 획 속에 살아온 여정을 담아냈으리라. 차는 어느 사이 섬진강을 건너뛰었다. 무언가 공기가 달랐다. 남도의 투박한 육자배기 음향과 경상도 메나리조의 마디진 단절음이 뒤섞여 강바람을 일으켰다. 백상은 진주에서 내렸다. 표상으로부터 부고를 받았는지라, 혹시나 하고 전화를 걸었더니 이미 통영에 내려가 있었다. 아직도 애잔하게 흐르는 남강 아래 논개의 넋이 서려있는 진주를 뒤로 하고 통영으로 향하였다.

통영은 여전히 정겨움을 주었다. 달빛 그림자처럼 바다에 떠있는 항구. 백상은 오강윤 선생의 빈소를 찾아들었다. 많은 문상객들이 고인의 명복을 빌었다. 표상은 백상을 먼저 발견하고 반겼다. 나이답지 않게 몸집만큼이나 얼굴이 팽팽하였다. 십대 홍안의 나이 적에 사상이 불온하다는 이유로 일본경찰에 쫓겨 한민서의 집에 숨어 지내며 가르침을 받았던 그 인연은 백상에게 고스란히 전이되어 오늘에 이르렀다.

"반갑구나. 생각보다 빨리 왔다."

"연륙교가 놓여서요. 도로도 한산하고요."

"분향부터 하거라."

백상은 표상의 말을 좇아 고인의 명복을 빌었다. 이로써 아버지의 세대는 갔구나! 아버지의 영상과 우정을 가슴에 지니고 있었던 마지막 친구. 백상은 자신도 모르게 슬픔이 북받쳐 올랐다. 처음 찾아뵈었을 때,

착잡한 눈빛으로 아버지와의 우정을 떠들리던 그 모습. 전쟁이 끝날 즈음이었지. 자네 아버지가 찾아왔었네. 솔직히 난감하였어. 나도 행동이 자유롭지 못하였는지라 어떻게 해야 좋을지 몰랐지. 자네 아버지와 꼬박 이틀을 지새우면서 탈출의 길을 모색하였지. 결론은 이 나라를 떠나 제삼국으로 가는 것이었어. 가장 손쉬운 일본으로의 밀항이었지. 유학 시절 알았던 지기들도 있을 게고. 그날로 부산으로 떠났네. 거기에 남다른 우정을 나누었던 분이 있었네. 그 사람에게 마지막 희망을 걸고 의지하기로 하였어. 말하자면 사할린을 최종 목적지로 삼고 일본으로의 밀항을 계획한 것이었네. 허나, 자네도 알다시피 자네 아버지를 떠나보내고 나서 오늘에 이르기까지 회의적일 수밖에 없었네. 그날 이후 오강윤 선생은 백상의 방황을 크나큰 스승처럼 안아주었다. 그리고 백상은 그 말의 기대치를 안고 사할린을 다녀온 것이다. 문상이 끝나고 맏상제와는 친분이 있는 터여서 술잔을 나누었다.

"먼 거리여서 부고도 알리지 못하였는데 와주어 고맙소."

"내가 대신 연락을 했네."

곁에서 표상이 술잔을 들며 침중한 눈빛으로 거들었다.

"아버지께서 돌아가시면서 한형을 들먹였소. 꼭 만나보고 싶다고요. 무언가 할 말이 있는 듯하였어요."

"전화로 새해인사를 드렸을 때, 그런 느낌을 받았어요. 봬온 지가 오래라서 그랬지 싶습니다."

"누군가를 소개해야 한다고 하셨는데……."

"저에게 새삼스럽게 소개시켜 줄만한 사람이 있었을까요?"

백상은 그 말을 무심하게 받아들였다. 오강윤 선생의 제자들이나 주위의 알만 한 사람들은 예전에 이미 통성명을 나눈 터였다.

"나한테도 얼핏 그런 말을 했다. 가만있자, 내가 이번에 사할린에서

보았다. 갑자기 모닥불이 생각났다. 제각기 전을 벌이고 있는 모습들이 모닥불처럼 보였다. 허기와 추위를 안고서 모닥불을 일구는 상인들과 그 모닥불 주위에 둘러앉은 손님들. 그들이야말로 서로의 공감대를 형성하는, 진정한 사랑을 일구고 달구는 모닥불의 존재들이다.

"자, 한잔 받아."

표상은 횟집 주인 아낙네가 투박한 솜씨로 생선회를 장만하여 들여놓자 술잔을 건넸다. 나이가 들면 세월의 간격이 삭아지는 걸까. 오랜만에 만난 포근함이 실리었다.

"사할린은 언제 다녀오셨습니까?"

"얼마 안 됐다. 배도 한 척 장만하였으니까 앞으로는 수산물을 실어오기가 훨씬 수월하겠다. 캄차카 왕게도 수송해 올 것이고. 사할린은 명상이 하두 야무치고 성실해서 신경 쓰지 않아도 되겠다."

표상은 명상에게 기대하는 신뢰와 믿음이 상당하였다.

"명상이 제가 부탁한 것은 업무가 워낙 바빠 제대로 추스릴 수 없다고 하더군요."

백상은 가슴에 치미는 흥분을 안고 사할린을 갔다가 아무런 소득 없이 돌아왔다. 금방 아버지의 행적을 찾을 줄 알았는데, 부딪친 것은 아리송하고 희뿌연 장벽이었다.

"명상은 너만큼 아버지에 대한 회한이라든가, 집착이 덜하지 싶다. 그 점을 탓할 수는 없을 것이다. 그런데도 이번에 내가 아주 진귀한 것을 가지고 왔다. 순전히 명상의 수고였다. 명상은 우연하게 얻은 것이라고 하더라만."

"그게 뭔데요?"

백상은 반짝 눈을 빛냈다.

"옥편이야. 그것도 반쪽 옥편."

"그게 뭐 흥분할 일입니까."

백상은 잔뜩 기대를 걸었던 터라 조금은 실망스러운 기분이 들었다.

"그게 아니야. 결코 가볍지가 않아. 자네 아버지의 손때가 묻은 반쪽 옥편인지도 몰라."

"정말입니까?"

"아직은 해답을 얻어낼 수 없지만 그와 비슷한 옥편과 씨름하던 모습을 곁에서 자주 보았지."

"뜬구름 같은 말이라서 전혀 믿기지 않습니다."

"아니야. 난 명상으로부터 그걸 받아든 순간 얼마나 반갑고 놀랐는지 몰랐어. 자네가 상상력과 추리력을 동원하여 가정을 내렸듯이, 한선생님이 일본 홋카이도를 거쳐 사할린으로 건너가 숨어 지내듯 일생을 보낸 그 기막힌 여정을 증명해 줄 중요한 단서인지 누가 아는가. 땅 속 깊이에서 파낸 파편조각 하나에서 엄청난 역사적 진실을 발견하듯, 자네의 그간의 추리력을 빌린다면 거부할 수 없는 단서인지도 모르지 않겠는가."

"……글쎄요."

백상은 도무지 실감이 나지 않아 뜨뜻미지근하게 말끝을 흐렸다.

"자네는 한껏 추리력을 상정해 놓고도 막상 그 사실이 현실로 다가오지 않겠지. 자네나 나나 시공을 초월한 그 같은 삶의 여정을 가늠할 수 없으니까. 허황하기 짝이 없는 추론인지도 모르지. 헌데, 지금까지 품어왔던 자네의 상상력과 추리력이 반쪽 옥편으로 충분히 증명될 수도 있다는 것일세."

"그것이 어떻게 아버지의 손때 묻은 옥편이라고 단정 지을 수 있지요?"

백상은 숨이 막혔다. 이건 도저히 있을 수 없는 일이었다. 반쪽짜리 옥편이라니. 드넓은 모래밭에서 바늘 찾기보다 더 난망한 자가당착이지 않는가. 불현듯 저 옛날 보도연맹에 연루되어 사지로 끌려갔다가 천신만고 끝에 살아 돌아와 미치광이 행세를 하며 살았던 무공이 눈더미 속에 묻혀 얼어 죽는 순간까지 간직하고 있던 반쪽거울을 떠올렸다. 무공은 살아생전 여름에는 바람 들이치는 서늘한 나무그늘에서, 겨울에는 햇살 따사로운 양지에서, 반쪽거울을 들여다보며 집요하게 턱수염을, 심지어는 거웃까지 족집게로 뽑아냈다. 사람들은 그 모습을 바라보며 영낙없이 미쳤다고 헛웃음을 쳤다. 아녀자들은 민망하여 짐짓 외면하였다. 그러나 의식 있는 사람들은 달리 보았다. 턱수염은 권위와 권력을 대변한다면 무공이 지니고 있었던 반쪽거울은 무엇을 상징하였던가? 구구한 해석을 낳았으나, 남과 북이라는 두 동강난 민족의 비애를 비춰보지 않았을까? 미치광이로 살아온 무공의 참담한 고뇌와 시련을 생각할 때, 반쪽거울에 비친 자신의 모습을 바라보며 민족이 하나됨을 염원하지 않았을까? 하지만 반쪽 옥편은 의미부여가 또렷이 다가오지 않았다.

"나도 처음에는 믿을 수 없었지. 그리고 그 의구심은 배를 타고 돌아오는 내내 떨쳐버릴 수 없었어. 옥편 한 장 한 장을 마치 셈을 헤아리듯 손가락에 침을 묻혀가며 몇 번을 뒤적거렸는지 몰라. 결론은 한 선생님의 손때 묻은 유품일 수도 있다는 한 가닥 가능성을 안은 거야."

술잔을 들이키는 표상의 손길이 파르르 떨렸다. 아직도 그 진한 흥분을 감추지 못하였다.

"명상은 그걸 어떻게 손에 넣었지요?"

백상은 덩달아 솟구치려는 흥분을 자제하였다. 아직은 표상의 말을 온전히 새김하기에는 무언가 모호하기만 하였다.

"명상의 말로는 운명이 작용한 아주 우연한 인연의 무엇이라고 하더군."

표상은 술빛으로 상기된 얼굴로 반쪽 옥편을 내보이던 명상의 모습을 떠올렸다.

3

　명상은 틈나는 대로 주위에 흩어져 사는 동포들을 만났다. 유감없이 마당발을 이용하였는데, 대체로 명상의 부지런함과 삭삭한 인간성을 좋아하였다. 사할린 한인사회는 상당히 독립성을 지니고 있었다. 결속력도 강하였고, 그만큼 서로의 아픔을 나누어 가졌다. 일제와 구소련 당국으로부터 온갖 핍박과 냉대를 받았는지라, 궁핍한 가운데 민족혼과 동포애가 지하수처럼 흐르고 있었다. 그들의 그와 같은 삶의 애환과 실상을 냉전이데올로기에 의해 단절되다시피 하여 전혀 모르고 있었던 것이다. 고국을 그리는 간절한 그들의 마음은 이제라도 자신들이 겪어왔던 참담한 역사를 바로 인식해 주기를 소망하였고, 더러는 고국으로 귀환하여 산증인이 되기도 하였다.

　명상은 그들의 마음을 헤아리고 마음 아파하며 기회 있을 때마다 여러모로 한민서의 행적을 암암리에 수소문하였다. 사할린이라면 백상의 추리대로 일본에서 건너와 숨어 지내기에는 적합한 곳이 아닐까 하는 생각도 들었다. 그러나 솔직히 말해서 명상은 아버지에 대한 절실함을 느끼지 못하였다. 얼굴도 모르는 아버지 때문에 어머니를 비롯하여 죄인 아닌 죄인의 가시관을 쓰고서 얼마나 많은 세월 피눈물을 흘렸는가. 그런 만큼 아버지에 대한 반감과 거부감이 일찍부터 검버섯처럼 자리하였다. 남들이 부르는 아버지란 이름을 한 번도 불러보지 못한 한스러움도 백상과는 그 성질을 달리하였다. 성격 차이도 있었지만 백상만큼 전쟁이라는 상흔을, 아버지라는 음영 짙은 그림자를 심각하게 새기지 않았다. 오히려 아버지라는 존재로부터 벗어나고 싶었다. 사할린에 와서 백상의 진지한 부탁을 받았을 때도 그리 흔쾌한 기분으로 받아들이지 않았다. 사무친 회한과 사명감을 심각하게 느끼지 않았다. 백상의 간절한 부탁이어서 마지못해 아버지에 대한 행적을 수소문하였다.

사할린은 버려진 땅이었다. 그러나 드넓은 빈 땅은 산림이 우거져 있고, 크고 작은 많은 강들이 삼림 사이를 흐르고 있었다. 토지가 없는 사람들일지라도 낭만적인 전원이 아닐 수 없었다. 한인들이 그곳을 찾아든 것도 그러한 전원의 꿈을 안고서였다. 그러나 제정러시아와 일본의 영토 분쟁에 의해 한인들은 희생양이 되었다. 사할린은 시베리아와 마찬가지로 유형지로써 노일전쟁 이전에 감옥이 지어졌고, 유배지로서 자원개발에 죄수들을 정착시켰다. 노일전쟁의 승리로 일본군이 사할린을 점령하여 결국 오십도 선을 기점으로 남북이 갈라지게 되었는데, 남부 사할린은 일본영토가 되어 세계이차대전까지 지배하였다.

일본정부도 이동하면서 수렵생활을 하는 니흐키, 오로코 등 선주민족들을 일정한 곳에 정주시키는 정책을 폈다. 소수민족들의 자주의식을 버리게 하고 일본으로 동화하게 하는 동화정책을 편 것이다. 따라서 일제식민지정책에 의해 많은 한인들이 강제, 또는 일자리를 찾아 이주하였다. 그들은 철도를 부설하는데 노동력을 혹사당하였고, 지하자원인 탄광개발과 제지회사에 동원되었다.

쉰아홉개의 섬으로 이루어진 사할린은 남북 길이가 서울에서 부산을 왕복하는 정도지만 교통이 불편하여 훨씬 멀고 크게 느껴지기 마련이었다. 명상이 유즈노사할린스크에서 한인이 살고 있다는 알렉산드로스크 완까지 갔을 때도 정말 불편하고 멀게만 느껴졌다. 눈앞에 펼쳐진 산림이라든가, 풍광의 아름다움이 펼쳐지지 않았더라면 도중에 되돌아왔을지도 몰랐다. 그곳에는 안톤 체홉의 박물관이 있는데, 안톤 체홉은 모스크바에서 팔천 키로나 되는 긴 여행을 기차, 배, 마차 등을 이용하여 삼 개월 만에 도착한 곳이 알렉산드로스크였다. 명상은 안톤 체홉의 박물관을 보는 순간 백상이 나름대로의 상상력과 추리력을 발휘하여 일러주던 아버지에 대한 족적을 떠올렸다. 안톤 체홉이 모스크바를 출발하여 거쳐 온 길보다는 훨씬 가까운 거리지 않는가. 더구나 사할린에는 한인들이 살고 있어 그 가능성과 기대치를 드리우게 하였다. 생각하지 못한 정보를 얻을 수 있지 않을까, 은근히 기대를 안고 알렉산드로스크를 찾아간 것이다.

알렉산드로스크는 소련, 러시아 시대의 수도로 비교적 작은 도시였으나 역사적 유적지와 유물뿐만 아니라 문화의식도 상당히 높았다. 식당이나 사무실에도 그림과 꽃으로 실내를 장식하여 은근한 정겨움과 문화의식을 풍겨주었다. 그리고 무엇보다 안톤 체홉이 상륙하였다는 삼형제바위는 인상적이었다. 여기에도 안톤 체홉의 동상이 서 있었고, 체홉기념박물관과 향토박물관이 있었다. 그만큼 체홉에 의해 사할린에 대한 관심을 불러일으켰고, 정부로 하여금 사할린 유형 제도를 개선하도록 노력하였다. 항구는 주로 목재를 싣고 있었다. 반갑게도 부산, 울산 등지에서 목재를 사러온 목재상들도 있었다. 명상은 그들에게서 고국의 향수를 향유하였다. 질박한 언어는 반가움 그것이었다. 한인들은 몇 집 되지 않았다. 대부분 식료품 가게와 식당을 운영하고 있었다. 잡화상에는 된장, 간장, 고추장, 등 한국 먹을거리도 팔고 있었다. 명상은 그들과의 대화에서 자신이 기대하고 품고 왔던 소기의 목적을 일구어낼 수 없다는 것을 알았다. 그렇다고 실망하지는 않았다. 처음부터 막연한 기대치여서 크게 신경 쓰지 않았다.

띠모스크로 나온 명상은 내친김에 북으로 발길을 향하였다. 산지(産地)도 둘러보고 지리도 익힐 겸 견문을 넓히자는 속셈이었다. 검은물이라는 니흐키족의 말에서 유래된 노구리키와 최북단에 위치한 오하는 소수민족이 주로 사슴을 사육하면서 집단적으로 이동하며 사냥을 생업으로 삼았다는데, 현재는 어로자원의 풍부함에 힘입어 주로 물고기를 잡아서 생계를 유지하고 있었다. 명상은 그들과도 거래를 틀까, 잠시 생각하였다. 어로방식이 원시적이었으나, 점차 전진기지로 탈바꿈하게 되면 좋은 질량의 수산물을 구매하지 싶었다. 오로코족과 에뱅키족에게 넌지시 운을 떼자 그들 특유의 웃음을 지으며 머리를 끄덕였다.

　명상은 다시 되돌아 나와 띠모스크를 거쳐 안렉산드로스크에서 우그레골스크로 향하였다. 눈앞에 펼쳐지는 산림은 정말 부러웠다. 전나무와 자작나무가 끝없이 펼쳐졌다. 선주민들이 전설을 머리에 이고 사는 이유를 알만하였다. 강과 호수에는 조류와 어류가 풍부하여 노구리키와 오하에서도 그렇듯 풍부한 어족자원이 명상을 들뜨게 하였다. 띠모스크에서 한인 다수가 농사를 짓고 살고 있었는데, 중부지방에는 대륙성 기후로 호밀, 보리, 그밖에 야채와 꽃과 감자를 비닐하우스에서 재배하였다. 사할린 서부에 해당하는 우그레골스크는 탄광단지로 그 유명세를 암울하게 지니고 있었다. 한인들의 피눈물 나는 이주의 역사가 가장 참담하게 서린 곳이기도 하였다.

　일본정부와 조선총독부의 지원을 받고 조선반도에서 노동자를 모집하였다. 대체로 한인들의 이주는 자유의사에 의한 것과 강제로 끌려온 사례로 나누어지지만 대부분 강제고용이었다. 여자들도 예외는 아니었다. 한인들의 탄광에서의 강제노동은 비참하기 이를 데 없었다. 지하에서 매몰되는 건 다반사요, 죽어나온 시신들이 헌신짝처럼 버려지기도 하였다. 대동아전쟁이 막을 내리자 일본인들은 한인들의 보복이 두려운 나머지 한인들을 집단적으로 살해하였다. 삽, 손도끼, 식칼, 군삽, 쇠사슬, 죽창으로 엽기적인 만행을 저지른 것이다.

명상은 한 맺힌 탄광도시에서 참담한 기분으로 몇 날을 배회하다 동해안의 항구도시 마카로브를 돌아보고 도린스크를 지나 유즈노사할린스크로 돌아왔다. 어디를 가도 한인들은 생존의 의미를 곱씹으며, 한편으로는 고국을 그리워하면서 피눈물로 점철된 삶의 회한을 떨쳐버리지 못하였다. 남한 팔도는 물론 북한에서 강제이주해온 생존자들과 그 후손들이 강파른 마음으로 사할린을 일구고 있었다. 명상은 그들을 동포애로서 넉넉한 마음으로 고용하였다. 각지에서 들어오는 수산물을 분별, 취합하여 선적하는 데는 그들의 값싼 노동력이 무엇보다 필요하였다. 더구나 풍부한 유전 매장량으로 머지않아 새로운 황금의 땅으로 탈바꿈할 것이라는 기대치를 안고 있었다.

그러나 백상이 간절한 마음으로 부탁한 아버지의 족적은 그 어느 곳에서도 찾을 수 없었다. 결국 사업도 바쁘게 돌아가고, 쓰잘데 없는 황당한 집착이라는 생각에서 백상이 바라는 미련과 환상 따위는 잊기로 하였다. 하기야, 남북 간에 이산가족 상봉도 하는데, 사할린까지 아버지의 행적이 밝혔다면 어떠한 일이 있더라도 결과를 이끌어 내겠으나, 다분히 백상의 상상에 의한 가상의 행적은 사람을 피곤하게 하였다. 이왕 지사 세월 속에 묻히어버린 과거의 음영이 아닌가. 아직도 과거에 얽매어 헤어나지 못하는 것도 일종의 병통일 것이다.

어느 날, 명상은 콜사코브에 갔다. 해수욕장이 있는 아니와에서 며칠 즐길 겸 그곳 수산물을 점검하기 위해서였다. 그곳은 아이누족이 살고 있었는데, 여자가 많은 곳이기도 하였다. 휴가를 즐길 수 있는 정적인 곳이었다. 아이누족의 축제 때 한번 와 보았지만 아니와 해수욕장은 적막하고 쓸쓸한 정조감이 깃들어 있었다. 러시아인과 일본인 관광객 몇이 피서를 즐기고 있었는데, 물이 차가와 수달처럼 들고나기를 반복하며 수영을 하고 있었다. 짧은 여름 한철을 보내기 위한 한가하고 조용한 전망 좋은 피서지라고나 할까. 낚시꾼들도 더러 있었으나, 아침저녁 강파른 기온 차이로 그마저 한적한 느낌을 주었다.

명상은 머리도 식힐 겸 해변에서 외떨어진 아이누족이 살고 있는 민가에서 숙식을 하였다. 여관보다 굴뚝연기가 피어오르는 민가가 마음을 잡아끌었던 것이다. 고향 섬마을을 연상케 하는 한적한 인심은 금방 낯선 주위 풍경을 친숙하게 하였다. 숙식을 정한 집은 노인네 혼자 외롭게 살고 있었다. 영감님은 오래 전에 바다에 나가 돌아오지 못하였고, 아들은 알렉산드로스크에 나가 택시운전기사로 일을 한다는 것이었다. 딸은 도린스크로 출가를 하였다고 하였다. 노친네는 멀리 시집 간 딸이 무시로 보고 싶다고 하였는데, 사할린에서 택시운전기사는 관광가이드 역할까지 하는지라, 아들의 장래는 염려 없다고 하였다.

"늙은이 혼자 사는지라 밥반찬은 변변치 못하지만 방은 잘잘 끓을 게요."

노친네는 오래 비워 두었음직한 작은방을 말끔히 청소한 다음 이부자리를 깔아주었다. 아닌 게 아니라 방구들이 설설 끓었다. 한낮에 비해 현저하게 떨어지는 아침저녁의 기온차를 감안한 배려였다. 그리고 고맙게도 북방의 빼치카식 난방이 아닌 우리네 구들장식 난방이어서 더욱 정겨웠다.

그곳에서 몇 날을 보낸 어느 날 밤, 명상은 이부자리를 꺼낸 벽장문을 닫으려다 벽장 안쪽 구석진 곳에서 뿌옇게 먼지가 내려앉은 낡고 빛바랜 몇 권의 책을 발견하였다. 궁벽한 이곳에서 누가 이런 책을 보았을까? 주인장의 젊은 날의 애장서인가? 아니면 아들이 보던 것인가? 명상은 머리를 갸우뚱하였다. 주인장은 아이누족으로 어부로서 만족하였다. 아들은 일찍이 객지로 나가 그럴만한 학문적 바탕이 되지 못하였다. 명상은 호기심에 이끌려 눈어림으로 쓸어 보았다. 보아하니 대부분 일본에서 발간된 책들이었다. 그 가운데 한두 권 우리말로 번역된 사상서가 책 주인의 출생지를 말해 주는 듯하였다. 혹시 조선인이 아닌가? 그러자 책 주인에 대해 궁금증이 배가되었다. 틀림없이 일제 때 강제로 끌려온 우리네 사람이지 싶었다. 듣자하니 상당한 지식층 청년들도 일제의 강제징집의 희생양이 되어 이곳으로 끌려왔다고 하였다.

"벽장 안에 책들이 있던데, 누가 보던 것이었습니까?"

명상은 다음날 궁금증을 안은 채 밥상머리에서 노친네에게 조심스럽게 물었다.

"오래 전에 그 방에 묵었던 사람이 남긴 것이라오."

노친네는 아슴한 눈길로 책 주인을 떠올렸다.

"어느 나라 사람이었습니까?"

"일본에서 건너온 사람이었어요. 저 아랫집 남정네가 고기잡이 나갔다가 난파직전의 밀항선에서 구해 왔더랬어요. 짐작컨대 숨을 곳을 찾아 온 듯하였어요. 더러 숨어 들어온 사람들이 있었으니까요. 굳이 출생지가 어디냐고 따져 묻지는 않았어도 남조선 사람임에는 틀림없었어요. 억양이 그랬으니까요. 이곳에 조선족들이 한 두 사람인가요? 그리고 모두들 억울한 희생양처럼 바다를 건너왔지요. 그래서 출생지라든가, 출신성분을 가리고 따지지 않았어요. 그냥 묵인한 셈이지요."

"그 분을 기억하시겠네요."

명상은 흐릿하게 깨어난 얼굴에 찬물을 둘러쓰듯 번쩍 눈을 빛냈다.

"기억하다마다요. 초라한 행색이었는데도 이목구비는 수려한 편이었수. 전혀 말이 없었어요. 은자처럼 있는 듯 없는 듯 살면서 낚싯대로 찌개거리 정도의 고기를 낚아오거나, 아니면 밤새워 낡은 책장을 넘기며 무언가를 자꾸 썼어요. 숨어 지내는 사람이 대부분 그렇게 소일하잖아요."

노친네는 오래 묵혀둔 장아찌를 꺼내듯 아슴한 기억을 떠들리며 부질없는 남의 신상을 시시콜콜 캐묻는다는 듯 내켜하지 않았다.

"주위사람들과는 교분이 전혀 없었습니까?"

　명상은 노친네의 기분 따위는 아랑곳하지 않고 내처 물었다.

"원래 마을이 한적하고 인가가 떨어져 있지 않수. 같이 사는 동안 이름도 성도 따져 묻지 않았어요. 손님이라고 불렀어요. 때가 되면 밥 먹고 각자 자기 시간 갖고, 밤이 돌아오면 잠자리에 들었으니까요. 말이 필요 없었어요. 당국에서도 이곳까지 감시의 눈초리가 미치지 않아 비교적 한가롭고 자유롭게 지낼 수 있었어요."

"언제까지 살았습니까?"

"같은 조선족이라는 생각에서 꽤나 관심이 많수. 그게 언제였더라? 나는 지나간 시간을 그저 잊고 살아요. 영감님 바다귀신이 되기 위해 집을 나선 날짜 외에는. 어쨌거나 자신의 죽음을 미리 안듯 싶었어요."

　노친네는 자신도 모르게 혀를 찼다. 눈보라가 사납게 휘몰아치는 날, 낚시를 다녀온 사내는 고열로 밤새 끙끙 앓았다. 특별한 처방전도 없어 방구들이나 녹작지근하게 덥혀 주자고 다른 날보다 장작불을 더 지펴 주었다. 그런데 다음날 아침 일어나보니 자취를 감추고 없었다. 눈보라 속으로 사라진 것이다. 이 사람이 그런 몸으로 어디를 갔나? 주위를 샅샅이 뒤져보아도 보이지 않았다. 하루 종일 기다려도 소식이 없었다. 혹시나 하고 하루 이틀 일주야를 기다렸으나 끝내 나타나지 않았다. 노친네는 스스로 죽음의 길로 떠난 것이라고 짐작하였다. 전해 내려오는 전설처럼 사내도 자신의 운명을 가슴에 안고 눈의 나라, 그 먼 죽음의 나라로 걸어들어 간 것이리라.

"그렇다면 죽었는지 살았는지 확실히 가늠할 수 없군요."

"죽음에 초연한 지혜로운 사람은 전설을 따랐어요. 우리 조상들이 그랬으니까요. 조금도 의심의 여지가 없어요."

노친네는 무슨 소리냐는 듯 단정적으로 머리를 가로 저었다.

"낡고 빛바랜 책들만 주인을 기다리고 있습니다."

"그러게요. 방안을 정리하다보니 매일 뭔가를 쓰던 공책과 반쪽짜리 옥편은 따로 고이 챙겨놓았었는데, 아마도 그것은 지니고 갈까 하다가 가볍게 빈 몸으로 가자고 생각을 달리 했던가 봐요. 죽음의 길로 가지고 간들 무슨 소용이 닿겠어요. 아니면 다시 돌아올 요량이었는지도 모르고요."

"공책은 어떻게 됐습니까?"

"당연히 고인을 위해 불살라 주었지요. 그걸 불태우면서 마음이 숙연하였어요. 반쪽 옥편까지 불태워 보내주려다 다른 책들과 함께 남겨두었어요. 나중에 천정 도배지로라도 쓸 것 같아서요."

"그럼 아직까지 행방을 전혀 모른단 말이지요?"

명상은 이제 목이 말랐다. 백상이 말한 그 무엇인가가 눈앞에 어른거리며 손에 잡힐 듯하였다. 노트만 있었더라면 그 사람의 실체를 온전히 알 수 있었을 것을…….

"죽음의 길을 갔는데 어떻게 알아요. 이제는 기억에도 까마득한데."

명상은 노친네의 이야기를 마저 듣고 나자 무언가 모를 전율이 등줄기를 타고 흘렀다. 그와 동시에 앞뒤 생각하지 않고 값을 후하게 치르고 낡고 빛바랜 책들을 가방에 챙겨 넣었다. 그 가운데 눈길을 끈 것은 반쪽 옥편이었다. 하필이면 반쪽 옥편이라니. 아무리 매슬러 보아도 이해가 가지 않았다. 나머지 반쪽은 어디로 갔는가? 야릇한 수수께끼였다. 그리고 그 야릇한 궁금증과 함께 반쪽 옥편을 표상에게 전하였다.

4

"나도 명상의 의문처럼 그게 이상하였네. 반쪽짜리 옥편으로는 제구실을 할 수 없지 않는가."

표상은 백상이 처올리는 술잔을 받으며 아직도 그 의문에서 헤어나지 못하였다. 지니고 다니다 닳아져 한쪽이 뭉텅 달아날 수도 있겠으나, 꼼꼼히 살펴본 결과 그런 것도 아닌 듯싶었다.

"혹시 누군가와 돌려가며 나누어 보지 않았을까요? 그때는 옥편 구하기가 쉽지 않았을 테니까요."

백상은 아득하게 느껴지는 학창시절을 떠올렸다. 참고서와 사전 따위는 선뜻 구입할만한 경제적인 여건이 못 되어 서로서로 호주머니 돈을 털어 구입하여 짓을 나누듯 공평하게 나누어 본 다음 돌아가면서 맞바꾸어 보았었다. 하물며 선친시대야 말하여 무엇하랴.

"그럴 수도 있었겠지. 아니면 우정이나 정표로 서로 나누어 간직하였는지도 모르겠고……."

"여러 종류의 추측을 불러일으킵니다."

"내 생각에는 어딘가에 나머지 반쪽이 있음직하다. 예감 같은 게 있거든. 막연하지만."

"가능한 일일까요?"

"역사적으로 그보다 더한 미스터리가 엉뚱하고 우연한 기회에 시간과 장소를 제공해 주지 않던가? 불가능한 숙제를 단순한 파편 하나로 풀어내는 게 우리의 역사적 굴레 아닌가."

"지금은 머리가 뒤엉켜 혼란스럽습니다."

"충분히 이해가 가네. 공은 자네에게 넘겨진 셈이고, 시간이 필요하겠지."

"그런데 문제의 책들과 반쪽 옥편은 어디에 있습니까?"

"보고 싶은가? 내 사무실 금고에 넣어 두었네. 오선생님 장례를 치루고 나서 함께 가세나."

표상은 백상의 어깨를 다독이듯 술잔을 마저 들고 자리에서 일어났다. 두 사람은 다시금 오강윤 선생의 빈소로 돌아왔다. 청량한 목탁소리가 들렸다. 여산 스님이었다. 여산 스님은 엄숙하고 고요한 자세로 극락왕생하십사 고인의 명복을 빌었다. 문득 불사할 때 쓰라며 여산 스님에게 금강경 열 폭 병풍을 선물하던 고인의 웃음 띤 넉넉한 얼굴이 눈앞에 다가왔다. 모르긴 몰라도 여산 스님은 걸망 속에 아직도 소중히 간직하고 있을 것이다. 표상과 백상은 조용히 뒤편에 앉아 여산 스님을 지켜보았다. 여산 스님의 부동한 모습에서 땀 배인 산기운을 느꼈다. 큰 산의 자태는 세월과 더불어 하늘의 무게를 말없이 이고 있다고 하던가. 여산 스님의 독경은 꽤나 시간이 흘러서야 끝났다. 만상제가 여산 스님을 모시고 두 사람 곁으로 왔다.

"백상이도 왔구나. 당연히 와야지. 어느새 백발이 내려앉았구나."

여산 스님은 표상과 악수를 나누고 나서 백상을 끌어안듯 곁에 앉았다.

"스님께서는 노익장을 과시하듯 건강이 넘쳐납니다."

"노동의 대가겠지."

"스님께서 차밭을 일군다는 소식은 이미 들어 알고 있습니다."

"진감국사께서 섬진강 은어 떼 노니는 것을 바라보고 범패가락을 지었다는 고사를 실측하고 있다. 한 방울의 물을 온전히 바다에 이르게 하는 그 마음이야말로 삶의 본질이다."

"스님의 말씀은 법문 그 자체입니다."

표상은 백상에게 넌지시 술잔을 안겼다. 한 방울의 물. 한 점 바람소리. 그 어느 것 하나 법문 아닌 것이 있으랴. 그때 여인 하나가 사뿐한 걸음으로 다가와 여산 스님에게 합장을 하였다.

"스님께서 와 계셨군요."

"이제 오시는가 봐요. 앉아요."

여산 스님은 소탈하게 그녀를 맞았다. 백상은 그녀가 전혀 낯선 얼굴이었다. 표상도 같은 눈빛이었다. 여산 스님은 두 사람에게 소개를 시켰다.

"오선생님께서 말씀하신 그 분이세요? 표사장님에 대해서도 여러 번 말씀이 있었고요. 통영오광대 보존에 관여할 때 여러모로 도움을 주셨다고요."

그녀는 두 사람을 이미 들어 알고 있다는 듯 반기었다.

"저야, 백상과는 달리 경제적인 도움을 준답시고 오선생님의 전시작품을 사준 것뿐입니다."

"거기에 두터운 인정과 신뢰가 묻어났다고 들었어요."

"그런데 오선생님과는……."

백상은 더욱 의외였다. 여산 스님이 아는 오강윤 선생의 제자라든가, 주위사람들은 어지간히 알고 있는데, 전혀 생면부지였다.

"저의 어머니께서 오 선생님과 친분이 있어서요. 그 인연으로 뒤늦게 오 선생님 문하에서 서예를 익혔어요."

"그러세요."

백상은 이해가 갔다. 표상도 머리를 끄덕였다.

"어머님께서 불심이 대단하시지. 따님만 보낸 걸 보니 건강이 안 좋은가 봅니다."

"오 선생님 부음을 받고 더욱 기력을 잃으셨어요."

"그러시겠지. 사람의 인연이란……."

여산 스님은 백상을 돌아보며 잔잔한 여울처럼 말끝을 흐렸다.

"그렇잖아도 어머니께서 스님을 한번 뵙고 싶어 하세요."

"그럽시다. 내친 김에 오 선생님 장례를 치르고 함께 갑시다."

여산 스님은 선선히 받아들였다. 그녀는 다소곳이 일어나 분향을 마치고 나서 문상객들의 시중을 들었다. 제자로서의 몫을 다하려는 모습이었다.

"참하긴 한데 어딘지 모르게 외로운 그늘이 드리워져 있어요."

"잘 보셨습니다. 아버지 없이 편모슬하에서 혼자 자랐어요. 결혼도 마다하고 어머님을 모시고 살아요."

"저 나이가 되도록 처녀 가슴이란 말인가요?"

"자네가 왜 놀라나. 피차일반 아닌가?"

표상은 꼬집듯 비틀어 말하였다.

"저야……."

"효심이 갸륵합니다. 차분한 성격이지요."

"집은 어딥니까?"

표상은 다시 한 번 그녀의 모습을 훔쳐보았다.

"부산입니다."

"그럼 함께 가십시다. 사무실을 오래 비워둘 수 없으니까요."

"자네도 바람도 쐴 겸 동행하지."

"이미 같이 가기로 약속하였습니다. 부산 가본지가 오래됐습니다."

백상은 표상이 사할린에서 가지고 온 반쪽 옥편의 실체가 궁금하였다. 그와 함께 까마득히 잊고 있었던 부산의 전경이 다가왔다. 아버지의 족적을 찾아 처음 부산을 찾았을 때, 항구도시이면서 산업도시로, 각처의 사람들이 몰려와 저마다 둥지를 틀고 있었다. 이농현상을 가속화시킨 집산지나 다름없었다. 고향사람들도 그 속에 묻혀들어 도시의 변두리에 초라하고 볼품없는 짐을 부려놓고서 삶을 일구고 있었다. 비릿한 시장바닥에서, 노동판에서, 열악한 공장에서 자신들을 저당 잡힌 채 자식들을 위해 한숨을 집어삼켰다. 백상은 그들과 한동안 숨어 지내듯 술잔을 나누면서, 오강윤 선생을 처음 만났을 때 말하던 아버지와의 남다른 우정을 나누었다는 그 사람의 실체를 찾기 위해 이곳저곳을 넘나들었다. 그와 함께 도시라는 신기루 너머의 허상과 실상을 맛보았다.

"저 보살과도 이 기회에 교분을 터봐. 서로가 상통한 점이 있을지 누가 아나. 이름이 뭐라 했지요?"

"아호가 서림이에요. 표상의 말씀대로 서로가 와 닿는 점이 있을 거야."

여산 스님은 스쳐지나가는 말투로 여운을 남겼다. 백상은 음식 심부름을 거드는 그녀를 바라보았다. 어쩌면 출생의 비밀, 아니면 그녀만이 지니고 있을 법한 삶의 무늬살을 여산 스님은 알고 있다는 걸까. 백상은 거기에 이르러 무심히 흘러버리자고 하였다. 백상은 나이와 함께 매사 무심하게 변해 갔다. 일상이 감미롭지도, 쓰거나 달지도 않았다.

"윤사암이 보이지 않아 마음 아프네."

표상은 술잔을 거듭하다말고 불현듯 생각난다는 듯 윤사암을 떠들렸다.

"그러게 말입니다. 그래서 제가 어디를 가나 외롭습니다."

"너무 일찍 요절하였어."

여산 스님은 잠시 숙연해 하였다. 윤사암은 한 점 그림을 남기고 간암으로 쓰러졌다. 살기 좋은 세상이 되어 마음껏 자기세계를 열어나갈 시기에 세상을 버린 것이다. 안타까운 일이었다. 윤사암이 선물한 토우를 바라볼 때마다 외로움이 진물로 배어나 마음이 아릿하였다.

"재작년이었던가, 인사동에서 그 친구의 유작전을 열고 있어 마침 서울 올라간 김에 큰 맘 묵고 그림 한 점을 샀지. 늘 보아도 서릿발 같은 기상이 배어나더군."

표상은 그 그림을 사무실에 걸어 두었다. 그리고 나태해지려는 마음을 바로잡았다.

"저도 연락을 받았습니다만, 가보지 못하였습니다. 죽마고우 이상으로 좋은 벗이었는데 두고두고 세월이 원망스럽습니다."

백상은 윤사암과 암울한 시대에 고락을 함께 한 우정이 새삼 파도말처럼 가슴을 때렸다. 무엇이 우리로 하여금 최루탄가스로 짓무른 광장에서 울분으로 항거하며 앞으로 나아가게 하였던가.

"자네 선배인 김정허도 눈에 밟히는군. 진정한 민주투사였는데."

"김정허 선배께서 눈을 감았을 때 오강윤 선생님께서 제일로 마음 아파하셨지요."

"그러고 보니 생각나는군. 자네를 좋아하였던 여인 말이네. 사선대라는 간판을 머리에 이고 다니던 여자 말이네. 소식이 있는가?"

표상은 귀꿈스럽게 지난날을 뒤적이며 그윽한 눈길로 백상에게 술잔을 건넸다. 그 사이 서림은 음식을 새로 내왔다. 여산 스님을 위해 특별히 신경을 썼다.

"미국으로 건너 간지 오래 됐어요. 본래 영주권이 있었다고는 하지만……."

백상은 사선대를 잊고 있었다. 사선대라는 간판을 머리에 이고 전국을 떠돌던 그녀는 군부독재의 잔재가 민중의 힘으로 소멸되던 해 인사동에 정착하였다. 여전히 사선대라는 간판을 걸고서 우리네 옛 명품들을 취급하였다. 말이 명품이지 양은그릇과 플라스틱 제품이 무더기무더기 쏟아져 나오자 헐값 아니면 그냥 내다버린 고물들을 무슨 진귀한 물건이라도 된다는 듯 사들이고 유통시켰다. 한동안 열심히 살더니 윤사암이 요절한 그 다음 해 모든 것을 미련없이 정리하고 가기 싫다던 미국으로 떠났다. 사선대라는 간판을 머리에 이고서.

"누구를 위해서 떠날 수밖에 없었을까?"

여산 스님은 혼잣소리로 말하였다. 다들 스스로 탱자 울타리를 치고서 세월의 인과율을 짊어지고 있었다. 백상도 그렇고, 사선대도 그렇고, 서림 또한 별반 다를 게 없을 터였다.

"사선대가 누구를 위해 떠나다니요?"

표상은 금시초문이라는 표정을 지었다.

"표상께서는 모를 법도 하지요. 사선대를 머리에 이고 전국을 떠돈 것도 가슴 속에 반듯한 씨알 하나 얻기 위함이었지요."

여산 스님은 미묘한 웃음을 입가에 머금었다.

"점점 모를 소리를 하십니다."

"그녀가 입을 열지 않는 한 영원한 비밀일 수도 있겠고……."

"세상에 비밀은 없어요."

"자네도 그렇게 생각하는가?"

여산 스님의 눈가에 어리는 웃음기 속에 한 조각 얄상한 익살스러움이 떠돌았다.

"글쎄요. 세상은 풀지 못한 수수께끼가 많지요."

백상은 전류를 타고 들려오던 그녀의 목소리를 환청처럼 떠들렸다. 저, 이제 다문화가 공해요인으로 충만한 미국이라는 나라로 가요. 정말 가기 싫은 곳인데, 무언가 모를 역류가 등을 떠밀어서요. 다시 온다는 기약은 없어요. 사선대는 영원한 기념으로 머리에 이고 가구요. 배웅해 줄 거죠? 기대는 하지 않지만 그래 준다면 여한이 없겠어요. 왠지 아세요? 내키지 않는다구요? 역시 비정하리만큼 냉정한 이성은 여전하세요. 윤사암이 그립군요. 그 분 같았더라면 전혀 다를 텐데요. 각자의 운명은 스스로 짊어지는 법, 제 말의 의미를 알겠어요? 진정한 씨알 하나 안고 가는 저의 마음을 헤아릴 수 있겠느냐구요. 이 땅은 비바람 잘날 없듯이 너무 변화가 많아요. 어디를 가나 진흙탕물이 튀겨요. 그래서 어쩌는 수없이 씨알 하나를 온전히 키우기 위해 눈 질끈 감고 떠나는 거예요. 또 모르죠. 어느 날 살아 숨 쉬는 토우를 앞세우고 나타날지. 영원한 마음의 구원처는 어디겠어요? 그때는 반가운 마음으로 맞아주셔야 해요. 그리고 그녀는 떠났다. 백상은 무심하리만치 그녀의 존재를 잊었다.

"그런데 가슴에 씨알을 안고 갔다? 그 씨알의 의미가 뭘까……?"

"그녀만이 간직할 수 있는 무엇이겠지요. 깊이 알려고 하지 맙시다. 세월이 흐르면 모두가 망각 너머로 사라지게 되어 있어요."

"여전히 세상을 달관 자연한 회색 눈으로 바라보는군. 하기야, 세월을 뛰어넘을수록 망각의 퍼즐이 가로 놓이지."

여산 스님은 손에 들고 있는 염주 알을 굴렸다.

"헌데, 스님의 은근한 말속에 윤사암보다 자네의 위치가 더 비중 있게 다가오는 것 같은데……."

"뭘 그리 예민하게 받아들이세요? 스님도 피곤하실 테고, 일어납시다. 한숨 자야 되지 않겠습니까."

백상은 어지간히 취기가 오른 표상과, 들고나는 문상객들의 시선이 와 닿는 여산 스님을 일으켜 세웠다.

다음날, 세 사람은 오강윤 선생의 장지까지 따라 나섰다. 서림도 함께 하였다. 백상은 그녀와 같은 좌석에 앉았다. 장지로 향할 때는 고인에 대한 상념으로 별로 말이 없었는데, 돌아올 때는 띄엄하게 대화를 나누었다.

"언젠가 오 선생님께서 말씀을 하셨어요."

"크게 무게를 두지는 않았을 겁니다."

"그야, 누가 말하느냐에 따라 다르고, 듣는 사람에 따라 무게가 실리지 않겠어요?"

"그렇긴 합니다만……."

"저에게 기회보아 소개를 시켜 주신다고 하셨어요."

아하, 만상제도 그런 말을 하였다. 그러니까 오강윤 선생은 그녀를 소개시켜 주려고 하였구나. 잠시 잊고 있었던 의문이 풀렸다.

"어떤 의미의 소개였을까요?"

백상은 짐짓 짓궂은 얼굴을 하였다.

"저도 잘 모르겠어요. 어떠한 색상과 질량이었는지 새김해 보지도 않았구요. 다만, 평소 허튼말을 하시지 않는 분이었는지라 조금은 심각한 면모를 드리웠어요. 저야, 비껴가는 방향으로 받아들였지만요."

"고인이 된 지금 그 의중을 알 수는 없고, 이렇게 알게 된 것도 오 선생님의 바램 아닐런지요."

심각한 면모였다? 백상은 잠시 오강윤 선생을 떠올리며 굳이 그 의미부여를 깊이 새기지 않기로 하였다.

"그렇게 받아들이면 만사가 수월하죠. 오 선생님 말씀처럼 무언가 세상을 멀리 여윈 듯 한 모습이에요."

"그렇게 살고자 합니다."

백상은 지그시 눈을 감았다. 불현듯 지팡이에 의지하였던 김정허 선배와 간암으로 쓰러진 윤사암이 눈앞에 다가왔다. 민주화를 위해 얻은 상처로운 훈장. 빛바랜 정물화처럼 퇴색해버린 초라한 모습. 그게 오늘의 역사적 실체이고, 삶의 궤적인가? 모든 것이, 모든 현상이 그저 쓸쓸하고 초라한 입상 아닌가? 군부독재의 지뢰밭에서도 굽히지 않았던 두 사람은 먼저 가버렸다. 지금에 와서 지팡이에 의지한 그 모습과 간암으로 고사된 영혼이 빛바랜 정물화처럼 다가오는 것은 어째서일까? 학창 시절부터 가장 믿음직스러웠던 선배였고, 벗이었다. 누구보다도 먼저 오강윤 선생의 부음을 받고 달려왔어야 했다.

5

오강윤 선생의 장례를 치르고 난 네 사람은 부산으로 향하였다. 바로 앞좌석에 서림과 동석한 여산 스님의 뒷머리가 주위의 풍경이 바뀔 때마다 음영을 달리 하였다. 빤질하게 삭발한 머리. 봄날 마른땅에서 잔디가 촘촘하게 움 솟듯 피부를 뚫고 나오는 잘디잔 머리카락이 산빛을 드리울 때마다 반백의 음영으로 윤색되었다. 세월은 어쩔 수 없는가. 이제는 누가 보아도 꼿꼿한 수행자의 모습으로 늙어버린 노승임에랴. 시절은 무엇을 말하는가? 망각이라는 나이테에 지나온 아픔과 즐거움을 새겨 넣은 채 오늘을 되새김하고 있다. 여산 스님의 행적, 저 굴곡지고 마디진 시절을 꾹꾹 다져넣은 인고의 산 증인. 하얗게 표백하듯 서리가 내릴 법한 고행의 한 자락을 깔고 앉은 내면을 짐짓 수장해 버린 채 수행자의 모습으로 다가서게 하였다. 역사는 그렇듯 지하수로 흐르는 걸까.

"오 선생님께서 막상 우리 곁을 떠나고 보니 마음이 허전하다. 주춧돌을 잃은 듯하다. 이제 우리 시대의 큰 어른을 모실 수 없어 한 가닥 공허함마저 들고……."

곁에 앉은 표상은 상념을 깨물고 있는 백상을 일깨웠다.

"시대의 흐름에 따라 정신적 지도자는 얼마든지 있어요. 역사의 장마다 독재자가 군림하듯 말이죠."

"비유치고는 고약하구나. 너는 항상 모든 점을 수월하게 받아들이는 이면에 반사작용처럼 세상을 일탈한 듯한 회색빛 자의식이 깔려 있다. 누구보다도 네 마음이 아릿할 텐데."

"매달린다고 운명이 바뀝니까. 자연의 순리로 받아들여야지요."

"하지만 우리가 사는 세상은 단순한 순리로 매김할 수 없는 그 무엇이 있다. 거기에 희로애락의 감정이 실리기도 하고……."

표상은 더 말을 하려다 그만 두었다. 자신이 살아온 연륜도 결코 만만치가 않았다. 어찌 생각하면 멀고 먼 길을 휘돌아 온 듯하였다. 잘 길들여진 말처럼 순응을 담금질하는 보이지 않는 채찍 아래 숨 가쁘게 내달려왔는지도 몰랐다. 백상은 그런 표상의 숨결을 의식하며 두 눈을 지그시 감았다. 사람은 한 순간을 놓아버렸을 때 무념의 세계로 돌아간다. 여산 스님은 있음과 없음을 구별하거나 분별하지 말라고 하였다. 따로따로 각단을 지을 성질이 아니라고 하였다. 죽은 자가 살아나고, 산 자가 죽지 않느냐고……

"다 왔다. 내리자."

표상이 흔들어 깨웠다. 백상은 깜박 잠이 들었다. 사상 시외버스터미널은 미로처럼 상가가 들어서 있었고, 바쁜 발걸음으로 붐볐다. 다들 어디로 가고 어디서 돌아오는가? 정체된 공간에서 벗어날 수 있다는 것, 사람이 모둠으로 산다는 것은 이런 것일러라. 서림은 앞서 택시를 잡았다.

"두 분께서도 바쁘지 않으시면 저의 집에 들러 차라도 한잔 나누시지요."

"그게 좋겠어요. 저도 새로 지은 냉동 창고를 구경하고 싶고요."

여산 스님은 거절할 수 없도록 잡아끌었다. 백상과 표상도 군이 마다하지 않았다. 그녀의 집은 동대신동이었다. 고층 아파트가 들어선 가운데 그녀의 집은 몰락한 양반집처럼 초라하게 웅숭그리고 있었다.

"집이 낡고 볼품없어요. 어머니께서 한사코 이 집을 고집하는지라 아파트는 감히 엄두를 내지 못하구요."

"그만한 사연을 안고 있겠지요."

표상은 연륜이 가리키는 직감으로 말하였다. 노인네가 구차하게 유물단지와도 같은 집을 안고 산다는 것은 가슴에 무언가를 안고 있으리라.

"저의 외할아버지께서 일제 때 지으신 집인데, 외할머니께서 열녀의 마음으로 지켜왔어요. 독립운동에 관여한 외할아버지께서 만주에 가 있는 동안 일본인들에게 강제로 몰수당하였다가 해방과 더불어 되찾았어요."

"일종의 적산가옥인 셈이군요."

표상은 단정 짓듯 말하였다. 아닌 게 아니라 낡은 대문부터 덧칠을 한 듯 일본 냄새가 박제되어 있었다.

"어머니, 여산 스님께서 오셨어요."

대문을 들어선 서림이 소리치자 보기에도 병색이 완연한 노친네가 방문을 열었다. 몸이 불편하다더니 자리에서 일어서려다말고 앉은 자세로 여산 스님을 맞았다. 불심이 돈독하게 배어난 결 고운 모습은 봉황이 날아들기를 기다리는 오동나무를 연상케 하였다.

"보살님께서 거동이 불편하신가 봅니다."

"늙으면 쓸모가 없어요. 하루하루가 다릅니다. 장례는 잘 치르시고요."

"눈감고 가는 사람이야 편안한 마음으로 가는 것 아니겠습니까. 보내는 사람들 마음이 슬픔으로 얼룩지지요."

여산 스님은 넉넉한 마음으로 서림의 어머니 마음을 붙들어 주었다.

"그러게요. 제 마음도 아픕니다. 그냥 그냥 보내서는 안 되는데, 죽음을 따라 나설 수도 없고⋯⋯. 뒤에 손님들이 계시네."

노친네는 백상과 표상을 발견하고 앉은 채 자세를 여미었다. 두 사람은 정중하게 인사를 올렸다. 노친네는 인사를 받으며 두 사람을 찬찬히 뜯어보았다.

"저하고는 절친한 분들입니다. 표사장님은 오강윤 선생님과도 평소에 각별한 관계였고, 여기는 오 선생님 친구 분의 자제입니다. 그러고 보니 모두가 오 선생님의 인연으로 자리를 함께 한 것 같습니다."

여산 스님은 서림이 차반을 내오자 기꺼운 마음으로 들었다.

"그런데 젊은 분은 어디서 오셨는지……."

누군가와 닮았어. 자세히 뜯어볼수록 닮은 점이 많아. 노친네는 백상을 유심히 뜯어보며 마음속으로 고개를 도리질하였다. 그럴 리가……! 순간 숨이 차오르고 가슴이 방망이질하였으나, 더 이상 말은 하지 않았다. 눈이 침침한 늙은이의 망령든 착시현상쯤으로 매김 하였다.

"보살님께서 저를 보고 싶어 하셨는데 하실 말씀이라도 있으십니까?"

여산 스님은 분위기를 바꾸었다. 누구를 닮았으면 무엇 하며 닮지 않은들 무슨 상관이 있겠는가.

"……꼭 드릴 말씀은 없고, 갑자기 마음이 번잡해서요. 오 선생님처럼 조용히 눈을 감으면 제일로 좋겠지만."

노친네는 힐끗 주위를 돌아보았다. 분명 서림을 비롯하여 백상과 표상을 의식하는 듯하였다.

"생로병사는 윤회작용처럼 어쩔 수 없지요. 다만, 마음을 고요롭게 청정한 수행심으로 다스리면 고통이 사라지기 마련입니다. 다 받아들이고 그것을 비워버리면 마음과 육신이 가벼워집니다. 그렇게 살아오지 않았습니까."

"그거야, 진리지요. 이 나이가 되도록 그렇게 안되는 게 병통입니다."

"인간이 아름다움을 장식할 수 있는 것은 자신을 온전히 지켜온 결과물입니다. 아름다움은 곧 마음의 꽃을 뜻하는 것 아니겠습니까. 보살님께서는 열린 마음으로 세상을 살아왔기에 마음의 꽃을 충분히 피웠습니다."

"이래봬도 마음을 다 열지 못하고 한쪽 가슴에 멍울이 든 채 살아왔습니다. 스스로 우황 든 소처럼 말입니다. 생각하면 딸에게도 죄스럽고 미안스럽고, 돌아가신 친정어머께도 몹쓸 불효를 한 셈이고요."

"마음을 가누세요. 오 선생님 앞에서도 당당하시더니 오늘은 웬일이세요?"

서림은 어머니의 말문을 무두질하였다. 딸에게도 당신의 지나온 생애를 털어놓기를 달갑지 않게 여겨온 터였다.

"오늘은 오 선생님의 죽음이 몰고 온 충격에서 벗어나고 싶어서일 게요."

"그렇지요. 오 선생님이야말로 내 먼저 가셔서는 안 되는데……."

"오 선생님과는 어떤 인연이십니까?"

표상은 정색을 하고 물었다. 아무리 곱씹어 생각해봐도 그냥 스쳐 지나치는 인연은 아닌 듯싶었다.

"젊은 시절부터 알고 지냈어요. 일본 유학시절 잠깐 학문의 뜻을 같이 하다 저는 개인 사정으로 중도에 포기하였지만, 그 시절의 우정이 끈끈하게 이어진 셈이었어요. 남녀의 정으로 사귀었다면 서로가 상처를 안고 벌써 끝났을 텐데, 이성을 초월한 우정이었다고나 할까요. 어쩔 때는 오누이처럼 대하기도 하였고요."

노친네는 다음 말을 하려다 꿀꺽 삼켰다. 표상은 더 기다렸지만 소득이 없었다.

"오랜 세월 다져온 우정이었습니다. 그게 쉽지 않은데 말입니다."

여산 스님은 머리를 끄덕였다. 갑자기 주위를 둘러보았을 때 아무도 없다는 강파른 감정은 피할 수 없는 외로움을 낳는다. 누군가와 대화를 나누고 싶을 때 혼자라는 공명현상은 사람을 미치게 한다. 다행히 수행자로서 그 점을 초월한지 오래지만 백상은 어떨까? 백상 또한 그 울타리 밖으로 나섰을 것이다. 유연한 날개를 가진 나비는 울타리는 물론 높은 담장도 쉬이 넘나들지 않는가.

"그럼, 오 선생님과 유학시절 우정을 함께 하였던 친구 분들도 잘 아시겠습니다."

백상은 무언가를 기대하며 진지하게 물었다.

"그 밖의 사람들은 잘 몰라요. 워낙 유학기간이 짧기도 했고 여자의 한계라는 게 있지 않은가요. 그리고 해방과 더불어 각자 나아가는 방향이 달랐고, 더구나 육이오전쟁 통에 생사가 불투명하였고요. 오 선생님과도 한동안 소식을 듣지 못하다가 우연찮게 연락이 닿아 세월을 타넘었어요."

노친네는 상당히 고뇌스럽게 말하였다. 백상은 그 표정에서 무언가를 가슴에 안고 있다는 것을 직시하였다.

"그 시절을 살아온 모두가 다 그랬지만 보살님께서도 수난과 회한으로 얼룩진 역사의 산 증인이십니다. 더구나 따님을 외롭게 키우시며 친정어머님을 지극한 효심으로 모신 그 여정은 말로 다 할 수 없을 것입니다."

"저보다 더한 사람들이 많지요. 거기에 비하면 지금은 너무 고통이 없는 세상인지도 모르지요."

"삶의 고통은 어느 시대나 있기 마련입니다. 그리고 망각의 잔 여울로 채워지고요. 쓰나미 현상이라고나 할까요."

"사업하시는 분이 자연의 준엄한 법칙을 잘 아시네요."

"저야, 항상 하루의 일기변화에 민감하니까요."

표상은 입가에 웃음을 매달았다. 상당한 혜안을 지니고 있었다. 헌데, 어째서 친정어머니를 모시고 딸 하나를 키웠을까? 분명 서림은 외할머니만 알았지 본가에 대한 상념은 없었다. 이 집도 외할아버지의 유산이라 하였다. 그렇다면 정작 서림의 아버지는 어떠한 분인가? 표상은 노친네와의 대화가 친근하게 무르익을수록 의구심이 더하였다.

"방금 망각이라는 말이 나와서 하는 말인데, 구구절절 살아온 여정을 한권의 책으로 엮어보시는 것도 괜찮겠습니다."

백상은 대화의 물꼬를 틀어잡으며 좀 더 노친네의 마음을 들추어 보고 싶었다. 이제는 연로하여 기억이 쇠잔하거나 세상을 뜬 주위의 부모 세대를 떠올린 것이다. 대체로 까막눈이나 다름없거나 기억력의 한계로 지나온 자신들의 일생을 망각의 늪에 빠뜨렸다. 내 살아온 이력을 말할라치면 책 열권도 모자랄 것이다. 입버릇처럼 말하는데도 정작 가슴에 담은 여정을 들추어내지 못하였다.

　　"부질없다 생각하면서도 가슴에 맺힌 그리움이라든가, 한스러움을 내버릴 수야 없지요. 무덤까지 가지고 가야겠지……."

　　"너무 심각하십니다."

　　여산 스님은 순간 속가의 어머니를 눈앞에 그렸다. 여동네. 이제는 모든 사람들에게 잊히어진 존재였다. 어머니는 과연 무덤까지 한스러운 세월을 지니고 갔을까? 다 버리고 갔을 것이다. 편안하게 잠들 수 있는 피안의 세계에서 심기 사나운 지상의 짓무른 역사를 고스란히 지니고 있을 필요는 없을 것이다. 따지고 보면 어느 세월이 흐르면 잊혀지고 묻혀버릴 성질일 터였다. 후대의 역사의 조명은 권력자, 한 시대를 누린 양지의 사람들이 아니던가. 한 많은 민초들의 눈물 한 방울과 닳아지고 문드러진 손톱자국은 흔적도 없음에랴. 나무관세음보살, 나무관세음보살, 나무관세음보살, 망각의 물을 마시고 망각의 땅 위에서 삶은 새롭게 다져지고 누리지 않는가.

　　"모처럼 스님께서 귀한 시간을 내주셨는데 공연한 말만 하였습니다."

　　노친네는 더 이상 과거지사를 떠올리기를 바라지 않았다. 녹슨 철로 길에는 열차가 달리지 않는다. 일종의 푸념에 지나지 않는 푸닥거리, 그렇게밖에 들리지 않는 오늘의 세태가 아니냐.

　　"스님께서 마디진 법문이라도 해 주세요."

　　"스님을 뵈옵는 것이 곧 법문이지요. 손님들 시장하시겠다. 저녁 준비라도 좀 하거라."

그녀는 잊고 있었다는 듯 벽시계를 바라보며 서림을 돌아보았다.

"아닙니다. 제가 모시고 가겠습니다."

"보나마나 스님께서는 비릿한 음식은 못 하실 텐데……."

노친네는 여산 스님에게 따로 할 말이 있는 듯하였다. 여산 스님은 차마 거절하지 못하였다.

"그럼, 스님께선 여기 계십시오. 나중에 연락하기로 합시다."

백상과 표상은 노친네가 붙들어 앉혔지만 자리에서 일어났다.

"우리사 자갈치 꼼장어가 제격 아니겠나."

표상은 대문을 나서자 백상과 어깨를 나란히 하고 서녘 햇살이 떨어지는 자갈치로 향하였다.

한 방울의 물

1

자갈치는 이른 새벽부터 깨어났다. 비릿한 생선냄새와 짭짤한 소금기 머금은 삶의 숨결이 한데 어울려 활기에 넘쳤다. 어제까지만 해도 드넓은 바다를 누비던 냉동된 시신들과 갓 잡아 올린 살아 숨 쉬는 생명체를 사이에 두고 값을 매기고 흥정하는, 인간만이 누리는 삶의 원형과 등가를 즐거운 눈으로 바라볼 수 있다는 것은 인간이기에 가능한 일일 것이다. 백상은 가만히 밖을 나섰다. 비릿한 바닷바람이 폐부를 들이쳤다. 정겨운 바람이었다. 똑같은 바닷바람인데, 서있는 곳에 따라 그 질감이 달랐다.

표상은 먼저 일어나 적재된 수하물을 점검하고 있었다. 고무장화를 신고 비옷을 걸친 인부들이 적재된 냉동고기를 바쁘게 차에 실었다. 서리가 이는 냉동 창고는 그야말로 살얼음 속이었다. 꽁꽁 얼어붙은 생명체들. 머나먼 바다에서 노닐던 고기떼들이 냉동시신으로 인간의 식탁에 올려지려는 순간이다. 먹이사슬의 제일 윗선에서 누리는 인간의 기득권. 신이 부여한 무한한 권한. 분명 살인행위인데도 삶의 척도로 매김

한다. 먹이사슬로 이어지는 지구의 생명체는 참으로 잔인한 질서의 무엇이다. 지구 자체가 먹고 먹히는 모순 덩어리다. 백상은 불현듯 티베트 불교의식의 하나인 천장(天葬)을 떠올렸다. 죽어 영혼이 하늘에 이르러 영생을 누리라는 염원에서 독수리에게 시신을 먹이는 조장(鳥葬). 가장 잔인한 행위인데도 엄숙하게 치르는 그 의식을 어떻게 해석해야 할까.

"벌써 일어났어?"

표상은 하얗게 웃음을 지었다. 서리 내리듯 냉동기운이 표상의 입언저리에 내려앉았다.

"이렇게 시끌벅적한데 깊이 잠들 수 있겠어요?"

백상은 마주 웃음을 머금었다. 사람들은 생명을 죽이는 것을 꺼려하고 금기사항처럼 여기면서도 식탁 위에서는 맛있고 기름지게 한 점 한 점 살점을 발라 씹어 삼킨다. 이율배반적인 자기합리화요, 역설적인 본능의 질량이 아니고 무엇인가.

"나도 어느 사이에 이 시간을 은근히 즐긴다."

"설마 냉동되어온 반쪽 옥편까지 경매에 붙이지는 않았겠지요?"

"너무 성급하게 여기에 온 본론을 꺼내지 말게나."

표상은 바쁘게 들고나가는 물량을 확인하였다. 환하게 먼동이 터오고, 썰물이 빠져나가듯 어지간히 상거래가 끝나고, 경리사원이 새벽녘의 출고 현황을 다시 한 번 점검하고 났을 때서야 표상은 느긋한 얼굴로 자신의 위치를 되찾았다. 부지런히 컴퓨터 키보드를 두드리는 경리사원을 두고 백상을 앞세웠다.

"스님을 모셔올까요?"

"우리가 그쪽으로 가자구. 아직까지 주무시지는 않을 게고……."

표상의 예상대로 여산 스님은 조용히 두 사람을 기다리고 있었다. 여산 스님은 어젯밤 서림의 집에서 자정이 다 되었을 때서야 두 사람과 합류하였다. 노친네와 무슨 이야기를 그렇게 오랫동안 나누었는지는 몰라도 그 사이 표상과 백상은 걸림 없는 행보로 자갈치와 광복동을 전전하며 삼차까지 내달았다.

"떠도는 공기가 비릿한 생선냄새여서 스님께서 아침 공양하기가 어렵겠습니다."

백상은 농담 삼아 한마디 하였다. 죽은 생선들의 원혼이 떠도는 항구. 이 공기가 싫지 않다는 것은 무엇을 말하는가.

"이미 다 마셨어. 목을 헹구는 물 한 컵으로 고기들이 뛰노는 바다를 다 들이마셨고."

"그럼, 굳이 아침공양을 할 필요가 있겠습니까."

"한 방울의 물과 한 그릇의 밥은 한줌 똥 덩어리야. 배설하고 그걸 또 마시고 먹고. 그래서 먹는 거나 안 먹는 거나 매한가지야."

"그렇다면 이왕지사 먹는 방향으로 합시다."

표상은 간밤 음주로 아직 숙취가 가시지 않았다. 표상은 평소 즐겨 찾는 청국장 집을 들어섰다. 아침 해장에는 생복국이 제일이었으나, 여산 스님을 배려해서였다. 청국장 집 주인은 육이오전쟁 때 이북에서 내려와서 오늘까지 청국장으로 일가를 이루었다. 지금도 뒷전으로 물러나 며느리에게 주방 일을 맡겼으면서도 언제나 손수 간 맛을 보았다.

"어서 오시이소. 요즘은 좀 뜸하다 싶었는데 반갑습니다."

젊은 며느리는 청국장에 절인 모습으로 반겼다. 불심이 배어난 얼굴로 특별히 여산 스님을 생각하여 비좁은 방안에 모셨다. 옷을 갈아입고 잠깐잠깐 휴식을 취하는 방인 듯싶었다.

"왕 어머니는 나오지 않는가요?"

"어언지예. 느긋하게 나오실 깁니더. 몸이 불편한데도 아직까지 감독을 하십니더."

며느리는 들고나는 손님들을 맞이하는 가운데 음식을 들여왔다.

"드십시다. 사할린에 갔을 때 함경도에서 이주해왔다는 한인이 손수 콩을 재배하여 만들어 파는 청국장을 발견하였어요. 얼마나 반가웠던지. 그 바람에 입맛을 잃지 않았어요."

"우리 도반 한 사람도 청국장이라면 앉은 자리에서 서너 그릇 먹어야 직성이 풀렸어요. 그 도반 부모도 이북에서 피난 내려왔지요. 아무튼, 콩이라는 음식은 참 다양하게 쓰여요."

"두부를 비롯하여 콩 음식은 사찰에서 비롯되지 않았습니까?"

"그런 셈이지. 요즘 광우병이다, 구제역이다, 뭐다 수입 쇠고기에 이르기까지 국민적 거부감이 확산되어 있는데, 쇠고기만 해도 고려 때 몽고 침입 이후로 먹게 되었지. 그전에는 백김치에 콩 반찬이 우리네 서민들의 주요 밑반찬이었어. 지금도 풍부하고 다양한 먹을거리를 제공하지만."

여산 스님은 백상의 말을 받아 안으며 수저를 들었다.

"고춧가루를 가미한 오늘의 매콤한 김치도 임진왜란 이후가 아닙니까?"

"음식문화야말로 그 시대를 간 조림한 역사가 숨 쉬고 있지. 이곳 청국장이 잘 소화되는 것도 육이오전쟁 때의 피난생활과 무관하지 않을 거요. 이북에서 내려온 사람들이 곳곳에서 둥지를 틀고서 맛을 우러내는 그 손맛을 깊이 음미해 봐야 해요."

"스님께서는 녹차재배에 재미가 있으십니까? 말하자면 수요와 공급이 그런대로 되느냐 그 말입니다. 아직까지 우리의 전통 차문화가 커피문화에 짓눌려 활성화되지 못하고, 산사의 스님네들도 요즘은 중국차를 즐겨 마신다고 들었습니다만."

"자네의 그 말을 들으니까 내가 무슨 장사치만 같네. 하긴, 생산이 있으면 소비가 뒤따라야겠지. 입소문으로 스님네들이 한 움큼씩 주문을 하고, 찾아온 신도 분들이 그냥 가져가지 않더군. 아직은 선물용에 지나지 않아."

"그것을 확대재생산하여 다양한 이벤트를 생각해 보시오."

"표상께서는 역시 사업가 기질이 있으십니다. 제가 아니더라도 그 방면은 여러 차밭 주인들이 기획하고 행사하고 있지 않습니까."

"스님이야 어디까지나 수행의 한 방편으로 생각해야겠지요."

표상은 청국장을 한 그릇 더 시켰다. 아무래도 사할린에서 맛들인 식탐인가 보았다. 한 무리 손님들이 썰물처럼 나가고 난 뒤에야 세 사람은 청국장 집을 나왔다. 표상은 스님을 의식하며 전통찻집을 찾았다. 백상은 그 옛날 큰 대로 건너편에 있던 도연명이라는 찻집을 떠올리고 그쪽으로 발길을 옮겼다. 그때는 육교가 공중 높이로 가로놓여 있었는데, 전철이 생겨나면서 지하상가를 가로 질러야 하였다. 대로를 점령한 민주화의 행렬. 육교를 오르내리는 시민들은 함성이 울릴 때마다 빵과 먹을거리를 던져주며 박수를 보냈다. 그때의 함성은 어느새 지하로 잦아들어 잊혀져 버렸다.

"가만 있거라. 그 시절이 언젠데 아직도 있겠나. 세월의 부침이 아직도 와 닿지 않느냐?"

표상의 말처럼 도연명이 있던 자리는 시대의 변화와 함께 간판을 내리고 없었다. 목마른 시위 군중들에게 녹차를 끓여와 돌리던 찻집 주인의 상기된 얼굴을 잊고 있었는데, 물큰 추억의 인물로 다가왔다. 세 사람은 발길을 돌려 소화도 시킬 겸 남포동을 걸었다. 남포동 뒷골목 상가는 여전하였다. 옛날보다도 한적한 느낌을 주었다. 한 시절을 풍미하던 거리가 아니었다. 그게 오히려 지난날을 되새기게 하는 여유로움을 주었다. 내처 중앙동을 들어서려는데 찻집이 눈에 들어왔다.

"삼인행이라? 찻집 간판 한번 의미 깊군. 세 사람이 가는 곳에는 반드시 한 사람의 스승이 있다?"

표상은 찻집 간판을 올려다보며 마음에 들어 하였다. 삼인행필유아사(三人行必有我師). 세 사람은 찻집을 들어섰다. 찻집이라기보다는 다기와 녹차와 중국차를 주로 판매하는 집이었다. 협소한 공간에 비좁을 정도로 차와 관련된 물품들이 들어차 있었다. 주인은 손님을 맞으려다말고 여산 스님을 깜짝 알아보았다.

"어머나! 스님께서 어떻게 귀한 걸음을 하셨습니까?"

"보살님께서 저를 알아보시는군요."

여산 스님은 얼른 기억이 나지 않는가 보았다.

"자리가 협소하고 불편하지만 이쪽에 앉으세요. 서림의 친구예요. 지난 봄 그 친구와 함께 스님을 친견하였어요. 찻잎도 따구요."

"아, 그래요. 저는 깜박 잊었습니다."

여산 스님은 비로소 삼인행을 알아보았다.

"서림을 부를까요? 금방 달려 올 거예요."

삼인행은 차를 다루었다. 표상은 비좁은 공간을 조심스레 밟으며 다기들을 감상하였다. 여기에도 중국차와 다기는 그 물량을 실감케 하였다.

"어제 그 보살님 집에서 저녁을 대접 받았습니다."

"그래도 제가 가만 둘 수 없지요. 여기 오신 줄 알면 지청구를 들을 것입니다."

삼인행은 물이 끓는 동안 송수화기를 들었다. 격식이 없는 통화는 제법 길었다.

"두 분께서 아주 절친한가 봅니다."

"학교동기예요. 단짝으로 지냈어요."

삼인행은 표상의 말에 생기 있게 대답하였다. 보기보다 자질하게 막힌 구석이 없었다.

"그럼, 서림에 대해 누구보다도 잘 알겠습니다."

"이리 오셔서 차나 마시세요. 남의 개인사를 들추어 무엇 하시게요."

선걸음으로 궁금증을 내비치는 표상을 여산 스님이 불러 앉히며 차를 들었다.

"이 차는 지난번 스님을 뵈었을 때 가져온 아껴 두었던 차인데, 맛이 어떨지 모르겠습니다. 서림은 이 차만 마셔요."

"스님께서 손수 제조한 차라고요? 향기가 괜찮습니다."

"자네가 그 정도로 품평해 주니 안심이 되는군. 직접 차를 만들어 보니까 여간 정성이 아니야."

"된장국을 끓이는데도 우리네 할머니 손맛 아닙니까. 그만큼 연륜과 더불어 일가를 이루잖아요."

"맞는 말이야. 할머니의 장맛, 그것이야말로 세상의 명품이지."

여산 스님은 백상의 말에 공감하였다. 이론과 실제는 다른 법, 할머니네들의 손맛에서 따로 이론이 배어나지 않는다. 오랜 경험에서 우러나온 진맛일 뿐이다. 따지고 보면 학문도 그렇고, 수행 자체도 풍부한 경험을 바탕으로 한 실천행이 본질을 일깨우는데 요즘 사람들은 어디 그런가. 상식 이상도 이하도 아닌 인터넷문화에 절어 겉치레적인 이론만 풍성하여 공리공론만 허공에 떠돌지 않는가. 그 위에 왜들 그렇게 성질들이 급한지.

"저렇게 쓸 만한 물건은 직접 현지에서 구입합니까?"

표상은 아까부터 눈여겨보았던 찻상을 가리켰다. 어느 반듯한 사대부 집안에서 사용하였던 물건인 듯 볼수록 귀품이 있었다.

"진주에 사는 저의 진외갓집에서 쓰시던 것을 제가 사정하다시피 하여 소장하게 되었어요. 처음 장사를 시작할 때 마땅히 진열할 물건이 없어 갖다 놓았는데, 몇 몇 손님들이 올 때마다 욕심을 내네요."

"파실 물건은 아니군요."

"그런 셈이에요. 저도 언제까지 이 장사를 할 것도 아니고, 때가 되면 조용한 곳에서 남은여생을 보낼까 해요. 그게 뜻대로 될지 모르겠지만……."

"마음먹기에 달렸지요."

여산 스님은 백상을 돌아보았다. 자연과 더불어 고향을 지키는 한적하고 여유로운 생활을 즐기는 백상이야말로 도인의 경계에서 노니는지 모른다. 세속은 들여다볼수록 조그마한 잇속을 따지고, 형제자매끼리도 이해관계에 얽매여 갈등과 반목을 일으키지 않는가. 백상은 어느새 그러한 세상사를 다 여의지 않았을까.

"사람들은 한결같이 귀거래사를 읊조리는데도 그게 쉬워야 말이지요. 거, 차맛 한번 향기롭다."

표상은 다소 과장을 내보였다. 눈에 들어오는 찻상이 아무래도 욕심이 나는가 보았다. 돈을 주고도 살 수 없는 물건. 더러는 체념과 아쉬움을 가져다주는 그러한 것들 때문에 세상사는 맛이 나는지도 몰랐다.

"스님께서 만든 차라서 그런가요?"

"자네의 밀반죽 같은 웃음이 나를 곤혹스럽게 하는구만. 마음에 드는 물건이 있는가 말해봐. 기념으로 사줄 테니까."

"팔 수 없는 물건을 사달라고 하면 어떻게 하게요."

백상은 싱거운 여운을 남겼다. 무엇을 집안 가득 소장한다는 것도 귀찮지 싶었다. 애완동물이건, 가축이건, 방안등물에 이르기까지 많으면 그 속에 매몰되고, 집착하게 되고, 끄달리기 마련이었다. 그래서 소장하기를 꺼려하였다. 욕심이 없다기보다는 그게 마음을 편하게 하였다.

"오래 기다렸죠?"

문이 열리면서 서림이 들어섰다. 어제보다는 밝은 얼굴이었다.

"이쪽에 앉으세요."

백상은 의자가 부족하다는 것을 직감하고 자리를 양보하였다.

"자리를 만들면 되는데요."

"아닙니다. 저는 다구들을 구경하겠습니다. 마음에 드는 물건이 있을지도 모르구요."

백상은 팔짱을 낀 채 이것저것을 감상하였다. 딱히 눈에 들어오는 물건은 없었다. 저기 볼품없는 맷돌이나 사갈까? 짊어지고 가기에는 너무 무겁겠어. 어느 여인네가 저 맷돌을 사용하였을까? 불현듯 정선아라리가 입안에서 맴돌았다. 주인은 간 곳 없고, 버려진 듯 팔려가기만을 기다리고 있구나. 백상은 동구 밖에 서있는 닳아지고 문드러진 돌장승을 떠올렸다. 아무도 반겨하지 않고 눈여겨보지도 않는 마을의 수호신. 낡은 삼베옷보다 더 보잘 것 없는 유물. 저 맷돌만 하더라도 귀히 여기고 소중하게 사용하였던 우리네 숨결이 디딤돌로 버려진 현실을 어떻게 꿰매야 할까? 언젠가 오강윤 선생은 반듯하게 지은 별장에 초대되어 갔다가 디딤돌로 사용하는 다듬잇돌을 보고 화를 벌컥 냈다. 여인네의 정한이 서린 다듬잇돌을 염치없고 생각 없이 발로 밟고 올라설 수 있느냐고.

"이리 와서 차마저 들지 그러나."

백상은 여산 스님의 말에 자리로 돌아왔다. 삼인행은 장고를 의자 대용으로 마련하였다. 진여의 소리가 들릴 것 같았다.

"이 집은 어떻게 알고 오셨어요?"

"지나치다 간판이 마음에 들어서요."

"보라구. 간판이 좋다잖아. 저 친구는 어째 좀 찻집 이름으로는 그렇다는 걸 우리가 우겼어요. 공자도 차를 즐겼을 것 아니에요."

서림은 여산 스님의 말에 어깨를 으쓱하였다. 백상은 아직도 맷돌을 생각하며 차를 들었다.

"공자가 마신 보리숭늉도 차 아니었겠어요. 서림께서는 어떻게 어머님을 모시고 사십니까?"

"이 친구 하는 일 말이세요? 프랑스 유학까지 다녀와서 한다는 게 바느질 하고 자연염색을 해요. 그게 우리네 전통미학의 하나라네요. 바느질이야 외할머니께 배웠다고 하지만, 아무튼 출세지향적인 세속의 인심과는 동떨어진 별난 구석이 있어요."

표상의 묻는 말에 삼인행이 대신 거들었다.

"유학은 무슨…… 잠깐 여행을 하고 온 건데."

서림은 겸연쩍은 표정을 지었다.

"자연염색이라면 쪽물 같은 것 말인가요?"

"갖가지 꽃과 풀, 나무, 심지어 황토와 낙엽까지 이 애 눈에 들어왔다 하면 조화를 부려요."

"그 참……!"

표상은 눈을 가늘게 떴다. 표상이 알기로는 쪽은 식물성 염료의 한 종류로서, 이천년 가까운 세월 동안 우리네의 생활문화였는데, 화학염료가 널리 쓰여지면서 순식간에 자취를 감추었다. 쪽물은 천이나 종이가 잘 삭지 않아 한지에 쪽물을 들인 종이를 감지(紺紙)라 하여 불교와 유교에서는 경전을 필사하였다. 그게 유명한 감지경전이었다.

"사장님께서도 거기에 관심이 많은가 봐요."

"안방마님께 포목점을 물려주기 전에는 전심전력 포목점을 경영하였어요."

"요즘은 자연염색도 좋지만 어머니를 위해 약술을 빚고 싶네요. 한번씩 고통을 호소할 때마다 몸에 좋다는 약술이 모든 것을 잊게 해주지 않을까 생각해요."

"어디서 온 발상인지는 모르겠지만, 효심이 남다릅니다."

표상은 서림을 새롭게 인식하였다. 백상은 불현듯 살아생전의 어머니를 떠올렸다. 술과 담배. 어머니는 손수 빚은 술로 마음의 고통을 다스렸고, 가슴의 응어리를 담배연기로 산화시켰다. 그야말로 상사초였다.

"약술을 생각한 것은 외할머니의 영향인 듯싶어요. 외할머니께서 즐겨 약술을 빚어 마음의 고통과 육신의 병고를 잊었어요."

"이왕이면 약초로 자연염색도 하고 술도 빚어. 너 좋고 어머님도 좋잖니."

"그럴싸한 생각입니다."

표상은 삼인행의 말에 맞장구를 쳤다.

"거기까지 계산에 넣었어."

"내친김에 스님 옷도 한 벌 마음 쓰고 말이다."

"저야, 무명옷이면 돼요. 그보다 저 친구 옷이나 한 벌 신경 써서 선물하시오."

"저는 선물 받을 위치가 아닌 것 같습니다."

백상은 여산 스님의 말을 가볍게 받아넘겼다. 생면부지나 다름없는 여인으로부터 이유도 알 수 없는 선물이라니.

"마음이 가면 또 모르지."

"아닌 게 아니라 오라버니 같은 생각이 들어요."

표상의 말에 서림은 한술 더 떴다.

"오라버니라? 그것도 마음먹기에 달렸지요. 뱃속에서 나올 때부터 형, 아우 구별은 할 수 없으니까요."

여산 스님의 눈가에 건듯 바람 한 점이 지나쳤다.

"그럼, 오라버니라고 부를까요?"

"저는 준비가 되지 않았습니다."

백상은 분위기가 이상하게 흘러간다 싶어 자세를 고쳐 앉았다. 빨리 이 자리에서 벗어나 반쪽 옥편을 보고 싶은데, 표상은 처음과는 달리 일어날 기미를 보이지 않았다.

"사람의 인연이란 불가항력의 무엇이에요. 물론 만나는 바탕이 한정되어 있다지만 그 안에서 무심결로 받아들일 수 없는 숨결이 작용해요."

"그건 삼인행의 경험에서 오는 건가요?"

"경험도 작용하죠. 대개 만남으로 이루어지는 인간사가 주어진 시간과 공간의 바탕 위에서 매겨지지 않는가요?"

"그래요. 만남은 삶의 바탕이지요. 그 가운데 기쁨과 슬픔이 교차되고요."

표상은 삼인행과의 대화에서 즐거움을 찾았다. 여자가 의식이 뚜렷하고 사리가 분명하다는 것은 자신의 운명을 올곧이 받아들이고 소화한다는 것일 터였다. 젊은 시절에는 여자를 경시하는 태도를 지녔었다. 그러던 것이 나이가 들면서 그러한 태도를 버렸다. 그렇다고 여성 예찬론자는 아니지만 의식이 충만한 여성을 만났을 때 진정한 아름다움을 맛보았다. 탐스러운 꽃일수록 아름다운 향기를 발산하지 않는가.

"만남은 그래서 숨결이에요. 공동체적인 삶이란 한 우리 안에서 같은 공기를 나누어 마시며 서로의 존재를 인식한다는 거죠. 저는 그걸 생각하면 지나치는 사람들을 그냥 무심하게 일별하지 않아요."

"허허, 나와 꼭 같은 사고개념입니다. 자주자주 찾아와야겠어요."

"그러세요. 한시라도 타박하지 않겠어요."

"두 분이 금방 의기투합하십니다."

여산 스님은 잠깐 수미산을 돌아 나온 듯한 얼굴이었다. 어느 장소에 있을지라도 자신이 지니고 있는 공안을 놓치지 않는 수행승의 면목이었다.

"글쎄 말입니다. 백상과 서림을 한데 비끄러매려다 엉뚱하게 불똥이 튀었나요?"

표상은 연륜답게 대화의 점선을 다소 익살맞게 그었다. 가만, 서림이 독신주의를 고집하는 것은 시속말로 사랑의 쓴잔을 마신 때문일까? 아니면 가정적으로 그보다 더한 처절한 사연이 있어서인가? 표상은 순간 엉뚱한 상상을 하였다. 여자가 그 나이가 되도록 혼자 산다는 것은 쓰디쓴 사랑의 상처에서 비롯한 자의식 내지 체념의 무엇 아닌가? 그리고……. 표상은 자신의 상상이 삼류의식에 지나지 않는다고 여기면서도 다시금 서림을 바라보았다. 표정의 밝기나 수수한 차림새는 전혀 그런 사람 같지가 않았다.

"향기 좋은 차를 얻어 마시면서 객쩍은 대화는요. 이제 일어납시다. 이것도 민폐일 수 있어요."

"그럴까? 자네가 조급해 하는 까닭을 알 것 같네."

표상은 여전히 여유를 부리며 자리에서 일어났다. 세 사람은 삼인행을 나와 지하상가를 지나 표상의 냉동 창고를 돌아나가 사무실로 들어섰다. 경리는 아침과는 달리 느긋한 자세로 컴퓨터 화면으로 신문을 보고 있었다. 썰물이 지듯 주위가 한산하였다.

2

표상의 집무실은 생각보다 아늑한 분위기였다. 새벽녘의 시끌벅적한 삶의 현장을 쏙쏙이 바람처럼 비질해 버린 정적이랄까, 지척에서 들리는 뱃고동소리가 여름밤의 별똥별처럼 긴 여운을 남겼다. 벽면에는 윤사암의 판화 한 점이 걸려 있었다. 호무도(虎舞圖)였는데, 모든 잡귀를 물리치는 벽사(辟邪)의 상징처럼 보여 새삼 윤사암의 칼 맛을 추억 어리게 새김 하였다.

"스님, 오강윤 선생님께서 무슨 생각으로 백상을 서림에게 소개시켜 주려고 했을까요?"

표상은 아직도 풀리지 않는 구석이 있다는 듯 지나치는 말로 물었다.

"저도 그 깊은 속내는 모르겠고, 백상과 서림을 누구보다도 잘 알기에 그랬겠지요."

"무언가 숨겨져 있는 듯해요. 서림의 어머니께서도 백상을 보는 순간 당혹감을 드러냈어요. 스님께서는 거기에 수수께끼 같은 의문이 작용하지 않으시오?"

"듣고 보니 그럴 듯한 추리인데, 너무 과민반응 아닐까요?"

여산 스님은 오히려 되물으며 초연한 빛을 띠었다.

"스님은 무언가를 알고 계시지요?"

"제가 어디 천수천안의 능력을 지니기라도 하였습니까."

"스님과 서림 어머니와의 비밀 회동도 그렇고, 아무튼 제 나름대로 좀 더 상상력을 부풀리고 시간을 지켜봐야겠습니다. 아무래도……."

"뭘 그리 심각하게 생각하십니까. 보관하고 계신 책이나 봅시다."

표상은 백상의 재촉에 다음 말을 아끼듯 삼키며 잠시 창밖에 어리는 항구의 풍경을 바라보았다. 정중동이라고 하였던가, 조용한 가운데 항구가 숨을 쉬고 바다가 뒤채였다.

"헌데, 아까 오라버니로 생각하면 어떻겠느냐는 서림의 말에 백상이 너무 차갑게 물리치더군. 여자의 그 말을 애교쯤으로 받아들이면 될 걸."

여산 스님은 백상의 조급증을 무지르며 생뚱하게 말하였다.

"맞아. 여자에게 그렇게 말하는 법이 아닌데. 여자를 대하는 그 성질은 옛날이나 지금이나 똑같아."

"저는 여성을 존중합니다."

"물론 그래야지. 가만있자, 내 금고 비밀번호가 뭐더라……?"

표상은 자리에서 일어나 한쪽 벽장에 숨겨져 있는 금고 앞으로 다가섰다. 백상은 긴장하였다. 여산 스님은 그와는 달리 두 눈을 지그시 감고 있었다. 표상은 열심히 비밀번호를 맞추었다. 소리 없이 금고가 열렸다. 표상은 창호지에 포장된 반쪽 옥편을 꺼냈다. 백상은 숨을 죽이고 기다렸다. 표상은 조심스럽게 포장지를 벗겼다.

"이겁니까?"

"그래. 자세히 살펴보게나."

표상은 소중한 유물을 내보이듯 하였다. 백상은 예상하였던 것보다 볼품없고 낡아 흥분을 자제하였다. 그야말로 반쪽짜리 고서에 불과하였다. 거기에 의미를 부여한다든지, 숨결을 느낄 수는 없을 듯하였다. 일본판 반쪽짜리 옥편. 백상이 생각에 잠겨있는 사이 여산 스님이 조용한 손길로 책장을 펼쳤다. 겉보기와는 달리 속 낱장은 의외로 깨끗하였다.

"대정(大正) 오년이라면 일천구백십육 년이고, 소화(昭和) 십오 년이라면 창씨개명을 행하던 일천구백사십 년이니까 초판발간과 이 개정증보판과는 이십사 년이라는 간격을 지니고 있어. 창씨개명을 시행하던 때 같으면 한선생님께서 일본 유학을 갔었던 시절이 아닌가?"

"그러지 싶습니다."

백상은 과연 낡고 때 묻은 반쪽 옥편이 아버지가 소장하였던 것인가, 깊은 자괴감에 빠졌다. 표상의 기대감과는 달리 회의가 먼저 드는 까닭은 어째서일까? 불확실한 시대의 유물 이어서인가? 도대체 확신이 가지 않는 이유는 무얼까.

"왜, 그리 착잡한 심정을 드러내는 거야?"

표상은 충분히 그리리라 예상하고 있었다. 자신도 처음 반쪽 옥편을 대하였을 때 확신보다 부정과 회의가 먹장구름처럼 가슴을 누질렀다. 다만, 한 가닥 실낱 같은 희망과 기대감으로 다가선 것은 한민서가 그와 같은 옥편을 늘 머리맡에 두고 있었다는 것이다. 비록 같은 해 같은 출판사에서 나온 비슷한 옥편이었다 할지라도 표상은 한민서의 손때 묻은 옥편을 곁에서 본 것이다.

"솔직히 말해서 도무지 기대치와는 거리가 멀어서요. 친필 서명 날인이라도 있다면 또 모를까…….."

백상은 여전히 머리 위에 떠도는 자괴감과 회의랄 놈을 걷어내지 못하였다. 그때 당시 지식인이라면 아무리 한권의 책을 소장하기 어려운 시절이었을지라도 이런 종류의 옥편쯤은 소장하였으리라.

"나도 선뜻 긍정하기 어렵지만 표상께서 어느 정도 자신감을 내비치니 거부할 수 없는 무게로 다가오고, 아무튼 시간이 더 필요하지 않을까?"

"그럴 수밖에 없겠습니다."

백상은 여산 스님의 의견을 받아들였다. 모서리가 닳아지고 엉겨 붙은 책장을 조심스럽게 한 장 한 장 넘겼다. 그 당시 이렇게 정밀하게 편집하여 찍어 낼 수 있었던가? 한편으로는 적이 감탄하였다. 반세기 전까지만 하더라도 우리네 편집과 인쇄술은 열악한 편이었다. 책장을 넘길수록 종이의 질감도 좋았다.

"자네는 옥편 속에서 다른 무엇을 찾는구만."

"모르지요. 그러다 결정적인 메모지라도 발견할지."

표상의 농담어린 말에 여산 스님은 무심한 듯 내버려 두었다.

"그럴지도 모르겠군. 내가 미처 발견하지 못한 것을 들추어낼지."

표상은 전화를 받았다. 백상은 자신도 모르게 옥편 속으로 빨려들어갔다. 표상이 말한 옥편 임자의 친필 메모지를 기대해서가 아니라 책장마다 묵혀진 종이 냄새에 젖어 매몰되었다. 습습한 곰팡내 같기도 하였고, 손끝에 어린 땀내음이 배어나는 듯하여 말로 표현할 수 없는 야릇한 향기를 풍겼다. 구린내도 향기에 들어가느냐고 반문할지 몰라도 이 세상에서 가장 값비싸고 고급상스러운 향기라는 게 사향노루의 오줌 아니면 사향고양이의 분비물 아니던가. 묵혀진 된장 냄새도 일종의 향수일 수 있고, 비위장을 거슬리는 역겨운 냄새도 향수일 수 있다. 백상은 반쪽 옥편의 빛바랜 활자에서 미세하게 묻어나는 아주 독특한 냄새에 점점 취하여 주위를 잊었다. 낡은 종이 속에서 툭툭 튀어나오는 글자 하나하나마다 그 의미를 달리하며 생명을 부여안고 있었다. 같은 부수, 같은 획수인데도 제각기 그 성질을 달리하며 하나의 세계를, 고유의 존재가치를 지니고 있음에랴. 맑고 청정한 생명수는 퍼 올릴수록 신선하다고 하였던가? 활자는 책장을 넘길수록 오묘한 진리의 샘으로 각인되어 살아 숨 쉬는 개체로 일어섰다. 무한의 깊이, 드넓은 공간이 활자의 개체 속에서 펼쳐졌다.

"정말 끝장을 볼모양인가?"

장거리 전화를 받고 나서 표상은 백상의 집요함에 혀를 찼다.

"백상으로서는 아주 중요할 수도 있지요."

여산 스님은 표상이 가져온 사할린에 관한 책을 일독하고 있었다. 무료함을 땜질하자는 것은 아니었다. 버려진 땅. 유배지의 땅. 사할린에서 고국을 그리다 숨겨간 한인들의 절망과 회한이 들어찬 삶의 편린이 가슴을 울렸다. 나이 들어 고국산천을 찾는다 해도 환영해 줄 사람 하나 없는 서러운 인고의 삶. 어찌 생각하면 고향산천을 잃어버린 떠도는 혼불이었다.

"스님, 서림이 자연염색을 한다고 하였잖아요."

"새삼 그건 왜요?"

"쪽물을 들이는 그 손끝에 무언가 애절한 갈망이 묻어 있지 싶어요."

"그건 표상의 피상적인 인식 아니면 감정 아닐까요?"

"우리네 할머니께서 자신의 서러움을 무명실을 뽑는 물레에서 산화시키듯 서림만이 안고 있는 정한을 쪽물로 우려내는 게 아닌가 싶어요. 의식적이든, 무의식적이든."

"그렇다면 예리한 직관입니다. 저는 무심히 바라보았습니다."

"스님이야 매사 마음을 비운 상태 아니오. 하여간 서림이 물들인 옷감을 한번 봐야겠어요. 이래봬도 십 수 년 포목점을 하지 않았습니까."

"여러 색감어린 옷감을 보면 금방 그 속에 서린 질감과 색상의 본래 면목을 아시겠어요."

"물론이지요. 특히 시골 아낙네가 정성스레 짜온 옷감은 보기만 해도 마음이 순백해지고 황홀해요. 무색이든 유색이든 그 질감 속에 올올이 땀과 눈물이 수놓아져 있어요."

"한 방울의 물이 바다를 이루 듯이요?"

"그렇지요. 한 방울의 물이 마르지 않는 영원한 무한대의 바다. 그 빛깔 말입니다. 서림이 물들인 옷감은 바로 한 방울 물의 생명력을 지니고 있을지도 모릅니다."

"저는 미처 그런 경개를 몰랐어요. 그녀가 물들인 옷감으로 지은 옷은 그만큼 무게를 더하겠어요."

여산 스님은 가볍게 웃음을 지었다. 언젠가 선물한 남빛 옷 한 벌이 눈앞에 다가왔다.

"잠자리 속날개처럼 가벼울지도 모르지요. 그렇게 가벼워야 자신이 지니고 있는 세계를 마음대로 날아다닐 수 있어요. 장자의 세계관이랄까⋯⋯."

"오늘 한수 톡톡히 배웁니다."

"저도 모르게 그간 스님의 법문을 음독한 것에 지나지 않아요. 허어, 백상은 아직도 무아지경이군."

"한 세기가 지났는데도 아버지에 대한 집요한 갈망은 여전합니다. 살아있는 부모를 학대하고 배반하는 오늘의 세태를 생각하면 마음이 착잡합니다."

여산 스님은 잠시 자신을 있게 한 아버지를 떠올렸다. 징용을 피한 답시고 만주로 떠난 아버지의 얼굴은 아슴한 물안개처럼 기억에도 희미하였다. 다섯 살배기로 해방을 맞았을 때 아버지는 돌아오지 않았고, 어머니는 일본인 교장의 가정부로 일하였다는 이유로 동네북을 짊어졌다. 일본인 교장 사택에서 가정부로 일한 죄밖에 없다고 억울함을 짓씹었으나, 인심은 어머니 가슴에 북을 매달게 하고서 섬 전체를 돌게 하였다. 그때의 돌팔매질. 어머니의 평생 회한과 억울함은 아버지의 부재에서 비롯된 것이었다고 억지스럽게 매달 수 있겠지만, 여산 스님은 한 번도 아버지를 원망하지 않았다. 그만큼 아버지에 대해 가슴 깊이 새기지 않았다. 불문에 귀의하여 부모를 여읜 탓도 있겠으나, 일찍이 아버지의 존재를 멀리 잊어서일까, 아버지에 대한 집착이라든가, 그리움 따위는 샘솟지 않았다.

거기에 비하면 백상은 행방불명 된 얼굴도 모르는 아버지에 대한 집념이 너무 강하다고나 할까. 물론 여산 스님과는 아버지라는 나무 그늘이 다를 수도 있다. 아버지로 인하여 전쟁이데올로기의 희생양이 되어 한 서린 여정을 걸어오지 않았는가. 연좌제라는 가시관을 왜 써야 하였는가? 그 해답의 실체를 밝혀내고 규명하고 싶은 간절함. 아직까지 그 해답의 방향은 치막한 안개 속에 놓여 있다. 그런 의미에서 백상의 갈망을 이해해야 하지 않을까.

"스님, 여길 한번 보십시오."

백상은 오랜 침묵을 깨고 무겁게 말하였다.

"드디어 무슨 단서를 잡은 겐가?"

표상이 먼저 자리에서 일어나 백상 곁으로 다가갔다.

"이걸 보세요. 잉크자국으로 얼룩진 지문이에요. 이걸 정밀 분석해 보면 적어도 소장자를 알 것 같아요."

"내가 보기에는 지문이 아닌 것 같은데?"

표상은 이의를 달았다. 그도 그럴 것이, 지문이라 하기에는 석연찮았다. 희미한 등잔불처럼 도무지 선명하지가 않았다. 아무리 보아도 잉크 자국에 지나지 않았다.

"돋보기 있어요?"

백상은 확인하고 싶었다. 하나의 단서, 하나의 물증, 얼마나 절실하고 정확한 것인가.

"돋보기라면 여기 있네. 이 나이에 의지할 것이라곤 돋보기 뿐이잖은가."

표상은 즐겨 사용하는 확대경을 백상에게 건넸다. 표상은 돋보기를 착용하면서부터 확대경을 사 모으는 게 하나의 취미가 되었다. 어디를 가더라도 습관처럼 확대경을 샀다. 품질이 좋고 나쁜 것을 떠나서 분신처럼 항상 가방에 확대경을 넣어 다님으로써 안심이 되었다. 쇼핑을 할 때도 남들이 보면 불편하지 않을까, 안쓰러운 감이 들지 몰라도 표상은 확대경에 비치는 질감으로 그 물건의 진의를 알 수 있어 얼마나 편리한지 몰랐다.

"이건 굉장히 도수가 높은데요."

"그건 돋보기가 아니라 확대경일세. 자네는 자연과 더불어 살기에 돋보기와 확대경을 구별 못하는구만."

"저도 일찍이 최루탄가스에 한쪽 눈이 시원치 않습니다."

백상은 확대경을 받아들고 옥편 한쪽 귀퉁이에 찍혀진 잉크자국을 들여다보았다. 분명 청색자국인데 오랜 세월 낡고 바래져 확대경을 몇 번이고 들이댔는데도 선명하지 않았다. 하는 수 없이 미련을 접어야만 하였다. 그렇다고 반쪽 옥편 전체를 불신하지 않았다. 처음과는 달리 무언가 비밀이 숨겨져 있지 싶었다.

"너무 집착하거나 매달려도 마음이 상하는 법이야. 부산에서 하루 더 쉬었다 가려나?"

여산 스님은 백상의 등을 두드리듯 시간을 일깨웠다. 꽤나 시간이 흘렀다.

"하루 더 쉬었다 가세요. 내일이면 저도 시간이 날 것 같고, 제 차로 가십시다."

표상은 여산 스님의 마음을 붙들었다.

"저야, 어디를 가나 매인 몸도 아니고 한가하지요."

"자네도 그렇게 하게."

표상은 일방적으로 하루 더 묵기를 강요하였다. 백상도 별반 까탈을 부리지 않았다. 이참에 고향사람들을 한번 만나볼까 생각하였다. 객지 밥은 아무리 잘 살아도 서럽다고, 그냥 모른 체하고 갈 수는 없었다.

백상은 점심을 들고 남포동 일가부터 찾았다. 건어물상회가 들어찬 남포동 일가는 세월의 부침 속에 빛바랜 황혼 들녘을 연상케 하였으나, 옛시절을 간직하고 있었다. 상회 간판도 그대로였다. 조약도상회. 반가웠다. 아직도 간판을 지니고 있구나! 백상은 조약도상회를 성큼 들어섰다.

"어매, 이게 누구라냐? 반갑고 반갑소이. 나는 아주 잊어뿐 줄 알았소."

용무 부인은 깜짝 반겼다. 그 사이 몰라보게 변하였다.

"제가 어찌 잊겠습니까. 동생은 어디 갔습니까?"

"요즘은 아침에 문만 열고 들어가요. 나이는 어쩔 수 없는지 예전만 같지가 않으오."

"건강이 안 좋은가 봅니다."

"그럴 나이 아니오. 부산은 어인 일로 오셨소?"

"볼일이 있어서요. 요즘은 시절이 어떻습니까?"

"예전만 못해라우. 노느니 염불이라고 노후 활력소라고 생각하오."

"보기에도 활기가 없어 보입니다."

백상은 활기에 넘치던 지난날을 떠들렸다. 시절이 궁핍하였을 때 잠시 안창골에 숨은 듯 지내며 오강윤 선생이 떠들리던 아버지의 남다른 우정의 실체를 수소문하였었다. 그때 용무는 이곳에서 점원생활을 청산하고 그동안 엮고 짠 지혜와 경험을 살려 상회 간판을 달았다. 산지 인들과 도매상들이 몰려들고 주판알을 튕기는 입찰은 시끌벅적 활기로 넘쳐났다.

"옛날에는 고생은 했을망정 살맛이 났지라우. 그때는 안창골에 숨어 지냄시럼 마음고생이 많았소. 오살녀러 시국. 인자는 그런 시상이 또 올랍디요. 최루탄가스가 안창골까지 묻어 왔응께요."

"추억으로 돌려야지요. 저 때문에 신경을 많이 쓰셨습니다."

"그런께. 우리 김 공장 먼지 수북한 박스더미 속에 숨어 지내던 모습이 눈에 선하오."

"신세를 많이 졌지요. 아직도 안창골에 사는가요?"

"인자 형편도 좋아졌으니 번듯한 아파트에서 살자고 해도 구멍가게를 버린 뒤로는 안창골에 오르더니 한사코 떠나지 않을라 하오. 아들 며느리 보기가 민망하오. 하기사, 채종이야, 고향사람들이 객지의 서러움을 녹여 주요."

"그래요? 만나보아야겠습니다."

"그러시오. 언제 또 부산에 올랍디요. 나이가 들수록 제일로 차 타기가 겁납디다. 대접할 것도 없고, 어여 올라가 보시오."

백상은 용무부인의 말을 뒤로 하고 안창골을 찾아들었다. 마을버스로 오르는 안창마을은 예전의 모습이 아니었다. 지렁이처럼 구불구불 잇대어진 골목골목은 예전 그대로였으나, 전체적으로 변화를 가져왔다. 슈퍼마켓에 들러 술과 안주를 사들고 채종의 집을 찾아들었다. 바다 일밖에 모르던 사람이 건듯 바람에 불려갈 살림살이를 짊어지고 이곳에 둥지를 틀고서 막노동으로 삶의 비애를 삼켰다. 그 시절 잠시 채종의 집에서 신세를 졌다. 채종은 예전 그 집에서 살고 있었으나 골목길을 잊고 몇 번 돌아 나오고 헤매다가 겨우 찾았다. 옛 모습 그대로였다. 대문을 달아 건 블록 담장만 새로웠다. 채종은 노인네의 모습이었다. 기골이 장대한 지난날의 모습은 삭아져 버렸다.

"허어, 백상이 아니냐! 아무 연락도 없이 어짠 일이다냐."

채종은 낮잠에서 깨어난 얼굴로 반겼다. 백발을 이고 선 덥수룩한 모습은 흐벅진 웃음과 더불어 세상을 한 바지게 짊어지고 떼기장치던 그 시절을 추억으로 여미게 하였다.

"우연한 볼일로 부산 왔다가 시간이 있어 찾아뵈었습니다."

"부산까지 왔다가 나도 안 보고 그냥 갈라고 했디야?"

채종은 자리를 내주었다. 사들고 온 술병을 보더니 입가에 웃음이 비어져 나왔다.

"건강은 어떠십니까?"

"예전만 할라디야만 일 안하고 소일한께 그냥그냥 버티고 산다. 애들이 생활비를 조금씩 주는 걸로 한잔 술을 즐긴다. 참말로 우연한 볼일로 왔냐?"

"제가 존경하는 선생님이 돌아가시어 조문을 왔다가 표상을 만났어요. 그 분이 부산에서 사업을 하세요."

"가만있거라, 표상이라면 느그 집에 숨어 지냄시러 머슴 몽선이 하고 궂은 일 마다하지 않았던 사람 아니냐?"

"아직도 기억하고 계시군요."

"우리만 보면 붙잡아다가 씨름을 시켰어야. 아직도 마음 안 변하고 살갑게 지내는가 보구나. 세월이 하 오래라서 얼굴도 아슴아슴하다."

"만나면 금방 알 겁니다"

"언제 한번 만나 볼끄나."

"그렇게 하세요. 고향사람들 예전처럼 머리 맞대고 사는가요?"

"아니지야. 나하고 용무가 지킴이 노릇을 하고 있다. 시절과 함께 다들 떠났다. 용무를 불러야겠다. 그 동생도 요즘 몸이 부실하다. 타관객지에서 얻은 고생병이 아니겠느냐."

채종은 전화로 용무를 불렀다. 용무는 지체하지 않고 슬리퍼를 끌고 왔다.

"형님이 찾아주고, 오늘이 무슨 날이오."

용무는 몰라보게 노쇠한 기운을 안고 있었다.

"고향만 같은 안창골에서 사는 걸 보니 아직도 향수를 안고 있구나. 고향을 아주 잊었는가 했다."

도시의 변두리에 떠있는 뭍의 섬. 백상은 채종에게 술을 쳐올렸다. 술잔을 받은 채종의 손길이 가늘게 떨렸다.

"어떻게 태어난 고향을 잊겠느냐. 고향도 연륙교가 생겨나 시원하게 차들이 다닌다면서야?"

"편리함을 맛보지요."

"죽기 전에 가보고 싶구나. 일전에 큰놈이 고향에 다녀와서 하는 말이 편리하기는 한디 쓰레기더미로 몸살을 앓는다면서야?"

"심각합니다. 행락객이야, 낚시꾼들은 말할 것 없고, 수시로 쓰레기를 차에 싣고 와서 버리고 가는지라 악취가 납니다."

"몹쓸 인간들. 청정해역을 제 몸 같이 아끼고 사랑할 것이제 그렇게 양심머리 없이 오염시켜야? 열 사람이 지켜도 도둑 하나 못 잡는다고, 고향사람들 속깨나 썩겠다."

"더구나 이웃들의 노령화로 어려움이 많습니다. 젊은 사람들이라야 가뭄에 콩 나듯 보이는데도 나름대로 생업에 바쁘고요."

"동생이 말 안 해도 알만하다. 어쨌거나, 고향을 생각하면 나도 병산이 맨치러 일찌감치 다시 돌아갈 걸 후회스럽다. 죽어 고향에 뼈를 묻힐 바에야 힘깨나 쓸 때 진즉 귀향할 것인디 우리 두 사람 머리 맞대고 살기도 외로워야."

"지금이라도 내려오시지요."

"아니다. 면목이 없어야. 아직도 빈집이 많지야?"

"형님 집이야 벌써 없어졌지만 버려진 집들이 몇 채 있습니다."

"도시의 서민들은 돌아누울 집 한 칸 없어 한숨을 쉬는디 시골은 빈집이 늘어나니 기묘한 시상이다. 우리부터 삶을 역행하고 사는지 모르겠다만……."

"조금만 기다려 보십시오. 다시금 농어촌이 지난날의 활기를 되찾을 것입니다."

"어떻게야?"

채종은 싱거운 소리를 한다는 듯 술잔을 쭈욱 들이켰다.

"세계적으로 환경오염에 의해 식량난이 일어날 조짐이 움트고, 수입에 의존한 식량난을 해결하자면 자급자족으로 전환할 수밖에 없습니다. 그러자면 지금까지 묵혀지고 버려진 논밭들을 다시금 경작할 것이고, 도시의 젊은이들이 할아버지, 아버지의 고향을 찾을 것입니다."

"그렇게 된다면 얼마나 좋겄냐. 시골의 논밭들이 묵혀진 전경을 볼라치면 가슴이 꽉 막힌다."

채종은 불현듯 젊은 날로 돌아갔다. 봄날 제비꽃이 꽃방석처럼 군무를 이루면 겨우내 김이 무럭이는 여물로 살찌운 소의 잔등에 멍에를 짊어지우고 이랴 끌끌 이랴 끌끌 소를 몰았다. 참방이는 물로 개구리랄 놈이 기지개를 켜는 논바닥을 갈아엎었다. 겨우내 얼었던 땅이 해동과 더불어 녹아내렸다고는 하나, 한 겨울 멍에를 짊어진 적이 없는 소랄 놈은 콧김을 내뿜으며 묽은똥을 내갈겼다. 쟁기 보습 날에 꽃방석 같은 제비꽃이 갈아엎어지고, 그 자줏빛 꽃들은 방긋 웃는 모습으로 한해 농작물의 밑거름이 되었다.

봄이 다할 무렵이면 보리타작과 모내기가 숨 가쁘게 이어지고, 고구마, 참깨, 고추, 조, 수수, 콩 따위의 밭작물을 심었다. 보리타작은 질금질금 봄장마 속에서 타작을 서둘렀고, 못줄을 옮겨놓으며 품앗이로 이루어지는 모내기는 농자천하지대본다운 흥겨움과 한해의 풍년을 정성으로 심었다. 모내기가 끝나면 피로에 절은 후줄근한 육신을 잠시 쉴참도 없이 밭곡식을 파종하고, 어느 사이에 귀청을 때리는 매미소리가 한여름을 알렸다. 이마에 구슬땀을 흘리며 논매기야, 농약이야, 잠방이에 물기 마를 날이 없었다. 아낙네들은 지열이 후끈한 콩밭이나 고구마밭, 또는 수수와 조가 어우러진 비탈진 밭에 앉아 김을 맸는데, 앉은 키높이만큼이나 자란 밭곡식을 어르며 가을의 수확을 눈짐작하였다.

그때쯤이면 쉬엄쉬엄 감탕나무께나, 바람 들이치는 서늘한 응달에서 김발을 쳤다. 그때야말로 가장 기대가 부풀었다. 기대가 부푼 만큼 농담과 육두문자가 절로 나오는 여유로움을 가졌다. 그런 가운데 가을의 문턱에 다다르고, 가을은 정말 숨 가빴다. 벼 베기에서부터 타작하기까지 한해의 실농과 풍작에 따라 희비가 교차되기 마련이었다. 그렇다고 토심스러운 마음으로 흉작을 탓할 수도 없어 나뭇단처럼 볏짐을 져나르고, 허리 다리가 뻑적지근하도록 탈곡기를 밟았다. 탈곡이 끝나면 곧바로 보리갈이가 이어지고, 겨울 땔감으로 철나무단을 볏짚과 나란히 쌓아올렸다. 그렇게 숨 가쁜 시절이 지나면 무서리가 내리고, 한겨울 바다에서 황금알을 낳는 김발을 막았다. 김발이야말로 한해의 경제를 가늠하였다. 투자를 많이 하고 적게 하고를 떠나 김 양식은 한해의 돈줄이었다. 하여 겨울바다 위에서 언 손을 불어가며 정성을 쏟는 노고는 말할 수 없었다.

"형님시절의 농사야말로 신명이 났지요. 한해의 농사를 품앗이 울력으로 비지땀을 흘렸으니까요."

"왜, 아니냐. 요즘은 농사라 해봤자 고령화시대에 걸맞게 하나에서 열까지 영농기계로 시작하고 마무리하니 멀거니 바라볼 수밖에 없어 신명이 날 리 없겠지야."

채종은 소주 서너 잔에 벌써 얼굴이 불콰하였다. 확실히 젊은 날의 채종이 아니었다. 근력이 좋은 만큼 술 또한 말술이었다. 바가지 술로 들이키는 술은 하루로 끝나지 않았다.

"술이 약해지셨습니다."

"약해지다마다. 용무도 그렇고, 나이와 더불어 하루에 한두 잔 입만 추기는 형편이다. 늙으면 모든 걸 잃는가 보다."

"그래도 술이라도 있으니께 시름을 잊고 지내지요."

"하기야, 술도 마실 수 없으면 낙이 없잖아요. 저는 이만 가봐야겠습니다."

백상은 채종의 마음을 위로하며 자리에서 일어났다.

"모처럼 이렇게 와놓고 바람처럼 가야? 젊은 시절 그 성질 그대로다이. 웬만하면 하루쯤 쉬어가지 그러냐. 니를 만나니께 밤새도록 묵은 이야기를 해도 다하지 못할 것 같다."

"고향에 한번 내려오십시오."

"하루에 열두 번도 더 간다만, 죽어지면 갈까, 아득하게 느껴진다."

채종과 용문은 서늘한 눈빛을 보냈다. 백상은 그런 두 사람을 뒤로 하고 안창골을 내려왔다.

3

부산에서 출발한 세 사람은 화개장터로 향하였다. 여산 스님이 쌍계 사를 잠깐 들렀다 가기로 한 것이다. 날씨는 까치랄 놈이 설익은 홍시 를 쪼아 먹을 듯한 분위기를 자아냈다.

"화개장터에서 다리 건너면 내가 거처하는 곳이야."

여산 스님은 옆 좌석에 앉은 백상에게 말하였다.

"오강윤 선생님의 사십구제를 스님께서 지냈으면 좋았을 걸 그랬습 니다."

"그거야, 가까운 절에서 지내는 게 훨씬 낫지. 나야 몸뚱이 하나 거 처하지 않는가."

"하긴, 떠난 자는 말이 없는 법, 오선생님께서 차마 구천을 떠돌기야 하겠습니까."

백상은 반쪽 옥편이 들어있는 가방의 무게를 지그시 끌어안았다. 꼭 한 사람의 영체(靈體)만 같다는 생각이 들었다. 한 사람의 영혼과 육신 을 한줌 뼛가루로 담은 유골함. 가방 자체가 그렇게 느껴지자 왠지 모 르게 마음이 착잡하였다. 비록 아버지의 유품이 아닐지라도 누군가의 손때 묻은 혼백이 말없이 서려있지 않는가.

"부산 떠나기 전 서림으로부터 전화를 받았는데, 어제 저녁참에 우연히 만났다면서?"

"아, 네. 육교에서 우연찮게 마주쳤어요."

안창골에서 내려와 시간이 조금 남아 책이나 한권 살까하고 보수동 헌책방 골목으로 향하였다. 대청로 옛 미문화원 건물을 지나 육교를 오르는데, 맞은편 계단에서 서림이 올라왔다. 한쪽 손에 보퉁이를 들고 있었다. 보퉁이를 든 그녀의 모습이 이상하리만큼 외롭게 보였다. 이제 집에 들어가는가 봅니다. 백상은 뜻밖의 만남에 삼인행에서 만났던 그녀와의 시간을 의식하였다. 삼인행과 점심을 들고 수다를 좀 떨다 국제시장에서 쪽물 들일 옷감을 고르느라 좀 늦었어요. 혼자 어디 가세요? 그녀는 보퉁이를 다른 손으로 옮겨 들었다. 고향 형님을 만나 뵙고 시간이 여유롭다 싶어 책이나 한권 살까하고 헌책방을 갑니다. 백상은 그녀와 어깨를 나란히 하였다. 그러세요? 저도 그럼 오랜만에 헌책방 구경을 할까요? 지척인데도 옛날 같잖아 발길이 잘 가지지 않아요. 그녀의 목소리는 처음 마주쳤을 때와는 달리 상큼한 기운이 서려 있었다.

보수동 헌책방 골목은 많은 변화를 가져왔다. 산뜻한 변화였다. 그리고 헌책보다는 신간서적들로 구색을 갖추고 있었다. 요즘 세상에 누가 헌책 따위를 사겠느냐는 것이었다. 딴은 맞는 말이었다. 시절이 궁핍하였을 때 허리띠 졸라맨 가운데 주머니 사정을 생각하여 헌책을 사들었다. 그러나 오늘의 젊은 사람들치고 헌책이라든가, 헌옷가지를 누가 좋아할 것인가. 더구나 새 책도 외면하는 세태인데. 대부분 이곳을 찾는 사람들은 일종의 향수에 젖어 오지 싶었다.

무슨 책을 사시려고요? 서림은 두어군데 책방을 둘러보고 허탈해 하는 백상을 돌아보았다. 몇 군데 고서점을 둘러본 백상은 특별히 구입할 만한 책을 발견하지 못하였다. 막상 와보니 살만한 책이 없군요. 미리 메모해 온 것도 아니고……. 백상으로서는 옛 추억을 좇아 다소 즉흥적으로 발길을 옮긴 터였다. 실례가 안 된다면 제가 한권 선물해 드릴까요? 서림은 어렵게 백상의 의향을 물었다. 선물은 보이지 않는 매개체라고 여기는데요. 백상은 별로 내켜하지 않았다. 불현듯 사선대가 눈앞에 다가왔다. 저 아득한 시절 강릉 경포대에서 달빛 머금은 바닷물에 젖은 옷 대신 입고 갈 옷 한 벌을 선물 아닌 선물로 주고받았던가? 그녀는 사선대라는 간판을 머리에 이고 고국을 떠나면서도 그 옷을 지니고 갔을지 모른다. 부담스럽게 생각하지 말구요. 오강윤 선생님을 기리는 뜻에서 저도 책 한권 지니고 싶어요. 자신의 주머닛돈으로 사는 것보다 무언가 의미가 있지 않을까요? 의미라? 백상은 그 말이 입가에 맴돌았지만 오강윤 선생을 들먹이는데서 더 이상 사양지심을 내보이는 것도 무엇 하였다.

두 사람은 두어군데 책방을 더 순례한 끝에 책 한권씩을 주고받았다. 백상은 바다의 어족자원에 관한 책을 골랐고, 서림에게는 그녀가 원하는 대로 우리네 자연색상에 관한 책을 선물하였다. 백상은 선물 그 자체에 큰 의미를 담지 않았기에 가벼운 기분으로 받았다. 오강윤 선생님의 사십구제는 참석하지 못하겠네요. 서림은 헌책방 골목을 나서며 물었다. 거리가 거리인지라, 막제는 혹 모를까, 어려울 것 같습니다. 백상은 저녁을 대접하고 싶다는 서림의 제안을 여산 스님과 표상이 기다리고 있을 것이라는 이유를 들어 사양하였다. 돌아서는 그녀의 뒷모습이 어딘지 모르게 쓸쓸하게 보였다. 뒷모습이 아름다워야 하는데, 어째서 쓸쓸해 보일까? 아무튼, 그녀는 외롭고 쓸쓸함을 지니고 있었다. 가을바람을 비질하는 갈목 빗자루처럼.

"묘한 만남이었구나."

순간 여산 스님의 입가에 풀잎에 구르는 이슬방울을 연상케 하는 미소가 어리었다.

"스님께서 야릇한 감정을 가지다니요."

"자네는 공즉시색, 색즉시공이 무얼 말하는지 아는가?"

"하늘이요, 바다지요."

백상은 번연한 대답을 기다리는 여산 스님의 속내를 들추어내기 위해 상식적이고 원론적이면서도 다소 생뚱한 대답을 하였다.

"이 사람이……, 공과 색은 곧 숨결이네. 생명을 부여하는 숨결 말일세. 장자가 말한 바람소리는 하늘의 숨결이요, 미륵화현, 즉 남해의 진인이 일으키는 파도는 바다의 맥박이네. 지구상의 동식물을 비롯하여 인간의 숨결은 존재의 바탕 아닌가. 숨을 쉴 수 없다면 죽은 목숨이지. 그래서 살아있는 한 서로의 숨결을 공유하며 나누어 가지네. 서림과의 만남은 알게 모르게 서로의 숨결을 나누어 가진 것일세."

"현란한 법문입니다."

백상은 조금은 꽈배기처럼 말하였다. 그 말은 부정할 수 없는 오묘한 도리였다.

"자네와 서림의 우연한 만남을 억지스럽게 비끌어 매다는 것은 아니네."

"동서양을 막론하고 사상자체가 공리공론으로 떨어질 가변성이 다분한데, 오늘날까지 세치 혓바닥은 만개한 꽃향기를 담고 있지 않는가요?"

"말꼬리는 잡지 말게. 모든 만남은 세월이 가노라면 그 인연의 본래 면목을 알게 마련이야."

여산 스님은 다시금 입가에 미묘한 웃음을 베어 물며 지그시 눈을 감았다. 오강윤 선생은 어째서 서림을 살아생전 소개시켜 주려고 하였으며, 여산 스님은 서림과의 우연한 만남을 공과 색으로 비끌어 매는 걸까? 공즉시색, 색즉시공이 숨결이라? 백상은 차창 밖으로 시선을 돌렸다. 차는 진주를 지나고 있었다. 표상은 진주가 집인데도 뒤돌아보지 않고 한가로운 얼굴로 차를 몰았다. 그 연세에 차를 모는 것도 건강의 상징처럼 여겨졌다. 표상은 바쁠 때는 한없이 바쁘게 행동하다가도 한가할 때는 호수 밑바닥 같은 여유를 보였다. 표상의 그 점이 좋았다. 실속 없이 바쁜 사람들이 얼마나 많은가. 차는 금방 하동을 들어서더니 화개장터를 지나쳤다. 유장하게 흐르는 섬진강은 언제보아도 유구한 세월의 거울처럼 보였다. 쌍계사에 도착한 여산 스님은 조실 방을 찾아들었다. 함께 들어가 차라도 들자는 것을 두 사람은 사양하고 관광객들과 더불어 경내를 기웃거렸다.

"불일폭포에 다녀올까?"

"괜찮겠어요?"

백상은 마음속으로 반기며 표상의 나이를 생각하였다. 지금까지 차를 운전해 오지 않았는가.

"아직은 자네와 숨 고르기는 하지 싫네."

표상은 앞장섰다. 두 사람은 경내를 벗어나 불일폭포를 올랐다. 지리산 산기운은 넉넉한 어머니의 치맛자락으로 감싸 안았다. 더덕 냄새 같은 산기운. 백상은 오랜만에 지리산 정기를 깊숙이 받아들였다. 지난날 여산 스님의 지리산 토굴에서 맡아 보았던 산의 정기. 인간은 망각의 동물이라고 하였던가? 그간 몇 년 세월을 망각의 늪 속에 재워 넣었다. 고뇌와 갈등과 회의로 얼룩진 젊은 날을 고단하게 쉬어갔던 곳. 아버지의 실체를 찾기 위해 방황하였던 그 한 자락 끝에 놓여진 지리산.

"역시 불일폭포는 영원한 생명수야. 저 웅장한 물줄기 좀 봐."

표상은 가쁜 숨을 고르며 폭포수 아래에서 감탄을 자아냈다. 매번 보아도 변치 않는 웅장함. 지상의 모든 소리를 하나로 아우르는 저 폭포수.

"지리산 십경 가운데 여섯 번째라? 시원하게 등물이나 한번 칩시다."

백상은 주저하지 않고 웃통을 벗어 던지고 폭포수를 맞았다.

"자네는 옛날이나 지금이나 숨은 감정이 곧잘 뛰쳐나와. 으쌰, 시원타!"

표상도 덩달아 상의를 벗어던지고 등물을 추졌다. 폭포수는 차갑다 못해 온 삭신을 서릿발로 조림하였다. 여름날인데도 서리 맞은 수숫대 처럼 금방 으스스 한기가 들고 오한이 들었다.

"모처럼 오만 육신이 개운합니다. 지리산 산신님에게 씻김을 받은 기분입니다."

"말도 말거라. 이가 딱딱 마주친다. 잘못하다간 앉은뱅이가 되겠다. 늙음이 절로 서럽구나."

표상은 허리 굽히기를 하며 몸을 풀었다.

"산을 내려가자면 자연히 오한이 풀릴 것입니다."

백상은 홀가분한 기분으로 불일폭포를 뒤로 하였다. 쌍계사에 도착 하자 여산 스님이 진감선사대공탑비 앞에서 두 사람을 기다리고 있었 다. 쌍계사를 창건한 진감선사대공탑비는 최치원의 글씨로서 최치원의 사산비(四山碑)의 하나인데, 세월의 풍상만큼이나 손상을 입었다.

"좁은 경내인데도 두 사람 찾기가 쉽지 않구려. 어딜 다녀온 게요?"

"불일폭포에 다녀옵니다."

"어쩐지 생동감이 넘쳐납니다."

"백상이 말처럼 지리산 산신님이 등물을 쳐 주었거든요."

"지리산 산신께서 두 사람을 반겨 알아보았군요. 내려갑시다."

세 사람은 일주문을 벗어나 더덕찜으로 점심을 들고 섬진강을 가로 지른 다리를 건넜다. 여산 스님의 차밭은 동쪽을 바라보는 산 구릉이었 다. 동트는 아침 이슬을 머금은 찻잎을 딴다는 어느 시구가 떠올랐다. 건듯 바람이 불면 날아갈 듯한 토굴은 예나 지금이나 스님의 본모습을 그대로 이고 있었다. 울타리 삼아 둘러친 대숲과 세월의 무게를 이고 서있는 허리 굽은 소나무가 한껏 운치를 더하였다.

"어디를 가나 여전하십니다."

백상은 그 한마디로 여산 스님이 걸어온 무애행을 매김 하였다. 더 이상의 말은 실례가 아니면 과장일 것이다.

"툇마루가 퍽 안온하지?"

표상은 억새를 엮어 자리를 깐 대나무 툇마루에 엉덩이를 내려놓으며 눈 아래로 내려다보이는 섬진강을 바라보았다. 방금 건너온 다리가 오늘의 편리함을 말해주고 화개장터와 쌍계사가 가깝게 다가왔다.

"안온하다 뿐입니까. 거기에 앉아있노라면 계절을 넘나들 수 있고, 새들이 시절을 말해 줍니다. 가만있거라. 툇마루에서 차를 마실까?"

여산 스님은 차상을 툇마루로 들고 나왔다.

"그 참, 다기가 명품입니다."

"표상께서도 보는 안목이 있습니다. 선방 도반 한 분이 선물한 것인데, 다기를 만드신 분이 얼마 전에 돌아가셨어요. 이름깨나 나면 떠들먹하게 잔치 마당처럼 부풀려 세상을 현혹시키고 값을 부풀리는데, 이 분은 죽는 순간까지 물레를 붙들고 조용히 눈을 감았다고 합니다."

여산 스님은 차를 돌렸다. 차맛이 다소 씁쓸하고 혀끝을 톡 쏘는 맛이 있었으나 뒤끝이 감미로운 여운을 머금게 하였다. 삼인행의 섬세하고도 은근한 맛과는 조금은 달랐다.

"선승처럼 말이지요?"

표상은 흥미 있는 눈으로 물었다.

"그런 분이야말로 오늘의 거울이지요. 사람은 그렇게 살다가야 하는데 세상이 그걸 환영합니까."

"그러게요. 다기를 보는 도반 스님의 안목도 대단하십니다."

"차를 너무나 좋아하는 분이예요. 차에 대한 시집도 한권 보내왔고요. 고향 뒷산에다 오백지장보살을 모시고 가난하고 정신적으로 방황하는 사람들을 진심 어리게 돌봅니다. 백상도 알거야. 무연 스님이라고."

"알다 뿐입니까. 스님의 소개로 학창시절 무연 스님이 계시는 암자에서 숙식을 하면서 은혜를 입었지요. 한번 만나 뵙고 싶습니다."

백상은 깔끔하기 그지없는 무연 스님을 떠올렸다. 여산 스님과는 달리 강백으로 카랑한 면모를 지녔으면서도 중생들을 진심어리게 제도하였다. 그래서 무연 스님의 주위에는 정신적으로 고통을 받거나 불우한 처지의 사람들이 모여들었다.

"스님께서도 찾아오는 중생들을 위해서 요사채를 하나 지어야겠습니다. 법당도 의젓하게 짓고요. 이제 죽비로 예불을 대신할 수는 없잖아요."

"부처님의 본래면목은 나무 아래에서 정좌하고 있지 않습니까. 사람은 궁색한 게 좋습니다. 안 그러면 금방 마음이 풀어져요."

"하긴, 사할린 원주민들의 생활상을 보고 그 점을 깨물었습니다. 모든 게 허술하고 불편한데도 여유가 있었어요. 욕심을 부리지 않아요. 그야말로 자연과 더불어 산다고 할까……."

"우리가 제일로 경계해야 할 것은 생활의 풍요 속에서 싹트는 타락 현상입니다. 결핵균이나 독버섯처럼 물질의 풍요는 타락을 싹트게 하지요. 흘러온 역사가 그걸 증명하잖아요."

"지금 그러한 징후들이 곳곳에 도사리고 있지."

여산 스님은 백상의 말에 공감하며 두 잔째 찻잔을 돌렸다.

"스님께서 탄식할 만도 하지요. 현란한 물질문명에 반하여 우리의 의식은 점점 퇴화되는 느낌이오."

표상은 떫은 차맛 속에서 우러나는 감미로운 향기를 머금으며 자신의 현재 위치를 가늠하였다. 자신도 모르게 숨 가쁘게 내달려왔는데도 현란한 물체는 저만큼 앞서 있었다.

"거기에는 도무지 시대의 성찰이 없어요."

"제 자신부터 계속 앞으로만 내달리려는 병폐에 사로잡혀 있어요. 무지해서가 아니에요."

"어쩌면 가벼움을 너무 추구한데서 오는 자기 상실 아닐까요?"

백상은 자신도 모르게 젊은이들의 행동반경이 외계인의 형상처럼 비쳐들었다. 그만큼 자신은 그들과 동떨어진 진화가 덜된 원시인으로 느껴졌다.

"젊은 사람들일수록 무거움을 싫어하지. 가볍고 현란한 말장난에 지나지 않는 일회용 소모품에 다름 아닌 것에 중독되어 있어."

"옳은 지적이십니다. 내가 텔레비전이나 영화 따위를 멀리하는 것도 그거예요. 넘쳐나는 색상이나 대화들이 일회용 쓰레기에 지나지 않아요. 덩달아 의식을 일깨우는 서적들도 점점 부화뇌동하고요."

표상은 자식들을 떠올렸다. 어쩌다 명절 때 이야기라도 나눌라치면 대화의 부재를 느꼈다. 그들만의 세계와 표현의 기법이 이질적이었고 낯설게 다가왔다. 한마디로 소통이 불가능하였다.

"그런데 스님, 요사채를 짓게 되면 곁따라 차밭 사이사이에다 조그마한 토굴을 지어 스님네들이나 일반신도들이 하루나 이틀, 아니면 몇 개월 심신수행을 할 수 있는 공간을 마련해 주면 어떨까요? 바쁜 생활 가운데 지치고 피로한 영혼들에게 좋지 않겠습니까?"

"백상이 말이 맞아요. 제가 제일 먼저 동참하겠어요."

"마음을 써 주시어 고맙습니다만, 계룡산 자락을 비롯하여 도처에 그러한 기도처가 많아요. 사이비 종교단체가 운영하는 곳도 있고, 무슨 무슨 수련원이라는 간판을 내걸고 영리를 꾀하는 곳도 많아 그 폐단이 심각해요. 그런 부류로 오해를 받을까 저어됩니다."

여산 스님은 표상의 마음을 우회적으로 물리쳤다. 차밭을 비롯하여 너무 많은 경제적 도움을 받았다.

"그거와는 성질이 다르지요. 정말이지, 지치고 피곤한 사람들이 의외로 많습니다. 그런 사람들을 위해 자리제공을 좀 하기로서니 그게 무슨 사행심을 부추긴다는 겁니까. 방금 도반께서 정신질환자나 가난한 사람들을 위해 마음을 쓴다고 하셨잖아요. 그것도 사행심에 들어갑니까?"

"스님께서 싫다면 제가 몇 채 짓겠습니다."

표상은 백상의 말을 받아 당장 의욕을 내보였다. 여산 스님은 거기에 이르러 가타부타 말없이 차를 들었다.

4

여산 스님의 차밭에서 하룻밤을 보낸 백상과 표상은 순천에서 헤어지기로 하였다. 표상은 진주로, 백상은 집으로 향하였다. 표상은 백상의 교통편을 생각하여 순천으로 나온 것이다.

"아, 참. 서림의 전화번호를 깜박했네."

표상은 헤어지는 마당에 느닷없이 서림을 들먹였다.

"왜요?"

"서림의 어머니께 바다 멀리서 온 생선을 선물할까 하고……."

"마음이 깊으십니다. 여산 스님께 물어보면 알 것 아닙니까."

"그렇지. 그럴 때는 머리가 잘 돌아가지 않는단 말이야."

"아니면 부산 가시는 길로 삼인행에 들러 차를 나누면 될 것 아닙니까. 삼인행과는 대화가 척척 맞던데요."

"상당히 묵시적이면서도 뼈있는 소리를 하는구나."

"마음이 소담하고 아름다운 사람과의 대화는 삶의 즐거움을 주잖아요. 그만큼 생기를 불어주고요. 그 연세에 남녀관계를 떠나서요."

"그러면 오죽 좋겠느냐만 인간관계란 쉽지만은 않다. 더구나 나이가 들수록 외로움의 바탕이 넓어진다. 너는 왜 서림을 멀리 하려고 하냐? 내가 보기에는 의식적으로 거리를 두려고 하던데."

"저도 대화 자체를 마다하거나 거부할 마음은 없습니다."

백상은 이성뿐만 아니라 주위의 친구들도 일정한 거리 두기 아니면 외면하고 살아온 근원을 잘 알기에 자신을 스스로 탓하지 않았다. 연좌 제라는 가시관은 항상 경계의 대상이었고, 그로인한 피해의식은 사람에 대한 기피증이랄까, 외톨이의 생리를 일찍부터 몸에 익혀왔다.

"오강윤 선생님께서 마음 쓰신 점을 버리지 말거라."

표상은 백상을 내려주고 핸들을 꺾었다. 뒤따라 버스에 오른 백상은 굽이굽이 흐르는 섬진강을 눈앞에 떠올렸다. 그 강물에 차밭과 토굴과 툇마루에 앉아 선정에 들어있는 여산 스님이 거꾸로 매달려 따라왔다. 나는 세월의 강물에 매달린 채 어디쯤 흘러내려 왔을까? 문득 귀꿈스러운 생각이 들었다. 흐르는 세월이야 어느 누구도 붙들거나 막을 수 없다. 뒤돌아보면 아득한데, 너무나 짧은 시간여행만 같다. 표상의 말처럼 나는 왜 세월의 마디마디를 이어주거나 맺어주는 사람이 없을까? 스스로 지은 결과물인가? 세월은 붙들 수 없다지만, 인간과 인간의 간극은 종류도 다양한 정감으로 붙들어 맬 수 있지 않은가. 운명이거나, 인연이라는 이름으로 모두들 그렇게 살아왔고, 살아가고 있다. 여산 스님은 그걸 일컬어 숨결이라고 하였다. 공즉시색, 색즉시공. 그 인연과를 숨결이라고 간략하게 밝힌 혜안.

백상이라고 그 숨결을 인지하지 못한 것은 아니었다. 누군가를 가없이 사랑하고 싶었고, 따스한 숨결을 빛의 투사처럼 여과 없이 나누어 가지고 싶었다. 빛의 반사작용. 그것은 거울의 본체처럼 상대적이지 않은가. 나는 나 자신을 온전히 볼 수 없다. 거울이라는 매개체로 하여 나 자신을 온전히 바라보고 확인할 수 있다. 그 거울이라는 매개체. 그것은 여자일 수 있고, 친구일 수 있고, 형제일 수 있다. 그 모든 대상을 확보하는 것은 자신을 확인하기 위한 무의식의 발아인지도 모른다. 사랑이라는 감정을 발아시키는 충동요인도 자신을 각인하고 확인하기 위한 하나의 도구인지도 모른다. 형상과 인식이 하나로 어우러졌을 때, 사랑이라는 개념이 성립되지 않을까.

집으로 돌아온 백상은 어머니의 영정 앞에서 잠시 묵념을 드렸다. 그래, 오선상님의 장례는 잘 치렀냐? 종부네는 무심한 눈길로 물었다. 그 눈빛은 마지막으로 남편과 연결된 우정의 끈을 놓아버린 애틋함이 묻어났다. 어찌 생각하면 호상 아닙니까. 이름만큼이나 조문객도 많았고요. 백상은 어머니의 영정 앞에 향을 피워 올렸다. 파르스름하게 연기가 피어 오르면서 숨죽이고 있던 곰팡내를 몰아냈다. 호상이라면 호상이지야. 그만큼 누리고 산 것도 타고난 복이지야. 종부네는 금세 입안이 마른 듯 목소리가 갈라졌다. 어째서 함께 공부한 동문인데도 어떤 사람은 몹쓸 전쟁통에 생사를 알 수 없고, 어떤 사람은 슬기롭게 전쟁의 회오리바람에서 비껴나 온전한 삶을 누릴 수 있었을끄나…….

일찍 오려고 하였는데, 표상과 여산 스님을 만나 늦었어요. 표상은 부산에다 수산물 냉동 창고를 지었고, 여산 스님은 지리산 맞은편 자락에다 차밭을 일구었더군요. 백상은 영정 앞에 조용히 나앉으며 보고를 하듯 말하였다. 그래야? 이쪽저쪽 두루 돌아본 모양이구나. 종부네는 담배를 한 대 피웠으면 하는 얼굴이었다. 그럴만한 일이 있었어요. 백상은 자리에서 일어나 담뱃불을 붙여 올렸다. 향 대신 매일 담배를 어머니의 영정 앞에 올렸다. 명상이 소식도 묻혀 왔구나. 종부네는 그동안 굶고 있었다는 듯 맛있게 담배연기를 들이마셨다. 물론이지요. 표상은 명상을 든든한 동업자쯤으로 생각하더군요. 그 만큼 믿고 신뢰하였어요. 백상은 파르스름하게 피어오르는 담배연기를 혼불인 듯 바라보았다.

다행이다. 그래서 내가 눈 감을 수 있었나보다. 여동네 아들은 큰 스님이 됐다는디 그 나이에 새삼스럽게 뭔 차밭을 일군다냐? 농사짓던 사람들도 호미자루를 내던지는디. 종부네는 못마땅한 얼굴을 내비쳤다. 아들 하나 위한답시고 그 모진 굴욕을 이기고 낯선 타관객지에서 고생을 하였는디, 어미까지 버리고 머리를 깎았으면 거기에 버금가게 한 소리 울려야 할 것 아닌가. 사자새끼가 되었으면 사자후를 내뱉어야제, 기껏 쫄장부들이나 하는 짓거리라니. 종부네는 혀를 끌끌 찼다. 그게 욕심 없고 걸림 없이 사는 도리지요. 아서라. 초록은 동색이라고, 네 눈에는 그렇게 보일지 몰라도 내사 마음에 안 든다. 듣자니 중노릇도 돈이 없으면 날개 잃은 새 신세라고 하더라. 그 세계도 돈 주고 서푼어치 벼슬을 딴다면서야? 시상 인심이 그렇게 돌아간다. 종부네는 은근히 백상을 거기에 빗대었다.

참, 채종이 형님과 용무가 안부를 전합디다. 그래야? 어떻게 살디야? 종부네는 금방 반겨하였다. 채종이 말만 들어도 반가움이 들었다. 모질고 어려운 시절 채종이를 비롯하여 그 또래들이 없었더라면 어떻게 헤쳐 나왔을까. 농사일이야, 바다일이야, 한창 나이의 채종이 또래들은 든든한 버팀목이었다. 죄인시하는 주위의 따가운 시선들을 그들은 젊은 혈기로 내치며 크고 작은 일을 도왔다. 부산 간 김에 안창골을 올라갔습니다. 어따, 썩을. 아직도 안창골을 못 면하고 살디야? 부산에서 그만큼 고생하고 살았으면 사람 사는 곳에서 반듯한 아파트에라도 살 것이제. 용무도 그렇고야? 종부네의 한쪽 눈길이 상큼 치올라갔다. 고향만 같다나요. 하긴 생각 나름이겠지만 뭍의 섬 아니겠어요. 상회를 열어 그만큼 돈을 벌었으면 용무 지놈이라도 반듯이 살 것이제. 종부네는 또르르 눈을 흘겼다. 그 바람에 담뱃재가 향로 위에 떨어졌다. 숙모님, 안창골이 이래봬도 정이 들고 보면 고향을 뚝 떼어놓은 듯 하요. 또딸네, 동천네, 공수네와 부산 구경 차 안창골을 찾았을 때, 허벌죽 웃으며 말하던 채종의 말이 또랑하게 귓속을 울렸다. 잡것, 그러다 안창골 귀신밖에 더 되것냐.

　세월은 어쩔 수 없는지 많이 늙었습디다만, 안창골도 예전의 모습이 아니었어요. 교통도 좋아졌고, 공기 좋고, 산책하기 좋아 점점 살만 하겠습디다. 너나 된께 꼭 그런다나 좋게 보이제. 누구랑 살디야? 종부네는 아슴하게 다가오는 채종의 여편네 모습을 붙들었다. 오메야, 숙모님 오시오. 새벽같이 찾아들었다고는 하나 아직도 이불 속에 퍼질러 누운 부수수한 모습으로 맞이하던 여편네. 끝내는 어린 자식들을 남겨두고 눈을 감았다. 혼자 조용히 삽디다. 고려장 하댓기 말이냐? 전전 소문으로는 여편네 죽고 나서 과부 두엇과 살림살이를 하였다는디. 신통찮았던가 보지요. 하기사, 뿌리 없는 것들이제. 날짐승이나 다름없는 게 그런 부류들이다. 종부네는 입을 비죽거렸다.

　그런데 어머님, 표상으로부터 진귀한 것을 가져왔습니다. 사할린에서 명상이 찾아 보낸 것입니다. 어머니께서 그 진위를 가려 주세요. 백상은 다 타들어간 담뱃불을 눌러 끄고 새 담배를 불붙여 올렸다. 무슨 물으막음이라도 될 건덕지를 가지고 왔냐? 이거요. 알아보시겠어요? 백상은 가방에서 반쪽 옥편을 꺼내어 영정 앞에 놓았다. 아따, 헐어빠진 폐물 아니냐. 종부네는 금방 실망스러운 얼굴을 하였다. 명상이 보냈다 하여 기대가 컸었는데, 기껏 낡고 삭아진 볼품없는 책이라니. 아무리 보아도 쓸모가 없지 싶었다. 요즘 시상에 새 책도 헌신짝맨치러 버리지 않는가.

　이게 옥편입니다. 더구나 반쪽 옥편이요. 뭐 집히는 게 없으세요? 별

소릴 다한다. 나한테 옥편 나부랭이가 무슨 소용이 있으며, 반쪽짜리 옥편은 또 뭐시라냐? 종부네는 싱거운 소리를 한다는 듯 백상의 말을 내쳤다. 그게 아닙니다. 이 가운데 아버지에 대한 비밀이 숨겨져 있지 않을까 해서요. 점점 씨나락 까 묵는 해괴한 소리만 해쌌는구나. 고물상도 헛웃음 칠 이것하고 잘난 니 아부지하고 뭔 상관이냐? 자세히 기억해 보세요. 아버지께서 즐겨 보시던 옥편인가요. 백상은 시답잖다는 얼굴로 먼산바라기를 하려는 어머니의 영정을 간절한 마음으로 올려다보았다. 옥편이사 늘상 머리맡에 있었다만, 느그 아부지만 그런 옥편을 지니고 있었것냐. 느그 큰 아부지도, 큰 외숙도 그만한 옥편쯤이야 있었지야. 종부네는 도무지 신빙성이 없어 하였다. 더구나 평소 허접한 상상과 쓰잘데 없는 집념에 사로잡혀 엉뚱하다 싶은 행동을 곧잘 하는 아들이고 보면 이것 또한 크게 신뢰할 성질이 못 되었다.

어쨌든 자세히 한번 살펴보세요. 백상은 어거지를 쓰듯 말하였다. 자세히고 뭐고, 원체 까막눈이나 다름없는디 보면 뭘 알 것이냐. 내가 검시관도 아니고, 느그 아부지 지문이라도 감식해 달라는 것이냐? 아니면 책장에 묻은 마른침이라도 발견할 것 같으냐? 다 부질없는 짓이다. 벌써 죽었다면 백골이 진토 되었을 것이고, 여직 살아있다 한들 무슨 소용이 있것냐. 어디를 둘러보아도 흔적을 알 수 없는디. 너도 괜한 생각 말고 이제라도 정신 차리거라. 워따, 그 인사의 망령이 독하게도 들려 너를 평생 몽유병자로 만드는구나. 종부네는 토심스럽다는 듯 성깔지게 타들어가는 담배꽁초를 짓눌렀다. 누가 뭐라 해도 생사를 모르는 남편에 대한 기대치는 저버린 지 오래였다. 기억에도 희미한 빛바랜 영상을 붙들 힘도 없었다. 지치고 지친 끝에 문드러지고 자지러진 상사가 아니었던가. 원망도, 그리움도, 미움도 삭아져 생일날 정한수 떠 놓듯 제사를 대신하였다. 원망공간을 넘어선 망각의 존재. 종부네는 백상이

방 아랫목에 깔아놓은 이부자락을 아드득 잡아 뜯었다.

저 이불. 원앙금침이나 다름없었던 저 낡아빠진 이불. 새 이불도 썼고 썼는디 뭐할라고 아들놈은 저 이불을 시도 때도 모르고 덥고 자는지, 그 속내를 알다가도 몰랐다. 한 평생 기다림에 지쳐 한숨과 눈물과 고통을 씹어 삼키며 온기를 덥혔던 이불이 아니었던가. 끝내 혼자의 외로움을 감당하지 못해 원망으로 날을 지새웠다. 그와 더불어 남편에 대한 정한을 차가운 눈덩이로 냉동시켜 버리지 않았던가.

언젠가 백상이 귀꿈스럽게 지 애비 초상화라며 액자 하나를 가져왔다. 어떠세요? 제 가슴 속에 있는 아버지의 모습입니다. 난리통에 몇 장 있던 사진은 어디로 갔는지 없어져버렸고, 지인들도 아버지와 함께 찍은 사진은 소장하지 않았다. 혹시라도 불똥이 튈 것을 염려했는지…….생일날을 기제일로 삼고 보니 이거라도 있었음 해서요. 퍽 어렵게 말하였다. 계면쩍은 설익은 표정이었다. 헌디, 어째 좀 그렇다. 종부네는 가뭇한 의식으로 머리를 갸웃하였다. 갑자기 혼란스러웠던 것이다. 아무리 뜯어보아도 남편의 모습이 생경하였다. 저렇게 생겼던가? 가슴 속에는 살아생전의 모습이, 행동 하나, 말 한마디가 생생하게 들어차 있는데, 정작 휘끄므레한 초상화를 대하니 곤혹스러움이 가슴을 짓뭉겠다. 실망스럽습니까? 백상은 퍽 난감한 표정을 지었다. 금메다. 싫고 좋고가 뭐 그리 중요 하것냐. 느그들이 아부지 얼굴을 제대로 모르고, 생사도 모르는디, 자식된 도리랍시고 더는 미련일랑 가지지 말거라. 느그 아부지의 영상은 이 가슴에 지니고 있어야. 그런게 바람에 흩날리는 낙엽처럼 잊어 버리거라. 오랜 세월이 지나면 누구나 잊혀지기 마련이다.

그 일이 있고 나서 백상은 더 이상 초상화를 내보이지 않았다. 그런데 느닷없이 고물상도 거들떠보지 않을 반쪽 옥편을 들고 와서 마음을 생경스럽게 하였다. 어느 산귀신이 소장하였는지 알게 뭔가. 더구나 사할린과의 거리가 얼마나 아득하고 먼가. 한동안 어디서 주워들었는지, 지놈의 알량한 상상력과 추리력을 동원하여 지 애비가 밀항선을 타고 일본을 거쳐 사할린으로 갔을 거라고 지레 넘겨짚었다. 그리고 마파람에 불려나듯기 사할린을 소득 없이 다녀와 그만 맥이 탁 풀린 듯 하더니 이건 또 뭔가. 물에 빠진 놈 지푸라기 잡는 것도 아니고. 세상일이 그리 쉽게 풀린다면 만나고 헤어지는 것이 어찌 그리 어려우랴. 아직도 생사를 모르는 얼굴들이 얼마나 많은가. 그리고 한 세대가 지나면 망각 속에 묻힐 것을······.

백상은 지청구를 들은 얼굴로 종부네의 영정 앞에서 물러났다. 그렇다고 크게 실망하지는 않았다. 어머니의 마음을 헤아린 때문이었다. 그리움으로 문드러진 정한과 기다림을 넘어선 그 어둑신한 세월 속에서 반쪽 옥편을 두고 확신할 수 없는 황당한 속내를 불편하게 내보이는 것은 당연한 일일 것이다. 어쨌거나, 반쪽 옥편에 대한 진위를 가려볼 필요가 있지 않을까? 백상은 어머니처럼 진저리 칠만큼 단호하게 반쪽 옥편에 대한 미련과 의문을 버릴 수 없었다. 시간을 두고 아주 천천히 반쪽 옥편의 주인공을 찾아보리라.

백상은 서재로 돌아와 반쪽 옥편을 책상 위에 올려놓았다. 왠지 모르게 아버지의 분신이 돌아온 듯한 분위기를 자아냈다. 순전히 백상의 일방적인 느낌이랄 수 있겠지만, 아버지가 사용하였던 서재라는 점에서 미묘한 감정을 불러일으켰다. 이런 감정을 어머니는 무어라 할까? 썩을 놈, 할 일이 징상스럽게도 없는 갑다. 미쳐도 단단히 미쳤제. 신들린 선무당맨치러 한 평생 무슨 망상을 짊어지고 있다냐. 하여지간 밉상이 따로 없응께. 미움이 또르르 흐르는 얼굴로 눈을 흘길 것이다. 명상은 또 어떤 얼굴로 바라볼까? 형님의 그 집념은 평생 배앓이요. 그녀러 집착과 망상일랑 제발 좀 접어 뿌리시오. 내가 참 어쩌다 그녀러 반쪽 옥편을 발견하였는지 모르겠소. 명상은 입맛을 쩝 다시며 못마땅해 할 것이다.

정말 부질없는 짓인가? 죽은 자가 살아나는 게 역사의 본질이라면 이 과제를 어떻게 저울질해야 하는가. 물 한 방울이 온전히 천년을 마르지 않고 바다를 이루는 것은 무엇을 말하는가. 물 한 방울과 바람에 흩날리는 낙엽과는 어떤 차이가 있는가? 백상은 회의와 집념이 교차되는 가운데 반쪽 옥편을 자신도 모르게 펼쳤다. 그리고 아무 뜻 없이 눈에 들어오는 글자에 눈길이 머물렀다.

바람의 정감

1

"뭣 하는가? 물때 맞춰 바다에 나가세."

재문의 날선 목소리에 백상은 서재를 나섰다. 재문은 비옷을 입고 장화를 신은, 그야말로 완전무장을 한 채였다. 칠십을 넘은 연세에 비하면 아직도 카랑한 면모를 지니고 있었다. 그 연배들은 이미 세상을 떠났거나 도시로 나갔는데, 재문은 고향 지킴이로, 농어촌의 고령화를 상징하듯 두어해 전까지 어촌계장과 이장을 번차례로 맡아 하였다.

"물때가 그렇게 됐어요?"

"자네야 방구석에 파묻히면 시간가는 줄 모른께. 어서 나가세."

백상은 재문의 재촉에 비옷과 장화를 찾아 신고 선창가로 나갔다. 바다는 이미 갯벌을 드러냈고, 채취선들은 앞을 다투어 바다로 나가고 있었다. 옛날 같잖아 저마다 속력을 자랑하는 쾌속선을 장만하였는지라, 바다 멀리까지 나가 미역양식이며, 김양식, 다시마양식을 하였다. 하긴, 청정해역인데도 오염지수로 인하여 점점 바다 멀리로 내몰았다. 갯벌만 하더라도 그 흔한 고동, 바지락, 꼬막양식마저 점점 사양길로 접어들게 하였다. 굴양식만은 바다 깊이로 끌어내려 겨우 명맥을 유지하였다.

"자네는 올해도 김양식을 고집할 건가?"

재문은 배에 올라 시동을 걸며 물었다. 빤한 대답이 돌아올 걸 알면서도 묻는 것은 남들처럼 미역양식도 하고 다시마양식도 외면하지 말라는 저의가 깃들어 있었다.

"잘 알면서 그러십니까."

백상은 웃어넘기며 닻줄을 사렸다. 언제부터인가 김 생산은 수지타산이 맞지 않는다는 이유로 미역양식이나 다시마양식으로 자리를 내주고 외진 곳으로 밀려났다. 너도나도 물목 좋은 곳을 차지하고서 욕심껏 밀식을 하는 바람에 조류의 흐름에 변화를 가져왔고, 그 영향은 김 생산에 가장 큰 타격을 주었다. 미역의 왕성한 성장력은 김의 자생력을 떨어뜨렸다. 자연 김양식은 한쪽으로 밀려날 수밖에 없었다. 그만큼 수익성에 있어 미역이 압도하였다. 김양식만 피해를 본 것은 아니었다. 조류의 변화로 갯벌의 정화능력이 약화되어 고기들이 서식하고 씨알을 낳고 자랄 수 있는 해초들이 뿌리를 내리지 못하였다. 미역양식이나 다시마양식이 들어찬 공간 속에서 해초들이 숨을 쉴 수 없었던 것이다. 하여 알게 모르게 수질변화와 생태계의 변수를 초래하였다. 눈앞의 이익만을 생각한 나머지 생활의 터전인 바다를 피폐롭게 한 것이다. 그 결과 대량 생산에서 오는 품질 저하와 가격의 폭락을 가져왔다. 이제는 생산원가를 고수하기에도 힘든 지경에 이르렀다. 어찌 생각하면 자업자득이랄까, 그나마 손을 놓아버리면 삶의 공허가 밀물처럼 밀려들 것이다. 백상은 그 같은 환경에서 김양식을 고집하였다. 육대조께서 최초로 김양식을 뿌리내렸다는 자부심과 사명감도 물론 작용하였으나, 사양화되어 가는 김양식을 새로운 양태로 변화를 꾀하고자 하였다.

"자네, 매생이 발은 종자가 잘 붙었던가?"

재문은 또 한 번 엇박자를 지르듯 물었다. 재작년 백상은 옛날식 양식재배 방법을 이용하여 시험 삼아 매생이 발을 막았다. 손으로 발을 엮어 깊지 않은 갯벌에 발을 막는지라 많은 노동력을 필요로 하지 않았으며, 세심한 정성을 기울일 필요가 없었다. 조수의 간만에 알맞게 수심을 조절하면 됐다. 다분히 친환경적이랄 수 있겠는데, 김양식이 한창일 때도 매생이 발은 의붓자식이나 동냥치처럼 냉대와 홀대를 받았는지라, 백상의 시도에 사람들은 새삼스럽게 무슨 키 둘러쓰고 이웃집 소금 얻으러 가는 짓이냐고 웃어넘겼다. 그도 그럴 것이, 지금이나 옛날이나 매생이는 간식용 아니면 별식으로 취급되었다. 백상은 그저 말없이 매생이 양식을 시도하였는데, 웰빙음식이라는 인식이 확대되면서 전파를 타고 다시금 소득원으로 각광을 받게 되었다. 올해 들어 그 같은 인식을 의식하고서 너도나도 매생이 발을 막았다.

"매생이야, 아직도 자생력이 대단하지 않습니까."

"그런디 동생 말일세. 엊그제께만 하더라도 매생이, 파래 따위를 누가 값을 매기고 거들떠나 보았는가이. 그라고 보면 시상이 변죽을 울린단 말시."

"변죽이란 말이 가슴에 쏙 들어옵니다. 모든 유행이 시대의 마디마다 복고풍으로 돌아오지 않던가요. 식생활도 마찬가지지요."

"그러게. 우리가 어린 시절만 해도 짱뚱이, 문저리, 쥐치, 놀래미, 따위를 고기 취급이나 하였는가. 헌디 지금은 어디 그런가. 그녀러 것들이 자연산이라 하여 으뜸 자리에 올라서서 사람 환장하게 하지 않는가."

"그게 미륵사상 아닌가요? 천대 받고 고통 받은 눈 아랫사람들이 오늘의 주인공 아닌가 말이오."

"어야, 맞는 말이네. 우리 집만 해도 자네 형수가 좌지우지 하네. 아부지네들 때만 해도 어머니네들이 큰 소리 한번 쳤었는가. 여성이 윗자리에 서고, 천대 받는 민중의 소리가 여론을 주도하고, 하여간 하화중생이 따로 없네."

"당연히 그렇게 되어야지요. 우리네 어머니들만 하더라도 얼마나 찌눌려 살았습니까. 바람은 낮은데서 일어나 산을 울립니다."

"그려. 어느 풍수지리책을 보니께 산은 음이고, 흐르는 물은 양이라고 했든만. 참으로 음미해볼만한 구절이었네. 오늘의 세태가 꼭 그런 것 같으이."

"우리가 물의 시원을 알면 모든 걸 순응할 것입니다."

"어따, 자네 말을 금방 알아뿌렀네. 바다가 물의 시원이자 종착역이라고. 자네는 김발을 돌아보자면 한참 더 가야겠는디, 나중에 술이나 한잔하세."

"그럽시다. 돌아오는 길에 매생이 발도 그냥 지나칠 수 없고요."

백상은 배의 속력을 높였다. 미역양식에 떠밀려 본디 김양식을 하던 터전에서 내쫓김을 받아 유배지 마냥 낯설고 한적한 곳에 터전을 마련하였다. 굴러온 돌이 박힌 돌을 뽑는다고. 그래서 하는 말인가. 한참을 달려 김양식장에 도착하였다. 한수가 먼저 와 김발을 돌보다가 웃음으로 반겼다. 한수를 비롯하여 김양식에 매달린 사람들은 상대적으로 미역양식에 투자한 사람들보다 영세한 편이었다.

"자네가 오늘은 늦었구랴."

"더러 늦을 때도 있어야지요."

"한긴 그렇네만, 나는 또 자네마저 옥천장에 새로 들어온 애한테 정신이 팔렸는가 했네."

"제가 그런 팔자라도 된다면 얼마나 좋겠소. 누가 그 치마폭에 빠졌다 합디까?"

"누군 누구여, 그런 애들만 노리는 논다니패들이 있지 않남."

"그 가운데 저를 끼우다니요. 유감인데요."

"어따, 자네한테는 농담도 질색이여이."

한수는 잠시 일손을 놓으며 담배를 피워 물었다. 칠십 평생 바다와 함께 살아온 검게 그을린 주름진 얼굴이 오늘따라 퍽이나 여유로웠다. 그만큼 김발이 기대치를 가늠하게 하는지 몰랐다. 부지런하게 일구면 그만한 보상이 뒤따르는 게 바다의 양식이었다. 풍요를 부를 수 있다는 것은 파도와 벗하며 자신을 투자한 결과일러라. 한수는 그렇게 성실하게 파도 위에서 삶을 누려왔다.

"헌디 말일세. 연륙교가 생겨난 뒤로 야시시한 지집들이 철새 마냥 들어와 질서를 어지럽히네."

"형님 같은 분들을 위해서가 아닌가요?"

백상은 한수가 그쪽에 신경을 쓰는 게 안쓰러운 생각이 들었다. 평생 오입질을 모르고 살아온 데다 십년 전 부인을 먼저 보내고 혼자 자식들 뒤치다꺼리를 하며 살아왔다. 아무래도 도시에 나가 횟집을 경영하다가 털어먹고 고향에 내려와 빈둥거리는 아들 녀석 때문이지 싶었다.

"나보다 자네가 더 필요로 하지 않는감."

"저야 애시당초 그런 방면은 담을 쌓고 살지 않습니까."

"그래도 어디 그렇남. 재 너머 정춘이는 그 나이에 새파란 이십대 동남아처녀를 계약결혼식으로다 데려왔담시러?"

재 너머 정춘이는 도시에 돈 벌러 나갔다가 봇짐 지듯 떠 매고 간 살림살이를 거덜 내고 마누라까지 파랑새처럼 날려 보내고서 고향으로 돌아와 화풀이 하듯 바다에 살며 그물질을 하였다.

"금시초문인데요."

"원, 저렇게 뉘우스가 늦어서야. 삼 년 결혼계약금을 지불했다는디."

"거, 참. 빅뉴스군요. 계약이 끝나면 돌려보내나요?"

"그야, 그때 봐야 알것제. 계약을 연장하든지, 아니면 그 사이 애라도 낳게 되면 주질러 앉을지. 하긴, 정춘이 그 나이에 자식이나 생산하겠는가."

"남자는 짚단 한단만 통시지붕에 던져 올리면 사내구실을 한다고 안 하던가요?"

"그렇긴 헌디, 처녀애를 데리러 갈 때부터 비아그라를 신주단지 모시듯 안고 갔다는 거여. 지금도 밤일을 할 때는 기를 쓰고 그걸 사용하지 않으면 안 된다고 하들 않나. 그러다가 육신이 탈골이라도 되면 어쩌려고 그러는지, 원. 허긴, 죽음 가운데 복상사가 으뜸이라고 하데만."

"형님께서 너무 심각하십니다."

"허헛, 그런가?"

"할 수만 있다면 그렇게라도 청춘을 재생하십시오. 시절은 바야흐로 다문화시대가 도래 하였어요. 오늘의 농어촌을 생각하면 꼭 부정적으로 도배질할 수만은 없어요. 옥천장에 새로 들어온 계집애들을 먼산바라기로 관심을 두지 말고요."

백상은 웃자고 비윗장을 엇질렀다. 정춘이처럼 동남아 국가 처녀들을 상대로 국제결혼을 하는 풍조는 오늘날 농어촌의 실정인데, 농어촌에서 태어난 사람들이 오히려 자신들이 태어난 고향을 외면하는데서 다문화의 절실함을 가중시켰다고나 할까.

"에끼, 이 사람. 이래봬도 열부여. 마누라와 어떻고롬 살았는디 딴 맘 묵것는가. 지하에 잠든 영혼을 욕되고 심기 사납게 하고 싶지 않네."

한수는 금새 축축하게 마음이 젖었다. 아닌 게 아니라 한수 부부는 살아생전 금슬 좋기로 소문이 났었다. 가난을 벗어나기 위해 한 마음으로 억척스러움을 나투었는데, 끝내 건강이 뒤따르지 못하여 부인이 먼저 세상을 등졌다.

"어쨌거나, 돈푼이나 있답시고 풍기문란을 일으키는 몇 몇 놀량패들을 정화시켜야 하는데 골칫거리입니다."

"그 녀석들 말인가? 속에는 아무 것도 없어이. 농협 빚, 수협 빚은 그놈들이 다 짊어지고 있응께. 잘못하다가는 그놈들 땜새 농협, 수협이 거덜이 나 줄줄이 초상날 판이여. 더 늦기 전에 무슨 조치가 있어야 할 것이여."

한수는 마누라 잃은 공백과 슬픔을 잊기 위해 돌림으로 부락에서 감투를 씌워주는 바람에 마을 어협조합장을 짊어지고 소위 유지랍시고 거들먹거리는 그들과 자주 면대를 하여 그들의 속성을 알고도 남았다. 요즘은 경제대국으로 나아가는 분위기답게 돈 씀씀이가 두둑한 사람들이 근본과 자질을 제쳐두고 유지로 행세하였다. 아주 고약하고 불량스러운 부류들로, 사람들 눈 밖으로 내쫓김을 당할 논다리들이 똥배를 내보이며 방죽물을 흐렸다. 그걸 보면 세상이 얄궂게 돌아갔다. 도덕적, 양심적, 사회적 신분의 척도가 돈의 분량으로 매김 하였고, 그러다 보니 물리고 물리는 부정행위가 버젓이 자행되었다. 지난 시절 같음사 청빈을 으뜸으로 삼고, 주위사람들을 헤아릴 줄 알고, 제대로 존경받는, 모범적인 사람들이 주위의 권유에 못 이겨 유지로 떠받들려 질서를 바로잡고, 면민들을 위하여 봉사를 하였다. 그런데 이 녀석들은 선착순으로 융자금을 빼돌리고서 걸핏하면 노름꾼들을 불러다 노름판을 벌였고, 술집이나 찻집 닳아빠진 지집년들을 품앗이로 가지고 놀았다.

그걸 빤히 알면서도 그들의 행태를 대놓고 성토하지 못하는 건 어째서인가? 지 돈 가지고 노는데, 감 내놓아라, 배 내놓아라, 할 필요가 없다는 사고방식이 어느 사이에 밑자리를 깔고 있었다. 그만큼 기력이 쇠잔한 노령화사회가 되었다는 증거인데, 삐뚱하면 선심 쓰듯 그들의 감칠맛 나는 물량공세가 한몫 더 보탰다. 그 위에 단위 농협장, 수협장, 군의회, 마을 이장 선거에 이르기까지 개입하여 선거판을 주도하였다. 따지고 보면 부처님 손바닥 위에서 철없는 손오공이 여의봉을 휘두르는 꼴이었으나, 세상은 그렇게 돌아가는 터였다.

"형님께서 그들의 속성을 잘 아니까 앞장서 비행을 일목요원하게 터뜨리시오."

"아니여. 나같이 물썽한 사람이 나서봐야 돌아오는 건 돌팔매질이여. 그놈들이 어떤 놈들인가. 자네가 나서봐. 이번에 단위수협장 선거가 돌아오지 않는가. 또 그들이 미는 놀량패가 될 것이 뻔 하네. 이번만은 어떻게든 막아야 하네. 그러자면 대항마가 필요하고, 자네 같은 사람들이 하나로 뭉쳐 그들의 부정행위를 발본색원해야 하네."

"대항마는 누가 적합할까요?"

백상도 정화차원에서 더 이상 그들의 부도덕한 행위를 묵과할 수 없다고 다져온 터였다. 그러자면 여론의 형성과 민심의 향배가 중요한데, 고맙게도 한수처럼 면민들도 더는 방관할 수 없다는 분위기로 흘렀다. 그들도 그 점을 모를 리 없을 것이다.

"나는 자네가 나서면 좋것는디, 그런 판에는 일찍부터 마음 접었고, 그놈들이 벌써부터 자네를 의식하여 아부지네들 사상을 들먹인다고 하네, 그랴. 이 시절에 무슨 당치 않는 소리인가. 고약한 놈들."

"저보다는 일할 수 있는 젊은 사람이 나서야지요. 피의 수혈이 무엇보다 필요합니다. 그래야 활기가 넘쳐나고요."

백상은 마음이 쓰거웠다. 숨죽은 듯 살고 있는데도 걸핏하면 암암리에 아부지네들의 사상을 환기시키며 편 가름을 조성하였다.

"요즘이사 농어촌에서 육십 나이가 한창 때 아닌가. 정춘이도 환갑을 내일 모레 등허리에 짊어질 나이인디 동남아여자를 데리고 오지 않았는가."

"암만해도 칠순 나이에 회춘이 필요한가 봅니다. 아까부터 동남아 국제결혼에 관심이 많은 걸 보니."

"엉뚱한 비약은 금물이여. 그나저나 누가 적임자이겠는가?"

"곧 밝혀지겠지요."

백상은 더 이상 말을 삼갔다. 한수가 못 미더워서가 아니었다. 대항 마는 암암리에 이미 정해놓은 상태였다. 하지만 아직은 공개적으로 내 보일 수 없었다. 위기의식을 느낀 그들이 어떤 공작과 술수로 옆구리를 찌를지 몰라서였다. 지난번 단위농협장 선거 때도 관산부락 김기호가 출마의 변을 앞장서 떠벌리다가 린치를 당하였다. 범인이 아직도 밝혀 지지 않았는데, 대체로 그들이 사주한 소행이라고 단정하였다.

"이번에는 어떤 수단을 쓰더라도 물갈이를 해야 하네. 수협이 비리 의 온상으로 언제까지 방치될 수는 없느니."

"그러자면 형님 같은 분들이 마음을 하나로 다져야지요. 선거란 결 국 한 사람의 표심이 작용하는 것 아닙니까."

"암만. 여론의 분노는 파도를 일으키는 바람의 성질이네."

한수는 김발을 마저 돌보기 위해 일손을 놀렸다. 백상은 그 사이 저 만큼 앞서 나갔다. 허헛, 일머리라고는 모르는 사람이 언제 저렇게 숙달 이 되었는지, 정말 섬놈이 다 된 모습이었다. 한수는 서두르지 않고 김 발을 손질하고 나서 김발 끝머리에 막아놓은 주복물을 보았다.

"가만있으시오. 제가 도와드릴게요."

"어이, 그래줄랑가? 인자 이놈의 주복물 보기도 힘에 부치네."

"물살이 오죽 셉니까."

백상은 한수를 도와 주복그물을 끌어 올렸다. 힘들여 끌어올렸는데 도 실망감을 안겨주었다.

"어따, 닷새 만에 물을 봤는데도 겨우 이 모양이구랴. 이녀러 짓도 그만 둬야 할 것 같네. 우리 어렸을 적 한우균네 주복물만 해도 그물이 미어터질 지경이었는디, 격세지감이 따로 없네.”

한수는 가쁜 숨을 몰아쉬며 토심스러워하였다.

“시절이 그러는데 어쩌겠소. 갑시다. 매생이 발도 건듯 돌아봐야지요.”

“그려. 이놈들은 술안주 횟감이여.”

한수는 치어들을 바다에 놓아주고 나서 키를 잡았다. 매생이 발이 널려있는 갯벌은 썰물이 저만큼 드러나 할미섬이 처연한 모습으로 망여섬을 바라보고 있었다. 할미섬도 그 옛날에는 톳, 돌미역, 해삼, 고동, 전복, 우무가사리 따위가 널려 있었는데, 후줄근하고 꾀죄죄한 형상이었다. 백상과 한수는 썰물이 빠져나간 선창머리 맨 끝에 배를 대놓고 징겅징겅 갯벌을 밟아 나갔다. 다른 사람들은 매생이 발을 돌보고 돌아나가는데, 재문은 아직도 매생이 발을 붙들고 있었다.

“인자 오는가? 요녀려 발이 대말이 빠져나가 애를 먹이네.”

“자네나 나나 나이가 들면 어쩌는 수가 없네. 동생, 어여 바로 잡아주세.”

백상은 한수의 재촉에 재문의 매생이 발에 매달렸다. 한수는 재문보다 나이가 두어 살 아래인데 처가 쪽으로 따져 서로 말을 터놓고 지냈다. 그래서 어쩔 때는 한 동네 혼사가 얄망스러웠다.

“한수 자네도 어느새 고희가 되었제? 세월이 빠르네.”

“아따, 겨우 두 살 터울이면서 그래쌌는가.”

“이 사람아, 두 살이 어딘가. 장가 한번 잘못 들어 여기저기 손해가 많네.”

“언제는 죽느니, 사느니, 목매달았음시러 이제 와서 느긋한 배짱이여? 그러나 저러나 이놈의 매생이가 이 시절에 돈이 될 줄 누가 알았는가이.”

"진품명품을 보게. 고물상도 마다한 것들이 천정부지로 값이 치솟아 눈을 휘둥그렇게 하지 않던가."

"시상은 참 오래 살고 볼일이여. 가세나. 이놈의 횟감에다 술이나 한 잔씩 나누고로."

세 사람은 나들이 바윗등 웅덩이 물에 후적후적 갯벌을 씻은 다음 방죽재를 넘어서려는데, 백상의 사촌인 석재가 한우를 돌보고 나왔다. 언제 미역양식과 매생이 밭을 둘러보고 왔는지, 부지런하기가 이를 데 없었다. 석재는 유자가 시절을 다하자 유자밭을 과감하게 정리하고 한우막사를 지었다. 처음 다섯 마리로 시작한 것이 어느덧 서른 마리로 불어났다. 남들처럼 욕심도 부리지 않고, 미국산 쇠고기 수입으로 한우 값이 곤두박쳐도 태연하였다. 청정해역이어서 구제역마저 침범하지 않아 속으로 즐거운 비명을 질렀다.

"보아하니 횟감이 있음직한디."

"어여, 뒤따르소."

네 사람은 방죽재를 넘어 광생이 묏등을 돌아 한수네 집을 들어섰다. 우멍한 백구랄 놈이 생선 냄새를 맡고 꼬리를 흔들었다.

"진돗개라고 큰소리치더니 영락없는 똥개네."

"그것이 뭔 정부정한 소리란가. 광주 동생이 철석같이 보증을 섰는디. 내가 워낙 바빠 훈련을 제대로 못 시킨 탓이제."

"진돗개라면 불량품이여. 동생, 안 그런가?"

"믿기 나름이지요."

백상은 백구의 귀밑머리를 쓰다듬어 주었다. 그 사이 한수는 날렵하게 생선회를 장만하였다. 네 사람은 듬직한 안주에다 양은그릇에 소주를 찰랑 따라 들이켰다.

"아마, 이건 개성공단에서 만든 물건일걸."

"그런가? 금강산 구경도 좋고, 개성공단도 고무적이지만 어서 남북이 하나가 되어야 하는디, 어째 자꾸만 지지부진, 꼬이고, 불신이 조장되고, 이제는 아예 빗장을 내지르고, 마음만 애달게 하는구만."

"기다려야지요."

"언제까지? 하, 세월 기다린 세월이 얼마인가."

재문은 백상에게 술잔을 건넸다. 남북이 하나 됨을 가장 염원한 백상의 마음은 어느 지점에 머물러 있을까? 겨울로 가는 바람 끝은 쌀쌀 맞는데도 그 바람이 일으키는 정감은 바야흐로 봄날로 이어지지 않는가. 재문은 돌림으로 건네는 석재의 술잔을 받으며 다시금 자신의 나이를 잘근 깨물었다.

2

새벽달이 숨어들면서 동이 트기 시작하였다. 재문은 벌써 일어나 콤바인을 점검하였다. 오늘도 서너 집 벼를 타작하기로 하였다. 세상이 나날이 편리한 만큼 모를 심고 추수를 하는데 있어 사람의 노동력보다 영농기계를 이용하였다. 재문은 이년 전부터 콤바인을 장만하여 인근 마을 논 경작지까지 도맡아 가을걷이를 하였다. 일군들을 동원하여 벼를 베고 탈곡하던 시절이 까마득하게 여겨졌다. 사람의 마음이란 간사한 것인지, 몇 년 전만하더라도 가을 추수기가 돌아오면 아이고 허리야, 등허리를 추스르며 새벽같이 일어나 낫을 들고 들판으로 나갔는데, 그 같은 노고를 까맣게 잊어버린 것이다. 편리함을 좇는다 해서 나무랄 것도 없지만 곧장 고단하였던 지난날을 망각하는데서 비릿한 향수 같은 무언가를 느껴보지 못하였다. 더구나 고사 직전의 당상나무처럼 농촌의 고령화가 가속됨에랴.

　재문은 나이가 나이인지라 집사람부터 영농기계를 몰기에는 무리라고 극구 말렸으나, 주위의 반대를 물리쳤다. 남들처럼 변변한 논자락이 있는 것도 아니고, 그나마 영농기계를 부릴만한 젊은 사람들은 미역양식이야, 다시마양식이야, 가두리양식이야, 전복양식이야, 수익성이 좋은 쪽으로 눈을 돌렸다. 처음에는 다소 힘이 부쳤으나 손에 익고 보니 쏠쏠한 재미가 있었다. 바싹 다잡아 추수를 거두고 나면 일 년 농사를 지은 정도의 수확을 거두어들일 수 있었다.

　"신새벽부터 부지런하요."

　"어이, 나잇살이나 들고본게 잠도 없어지고, 이왕 받아놓은 밥상 아니겠는가. 신바람 내듯이 해치워야제. 자네는 어디를 일찍 나서는가?"

　재문은 콤바인을 손보다말고 허리를 폈다. 말쑥한 차림의 백상은 한결 신선해 보였다.

　"추모제가 있어서요."

　백상은 간략하게 대답하였다.

　"오늘따라 새신랑처럼 잘 차려 입었네. 개량한복이 썩 어울리네. 색깔도 가을빛이고."

　"그런가요? 어쩌다 나들이옷이 생겼습니다."

　백상은 가볍게 인사를 하고 동구 밖을 벗어났다. 이틀 전, 백상은 생각지도 않은 개량 한복 한 벌을 선물로 받았다. 서림이 지어 보낸 것이었다. 뜻밖의 선물이 아닐 수 없었다. 그녀로부터 옷 선물을 받을만한 사이도 아니었고, 더구나 주문한 것도 아니었다. 조금은 황당한 마음으로 포장지에 적혀진 전화번호로 전화를 걸었더니, 여산 스님의 배려차원이라는 것이었다. 부담 없이 입으세요. 여산 스님께서 특별히 부탁하셨으니까요. 치수나 잘 맞았으면 합니다. 대충 어림짐작으로 재단하여 그게 마음에 걸려서요. 오강윤 선생님 사십구제 막젯날 오실 거죠? 서림의 물음은 그날 입고 왔으면 하는 은근한 바람이 묻어 있었다. 여산 스님이 무슨 생각으로 그런 부탁을 하였을까? 백상은 미적지근한 마음으로 보내온 옷을 밀쳐놓았다.

아야, 오선상님 막제에 감지러 추레한 몰골로 갈 것이냐? 저 옷을 입고 가거라. 누가 지었는지는 몰라도 내가 보기에는 정성들여 솜씨껏 지어 보냈다. 보통 바느질 솜씨가 아니다. 다녀오겠다고 어머니의 영정 앞에 향을 사려 올렸을 때, 몸에 배인 옷을 입고 나서려는 모습이 딱하다는 듯 한마디 하였다. 백상은 하는 수 없이 어머니의 말을 좇았다. 거, 봐라. 아주 잘 어울린다. 사람이 달리 보인다. 너도 잘 알 것이다만, 캄캄한 밤에 한석봉이 어미가 똑같은 크기로 떡을 썰듯 건너 마을 한우균이 각시 징상스럽게도 바느질 솜씨 한번 좋았느니라. 한번 눈빛으로 재단하면 여지가 없었어야. 정침한 느그 아부지도 한우균이 각시가 바느질한 옷만 고집하였느니라. 그 땜새 내가 시샘도 내고 속앓이도 더러 했다. 똑 그 솜씨 빼다 박았다. 자고로 그렇게 신한 여자들이 마음고생이 많은 법이다. 한우균이 각시도 매사가 매초롬하고 정갈해서 자식이 없었는지 모른다. 필시 그 옷을 지은 여자도 팔자 고르지는 않을 것이다…….

백상은 영매처럼 말하는 어머니의 영정을 뒤로하고 집을 나섰다. 팔자가 고르지 못하다? 서림에 대한 품평은 명도 아닌가? 백상은 선하품을 매달고 나온 성수영감에게 차표를 사들고 삼십여 분 기다려 버스에 올랐다. 승객은 백상과 어두부락에 사는 천종이었다. 천종은 한때 소리공부에 공을 들여 상당한 경지에 이르렀는데, 뒤늦게 어머니의 뜻을 좇아 가정을 일구고부터 소리공부를 접고 고향에 눌러앉아 가두리양식을 하였다.

"형님께서 어인 일로 신새벽에 바깥나들이입니까?"

천종은 지그시 졸고 있다가 반겨 인사를 하였다.

"긴히 가볼 데가 있어서. 자네는 어디를 가는가?"

"지난날 소리공부 하던 친구들이 모임자리를 마련한다고 해서요."

"아직도 미련을 버리지 못한 모양이지?"

"소리공부하기에는 바다만큼 좋은 장소가 없지라우. 아무리 소리를 내질러도 누가 뭐라 할 사람이 있나, 파도가 뱃전을 두드리며 추임새며 장단을 맞추지 않나, 내년에는 전국적인 대회에 나가설랑 기량을 내보일라요."

"언제 소리 한 바탕 들어봐야겠네."

"물론 그래야지라우. 형님이 합격시키면 장원은 따 놓은 당상 아니것소."

천종은 어느 사이 사설조가 되었다.

"때로는 자네가 부럽네. 매사 흥겨움을 안고 사니께."

백상도 한때는 팔도를 방랑하며 소리나 마음껏 내질러 보았으면 하였다.

"인생이 백년을 산다 해도 병든 날, 잠든 날, 근심 걱정 다 제하면 단 사십도 못 산다고 안 합요. 마음이 즐거우면 숯불덩이 위에서도 흔연할 수가 있지 않것소. 살아본께 인생이 뭐 별 것입요."

"맞는 말이네. 마음이 외롭고 고적할수록 즐거움을 알아야 하느니."

백상은 문득 배낭 하나 달랑 걸머메고 산천을 떠돌았던 젊은 날을 떠올렸다. 입에서 단내가 나는 방황일수록 정신과 육신이 폭삭 삭아지기 마련인데, 그 마음을 달래고 이겨낼 수 있는 것은 여유로움과 흥타령이었다. 모진녀려 시상, 어쩌자고 너를 그 지경으로 만드는지 모르것다. 애비 잘못 만난 죄밖에 없는디, 왜 사서 고생을 하나, 그래. 어머니의 신세 한탄도 어느 순간 무릎 밑자리에서 흘러나오는 육자배기, 그 절절하고 투박한 가락 속에 묻혀 들었다.

"암튼, 형님과 이야그하면 맺혔던 마음이 풀린당께요. 집에서 소리 패에게 끌려 다닌다고 어쩌고롬 눈칫밥을 주는지 마음이 심란하요. 예술을 이해 못해도 한참을 못 한당께요. 소리가 밥 멕여주느냐고 눈을 흘길라치면 말문이 딱 막히요."

"듣기로는 자네 집사람이 소리에 반해서 시집 왔다고 하던데?"

"그야, 모임자리에서 추임새로 한 대목 듣고설랑 얼쑤 입장단을 친 것이지요. 여자란 안 그럽디요. 자식 낳고 생활에 쪼들리다보면 아무리 좋은 소리도 귀에 거슬린다고."

"그래도 자네의 의지력이라면 충분히 이겨낼 걸세. 벌써 내년을 기약하지 않았는가."

"바로 그거요. 누가 뭐라 해도 명창 소리는 듣고 눈을 감을 것이오. 형님 말이오. 연륙교를 돌아나가 강진으로 휘도는 이 길이야말로 판소리 한 대목이요."

"소리꾼 눈에는 그렇게 비칠 법도 하네. 아름다운 해안 경개지."

"이렇게 낭창한 경개를 두고 살면서 가슴앓이로 살아사 쓰것소. 형님도 그렇지만 저는 마음이 한없이 부자요."

천종은 금방이라도 소리 한 대목을 걸걸하고 구성지게 뽑을 것 같았다. 아, 좋다! 백상은 속으로 무릎장단을 치며 바닷물과 합류하는 강줄기를 거슬러 올라갔다. 사람이 살 면은 몇 백 년이나 사느냐고? 사십년 산 사람이 죽어 천년을 사는가 하면 백년을 누릴 것 같던 권세가도 죽어지면 한 움큼 재로 변하는 게 인생 아니던가.

"나는 여기서 차를 갈아타야겠네."

백상은 버스가 강진에 이르자 자리에서 일어났다.

"그라면 부산 방면으로 가시오?"

"그렇네. 자네는 쭉 올라 갈 거제?"

"우리들 모임자리야 빛고을이요. 잘 댕겨 오시오. 언제 날 받아 자리 마련 한번 합시다."

"내가 먼저 기다려지네."

백상은 마침 부산행 버스가 들어와 서둘러 차에 올랐다. 부산행 장거리 버스도 한산하기는 마찬가지였다. 스쳐 지나치는 들녘은 황금빛으로 무르익었고, 더러는 한가한 모습으로 볏단을 뭇가름하고 있었다. 순천에서 마산행 버스를 갈아타고, 마산에서 고성 들어가는 버스를 탔다. 살아생전 오강윤 선생과 인연이 깊었던 절에서 번차례로 돌아가면서 사십구제를 지내오다 고성 옥천사에서 막제를 지낸다는 것이었다. 번거롭고 수고로웠으나, 오강윤 선생과 옥천사를 한번 가보았는지라 새삼 감회가 깊었다. 그때는 초라한 모습이었는데도 고즈넉한 태깔을 지니고 있었다. 그런데 몰라보게 중창불사를 하였다. 이럴 때 민망스럽고 혼란스러웠다. 소담한 옛 정취가 더 아름다운 것인지, 아니면 호화롭게 증축된 전경이 더 외경심을 불러일으키는지, 선뜻 판단이 서지 않았다. 사십구제는 다 끝나가고 있었다. 새벽같이 집을 나섰는데도 갈아타고 지체되어 늦은 것이다.

"오느라 수고 많았다."

맨 뒷좌석에서 비좁게 앉아 제가 끝나기를 기다리는데 표상이 스쳐 지나치는 바람처럼 일으켜 세웠다.

"앉아있기가 고됐던가 봅니다."

"그보다 볼일이 급해서……."

표상은 화장실부터 찾았다. 백상은 붉게 물든 단풍나무 아래 마련되어 있는 벤치에 앉아 표상을 기다렸다. 그 사이 법당에서 사람들이 쏟아져 나왔다. 여산 스님이 천천히 법당에서 걸어 나왔다. 백상은 자리에서 일어나 합장을 하였다.

"늦은 게로군. 아니지. 당연히 늦을 수밖에 없었겠지. 그 정성을 고인께서 잘 아실 거야."

백상은 여산 스님의 말을 뒤로하고 법당에 들어가 고인의 영정 앞에 절을 올렸다. 나고 죽음. 그 가운데 평안은 어디에 있는가. 분명 오강윤 선생은 죽어 해맑은 마음으로 천년을 살 것이다. 백상은 고인의 영정 앞에서 극락왕생을 빌고 나서 법당을 나왔다.

"가자. 우선 공양부터 하자."

백상을 기다리고 있던 표상은 앞장 서 공양간으로 향하였다. 매화나무 한 그루가 정갈한 자태로 공양간을 지키고 있었다. 공양간은 신발들이 널브러져 있었고, 조용하고 엄숙하면서도 부산스러웠다. 서림이 어지럽게 널려있는 신발들을 정리하다말고 허리를 펴고 인사를 하였다.

"저는 안 오시나 했어요. 어서 자리에 오르세요."

서림의 눈길이 백상의 위아래를 매슬러 보았다. 어림짐작으로 재단을 하였는데 옷이 딱 맞네요. 그녀의 눈은 그렇게 말하고 있었다.

"허어, 마치 기다리던 임을 반기는 모습만 같소."

"표사장님은 적소적소에 농담을 잘 하셔요."

서림은 흔연스레 받아넘겼다. 그로 미루어 보건대 표상과 서림은 오강윤 선생의 장례 이후로 만남이 설지 않았는가 보았다.

"농담 속에 진담이 숨겨져 있다는 것을 모르시오?"

표상은 여전히 웃음을 머금었다. 두 사람은 산채비빔밥으로 점심공양을 하였다. 후식으로 떡과 과일이 나왔다. 두 사람은 사양하지 않고 양껏 들었다. 백상은 아침 일찍 집을 나서느라 뱃속이 비어 있었고, 표상은 방금 화장실 출입을 한 터였다.

"스님께서 차를 드시러 오시랍니다."

서림은 공양이 끝나기를 기다리고 있었다는 듯 두 사람을 주지실로 안내하였다. 여산 스님은 주지실에서 기다리고 있었다. 두 사람은 주지 스님과 인사를 나누었다.

"보살님, 찻물 한 주전자 부탁합니다."

주지의 말에 서림은 주전자를 들고 수각통으로 나갔다.

"옷이 잘 어울리는군. 착복식을 해야겠는 걸."

여산 스님은 퍽 만족스러운 얼굴을 하였다.

"스님께서 입으실 옷이 아니었던가요?"

"죄책감은. 생물이건 무생물이건 인연 따라 가는 거야."

"염색을 아주 곱게 정성으로 들였어요."

"주지 스님께서도 한 벌 장만하고 싶은가요? 장본인이 바로 저 보살이니까 맞춤형으로 주문하십시오."

"그런가요? 보살께서 정갈한 작업을 하시는데요."

주지는 서림이 건네는 주전자를 받아들며 다시금 그녀의 존재를 인식하였다. 찻물이 끓자 주지는 조용히 찻잔을 돌렸다.

"스님께서 직접 만들어 선물한 차라서 차향이 남다릅니다."

"그냥 빈손으로 오기가 무엇하여 차 한 봉지 가지고 온 걸 가지고 뭘 그러시오."

"아닙니다. 내년 봄에는 상좌 한 녀석을 스님께 보내야겠습니다. 이곳에도 차나무가 더러 있는데, 그 제조과정을 전수 받도록 해야겠어요."

"그러시구려. 봄이 되면 스님네들이 더러 찻잎을 따기 위해 옵니다."

"스님네들도 자급자족할 줄 알아야 해요. 차뿐만 아니라 채소를 비롯하여 산나물에 이르기까지 스스로 수고로움이 있어야 그 맛의 진수를 압니다."

"그렇게 해야지요. 부처님 이래로 조사들께서 수행의 한 방편으로 삼아왔지 않았습니까."

"그런데 주지 스님께서는 오강윤 선생님과 어떤 인연을 지었습니까?"

표상은 그게 궁금하였다. 보통 인연이 아니고서는 막제를 지낼 수 없을 것이다.

"제가 이곳 주지가 되고부터 고성오광대에 대해 관심을 가졌더랬어요. 그러다 보니 오 선생님을 알게 되었고, 불사를 중창할 때 오 선생님께서 현판과 주련을 기꺼이 써 주셨어요."

"그런 인연이었군요."

표상의 다음 말은 유가족들의 출현으로 멈칫하였다. 유가족들은 주지와 여산 스님에게 감사의 인사를 드렸다.

"떠나는 자보다 보내는 사람들의 마음이 더 슬픕니다. 그러나 죽음에는 귀천이 없는 법, 평등한 마음자리로 윤회의 법칙에 따라 제각기 가는 길이 있을 것입니다. 제가 잠시 생각해 보았습니다만, 오 선생님을 존경하는 추모의 마음이 변치 않고 지속되기를 바라고, 그러기 위해서는 십시일반으로 오 선생님을 기리는 뜻에서 기념관이라도 마련했으면 좋겠습니다."

"저희들이야 크게 찬성합니다만, 살아생전 아버님께서 그와 같은 번다한 흔적일랑 남기지 말라고 신신당부하셔서요."

맏상주는 주지의 의견에 조심스럽게 대답하였다.

"그야, 평소 오 선생님의 인품이시고, 남기신 족적은 후학들이나 뜻있는 지인들 몫이지요."

"글쎄요. 가족회의도 있어야겠고, 여러 의견도 들어야 하고요. 그렇게 급한 것도 아니지 않습니까."

"이왕이면 마음이 하나로 모아졌을 때 추진해야합니다. 저는 오 선생님께서 그간의 유품을 특별히 기증할 곳을 말씀하시지 않았다면 여산 스님의 차밭 한 자락을 다져 기념관을 짓는 것도 좋으리라 생각합니다. 조촐한 자리 마련은 평소 오 선생님의 품성 아닙니까.”

“표상다운 발상입니다. 어디든 장소가 문제가 아니라 유가족을 비롯하여 주위의 의견수렴이 중요합니다.”

“여산 스님의 말씀이 맞습니다. 장소야 저희들 선산밭치면 어떻습니까. 정 마음들이 그러시다면 한 번 더 깊이 상의를 해 보겠습니다. 저희들은 기념관보다는 학교나 가깝게 고성오광대보존회 같은 곳에 기증하는 쪽이 어떨까 하고 고민 중입니다.”

“고성오광대 활성화에 많은 공을 들였지요. 하지만 기념관 쪽이 나을 성 싶소. 무엇보다 제자들이 스승 기리는 마음들이 남다르지 않아요. 그만한 학식과 인품을 지니고 천화하지 않았어요?”

표상은 의외로 자기주장을 뚜렷이 내비쳤다. 그렇다고 사적이고 객쩍은 이런 자리에서 표상의 의견을 전적으로 지지하고 나설 입장도 아니었다.

“유가족의 의견일치가 가장 중요하니까 우리의 소망을 저버리지 않는 쪽으로 의견을 모았으면 합니다.”

주지는 처음 말을 꺼냈는지라 마무리를 하였다. 유족들은 기념품을 보시하고 자리에서 일어났다.

“우리도 일어납시다. 백상의 착복주를 마셔야겠어요.”

표상은 웃는 얼굴로 일어났다. 만사가 태평지심이었다.

“착복주보다 오늘은 제가 자리를 마련하겠습니다. 여산 스님께서도 오랜만에 오시어 수고를 하시었고, 여러분들을 만나 뵈니 반갑기도 하고요.”

주지는 여산 스님이 사양지심을 내보이기 전에 표상의 뒤를 따라 자리에서 일어났다. 그리고 손수 차를 몰았다.

"어디로 가시게요?"

"여산 스님이 지리산 건너편이니까 삼천포항이 좋겠어요. 거기 잘 아는 신도 분이 계시니까 자리 부담도 덜 것이고, 저와 여산 스님은 비주류라 걱정 안 해도 되지만 자리가 불편하면 되겠어요?"

"좋지요. 자네는 삼천포와 인연이 닿지 않았던가?"

"즐겨 찾았습니다. 오강윤 선생님과도 두서너 번 갔었고요. 오 선생님을 극진히 모시는 단골집이 있었어요."

백상은 새삼스레 삼천포를 떠올렸다. 오강윤 선생의 소개로 함안 제실에 잠깐 몸을 부지하고 있을 때, 마산에서 열차를 타고 진주에 가다가 백상이 어떻게 지내고 있는가 궁금하여 곧잘 내렸다. 아니, 몸이 형편없군. 그러다가는 영양실조에 걸리겠어. 오강윤 선생은 백상을 보자마자 안색이 변하며 다짜고짜 백상을 잡아끌었다. 그리고 삼천포로 향하였다.

"지금 가는 곳이 오 선생님의 단골집이오. 오 선생님 덕분으로 우리 절 신도가 되었어요."

주지는 잘 포장된 국도를 시원스럽게 달렸다.

"서림도 초행은 아닐 테고……."

"그럼요. 서예 하는 친구들과 어울려 몇 번 갔어요. 새로 놓인 남해 창선대교가 마음을 사로잡잖아요."

"어떻게 사로잡는데요?"

"사람마다 다르겠지만 고기떼가 노니는 은하수를 건너는 기분이랄까요."

"참 감상적이오. 그래서 쪽빛 물을 들이는가 봅니다."

표상은 시종 즐거운 얼굴이었다. 와룡산이 내려다보는 삼천포항은 예나 지금이나 변함이 없었다. 그래서일까, 어딘지 모르게 친숙한 정감이 들었다. 주지는 오강윤 선생의 단골집이자 옥천사 신도 분이 경영하는 와룡산장을 들어섰다. 주인은 반갑게 맞았다.

"저도 막제에 참석해야 하는데, 점심시간에 예약 손님이 있어 못 갔습니다. 고인께 면목이 없어요."

"오제(五祭) 때 보살님께서 마음을 쓰시지 않았습니까."

"그래도 오늘 막제가 제일 중요하지요. 이 방이 전망이 좋습니다. 오 선생님께서 살아생전 전세 냈던 방이고요."

주인은 백상과 서림을 알아보았다. 주인이 안내한 방은 남해창선대교가 한눈에 내려다 보였다. 서림 말처럼 대교가 파도에 출렁거리며 은하수를 가로 지른 듯하였다.

"나는 백상이 청년, 아니 인자는 다 같이 늙어 가네. 처음 들어설 때 몰라보았어요. 세월이 무상한가, 머리가 반백이 되었네. 어디서 무엇을 하는지, 정말로 반가워요."

"갯벌을 둘러쓰고 있습니다."

"얼른 납득이 안 가는데도 검싯한 얼굴을 보니께 건강이 넘쳐요. 모두들 오 선생님을 기리는 마음으로 여기까지 오셨는데, 오늘은 제가 다 알아서 하겠어요."

"제가 모시고 왔는데요. 어디를 가나 오 선생님 발복은 돌아가신 뒤에도 풍요로워요."

주지는 편안한 자세로 자리를 잡았다. 미리 준비한 음식은 스님네들을 염두에 둔 때문인지 해산물과 산채로 구별하여 장만하였다.

"자, 듭시다. 우리 모주꾼들은 살짜기 이쪽으로 머리 맞대고 앉읍시다. 서림도 우리 쪽이지요?"

"눈 흘기려고 했는걸요."

서림은 백상과 마주 앉았다. 주인도 구색을 맞춘답시고 주지 곁에 앉아 시중을 들었다.

"모두들 오 선생님이 가시고 나니 추억이 새롭지요? 오 선생님으로부터 여산 스님의 말씀은 많이 들었어요."

"지금은 섬진강 건너에서 차밭을 일구고 계십니다. 시간 나거들랑 나들이 하십시오."

"그럴까요?"

주인은 표상에게 술잔을 처올렸다. 표상의 얼굴에 술기운이 돌고 분위기는 어느덧 십년지기로 훈훈하였다.

"이제 보니 주거니 받거니 제법 주담(酒談)을 나누는구나. 나중에 저 아래 남해창선대교를 걷는 것도 추억을 심지 싶다."

"그래요. 은하수를 건너는 기분으로 대교를 걸어요."

서림은 유쾌한 얼굴로 백상에게 술잔을 돌렸다.

"사람은 누구나 대자유인이 되고 싶지요. 두 분 스님께는 알량한 말이겠지만, 한잔 술이 척 들어가면 가슴이 호호탕탕 한없이 드넓게 열려요."

"때문에 소인배들이 술을 드는 게 아닙니까."

"아따, 백상이 너는 이따금씩 뼈있는 소리를 하더라. 소인배가 되고 싶어서 되겠느냐. 사회생활을 하다보면 이끼 끼듯 때가 묻어나 가슴둘레가 작아지는 거지."

"소인배의 아름다움을 누리고 사는 사람이 진정한 자유인이 아닐까요?"

"서림의 말도 맞지 싶소. 하기야, 말이란 갖다 붙이면 둥글게도, 모나게도 아귀가 맞는 법이오."

"오늘은 모두가 대자유인이 된성 싶은데요."

"오메, 잡것. 이내 술 한 잔 받으시오."

표상은 한잔 술이 들어가자 단연 좌중을 농익게 하였다.

3

백상은 심한 갈증을 느낀 나머지 자리에서 일어났다. 몽롱하고 혼미한 육신을 가누기가 어려웠다. 표상은 곁에서 요란스레 코를 골았다. 상황이 어떻게 되었는지 분위기에 젖어 너무 과음을 하였다. 불을 켜고 주위를 살펴보니 밤 깊도록 술을 마신 바로 그 방이었다. 완전히 술에 떨어진 것이다. 백상은 지끈거리는 머리를 안고 화장실을 찾아 나섰다. 대문간 옆에 붙어있는 화장실에서 나온 백상은 하현달이 처량한 기운으로 이마를 쓸어안은 채 눈 흘김 하는 대문 밖을 나섰다. 새벽 찬 기운이 모래밭을 파고드는 파도 말처럼 가슴을 어루었다. 대로로 접어드는데 뒤에서 발자국소리가 났다. 호젓하고 외롭게 따라왔다. 그리고 발자국소리는 그림자처럼 백상의 곁에 머물렀다. 서림이었다.
"일찍 일어나셨어요."
"갈증이 일어서요. 술이 너무 과했나 봐요. 스님네들은 어찌 되었어요?"
"먼저 자리에서 일어나 산사로 돌아가셨어요. 여산 스님은 주지 스님과 함께 주무실 거예요. 저도 같이 가려다……."
"더 주무시지 않고요."
"주인도 세상모르게 주무시고, 두 분 속이나 풀어드릴까 하고 어시장에 나가던 길이에요."
"마음이 깊으십니다."
"시장통에 가서 해장국 한 그릇 할까요?"
"그럽시다. 표상은 넉살좋게 주인더러 해장국을 바랄 것입니다."

두 사람은 어시장을 들어섰다. 비릿한 생선냄새가 코끝을 후볐다. 한쪽에서는 경매입찰이 한창이었고, 종류도 다양한 고기들이 제각기 값을 불리며 실려 나갔다. 신새벽부터 생기가 넘쳐나는 가장 비릿한 삶의 현장이었다. 두 사람은 김이 무럭이는 해장국집을 들어섰다. 얼큰한 매운탕을 시켰다. 한결 쓰린 속이 풀렸고, 혼몽한 정신이 깨어났다.

"대교를 걷지 않으실래요?"

"어제부터 그게 바라던 소망 아니었던가요?"

백상은 가볍게 웃으며 시장통을 벗어나 서림과 나란히 대교를 걸었다.

"하현달의 길라잡이처럼 앞서 가는 별 하나가 참으로 앙증맞죠?"

서림은 하현달을 서산머리로 인도하는 별을 가리켰다. 초롱한 빛을 잃지 않았다.

"애틋한 전설을 지니고 있음직한데요."

"언젠가 어머니를 따라 새벽기도를 드리고 산사를 내려오는데 저렇게 하현달을 서산 너머로 인도하는 별을 보았어요. 그때 어머니께서 무심코 한숨을 내쉬며 살아생전 얼마나 사랑하고 그리워하였으면 하늘의 달과 별이 되어 서천을 인도하느냐고 하셨어요. 분명 가슴에 안고 있는 사랑을 달과 별로 수를 놓았어요."

서림은 그때 어머니의 한숨을 다시금 곱씹었다. 어머니는 오늘에 이르기까지 누군가를 기다리는 마음으로 세월을 잠재웠다. 어려서는 그 대상이 누군지 알지 못하였으나, 철이 들면서 어머니의 가슴에 문신처럼 새겨진 그리움의 대상을 어렵지 않게 헤아릴 수 있었다. 하현달이 상사로 문드러진 어머니라면 지적인 듯하나, 기실은 아득한 거리의 별은 평생을 가슴에 지니고 있는 사람일 것이다. 누구인가? 서림을 낳아준 생부인가? 거기에 이르면 어머니는 언제나 비밀의 장막을 둘러쳤다.

"전설은 그 사람 마음의 거울일 수 있습니다. 자기와 가장 가까운 거리로 접근하고 윤색하기 마련이니까요."

"저의 어머니도 예외는 아닐 거예요."

"어머니께서 어떤 삶을 살아왔는지 모르겠지만 가슴에 그리움을 지니고 있다는 것은 회한으로 엮어지기 쉽습니다."

"그 말을 긍정해요. 때로는 곁에서 지켜보기가 안쓰럽고 답답하기도 하고, 눈물겨우리만큼 원망스럽기까지 해요. 그렇게 살아서 무엇이 남느냐고. 회색빛 재만 가슴에 수북하지 않겠어요?"

서림은 어머니를 지켜보고 있으면 가슴이 미어져 내렸다. 평생을 그리움 속에서 기다리는 그 한숨어린 모습이 어리석어 보이기까지 하였다. 왜, 그렇게 살아왔을까? 어떤 대상이기에 일편단심으로 사랑할 수밖에 없었는가? 오히려 서림 쪽에서 입술을 깨물었다.

"이해가 갑니다. 우리 어머니네들은 상사와 회한으로 점철되었다고 해도 과언이 아닐 것입니다."

백상은 생사를 모르는 지아비로 하여 고통과 회한으로 살아온 어머니를 떠올렸다. 유교적인 울타리로 말하자면 일부종사요, 열녀의 개념에 속할 것이나, 그게 어디 사람으로서 할 짓인가. 스스로 운명을 옭아맨 자기희생이요, 무언의 채찍으로 가해를 하는 부조리한 자기 학대였다.

"저는 어머니의 그런 모습을 지켜보면서 처음부터 제 가슴 안에 이성이라든가, 사랑의 씨앗을 심지 않기로 하였어요."

"그래서 오늘에 이르렀어요?"

백상은 서로가 가슴에 심은 질감은 다르지만 같은 부류의 공동인자처럼 여겨져 깜짝 서림의 손을 잡을 뻔하였다. 아버지로 하여 일찍부터 이성을 멀리한 자신과 생각이나 처지가 비슷하지 않은가. 갑자기 서림에 대하여 알고 싶었다.

"저도 모르게 그렇게 마음자리가 굳어진 거예요. 어머니처럼 한 남자를 가슴에 품고서 그리움과 기다림에 지쳐 자지러지느니 홀가분하게 혼자 가는 길을 선택한 거죠."

"그럼, 아직까지 어머니께서 사모하고 기다리는 분의 실체를 모른단 말이에요?"

"저를 낳아준 분이 분명한데 그 분의 이름도 모르고 자랐어요. 어머니께서 말은 하지 않았으나, 사생아나 다름없어요. 성(姓)도 어머니 쪽 성을 따랐거든요."

"의외군요."

백상은 적이 놀랐다. 서림에게 그런 비밀이 숨겨져 있다니. 안개 속의 형체처럼 여겨졌다.

"제 마음 안에 사랑의 감정을 고여 나는 샘물처럼 지니고 있었더라면 모르긴 몰라도 황진이처럼 뭇 남성들에게 숨김없이 나누어 주었을 거예요."

극과 극의 함수관계라? 백상은 잠시 생각을 깨물었다. 백상도 자칫 아버지에 대한 반발심과 비정하게 가시관을 씌워준 부조리한 세태에 반기를 들고서 파락호나 다름없는 행동으로 울분을 터뜨렸을 것이다.

"삶의 공간은 말이죠. 어디를 가나 그 시대가 낳은 공통인자를 안고 있는가 봅니다. 불행한 운명의 부산물이라 할까, 우리 어머니네들이 그렇고, 저나 서림도 그렇고요."

"그쪽 신상에 대해서는 오강윤 선생님으로부터 들었어요. 어쩌면 저와 비슷한 동병상련의 개념에서 소개시켜 주려고 했는지도 모르겠어요."

"조금은 이해가 갑니다."

백상은 자신도 모르게 서림의 손을 꼬옥 잡았다. 갑자기 누이 같은 친밀감이 들었던 것이다. 서림은 놀라지 않았다.

"저기, 바다에 떠있는 섬에서 쉬었다 가요. 다리 난간 기둥이 되어있는 저 섬이 천년세월 인고를 이고 있는 여인의 모습만 같아요."

서림은 부스스 아침에서 깨어나는 눈앞의 섬을 가리켰다. 두 사람은 옆길을 돌아 나갔다. 섬의 자태는 예스러움을 지니고 있는데, 관광객을 위한 간판들이 오늘의 인심을 말하고 있었다. 자그마한 어선이 들어오고, 그와 함께 이제 막 빗질을 한 여인네의 모습으로 섬이 돌아앉았다. 두 사람은 어선이 이마를 찧는 포구 선창가에 잠시 쉬었다. 고무장화와 비옷을 입은 어부 두 사람이 잡은 고기상자를 맞잡아 들고 배에서 내렸다. 그리고 기다리고 있던 아낙네가 앞장을 선 가운데 방금 문을 연 횟집으로 들어갔다.

"소금기 머금은 물안개가 축축이 젖습니다."

"그러게요. 섬처럼 살고 싶네요."

"지금까지 그렇게 살아오지 않았는가요? 사람은 저마다 개체의 섬이오."

"하긴, 그래요. 저는 어떤 섬일 것 같아요?"

"자신이 더 잘 알겠지요."

"아니에요. 자신을 가장 잘 모르는 게 인간의 가면 아닐까요?"

서림은 백상의 가슴에 얼굴을 묻고 싶은 충동을 자제하며 스스로 깜짝 놀랐다. 전혀 예기치 않은 감정이었다.

"저도 한 때 인간의 얼굴을 한 군상들을 보기 싫어하였어요. 허상의 두께로 다가왔거든요. 견디기 힘든 시절이었어요."

사람이 사람을 싫어한다는 것은 죄악일 수밖에 없는데, 실어증과도 같이 사람들을 기피하였다. 어디를 가나 회색눈초리로 바라보는 데서 비상구를 찾게 되었고, 비상구 끝자리에 광활한 들판과 험준하면서도 정겨움이 깃든 산과 하늘을 품안은 바다가 열려 있었다.

"오선생님께 들었어요. 행방불명된 아버지께서 씌워준 가시관 때문에 고통과 회한으로 방황하였다구요."

"다행스럽게도 자연의 숨결을 인식하였어요. 그리고 그 속에서 새삼스럽게 생명의 소중함을 알았고, 함께 공존하기로 한 거예요."

"인간이 살아 숨 쉬는 생명들과 함께 공존할 수 있다는 것은 행복을 넘어 선택받은 운명의 무엇일 거예요."

"실례의 말일지는 몰라도 어머니께서는 어쩌면 진정한 인간의 숨결, 그 진실한 사랑을 그리움과 기다림으로 가슴에 지니고서 오늘을 살아오지 않았을까요?"

"듣고 보니 그럴 듯한 공감대 같은데, 곁에서 지켜보는 저로서는 정말 가슴 아프고 눈물이 나요. 때로는 답답하고요. 저 또한 아버지의 실체를 모르기에 더욱 그럴 거예요."

"그 점에서는 같은 공감대를 지니고 있는 동류의식이 배어나요. 아버지의 실체, 그 조감도는 다르겠지만⋯⋯."

백상은 서림의 손을 따북이 다독여 주었다. 한 무더기 물안개를 실어오는 바람이 서림의 머릿결을 비질하였다.

"제가 좀 더 가까이 다가가도 되겠어요?"

서림은 머릿결을 쓸어 올리며 진지한, 조금은 상기된 얼굴로 물었다.

"그것은 어떤 동의 아래 이루어지고 비끌어 매어지는 성질이 아니잖아요. 바람과 같은 유형이랄까⋯⋯."

백상은 여전히 감정이 실리지 않은 건조함이 묻어났다. 몇 만 년 북극의 빙하가 녹아내리는 데는 그만큼의 시간과 공간이 필요할 것이다.

"바람과 물의 무게를 아세요? 제가 생각하기에는 바람과 물의 무게만큼 무거운 것도 없지 싶어요."

"그 어떤 물체도 물과 바람의 힘을 당해낼 수 없어요. 아무리 무거운 쇳덩이나 돌덩이도 바다는 너끈히 지탱해 주고요."

"바다와 바람의 무게로 지내요."

"그럽시다. 그 위에 세월의 무게도 느껴야 하고요."

백상은 시간을 의식하고 자리에서 일어났다. 아침 해가 동쪽 바다에서 불끈 솟구쳐 오르며 붉은 빛살을 토해냈다. 물안개가 그 빛을 받아 한량없는 춤사위로 윤무를 하였다. 흰 치맛자락을 펼치며 느리고 무거우면서도 부드러운 곡선으로 흥과 멋과 섬세함을 한층 돋보이면서, 마침내 붉게 물들인 바다 위에서 흥분과 희열과 환희로 무아의 경지에 이르게 하였다. 참으로 장엄한 광경이었다. 백상은 매번 그 같은 광경을 가슴으로 느낄 때마다 가슴 밑바닥에서 차오르는 희열을 가눌 수 없었다. 그 어떤 춤사위로도 표현해 낼 수 없는 하늘과 바다와의 합일. 그 무한한 경계와 열림은 인간의 한계를 뛰어넘은 신비와 전설의 극치였다.

"정말 이런 광경은 오랜만에 보네요."

서림도 압도당하였다. 어렸을 때 어머니의 손에 이끌려 떠오르는 아침 해를 바라보는 바닷가 조그마한 암자를 신새벽에 찾았을 때 바로 이런 물안개에 휩싸였다. 그때의 장관이 새롭게 다가섰다. 사방을 둘러보아도 동화의 나라를 거니는 듯하였다.

"굳이 말하자면 장엄한 승무지요."

"실례를 찾자면 거기에 비교할만 하겠는데, 승무는 도저히 미치지 못해요. 인간의 한계가 거기에 있지 않을까요? 저는 자연염색을 할 때마다 인간의 한계에 절망해요. 아무리 정성을 다하여도 물안개로 어우러진 바다빛깔을 온전히 빚어낼 수는 없어요."

"그러기에 자족이라는 개념이 생겨나지 않았을까요? 부족함, 비어있음, 체념과는 무관한 달관 자연한 미덕 말이에요."

"독선과는 다른 스스로의 만족 말인가요? 그게 참 어려운 경계죠."

"이미 그 같은 경계를 아는 것 같은데요."

"표사장님이라면 그렇게 직설적인 어법을 쓰지는 않을 텐데요."

두 사람은 가벼운 마음으로 와룡산장을 들어섰다. 표상은 부석한 얼굴로 멀거니 앉아 있었다. 그 모습이 서낭당 고갯마루에 풍상으로 이지러진 채 무념스레 앉아있는 돌장승을 연상케 하였다.

"아주 훤한 모습으로 들어서는구나. 행복이 넘쳐나."

"잠시 맑은 바다공기를 마시며 쓰린 속을 다스렸어요."

"허어, 변명은 필요 없네. 남은 속이 쓰리다 못해 에이는 듯한데 환희에 넘쳐나니, 원."

"주인장께서 알뜰살뜰 챙겨주지 않았어요?"

"말도 마시게. 나보다 더 늦게 일어나 부산을 떤다."

"그러고 보니 표사장님이야말로 주객이 뒤바뀐 듯한 인상을 주는데요."

"미안하면 다소곳이 있기나 하지. 뜬금없는 쪽으로 말머리를 돌리다니."

표상은 기지개를 켰다. 주인은 어느 사이 말쑥한 차림으로 해장국을 들여왔다.

"두 사람은 그렇다 치고, 표사장님 때문에 새벽같이 일어나 열녀의 마음이 되었구랴. 이런 날은 해가 중천에 뜰 때까지 내 세상인데."

"이왕이면 춘향이 같은 마음으로 보시하소. 아따, 시원타! 자주자주 정든 임 찾아오듯 와야겠네."

표상은 사양하지 않고 해장국을 들이켰다.

"두 분은 왜 뜨뜻미지근한 얼굴로 바라보고만 있을까?"

"보면 모르겠소? 해장국보다 더한 포만감이 들어차 있지 않소."

표상은 만족스럽게 해장국을 들었다. 주인은 녹차를 내왔다.

"한잔의 차가 이럴 때 신선함을 주지요."

백상은 주인의 배려가 고마웠다. 속물근성에 절어든 장사치는 아니었다. 적어도 풍류를 알고 인정을 나눌 줄 알았다. 그래서 오강윤 선생이 즐겨 찾지 않았던가.

"어쩔 텐가? 여기서 하룻밤 더 즐기며 로맨스를 수놓을 것인가, 아니면 각자 가는 방향을 달리할 것인가?"

"옥천사 주지 스님으로부터 방금 전화가 왔어요. 차로 모시러 오겠다고요. 여산 스님 차밭에 같이 가자고 하였어요."

"그럼, 화개장터에서 점심을 들까? 주인장께서도 동행하는 거지요?"

"글쎄요. 전……."

"표사장님은 곁에 동행자가 없으면 외로움을 타실 텐데요."

"이 나이쯤 되면 어린애 마음이 되는 거요. 더구나 이 세상에서 제일 향기로운 미인은 어떤 사람인 줄 아시오?"

"설마 쭈그렁바가지 꼴인 저를 두고 하는 말은 아니겠지요?"

"물론 주인장도 포함되지요. 어머니의 가슴을 지니고 있는 여자야말로 이 세상 으뜸 미인이오."

"제가 가장 듣기 좋은 말씀이네요."

"주인장께서 그렇게 받아들이니 오늘 내가 오롯한 미인을 곁에 모시고 가는 즐거움을 주시구려."

분위기를 달갑게 하는 표상을 중심으로 차를 나누며 여산 스님과 주지를 기다렸다. 삼천포항은 잠에서 깨어나 크고 작은 고깃배들이 들고 났다. 내려다보이는 전경이 아름다웠다. 저 속에 삶의 끈적함과 애환이 깃들어 있다. 굴곡진 빛살은 언제나 음지와 양지를 형성한다.

"이곳에 사시면서 많은 사람들의 애환을 보고 느꼈겠어요."

"사람 사는 곳은 어디나 마찬가지지만 세월 따라 시절 따라 사는 모습들이 조금씩 달라요. 더구나 사철 수산물이 나는 항구다보니 그때그

때의 어획량에 따라 희비가 엇갈리고, 삶의 형태가 변화를 가져와요. 창
틈으로 새어드는 바람과 유리창으로 들이치는 바람이 다르듯이."

"바다는 진솔함을 지니고 있지요."

백상은 고향 바닷가를 떠올렸다. 백상이 어렸을 때는 한 발짝만 갯벌
에 나서면 종류도 다양한 물고기와 해초들이 까무룩이 놀라 흙탕물을
일으켰다. 짱뚱어, 문저리, 새우, 장어, 낙지, 주꾸미, 숭어, 볼락, 참돔,
놀래미, 뻘덕게, 초라니게, 방게, 꼬막, 바지락, 굴, 대합, 피조개, 맛조개,
고동, 돌미역, 돌김, 우무가사리, 톳, 등등. 발에 밟히는 것이 먹을거리였
다. 그런데 어느 날부터 썰물이 빠져나가듯 종류도 다양한 해산물이 자
취를 감추기 시작하였다. 그리고 오늘에 이르러 해초와 고기들을 양식
으로 키워내 부가가치를 높였다.

"한때는 이곳이 쥐치포로 얼마나 유명세를 떨쳤어요? 쥐치포 생산
량은 전국 최고 아니었어요? 거기에 매달려 생계를 꾸린 사람들이 얼마
나 많았고요. 그런데 이제는 자연산이라는 이름으로 귀한 몸이 되었고,
횟감의 제일자리에 오르지 않는가요?"

"옛날에는 홀대받고 버림받은 고기들이 상등품으로 대접을 받지요.
그러한 변화 속에 이제는 중국산이 회칠을 하고요."

"그렇다고 불행한 시대라고 말할 수는 없죠."

서림은 표상의 말을 물큰 깨물었다. 중국산도 부족하여 사할린에서
가져오지 않는가.

"장사하는 저로서는 어쩔 때 손님 대하기가 민망스럽고, 자긍심이
사라져요. 하지만 어쩔 수 없어요. 세계화라는 이름으로 국적불명의 생
선들을 식탁에 올릴 수밖에요."

"오늘은 암만해도 사라진 것들을 위하여 술잔을 들어야겠습니다."

"어제 그리 마시고요?"

"날마다 새롭게 깨어나야 해요. 어제 마신 술과 오늘 마실 술은 그 갈래가 다르다는 겁니다. 백상아, 안 그러냐?"

표상은 너부죽 웃으며 백상을 돌아보았다. 녹차를 마시는데도 어제 마신 술기운이 얼굴에 번져있었다.

"즐거운 분이세요."

주인은 물주전자를 들고 자리에서 일어났다. 그리고 표상의 무언의 바람과 기대치를 저버리고 여산스님의 차밭 방문을 다음 해 봄으로 떠넘겼다.

4

삼천포항을 출발한 일행은 화개장터로 향하였다. 지난번 오강윤 선생 장례식 때도 여산 스님과 쌍계사를 둘러보았는데 계절이 바뀐 지리산 자락은 새로운 정감을 주었다. 백상의 가슴에 아슴하게 느껴지는 지난날 배낭을 메고 여산 스님의 토굴을 찾았을 때의 매서운 바람이 와닿았다.

"옛적 화엄굴 곁에 마련한 스님의 토굴 말입니다. 아직도 자리보존하고 있습니까?"

"갑자기 그렇게 떠오르는가요? 무연 스님의 상좌가 대물림을 하였는데, 게으름 탓인지 가본지가 오래라서……."

여산 스님은 옥천사 주지의 말에 남의 이야기를 하듯 대답하였다. 머리 위로 한 점 흰구름이 지나치는 그런 얼굴이었다.

"하긴, 한번 비껴간 자리는 쉬이 찾아보기가 힘들어요. 그래서 다들 옛 고향을 잊는가 몰라도, 저도 오랜만에 찾아듭니다. 지리산 골짜기 물도 수량이 많이 줄어들었습니다."

"가뭄 탓 아닌가요?"

"그렇지만은 않아요. 매년 흐르는 물의 양이 줄어든다고 들었어요."

"그래도 흐르는 물소리는 마음을 울립니다."

백상은 차갑게 흐르는 물소리에서 생명의 근원을 돋을새김처럼 가슴에 여미었다. 차는 칠불사를 휘돌아 오르기 시작하였다.

"칠불사 아자방 말이에요. 제가 듣기로는 스님께서 다년간 아자방에서 하루 한 끼로 장좌불와(長座不臥)를 하였다면서요."

"아자방에 대해서는 저보다 옥천사 주지 스님께서 더 잘 아실 겁니다. 삼십년 전 불사를 일으켜 아자방을 비롯하여 오늘의 칠불사를 일으켜 세울 때 스님께서 한몫 거들었으니까요."

여산 스님은 서림의 궁금증을 옥천사 주지에게 떠넘겼다.

"지리산 반야봉에 자리 잡은 칠불사 아자방은 한겨울에도 눈이 쌓이지 않고 녹는 따뜻한 곳이지요. 도선국사는 옥룡자결(玉龍子決)에서 누운 소 형상이라고 하였습니다."

옥천사 주지는 또박하게 설명하였다. 칠불사 아자방은 한번 불을 때면 석 달 열흘 온기가 지속된다고 하였다. 실지로 육이오전쟁으로 불타고 파괴되기 전까지만 하더라도 한번 불을 지피면 한 달 가까이 난방이 가능하였다. 실로 이천년 가까이 사용한 고대온돌이 그 정도였다는 것은 놀랄 일이 아닐 수 없었다.

아자방이 만들어진 시기는 가락국 태조왕 백칠 년, 가야국의 담공(曇空)선사가 칠불암의 선방이었던 벽안당의 구들방 구조를 아(亞)자 모양으로 만든 데서 불렸다. 신라 진흥왕 때 신라시대 가야금의 명인인 옥보고(玉寶高)의 아버지 사찬(沙燦) 김공영(金恭永)의 중창으로 손질하였다. 옥보고는 칠불암 옆 운상원(雲上院)에서 가야금을 수련하였다. 일설에는 아자방 축조연대를 신라 효공왕 때로 보나, 구전의 아류에 지나지 않다.

"그렇게 역사가 깊은 만큼 많은 고승대덕들이 거쳐 갔겠어요."

"많다 뿐입니까. 고려 때 정명선사를 비롯하여 조선시대의 벽송, 서산, 부휴, 백암, 무가, 인허, 월송선사와 대은, 금단 두 율사, 그리고 초의선사가 아자방에서 정진하며 다신전을 집필하였어요. 가까이는 용성, 석우, 효봉, 금오, 서암 스님 등 여러 고승들이 아자방을 거쳐 갔지요."

칠불사는 김수로왕과 아유타국 공주인 허황후 사이에서 낳은 넷째 왕자부터 일곱 왕자가 외삼촌인 장유 보옥 스님을 따라 출가하여 가야산에서 삼년간 수행하다가 지리산 반야봉 아래 운상원에서 모두 성불하였는데, 장유화상이 절터를 찾던 중 겨울에도 눈이 쌓이지 않고 녹아내리는 것을 보고 자리를 잡았다. 그 후로 임진왜란 때 무참히 불탄 것을 서산, 부휴대사가 중수하였고, 대한제국 말기에 또 한 차례 불타 금담, 대은 두 율사가 다시 복구하였는데, 육이오전쟁 때 공비들의 연락처라 하여 국군에 의해 처참하게 또 다시 방화의 수난을 당하였으나, 워낙 불을 좋아하고 불과 더불어 살아온 아자방인지라 구들만은 온전하였다.

"수난 또한 많았겠어요."

"민족의 수난사가 오롯이 그 속에 묻어나 있어요."

"온돌은 어찌 생각하면 우리 민족의 얼일 수도 있지요."

"북방의 온돌문화와 남방의 마루문화가 한데 어울려 있는 게 우리네 가옥구조이자, 삶의 조화 아니겠어요."

백상의 말에 주지 스님은 무심한 얼굴로 부언하였다. 차는 일주문을 들어섰다. 멋없이 버티고 서있는 일주문이 세태를 반증하였다.

"일주문 세워진 것도 몰랐으니 와본지가 오래 됐네요."

서림은 새삼스럽게 반야봉 산기운을 가슴으로 여미었다. 칠불사는 조용한 자태로 솔바람소리를 머금고 있었다. 굴곡진 세월을 지그시 두 눈을 감고 무거운 엉덩이를 누질러온 선승의 자태였다. 낙엽이 바람에 구르며 손객들을 맞이하였다. 칠불사 총무 스님이 반갑게 맞아들였다.

"큰 스님께서는 쌍계사에서 긴급회의가 있어 급히 내려가셨습니다. 조금만 기다리면 올라오실 것입니다."

총무 스님은 다과를 내왔다. 백상과 표상은 차 한 잔을 들고 서림을 앞세우고 법당에 들렀다가 아자방을 구경하였다. 차로 오면서 옥천사 주지로부터 설명을 들어서인지 아자방이 더욱 가슴 깊이로 다가왔다. 종각을 돌아 나오는데 여산 스님과 옥천사 주지가 나왔다.

"기다리느니 먼저 여산 스님의 차밭을 구경하고 다시 오기로 했어요."

옥천사 주지는 앞장 서 계단을 내려가 차 시동을 걸었다.

"한시가 급하게 여산 스님의 차밭을 구경하고 싶은가 봐요."

"그것도 그렇고, 칠불사 큰 스님께서 칠불사를 일으켜 세울 때 같이 땀을 흘린 터라 하룻밤 묵고가야 할 것 같아서요."

"칠불사에서 하룻밤 지새우는 것도 복 받는 일이지요. 백팔 배라도 하고보면 새로운 기운이 솟을 거예요."

"저는 전혀 준비가 없는데요."

"그런 게 좋아요. 격식 없이 얼마나 꾸밈이 없어요."

옥천사 주지는 서림의 말을 가없는 마음으로 받아들였다. 차는 내리 막길을 굽이굽이 돌아내려갔다.

"흐르는 계곡물을 끼고 있는 저 집은 전망이 좋은데, 잡초만 무성하 네요."

서림은 장사가 신통찮았는지 버려진 듯 간판만 덩그렇게 매달린 음 식점을 눈으로 일별하였다. 저기 흐르는 계곡물에 쪽물을 들이고 싶었 다. 청정한 자연수로 색상을 물들일 때마다 세속의 오염물질을 비워내고 정화하여 새롭게 태어나는 기분이었다. 차는 화개동천을 뒤로하고 섬진강 다리를 건넜다. 그리고 한 구비를 휘돌아 여산 스님의 차밭에 도착하였다.

"차밭을 제법 잘 가꾸었습니다."

옥천사 주지는 차밭을 꼼꼼스레 돌아보았다. 여산 스님의 정성이 푸른 기상으로 나투고 있었다.

"어머, 이 차꽃 좀 봐요."

서림은 잎새에 수줍은 듯 숨어있는 차꽃을 발견하였다. 여산 스님은 일행을 초막으로 안내하였다.

"이곳이야말로 신선의 경계입니다."

"누가 가꾸느냐에 따라 그 품격이 달라지는 법 아닙니까. 여산 스님의 땀방울이 맺히기 전에는 별 볼일 없는 야산에 지나지 않았습니다."

"맞습니다. 모든 것은 가꾸기 나름이라고, 자연의 경계 속에서 정원처럼 가꾼 결과물이지요."

"너무 과분한 말씀은 삼가시고 차나 드십시다."

여산 스님은 초막의 봉창문을 활짝 열고 차를 다루었다. 산기운이 오스스 짓쳐들어왔다.

"저녁에는 군불을 때야겠어요."

표상의 시선은 짐짓 백상의 동의를 구하고 있었다.

"저는 아무래도 좋습니다."

백상은 격식을 싫어하고 얽매임을 배척하는 표상의 한결같은 마음을 높이 샀다. 대체로 가진 자의 여유로움과 부의 축적에 의한 신분상승에 이르면 스스로 보이지 않는 틀 속에 매몰되기 쉬운데, 표상은 본래 지니고 있는 소탈함을 버리지 않았다. 맺고 끊는 사업상의 대인관계와는 달리 별개의 자유로움을 누렸다.

"그런데 말이에요. 차를 마실 때마다 사람의 품격이라든가, 마음의 척도를 생각게 해요."

"구체적으로 말한 다면요?"

표상은 한가로운 얼굴로 서림의 말끝을 붙들었다.

"사람마다 지니고 있는 성품이 다르듯이 신뢰라든가, 믿음의 등가가 저마다 성질을 달리한다는 거예요."

"그래서 사람의 형상이 제각기 다르지 않아요. 얼굴은 마음의 거울이라 하지 않던가요?"

"신뢰라든가, 믿음 따위를 말할 것 같으면 신용을 원칙으로 하는 장사치라든가, 사업가, 노동자, 정치인, 지식인에 이르기까지 가장 지켜야 할 원칙이지요."

"그런데 대체로 신용을 짊어지고 삶을 꾸려야 할 사람들이 그 점을 망각하거나, 역이용하잖아요. 우선의 잇속 챙기기에 급급한 우매함을 나툰다는 겁니다."

"저도 사업을 합니다만, 명경지수 같은 오늘의 세태는 신용을 우선으로 합니다. 사회 자체가 믿음을 상실한 만큼 신뢰를 요구하거든요. 내가 믿을 수 없으니 믿을 수 있는 담보를 제공하라, 그거거든요. 인터넷이 장터를 마련하여 사기꾼들이 많이 기생하지만, 한탕주의가 그렇듯 끝이 좋지 않습니다. 세상에서 가장 경계해야 하고, 행해서는 안 될 것은 세치 혀로 남을 속이며 등쳐먹는 행위입니다."

"자식을 바라보며 앞날을 내다본다면 그 같은 사행심은 버려야죠."

"타고난 천성보다는 사회악으로 정의해야겠지요. 대체로 자라난 환경의 지배를 받기 마련입니다. 막되 먹은 세상이라고 한탄하면서도 막상 개개인을 대하면 다들 심성들이 곱잖아요."

"자라난 환경만큼 중요한 것은 없어요."

"주지 스님께서 여러 종류의 신도들을 대하면서 때로는 마음고생이 많았을 겁니다."

"중생을 제도한다는 게 쉬운 일만은 아니지요. 하지만 모든 중생은 부처라고, 그렇게 받아들이고 소화시키면 마음이 편해요."

"깨달은 자의 넉넉함입니다."

표상은 건듯 바람처럼 웃음을 매달고서 자리에서 일어났다. 화장실에 다녀오는가 하였더니 차꽃 다섯 송이를 따와 각자의 찻잔에 띄워 주었다.

"한결 운치가 나네요. 살풋 그런 데까지 마음이 가고, 의외로 감성이 풍부하세요."

서림은 순백한 차꽃에서 마음의 거울을 비춰보았다. 내 거울은 어디에 있는가? 잊고 있다가도 보이지 않는 가운데 마음을 비춰볼 거울을 찾았다. 그럴 때마다 닫힌 방문 고리를 부여잡고 있었다. 방문을 활짝 열자고 안간힘을 쓰는데도 방문이 열리지 않았다. 프랑스 유학시절. 어머니로부터 떠나자고, 자신의 존재를 한없이 초라하게 다가서게 하는 주위로부터 벗어나 광활한 대지 위에 서보자고, 세상 밖으로 벗어났는가 하였는데, 그게 아니었다. 낯선 광장이야말로 자신이 설 자리라고 생각하였는데 닫힌 자의 광장이었다. 도리 없이 되돌아왔다. 두고 온 마음의 거울을 찾기 위해서였다.

"그런 여유로운 감정이 있기에 건강하지 않습니까."

여산 스님은 차향기를 찻잔에 띄웠다. 차꽃은 이내 연꽃으로 변하며 수미산을 돌아나가는가 싶더니 눈 덮인 산 위에서 어여쁜 미소를 짓고 있었다.

"한 떨기 꽃을 꽃으로 보지 말라는 그 말이 문득 떠올라요."

"스스로 어떤 꽃이라고 생각하시오?"

표상은 짓궂은 눈으로 반문하였다.

"제가 말한 뜻과는 다소 비약적인 말씀 같아요."

"꽃은 꽃이되 꽃으로 보지 말라?"

"제가 옷감에 꽃물을 들이다보면 특유의 향취와 언어를 맡게 되요. 그 향기를 맡고 벌 나비가 날아들어 함께 살아가는 지혜로운 생존법칙과 생식 욕구를 채워 나가잖아요. 따라서 종족을 보존하기 위한 기관으로, 세대와 세대가 이어지며 번영을 꾀하죠. 그래서 꽃은 씨알이며, 부활이요, 생명의 상징이라 할 수 있어요."

"지극히 당연한 원론적인 의미부여를 함축하는데, 그렇다면 꽃의 의미를 다하지 못한 것 아니오?"

표상은 서림의 아픈 곳을 찔렀다. 분명 서림도 씨방을 가지고 있으며, 세대의 번영을 약속할 수 있는 생명의 상징과 부활을 지니고 있는데도 스스로 접어버리지 않았는가.

"매우 신랄하시네요. 꽃 그 자체로 의무를 다하는 꽃도 많잖아요. 당나라 황제가 신라 선덕여왕에게 나비가 날지 않는 꽃그림을 보낸 것처럼."

백상은 표상의 직설적인 표현을 은근히 나무라듯 말하였다.

"꽃은 식물의 마디진 부분 가운데 가장 두드러져 솟은 기관으로, 그 수직성향은 태양을 지칭하고, 영원한 서식처라고 할 수 있어요."

서림은 개의치 않고 덧붙여 보탰다.

"그래요. 가장 두드러진 곳, 생명을 만들어내는 공간, 즉 땅을 말하기도 하지요."

"때문에 여성으로 상징된다?"

표상은 백상과 서림을 번갈아 바라보며 여전히 짓궂은 웃음을 지었다. 그렇게 꽃의 본성과 벌 나비의 의무를 잘 알면서 생명의 본질을 어찌하여 오늘에 이르기까지 사장시키는 걸까? 홀로 시들어 간다는 것은

"그것도 일종의 시샘인가? 두루 인정을 베풀 줄 아는 표상의 경개를 넘나드는 풍류는 한편으로 본받을 점이 많아요."

"저는 적어도 풍류남아라면 자연 경계를 알아야한다고 생각해요. 신라시대의 화랑이나 고려, 조선 때의 시인묵객들처럼."

"너무 먼 거리의 시절을 말하는 게 아니오. 환경이 사람들의 마음을 협소하고 편협하게 만들었어요. 울타리 없는 울타리 안에 갇혀 지내며 자연을 잃어버린 거지요. 우리에서 가두어 키우는 야생마처럼."

백상은 자신을 돌아보았다. 더없이 광활한 공간 속에서 자유를 누리는데도 풍류를 즐기는데 스스로 인색하였다. 윗대의 선조는 유배지로서 한 많은 세월을 보냈으면서도 그 족적을 돌아보면 스스로 자족하며 나름대로 자연과 더불어 풍류를 즐겼다. 환경은 이제나 저제나 변함없는데 무엇이 다른가?

"조약도라는 섬은 마음을 넉넉하게 하겠죠?"

"받아들이기에 달렸어요."

"언제 기회 있으면 가볼까 해요."

"쪽빛바다. 아마 그만큼 청정한 바다빛깔은 드물 걸요."

"그 바닷물을 길러 갈까요? 아니면 제 마음을 그 바닷물로 물들일까요?"

"마음 닿는 대로 하세요. 저기, 마을이 보여요."

백상은 섬진강가 대나무 숲으로 둘러싸인 마을길로 접어들었다. 분교가 자리 잡고, 제법 아담한 마을이었다. 포장길을 버리고 마을길로 들어섰다. 매실나무가 가로수처럼 늘어서 있었다. 매화꽃과 차꽃. 각기 계절을 대변하지 않는가. 매화가 봄을 일깨운다면, 차꽃은 겨울로 들어서는 길목을 지키고 있음에랴. 마을은 조용하였다. 분교는 폐교였고, 구멍가게는 문이 잠겨 있었다. 두 사람은 허전한 바람을 안고 돌아섰다.

"빈 걸음이네요."

"어쩌면 잘 됐는지도 모르겠어요."

"여산 스님은 정말 절약정신을 지니고 계세요. 아무리 하루 두 끼로 자족한다지만 냉장고에 아무 것도 없어요."

"우리 식생활이 갑자기 비대하고 풍요롭지 않아요. 오십 년대, 육십 년대를 한번 돌아보세요. 겨우 굶주림을 면하였잖아요. 너무 대책 없이 먹자주의로 나가지 싶어요."

"하긴, 그래요. 주말만 되면 대체로 먹을거리 구경 아니에요. 방송이건, 신문이건, 잡지건, 모든 언론매체와 정보지들이 먹을거리 잔치로 관광지를 도배하구요."

"그러다보니 전국적으로 축제가 너무 많아요. 가는 곳마다 축제요, 먹을거리 판이에요. 먹는 만큼 비대해지고, 또 그것을 빼기 위해 찜질방이다, 사우나다, 헬스클럽이다, 소비성향을 부추기고, 도대체 의식이 없어요. 영원한 로마일 수 없듯이 반드시 거기에 따른 반사작용이 일어날 거예요. 조금 쉬었다 갈까요?"

백상은 강을 바라보고 설치해 놓은 벤치를 가리켰다. 통나무를 잘라 만들어 놓은 벤치는 매화나무와 어울려 운치가 있었다.

"새벽녘 물안개 자우룩한 삼천포 바다와 섬진강 물빛과는 너무 달라요."

"강과 바다의 차이겠지요."

백상은 의외로 서림이 감성적이라고 생각하였다. 쪽빛 물감처럼 여리고 청순한 감성이랄까, 그런 감성의 소유자가 어떻게 외로움을 드리우고서 냉정한 이성으로 살아왔을까.

"저는 이상하게도 사람 가운데 파묻히게 되면 감정이 메말라 버리는데, 자연 앞에 서면 마음이 한없이 왜소해지고 약해져요. 그것도 병인가 봐요."

"저는 조금 다른데요. 사람들 속에 놓이게 되면 허약함을 느껴요. 자연과 더불어 어깨를 나란히 하면 당당해지고요."

"그렇다고 의지가 약한 것은 아니잖아요."

"의지와는 다른 성질이죠."

"환경 때문인가요? 저는 도시라는 울타리 안에서 사람과 부대끼며 살고, 그쪽은 자연과 더불어 숨 쉬고요."

"결론이 그렇게 내려지는가요? 그런데 프랑스 유학을 다녀왔다고 하였던가요."

"일종의 탈출구였는데 중도하차한 셈이에요."

"모처럼의 기회를 무산시켰군요. 무얼 전공하였어요?"

"디자인에 속했어요. 어머니와 주위로부터 벗어나기 위해 결행하였는데, 그게 아니었어요. 제가 찾는 마음의 거울은 아주 가까운 곳에 있다는 것을 알았어요."

"자연염색과 상관관계가 있는가요?"

"자연염색은 저에게는 씻김굿에 해당해요. 어떠한 영혼도 물들일 수 있다는 것과, 새롭게 태어남을 기원하는 길 닦음이기도 하구요."

"처절한 면이 있어요."

백상은 순간 등줄기를 타고 내리는 한기를 느꼈다.

"부정하지는 않겠어요. 저는 그렇게 제 자신을 표백하고 담금질하는 가운데 새로운 모습으로 부활하고 싶었어요. 요즘은 다소 회의가 들지만."

"조금은 이해가 가요. 가봅시다."

백상은 더 깊은 대화에서 놓여나고 싶었다. 가벼움과 무거움의 질량은 그렇게 큰 차이가 나지 않으나, 심각함은 그 음율이 다르지 않은가. 아무리 무거운 것일지라도 큰 바다 위에서는 그지없이 가볍다. 참으로 가벼운 바람과 물방울은 그 무엇보다 거세고 무겁지 않은가.

"제가 꼭 한번 결혼하고 싶은 충동을 느꼈을 때가 있었어요."

"그때 그만 앞뒤 가리지 말고 결혼하지 그랬어요?"

"아니에요. 지금 생각하면 어처구니없을 정도로 민망한 충동이었어요."

민망한 충동이라? 백상은 그 말의 뜻이 선뜻 다가오지 않았다. 잠자코 다음 말을 기다렸다.

"어느 날 내다버린 개를 발견하였어요."

서림은 불쌍한 마음이 들어 데려다 키웠다. 그 녀석이 제법 원기를 되찾는가 싶더니 수컷을 만났는지 어느 날부터 배가 불러오기 시작하였다. 그리고 달이 차자 새끼를 낳았다. 어찌나 끔찍이 모성애를 발휘하던지 정말 놀랐다. 서림은 자신도 모르게 가슴이 뭉클하면서 본능적으로 젖가슴을 감싸 안았다. 그리고 몇 날을 앓다시피 하였다.

"사랑이 충만한 가슴을 지니고 있었는데 그랬어요."

"여자라면 한번쯤 그런 충동을 지닐만도 하지 않겠어요. 지금은 그럴만한 나이도 아니고 용기도 없지만."

"체념의 그늘을 지니고 있는 걸 보니 사랑의 변수가 잠재해 있어요."

"해석이 그럴싸하세요."

서림은 다음 말을 하려다 그만 두었다. 어느새 여산 스님의 토굴을 오르고 있었다.

"아따, 나는 두 사람이 섬진강 물속으로 사라진 줄 알았다. 목마르게 기다리게 하는 방법도 가지가지다."

표상은 무료하게 차꽃을 감상하다말고 기꺼워하였다.

"우리를 밑천삼아 마음을 띄웠군요."

"말 한번 감칠맛 나게 하는구나. 스님이 안 계실 때 저기 차 덖는 솥뚜껑에다 지글지글 삼겹살이라도 구워 쇠주 한잔 쭉 들이키면 기가 막

히겠다."

"유감스럽게도 기대를 저버려서 어쩌죠?"

백상은 빈손을 내보였다.

"허어, 이 아까운 밤을……."

표상은 아쉬운 그늘을 드리웠다.

"청량한 기운은 술보다 더 좋지 싶습니다."

백상은 여산 스님과 한 시절을 보냈던 지난날이 눈앞에 밝혔다. 내일이라는 시간은 허공계에 걸려있어 새김할 수 없는데 반해, 지나온 여정은 망각으로 잊혀지고 문드러졌는데도 문득문득 먹물로 찍어 바르듯 선명하게 떠올랐다. 쑥내음과도 같은 그 지난한 시절. 그것은 한마디로 고행이나 다를 바 없었다. 지리산을 왜 그리 자주 찾아 헤매는 거야? 내가 보기에는 단순한 행보가 아니야. 그래, 아버지가 숨어 지냈던 아지트라도 찾는 건가? 백상의 뒤를 밟아온 그림자의 비아냥치던 걸쭉한 목소리. 그럴 때마다 여산 스님은 백상의 상처로운 마음을 얼싸안아 주고서 걸망을 맸다. 혼자 남은 백상은 그렇게 편안할 수가 없었다. 자연과의 완전한 합일. 비로소 그 누구에게도 구속받지 않은 자유를 누렸다.

"그 반쪽 옥편의 실체는 파악 한 거야?"

표상은 맨숭한 기분으로 차를 들다말고 생각난다는 듯 물었다.

"아직은 시간이 넉넉하잖아요."

백상은 상념에서 깨어나며 싱겁게 대답하였다.

"반쪽 옥편이라니요?"

서림은 호기심으로 눈을 반짝였다.

"그런 게 있어요."

"무슨 보물지도라도 숨겨져 있는 것 같네요."

"보물지도보다 더한 무엇이 숨겨져 있는지도 모르지요."

"그러니까 나머지 반쪽 옥편을 찾아야 된다는 거예요? 더욱 궁금증을 자아내세요."

"맞아요. 반쪽 옥편을 마저 찾아야 주인공의 실체를 알 수 있는데, 인연이 그곳까지 닿는다면 그 비밀을 함께 풀 수 있을지도 모르지요."

표상은 서림의 마음을 한껏 부추겼다. 서림은 백상의 눈가에 드리운 고뇌의 그늘을 바라보며 무언가 모를 연민을 느꼈다.

바다 위를 걷다

1

햇살이 눈부신 바다 위를 누군가 걸어왔다. 반짝반짝 파도에 뒤채며 부서지는 햇살은 프리즘의 반사처럼 시각을 자극하였다. 그 위를 누군가 나그네처럼 남루한 옷차림으로 걸어왔다. 어깨 위에 물결치는 백발이 어느 신선의 모습만 같아 남루한 옷차림과는 달리 외경스러움을 불러일으켰다. 누굴까? 아무리 보아도 그 정체를 가늠할 수 없었다. 당신은 누구요? 그 목소리가 입안에 맴돌 뿐 밖으로 비어져 나오지 않았다. 백발을 이고서 점점 가까이 다가왔다. 그러나 가까이 다가올수록 그 정체는 더욱 알 수 없었다. 그렇게 다가온 백발은 어느 순간 신기루처럼 눈앞에서 사라졌다. 어디로 사라진 걸까?

후두둑 지붕을 때리는 빗방울소리에 백상은 깜박 잠에서 깨어났다. 썰물을 따라 바다에 나가 매생이 한 광주리를 뜯어 담고 집으로 돌아와 잠시 한숨 돌린다는 게 잠이 든 것이다. 선명한 꿈이었다. 백발을 이고 바다 위를 걸어온 그 모습이 눈앞에 선연하였다. 후두기는 빗방울을 멀거니 바라보았다. 구시월 도지바람에 휩쓸리듯 후두기는 비였는지라 바다에 나갈 때만 해도 예상하지 못하였다. 쏙쏙이 바람이 처마 밑을 온통 휘저으며 콩알 크기로 빗방울을 쏟아 부었다. 빈 플라스틱 대야가 담 귀퉁이를 들이받았다. 백상은 속수무책 바람이 잦아들기를 기다렸다. 빗줄기를 한바탕 쏟아 부었던 먹장구름은 도지바람에 불려 앞산을 넘어갔다. 언제 그랬느냐는 듯 차가운 물기를 머금은 햇살이 비어져 나오고, 사위는 물을 끼얹어 놓은 듯 조용하였다. 질펀하게 고였던 마당물이 낙엽을 쓸어 모으며 수챗구멍으로 물뱀이 몸을 숨기듯 빠져나갔다. 영등할미치맛바람이 다가오는 봄을 시샘하는 것을 일러 꽃샘바람이라면 가을을 에누리 없이 비질해가는 도지바람은 갈기 사납고 험상한 기상만큼이나 겨울 추위를 예고하였다.

"매생이 위탁은 하지 않고 무슨 궁상인가?"

재문이 담 너머로 생각에 잠겨있는 백상에게 소리쳤다.

"벌써 위탁 판매를 하였소?"

"빠를수록 좋지."

"저는 오늘 위탁 판매할 게 없습니다."

"선물할 디가 있는감?"

"요즘은 전국적으로 알려져 생전 보지도 듣지도 못한 사람들이 입맛을 내보이지 않습디요."

"좋은 현상 아닌가. 옛날에는 천덕꾸러기로 별식에 지나지 않았는디 귀한 신분으로 격상하였네."

"별미는 별미지요. 어디 가시오?"

"소를 돌보러 가네. 구제역 한파로 소 값이 곤두박이친 데다 수입산 쇠고기 땜새 고민이네만 키우던 소를 헐값으로 처분할 수는 없고, 겨울 심심풀이 삼아 한숨을 삼킬 수밖에 더 있는가. 인자는 똑 한 식구 같단 말시."

"그놈들도 매생이처럼 효자 노릇을 할 것이오."

"허허, 그랬으면 오죽이나 좋겄는가."

재문은 헛웃음을 치며 지나쳤다. 재문은 콤바인으로 들판의 벼를 도맡아 타작을 하고부터 부업삼아 몇 마리 소를 길렀다. 사료로 쓸 볏짚을 마음껏 확보할 수 있어 투자를 한 것인데, 하필이면 바닷물이 들고나는 수문밭치에다 한우사육장을 지었다. 딴에는 분비물이야, 쾌적한 환경 따위를 감안하여 장소를 선정하였으나, 백상이 보기에는 소들이 내갈기는 분비물이 여과없이 바다로 흘러 갯벌을 오염시키지 싶었다. 술자리에서 다소 진지하게 그 점을 말하였더니 미처 생각하지 못하였다면서, 순순히 정화조를 묻었다. 모래 한 알 한 알이 모여 사막을 이룬다는 사실을 제대로 인식하였다. 대체로 목전의 이익과 욕심을 낸 나머지 먼 미래의 상황을 뒷전으로 밀어내는 게 우리네 양심 아니던가.

백상은 쥐엄쥐엄 주먹밥처럼 뭉쳐 물기를 짜낸 매생이를 정성스레 아이스박스에 넣고 포장을 하였다. 여산 스님과 표상에게 보내기 위해서였다. 백상아, 매생이 있지 않냐. 지금 한참 나는 굴을 넣고 살짝 끓일라치면 천하에 별미 아니냐. 옛날 느그 해심이 이모가 끓여주는 매생이국 맛이 아직도 입안에 가득 남아 있어야. 지난번 헤어질 때, 표상은 가무스름한 눈으로 매생이를 들먹였다. 여산 스님은 그저 빙그레 웃고만 있었다. 여산 스님은 아마 어린 시절 헐거운 뱃속을 채우기 위해 맛보았을 것이다. 백상은 거기까지 생각하다가 서림을 떠올렸다. 쪽물 들인 개량한복까지 선물 받았는데 모른 체 할 수 없었다. 남은 매생이를 아이스박스에 채워 넣었다. 그리고 이웃집 점식이네게 주문한 굴을 기다렸다. 조금 있자 점식이네가 주문한 굴을 가지고 왔다.

"보낼 물건은 세 박스구마는 어째서 굴은 두 되라요?"

"미처 한 박스를 생각하지 못했어요. 한 되 더 주시오."

"워메, 그러자면 쪼깐 더 까사 쓰것는디. 한참 걸릴 것이오."

점식이네는 난감해 하였다.

"아직 택배를 안 불렀으니까 급히 조달해 주시오."

"암만해도 힘들 것인디……."

백상은 뒷짐을 지고 대문을 나서는 점식이네를 눈으로 쫓은 다음 택배를 불렀다. 택배는 이쪽저쪽 마을을 돌고 나서 대문 밖에서 가쁜 숨을 내쉬었다. 담 너머로 점식이네를 찾았다. 보이지 않았다. 외양간 옆에 굴 껍질이 작은 동산만하게 쌓여 있고, 한쪽 구석 볕바른 곳에서 온종일 쭈그리고 앉아 부지런히 조새를 놀리며 굴을 깠다. 그런데 급한 주문을 받는데도 사람이 보이지 않았다.

"쬐끔만 기다리게. 아직 굴 한 되가 오지 않았네."

"걱정 마시오. 여그 물건이 마지막인께."

택배기사는 느긋한 표정으로 담배를 피워 물었다. 도대체 어디를 갔지? 백상은 조바심을 치며 서림에게 매생이국 끓이는 방법을 간단하게 적어 넣었다. 매생이라구요? 저는 한 번도 먹어보지 못하였지만 소문으로 들어 알고 있어요. 특미라면서요? 부산에서도 인기에 힘입어 두어군데 파는 곳이 있다는데 파는 장소를 모르겠어요. 서림은 표상이 매생이에 대한 추억을 떠올리자 반색을 하였다.

"워따, 쬐끔 늦었는가 보요이. 선창머리 봉식이 아짐에게 한 되 빌리자고 정가섬까지 발품을 했소."

"난 그것도 모르고 갑자기 바람이라도 난 줄 알았소."

"이 나이에 뭔 바람이라요. 참말로 사십대만 됐어도 허구헌 날 갯물 둘러쓰느니 매초롬하게 단장을 하고설랑 휭허니 바람이라도 나뻔지고 싶소."

"지금도 도시에서 무료하게 홀아비로 지내는 돈 많은 노인네가 보면 어화둥둥하것소. 마음만 작심하시오. 지가 택배로다 하루만에 가고 싶은 디를 보내드릴 텐께."

"어따, 씨뱅. 내가 매생이 취급을 받게 생겼는감."

"씨뱅 소리는 어디서 귀동냥했소? 참말로 오랜만에 듣는 소리요."

"이 집 노친네 살아생전 지정곡이나 다름없어 나도 모르게 입에 발려 버렸구만."

점식이네는 또르르 눈을 흘겼다. 백상은 서림에게 보낼 아이스박스 속에 굴과 얼음을 넣고 포장을 하였다. 택배기사는 물건을 싣기가 무섭게 마을을 휘돌아 나갔다. 백상은 굴 값을 계산해 주고 대청마루에 걸터앉았다. 앞산 상여바위 위에 드리웠던 먹장구름이 녹아내리는 얼음장이 쩍쩍 금이 가듯 바람에 흩어졌다. 그 구름장 하나가 조금 전 꿈속에서 보았던 백발노인의 모습으로 다가왔다. 도대체 꿈이라고는 꾸지 않았는데, 남가일몽치고는 너무나 생생하였다. 누구일까? 아무리 곱씹어도 그 실체를 알 수 없었다. 가만, 그 손에 무언가를 들고 있었지. 흰 명주 보따리에 싸 들고 있던 물건은 책인 듯싶었고, 귀중한 상자인 듯도 싶었다. 하여간 그 물건을 백상에게 건네주려고 바다 위를 걸어왔다.

백상은 무넘스레 꿈속의 백발노인을 떠올리다말고 자리에서 일어나 책상 서랍에 넣어둔 반쪽 옥편을 찾아들고 햇살 들이치는 대청마루에 나앉았다. 표상의 말처럼 반쪽 옥편을 너무 소홀히 다루지 않았을까? 지푸라기를 태울 듯이 확대경을 들이밀고 한쪽 구석에 찍혀진 잉크 자국 같은 얼룩점을 다시금 자세히 들여다보니 지문과도 같은 아주 희미한 도장인 듯싶었다. 도장은 반드시 인주로 찍혀지는 법인데, 질 좋은 인주가 아니어서 변색이 된 걸까? 마치 개기월식에 나타난 달 테두리만 같아 겨우 형체만 알아 볼 수 있었다. 분명 옥편 주인공과 연관이 있지 싶은데 안타까운 흔적이었다. 어쨌거나, 지난번 표상과 여산 스님이 있는 자리에서 미처 자세하게 확인하지 못하였던 윤곽을 발견하게 된 것이 수확이라면 수확이었다. 옥편의 임자가 누구였던 간에 그것으로 실체가 규명된다면 얼마나 좋으랴.

백상은 거기에 힘입어 일말의 기대감을 안고 다음 장을 넘겼다. 옥편이라고 이름 붙인 것은 양나라 때 임금이 손수 편찬한 것이라 하여 붙여졌다고 하던가? 백상은 서문과 발문을 차례로 넘기며 지문을 검색하듯 꼼꼼히 살펴보았다. 그러나 몇 장 넘기지 못하고 확대경에서 눈을 뗐다. 금방 눈이 피로하였다. 잠시 부신 햇살 아래에서 두 눈을 감았다. 사위가 그저 조용한 가운데 건너 마을 큰길에서 낙엽이 불려가듯 차 소리가 들려왔다.

"햇살 아래에서 열흘 굶은 노인네처럼 앉아서 무슨 궁상을 떠는 거여?"

땡고함을 지르는 듯 한 재문의 목소리에 백상은 눈을 떴다. 재문에게서 쇠똥냄새가 나는 듯하였다.

"책장을 넘기는데도 쉬이 피로가 옵니다."

"세월의 무게를 이길 장사는 없는 법일세."

"소들은 안녕하던가요?"

"미련한 짐승들이 지난겨울 웃녘 구제역 파동 따위는 전혀 안중에도 없는 듯 태평하기가 강녕들녘이네. 일어나게. 가볼 디가 있느니."

"어디 물목 좋은 곳이라도 있답디까?"

"저그 가사동 제매에게서 전화연락이 왔는디, 송아지 티를 막 벗어난 소 새끼랄 놈이 설사똥을 싸제껴서 몇 사람 추렴을 했으면 하데. 이래저래 몸보신이나 하자는 심사 아니겠는가."

"밀도살이나 다름없는데 괜찮겠어요?"

"어쨌당가. 쭉정이 농어민들이 그렇게라도 뱃심을 든든히 해야제."

재문의 재촉에 백상은 기분전환도 할 겸 간편한 복장으로 나섰다. 지난 여름 야유회 때 가사동 해수욕장을 가보았으니까 오랜만인 셈이었다. 하기야, 여름 지나면 해수욕장에 갈 일이 별로 없을 터였다. 재문은 택시를 불렀다. 차가 없을 때는 당찬 걸음으로 십리 길이었는데, 금방 실어다 줄 것이었다. 택시는 곧바로 왔다. 연륙교가 놓인 뒤로 이래저래 편리한 세상이었다. 재문의 제매 집에 들어서자 이미 너 댓 사람이 앞마당 평상 위에 모여 앉아 술잔을 나누고 있었다.

"바람 끝이 제법 차가운디 한데서 술추럼이여?"

"가마솥에 물을 끓이고 있응께 좀 있으면 방구들이 뜨끈할 것이오. 먼저 들어가시오. 우리는 요 잔만 비우고 들어갈 텐께."

"잡는다는 소 새끼는 어디로 갔는가?"

"그녀러 것이 명이 길란가, 막 칼을 가는디 설사똥을 몇드란 말이오. 그래서 막걸리에다 산낙지 한 마리를 목구멍에 틀어 먹여 주고, 대신 염소를 잡기로 하였소. 불만 없지라우?"

"나야, 얻어 묵는 주제에 감 내놔라, 배 내놔라, 하것는가. 오히려 잘 됐제. 백상은 밀도살이라고 께름칙하게 생각하던 참이었는디."

재문은 제매의 말에 아무려면 어떠냐는 듯 방안에 들어 상석에 좌정하였다. 재문의 사촌 여동생이 술상을 들었다.

"우선 산낙지로 입안을 추기시오. 그쪽 동네는 매생이 땜새 기름기가 흐른다면서요? 해태발 같잖아 깊은 바다에 나가 힘들일 것도 없고, 건조 시키랴, 공역 들일 일도 없고, 편한 돈 버요."

"나름대로 수고스럽제. 보아하니 가래 뻘낙지 같은디."

"오빠 입맛 하나는 기똥 차라이."

"가사동이야 어디 뻘밭이 있나."

재문은 백상을 상대로 술잔을 비웠다. 그 사이 재문의 매제와 장년들은 염소를 잡았다. 마을이라야 열서너 집에 쭉정이 노친네들을 제외하면 아직도 여력이 남아도는 오십대 너 댓이 장년 축에 들었다. 그래서 이웃지간에 격식이 없고 울타리가 없었다. 방귀 뀌는 소리도 감지하였고, 놀래미 새끼 한 마리만 잡아도 머리를 맞대고 술잔을 나누었다.

"우선 김이 무럭이는 회간으로다 한잔씩 합시다."

솥 안에 든 고기는 재문의 사촌 여동생에게 맡기고, 간, 천엽, 허파, 콩팥 등속을 장만하여 왔다. 바다에 그을린 얼굴들이 유난히 검붉었다.

"일목이 자네는 건강이 넘쳐나네."

"아따, 뭔 소리다요. 미리 한잔 걸친 건강미제요."

"헌디, 염소불알이 최고 진품인디 어째 안 보이네이."

"허어, 그걸 방안에 앉아서 기다린 사람이 실속 없지라우."

"양심들 하고는. 그나저나 가을 약초를 뜯어 묶어서인지 고기 맛이 쫀득하니 향기롭네."

"왜, 아니어라우. 삶은 고깃덩어리야 여자들 몸보신에나 좋을까, 술 안주는 내장 아니요. 백상이 자네도 매생이 발을 하는가?"

"나라고 멀뚱히 손 놓고 있으란 법은 없지."

"이 사람들아, 백상이 동생이 잊혀진 매생이발을 다시금 새롭게 시도한 거여. 우리들로서는 일등공신이제."

"하긴, 매생이야말로 친환경 해산물 아닌감. 청정바닷물로 얼룩진 갯벌 위에서 자라지 않는가."

"헌디, 자네는 방싯 웃는 동백꽃 닮은 동남아 밀림에서 처녀를 업어 왔담시러?"

재문은 문철에게 말머리를 던졌다.

"그 일이 벌써 언젠디 인자사 호두 까 묵는 소리를 하시오?"

그 가운데 가장 얼굴이 시꺼먼 문철은 재문의 입을 틀어막듯 술잔을 처올렸다.

"아무리 턱거리 오십대라지만 용 쓸 것 다 쓰고 난 뒤에 새파란 이국 처녀를 데려다 어떻게 감당할 것이여."

"허어, 형님도. 최후의 무기가 있지 않소."

"무기라니?"

"아따, 시침은. 재작년인가 형님도 마을 이책들끼리 일본 관광 가면서 비장의 무기를 지니고 가지 않았소."

"오, 그것. 문철이 자네 아직은 비장의 무기를 쓰지 않아도 되잖은가."

"말씀이라고 하시오. 이렇게 몸에 좋다하는 것을 마다하지 않는디 힘이 넘쳐나지라우."

"그런디 어째서 본마누라가 바람이 난 거여?"

"아따, 형님도. 속궁합이 안 맞으면 도리가 없는 법이오."

문철은 쓴 입맛을 다시며 재문이 건네는 술잔을 받았다. 문철은 삼 년 전에 마누라가 바람이 나 본의 아니게 홀아비가 되었다. 당목 방수네 김 공장에 용돈이라도 벌어 쓴다면서 일을 나갔는데, 김 공장 기술자와 눈이 맞아 자취를 감춘 것이다. 나이도 나이려니와 고등학교, 중학교에 다니는 자식들을 버리고 제정신을 잃은 것이다. 일 년이 지나 마누라의 소재를 알고 그간의 불륜은 눈감고 용서할 테니 아이들 곁으로 돌아오라고 사정을 하였으나, 이미 저지른 일 용서받고 자시고 할 것 없다고 돌아섰다. 그 위에 아이들까지 어머니를 받아들이지 않겠다고 완강히 거부하는지라 하는 수 없이 마누라 요구대로 이혼장에 도장을 찍어 주었다. 허탈한 마음을 메꿀 수 없어 주야장창 술독에 빠져 지냈다. 그 꼴을 보다 못한 노친네가 오냐, 화냥년 같은 며느리 년 없다고 우리 아들 몽달귀신 못 면할까 보냐, 어디서 귀동냥해 들었는지 보란 듯이 캄보디아 현지 처녀를 며느리로 들여왔다.

"이번에 정춘이도 비장의 무기를 소지하고설랑 동남아 여자를 데려왔다는구만요."

　문철과 동갑나기인 선채가 조금은 부러운 듯한 얼굴을 하였다.

　"회춘하는 방법이 따로 없구나. 나이를 생각하지 않고 너무 했다."

　"선채, 너도 비장의 무기를 앞세우고서 동남아 처녀를 얻고 싶냐?"

　"저는 생각이 다르요. 그렇게 멀리서 구하지 않아도 눈 밝은 곳에 인연이 있지 않것어요."

　선채는 살짝 곰보자국이 난 얼굴을 쓰다듬었다. 그놈의 살짝 곰보 때문에 애를 먹다가 서른 훨씬 넘어서야 늦장가를 갔다. 마누라는 시집 온 날부터 병색이 있거니 하였는데 아니나 다를까, 첫아이를 낳고 나서 산후풍으로 숨을 거두었다. 그렇게 어미를 앞세운 자식과 수절과부처럼 살고 있었다.

　"그 마음 하나 가상하다. 순국산은 농어촌에서 눈 씻고 봐도 없다만 찾아보면 어딘가에 있을 것이다. 그리고 외국인 마누라를 얻은 문철이 자네들 자리 모임을 자주해야 하네."

　"그래야겠지라우. 무엇보다 언어소통에 장애가 많아 그 해결책을 위해서도 단합대회를 자주 가져야지요."

　"암만. 그래야겠제. 물설고 낯설고 언어까지 통하지 않는 나라에 와서 남편 얼굴 하나보고 시집살이 하는 게 얼마나 고마운가. 어쨌거나 잘 다독거려야 하느니."

　"마음고생이야 많지요. 더구나 생전 해보지 않은 섬 생활 아니오."

　"그러게. 우리 할머니, 어머니네들은 고개 넘고 산 너머 지척간인데도 친정 동네 쪽을 바라보고 얼마나 한숨지었는가."

　"문철이 자네가 앞장서 자리 마련을 자주 하여. 바야흐로 다문화시대가 열린 거여. 어찌 생각하면 먼 이국에서 시집 온 그 마음들이 기특하고 고맙기도 하고 말이여. 살림살이도 다들 요신하게 잘들 하더구만."

"다문화시대의 원조는 일찍이 가야국 시조인 김수로왕에게 시집온 허황후가 아니것소."

"듣고 보니 그렇네이. 어쨌거나, 국제화시대에 걸맞게 모범적으로 살아야 하네. 그리고 자네들 이번 단위수협장 선거를 어떻게 할 것인가?"

재문은 단위수협장 선거로 말머리를 돌렸다.

"아따, 형님이 벌써부터 특정 후보한테 주머닛돈을 좀 받았는가 보요이."

"에끼, 이 사람. 농담이라도 그런 말을 하면 안 되는 거여."

"형님 성질을 잘 안께 그러지라우. 이번에는 볼 것 없이 표심을 한 군데로 모아야지요. 썩은 물을 더 이상 방치하면 파리 모기가 기생하는 법이오."

"벌써 해충들이 득시글하지 않는가. 어쩌다 이 지경이 됐는지 모르겠네."

"잘못하다간 단위수협이 거덜나 통폐합을 당할지도 모르요. 벌써 그러한 조짐이 농후하고요."

"그런께 표심으로 대청소를 하자는 것 아니오. 그렇게 되면 여럿 철장신세를 질 것이고."

일목의 말이 채 끝나기도 전에 재문의 사촌 여동생의 외장치는 소리가 귀청을 쩡하게 울렸다.

"워따메, 어서들 나와 보란 말이요. 소 새끼랄 놈이 황천길로 뛰요."

"뭔, 소리여?"

재문의 매제가 방문을 펄쩍 열었다.

"소 새끼랄 놈이 갑자기 미쳐갖고 굴렘을 뛰더니 바닷가로 달아났소."

"그놈의 소 새끼가 산낙지를 안주삼아 마신 막걸리에 취한 것 아니여?"

"그란성 싶으네. 쫌만 먹이라 해도 개구쟁이맨처리 코뚜레를 치켜들고 한 바가지 술을 처먹이더니 사단이 났는가 보구만."

"똑부러지게 건강은 되찾았네."

"앉아서 콩시락거리지 말고 어서 소 새끼를 찾아 나서란 말이오. 시절이 엉망진창인께로 설사똥 싸제낀 소 새끼까지 말썽이네."

재문의 사촌 여동생의 닥달에 모두들 모둠으로 일어나 소 새끼를 찾아 나섰다. 소 새끼랄 놈은 모래사장에서 코를 벌름거리며 날뛰었다.

"참말로 요녀러 소 새끼가 술이 취했는가 보네."

재문의 매제는 손에 지닌 밧줄 한 끝에 고를 만들어 몇 번의 시도 끝에 목덜미를 낚아챘다. 영화에 나옴직한 카우보이를 연상케 하였다.

"바닷물로 끌고 들어가. 차갑고 짠 물맛을 봐야 정신이 돌아올 거여."

일목이, 선채, 문철이가 힘을 합하여 소 새끼를 바다 깊이로 처넣었다. 소 새끼랄 놈이 겁에 질려 울부짖는 그 모습을 바라보며 재문은 무엇이 우스운지 웃음을 터뜨렸다.

"백상아, 우리 소싯적에 충조네 소 말이다. 첫 암내를 낸 안자네 암소를 발견하고 게거품을 물고서 득달같이 내달리지 않았것냐. 겁에 질린 암소랄 놈이 고삐를 틀어쥔 안자를 끌고 약낭골 바닷물로 뛰어들었지 뭐냐. 꼭 그 꼴이다야."

재문의 박장대소 속에 세 사람은 물속에서 무동을 타듯 소 새끼의 잔등에 올라 실컷 바닷물을 먹이고 나서 모래밭으로 끌어올렸다.

"자네들도 덕분에 술이 말끔히 깼구랴. 사람이건 짐승이건 한기가 들면 안 되니께 어서 집으로 가세."

재문의 독촉에 일행은 소 새끼를 앞세우고 집으로 돌아왔다. 콧김을 내쉬는 소 새끼의 잔등에 멍석을 둘러씌워주고 다시 술상 앞에 나앉았다.

"자네들도 불알 얼어붙기 전에 잘 비벼 녹여. 특히 문철이 자네는 더욱 지극정성으로 주무르고. 불알이 얼어붙고 나면 이국 새악시 생과부 되니께.”

“아따, 뜬금없는 육담이 생겨나네요이.”

그들은 잘 익혀 내온 수육을 들며 웃음을 삼켰다.

“그런디 방금 모래사장에서 보니 후박나무 군락지가 잘 정돈되었
더라.”

“그거사, 우리 면 관광용수가 아니요. 동백산의 동백나무 군락지도
따지고 보면 우리 군 보물이고.”

“면민 전체가 힘닿는 데까지 가꾸고 보존해야지. 자연보호림으로 육
성시켜야 하네.”

“잃어버린 도원을 찾듯 연륙교로 인하여 육지화가 가속될수록 우리
고장의 특산물을 잘 가꾸고 힘써 보존해야겠제.”

“암만. 우리도 일본이나 유럽처럼 조그마한 것들을 아기자기하게 사
랑하고 가꾸면 많은 보람과 혜택을 입을 것이여.”

“어리석어서가 아니라 무관심이 불러오는 결과물이네. 그리고 바다
에 띄워진 플라스틱 부표가 바다오염의 주범으로 부상된 것도 심각하
게 생각해야 될 거야.”

“맞는 말이여. 삼면으로 둘러싸인 바다에 떠있는 플라스틱 부표가
수질은 물론 생태환경까지 변화를 가져오질 않겠다고. 더구나 갯벌에
밀려든 폐품 부표는 갯벌까지 망가뜨리고 말이여.”

“저저이 옳은 말인디, 당장은 뾰족한 묘안이 없지 않는가 말이오. 하
여간 백상이 형과 자리를 하게 되면 언제나 무슨 숙제나 사명감 비슷한
것을 안겨준단 말이오.”

“대화란 이러저러한 명제와 부제가 감칠맛 있게 어우러져야 하느니.
맛있는 음식일수록 양념과 조미료가 얼마나 들던가. 어쨌거나, 그 문제
는 전국적으로다 가슴 깊이 숙고해야 하네. 머지않아 그 피해가 우리에

게 재앙으로 안겨들 거여."

"듣기 싫어서가 아니라 머리가 무게를 느껴서 그렇지요. 자, 자, 수육 식기 전에 양껏 드십시다."

술잔이 무르익을수록 바닷물에 젖은 육신들이 녹작지근하게 풀려났다. 서산에 해가 기운 줄도 몰랐다. 백상과 재문은 농익은 술기운을 짊어지고 가사동을 돌아 나왔다.

"형님 말이요. 아까 술 취한 소 새끼가 바닷물에 빠졌을 때 문득 십우도를 떠올렸어요."

자기의 본심인 소를 찾아 나서고, 이윽고 소의 발자국을 보고, 소를 발견, 소를 붙든다. 소를 길들이고 나서, 소를 타고 깨달음의 세계인 집으로 돌아와, 소를 잊고 안심한 가운데, 사람도 소도 공이라는 사실을 깨달음과 동시에 있는 그대로의 전체세계를 깨닫는다…….

"맞아. 십우도에서 마지막 단계인 거, 뭐라 하드라……."

"입전수수(入廛垂手)요. 중생제도를 위해 길거리로 나서는데, 속인의 세계가 등장하여 훌륭한 것인지도 아닌지도 알 수 없는 가운데 배고프면 밥 먹고 졸리면 잠을 자고, 맨발에 누더기를 입고도 싱글벙글 당당하다."

"소 새끼를 찾아 나선 우리가 결국 그렇게 취해 버렸다. 술이란 이럴 때 좋다. 세상사를 일시에 놓아버리게 하니 말이다."

"우리의 마음이 세상사를 놓아버리게 하였지요. 울분과 슬픔을 삭이기 위해 마시는 술은 결코 마음의 평화를 줄 수 없어요."

"그러지야. 늘그막에 마음의 잔디를 따북하고 푹신하게 깔자구나."

두 사람은 어깨동무를 하듯 갈짓자(之) 행보를 계속하였다. 가래재를 넘어 지풍골로 들어서는데 누군가 뒤에서 경적을 울렸다. 그리고 두 사람 앞에 차를 세웠다.

"오라, 우리 섬이 낳은 명창이구나."

재문은 차에서 내리는 천종을 먼저 알아보았다.

"어디를 다녀오신디 그렇게 흠뻑 젖어 버렸소?"

"가사동에서 소 새끼 대신 염소 한 마리를 잡아 묵고 온다."

"매생이 덕분에 시절이 좋구만이라우. 얼른 타시요. 저도 면 소재지 까지 가요."

천종은 두 사람을 차에 태웠다. 유자 향기가 차안에 배어났다. 그러고 보니 뒷좌석 차창에 갓 딴 유자가 노랗게 향기를 풍겼다.

"이번 명창대회에 나가 상을 탔다고 하던마는 기분학상으로다가 새 차를 뽑았냐?"

"아니라우. 이장 차를 쬐끔 빌렸구만이라우."

"하여간 축하한다. 예술을 제대로 안다면 너 같은 소리꾼을 보물 대하듯 해야하는디, 날이 갈수록 인심이 폭삭 메말라 삭막하다."

"그래서 예술가는 외롭고 고독하지요. 내 딴에는 내년을 기약했는디 운 좋게 앞당긴 셈이오."

"실력이 출중하면 탓할게 없느니. 아니지야. 나이를 생각하면 늦은 편이지야. 어쨌거나, 동네무당 영험한지 모른다고, 니가 텔레비전에 나온 께로 비로소 소리 한 대목을 제대로 하는 명창인 줄 알지 않냐. 언제 많잖은 면민들을 모아놓고 똑부러지게 한 소리 뽑거라. 패씸죄로 말이다."

"그래야겠지라우. 고향에서 대접을 못 받으면 어디 가서 환영을 받겠소."

"니가 보살의 마음이다. 부처님도 음성공양을 중요하게 여겼다."

"그 도리는 백상이 형님이 더 잘 알건디요."

"중생의 마음은 오십 보 백 보 아니것냐."

재문은 흔연한 마음으로 천종을 격려하고 축하하였다. 차는 지풍골을 지나 죽선마을을 뒤로 하고 살포시 면 소재지로 들어섰다.

"면 소재지에서 한잔 더 꺾으실라요, 아니면 집까지 모셔다 드릴까요?"

"아니다. 나이를 생각해야지야."

천종은 재문을 먼저 집 앞에 내려주고 차례로 백상을 내려주었다.

"나중에 형님께 들릴까요?"

"알아서 해라. 그 사이 잠들면 어쩌는 수 없고."

"마음 하나는 무심지경이오."

천종은 차를 돌렸다. 백상은 멀어져가는 차를 바라보다 대문을 들어섰다. 집안이 적요하였다. 적막하다는 것은 이럴 때를 두고 하는 말인가. 조금 전의 길거리 행보가 착 가라앉았다. 사람은 누군가와 더불어 살아야 하는데, 해가 거듭할수록 적막함을 불러일으켰다. 어따, 눈 질끈 감고 몽달귀신 면이라도 하라고, 내가 그만큼 빌지 않더냐. 인자사 후회로운 마음이 들어야? 어머니의 눈 흘김이 뒤따라왔다. 아직까지는 외롭다는 생각이 들지 않는데도 매번 찾아오는 적요로움. 그것을 깨물며 숨을 쉬는데도 절실히 느껴야 하는 사치스러움. 백상은 적막한 침묵 속에 안기며 자리에 누웠다. 전화벨소리가 이명처럼 들렸다.

누군가 바다 위를 걸어왔다. 백발을 드리운 노인이 파도를 타고 점점 가까이 다가왔다. 누구시죠? 백상은 백발노인을 맞이하기 위해 자리에서 일어났다. 그 순간 백상은 눈을 떴다. 환하게 불이 켜진 채 잠이 들었다. 손에는 반쪽 옥편이 펼쳐진 채였다. 백발노인은 누구이며, 반쪽 옥편과는 어떤 관계인가? 두 번이나 똑같은 꿈을 꾸다니. 반쪽 옥편과 백발노인과의 관계. 백상은 잠시 생각에 잠겼다. 밖에서 발자국소리가 났다.

"멀끔히 깨어있음시러 전화를 몇 번해도 안 받아요?"

천종이었다. 백상은 생각을 접고 방문을 열었다.

"깜박 잠이 들었다."

"짐작은 했소마는 뭔 일인가 했소. 속 풀라고 낙지 좀 사왔소."

천종은 미리 장만해온 낙지와 술을 펼쳤다. 해삼도 곁들였다.

"어디서 눈먼 해삼이 있었나 보다. 오늘은 먹고 마실 복이 넘쳐난다."

백상은 까칠한 입맛을 다시며 천종과 술잔을 나누었다.

"여동 상식이 어머니가 갯바구니를 들고 오다 소리꾼이 돼얏응께로 축하를 한담시러 줍디다. 팔고남은 떠리미지만 그 마음이 고맙습디다."

"그 노친네 아직도 근력이 대단하기가. 그 연세에 한다하는 젊은 아낙네보다 갯벌을 누비니."

"말도 마시오. 낙지랄 놈들이 연애질도 못한다 하지 않소. 허리 구부정하게 땅바닥 다니는 것보다 갯벌 누비는 게 훨씬 편하다는디요. 아따, 그나저나 술맛 한번 좋다."

"자네는 어디를 가나 축하주라 기분이 좋을 수밖에."

"그것도 그렇지만 형님하고 마시는 술맛이 제일이요."

천종은 자기 기분에 젖어 술잔을 거듭하였다. 흥겨움을 아는 그 기분 자체가 소리꾼의 한바탕 득음으로 이어질래라.

2

서림이 외출에서 돌아왔을 때, 백상이 보낸 택배가 기다리고 있었다. 반가움과 함께 의아함이 들었다. 무엇을 보냈을까?

"무슨 물건인데 바다냄새가 나는 게냐?"

남숙여사는 대뜸 아이스박스 속의 물품을 식별하였다.

"글쎄요. 섬에서 보내왔네요."

"바다에서 나는 해초까지 옷물 들이는데 쓰냐?"

남숙여사는 아직도 딸이 자연염색에 들려난 데에 못마땅해 하였다. 무엇보다 정성을 다해야 하는 그 과정이 저절로 눈을 흘기게 하였다. 그 위에 바느질이라니. 청승맞다고나 할까, 그 정성과 노력이라면 시집을 가서 아들 딸 열은 거뜬히 낳아 기를 터였다. 무슨 청승으로 바느질과 자연염색에 매달려 살까. 친정어머니께서 무슨 억하심정으로 바느질을 어깨너머로 가르쳤는지, 딸의 그 모습을 바라볼 때마다 가슴이 찡하게 미어졌다. 무엇이 딸로 하여금 여자가 가야할 길을 외면하게 하였을까?

고마운 것은 한 번도 출생의 비밀을 캐묻지 않았다. 꼭 한번 아버지는 누구며, 어디에서 무엇을 하며 사느냐고 물었다. 그때가 중학교에 들어갈 무렵이었던가? 아버지 말이냐? 일찍 외국에 나가셨다. 그 한마디로 딸의 의문을 잠재웠다. 그 뒤로 딸은 아버지의 존재를 한마디도 입에 올리지 않았다. 그러나 나름대로 알고 있을 것이다. 안개 속에 갇힌 존재라는 것을. 태어남 자체가 비밀스러움을 간직하지 않았는가. 그 사람은 살아있을까? 벌써 오래 전에 그 의문에 대해 체념해 버렸는데도 아직도 한 가닥 미련을 가슴에 품고 있음은 왤까. 가슴에 그리움과 회한으로 들어차 있어서일까. 사랑할 수밖에 없었고, 그 사랑의 증표를 영원히 지니고자 하였다. 딸은 그렇게 태어났다. 지나친 욕심이었을까? 그때 그 순간 참았더라면 오늘의 고통은 없었을 것을. 하지만 후회는 하지 않았다. 지금도 그리움과 기다림을 가슴에 품고 있지 않는가. 딸에게는 죄스럽고 미안하지만…….

"매생이라고 아세요?"

서림은 머퉁을 주는 남숙여사에게 백상이 보낸 매생이 뭉치를 보였다.

"매생이라고?"

남숙여사는 순간 눈을 반짝였다. 한 가닥 음성이 파도를 타고 건너왔다. 매생이야말로 가장 순수한 색채를 지니고 있어요. 바다 밑자리라 할 수 있는 청정한 갯벌에서 자라는 매생이를 모른다고? 명주실보다 가늘고, 부드럽기는 여인의 살결보다 더 수줍음을 타지. 그러면서도 겨울바다에서 자생하는 강인한 생명력. 남숙을 보노라면 불현듯 매생이를 떠올리게 하거든. 손을 꼬옥 잡아주며 향수에 젖어 말하던 그때가 언제였던가……?

"엄마가 알 턱이 없죠. 저도 처음 대하는 걸요. 정말 색채 한번 순수하다. 섬섬옥수보다 더 결 고운 것 좀 보세요. 이대로 무두질을 한다면 비단보다 곱겠어요."

"그걸 보내준 사람이 누구냐?"

"지난번 여산 스님과 다녀갔던 백상이라는 분요."

"너처럼 바다를 바라보고 수절과부 노릇하는 사람 말이냐?"

"제가 왜 수절과부요. 숫처녀로 늙어가는 노처녀인데요."

"낯짝하고는. 이제 아예 동네방네 외고패고 하는구나."

남숙여사는 자신도 모르게 한숨을 깨물었다. 청상과부 노릇을 해온 자신의 심사가 쩡하게 가슴을 쳤다.

"사실이 그런 걸요. 정말 감촉 한번 좋다."

"그 사람이 매생이도 제대로 모르는 너에게 무슨 생각으로 보냈을까? 설마 쪽물 들이라고 보낸 것은 아닐 테고……."

"아이고, 엄마. 지금 이게 웰빙음식으로 인기 상한가라고요. 굴까지 함께 보내면서 끓이는 방법까지 자세하게 써 보냈어요."

"생색 한번 유별 나는구나."

남숙여사는 실눈으로 흘기며 돌아누웠다. 그때 그 사람은 무슨 생각에 사로잡혀 불현듯 매생이를 떠올리며 그녀와 비교하였을까? 그때는 천진한 웃음을 지었었는데, 그 매생이가 실물로 보내왔다. 백상이라고 하였던가? 무슨 생각으로 딸에게 매생이를 보냈을까? 아무런 연관성도 없을 법한데, 어째서 별개의 대상으로 다가오지 않는 걸까. 혹여 이 착잡하고 아릿한 인연의 상관관계를 알기라도 한다는 걸까…….

"조금만 기다리세요. 제가 맛있게 끓여올게요."

서림은 신바람이 난다는 듯 부엌으로 나갔다. 백상이 요리하는 방법을 일러준 대로 매생이국을 끓였다. 처음에는 굴을 넣고 살짝 볶은 다음 물을 알맞게 붓고 끓이다가 매생이를 넣으라고? 다진 마늘도 조금 넣을까? 끓일수록 그 색깔과 명주실보다 가늘고 보드라운 결이 마음을 사로잡았다. 그 위에 굴 향기가 신선하게 입맛을 다시게 하였다.

"냄새가 파란 바다내음이다."

남숙여사는 딸이 끓여온 매생이국을 대하자 물큰한 울림이 가슴에 일었다. 그이의 가슴에 지니고 있던 결 고운 향수가 목을 메이게 하였다.

"물을 너무 많이 넣었나 봐요. 빡빡하게 끓이라고 하였는데."

서림은 생전 처음 맛보는 매생이국을 자신의 솜씨 부족으로 반감시켰다고 자책하였다.

"아니다. 혀끝이 너무 부드럽구나."

남숙여사는 깊이 음미하듯 아주 천천히 두 그릇을 들었다. 평소에 볼 수 없었던 식욕에 서림은 신이 났다.

"처음 드시면서 그렇게 부담 없이 잘 드실 줄은 몰랐어요."

"……처음 맛보는 별미 아니냐."

남숙여사는 파도를 타고 들려오는 목소리가 굴 향기로 입안에 맺힌다는 말을 가슴 깊이로 삼켰다. 그이는 아직도 향수로 배어난 이 맛을 가슴에 지니고 있을까? 정말이지, 그 오랜 세월의 간극을 새삼 일깨워 줄 줄이야.

"내일은 더 잘 끓여 드릴게요."

서림은 덩달아 그릇을 비웠다. 음식이란 기름지고 맛깔 좋은 것만 맛있는 게 아닐 것이다. 구수함도 입맛에 닿고, 담백한 맛도 입안을 상큼하게 한다. 서림은 내친김에 삼인행이 생각 나 조금 남은 매생이국을 싸들고 집을 나섰다. 겨울바람이 석양노을을 비질하였다. 이럴 때 함박눈이라도 내린다면 더욱 운치 있을 것인데, 한 가닥 아쉬움을 베어 물며 삼인행을 들어섰다. 퇴근하였는가 염려하였는데 표상과 마주 앉아 차를 들고 있었다. 표상이 가끔 찾는 줄은 알았지만 오붓하게 시간을 나누고 있을 줄은 몰랐다.

"어서 와라. 그렇지 않아도 니 이야기를 하고 있었다."

삼인행은 필요이상으로 반겼다.

"선물 꾸러미까지 싸들고 오고, 제가 와 있는 줄 어떻게 아셨어요?"

표상은 텁텁한 꾸밈새로 의자를 내주었다.

"제가 괜히 방해한 게 아닌지 모르겠어요."

"그런 인사치레는 접어두고 보따리나 풀어 보시오."

"제 보따리는 예사가 아니에요. 그동안 쭉 부산에 계셨어요?"

"사할린을 다녀왔어요. 오늘은 시간이 나서 지침지침 왔어요."

"차 향기에 이끌려 왔군요."

"차 향기가 떡밥인 셈이지요."

"표사장님은 제가 낚시꾼이라도 되는 줄 아세요?"

삼인행은 너털 웃는 표상에게 곱상하게 눈을 흘겼다. 서림은 싸들고 온 보퉁이를 풀었다.

"이게 뭐지?"

삼인행은 파란 금잔디처럼 숨죽이고 있는 매생이국을 신기해하였다.

"매생이국 아니오? 허어, 이게 어디서 났어요?"

표상은 깜짝 반겼다. 물큰 향수처럼 다가오는 겨울바다가 다가왔다.

그와 함께 한민서의 처제 해심의 댕기머리가 떠올랐다. 간밤에 몽선이하고 도둑술을 마신 것 같아서 매생이국을 끓였구만이라우. 홀홀 마셔보시오. 속이 금방 풀릴 것인께. 해심은 치렁한 댕기머리를 어깨 너머로 넘기며 머슴 몽선과 종부네가 빚은 술단지를 몰래 안아다 마신 것을 족집게처럼 알아차린 것이다. 아따, 누구를 위한 정성인감. 몽선은 눈을부비고 일어나며 입이 헤 벌어졌다. 감지덕지 묵기나 할 일이제, 또 쓰잘데 없는 소리를 해싸쿠마이. 해심은 눈을 똑 흘기며 돌아섰다. 어따, 진국이다! 속이 자장가맨치러 풀어지는구랴. 어여, 마저 들어. 말은 안해도 이게 다 표상을 위한 정성인께. 몽선은 양껏 들고 나서 트림을 끄윽 내질렀다.

"보내왔어요."

"누가?"

삼인행은 호기심을 보였다.

"오오라, 백상이 보냈구나. 나한테도 무슨 택배가 왔다고 하던데 백상이 보낸 매생이구나. 난 그런 줄도 모르고 냉동 창고에 넣어 두었네, 그랴. 그 녀석 벌써 마음이 거기까지 갔나?"

"마음이 거기까지 가다니요?"

"삼인행은 그런 순발력도 없어요? 척하면 삼천리라고, 샌님이 마음을 허물면 걷잡을 수 없어요."

"너무 앞서가는 농담 아니에요?"

"요즘은 속도감이 앞서는 세상 아니오. 어디 맛이나 봅시다. 아득한 시절에 맛보았었는데……."

삼인행은 막사발을 내오고, 서림은 따북이 두 그릇을 담았다. 표상은 그릇 채 홀홀 마셨다.

"그렇게 사정없이 들이키세요?"

"그래야 제 맛을 음미할 수 있어요. 직접 끓인 거요?"

"맛이 어떨까 모르겠어요."

"맹물이 좀 돌긴 합니다만, 나로선 맛 좋을 수밖에요."

"저도 혀끝이 부드럽네요. 주문을 해야겠어요."

"그럴 것 없어요. 저한테 보낸 것을 나누어 먹으면 되지요."

표상은 시원스럽게 말하였다. 삼인행은 그릇을 치우고 차를 다루었다. 서림은 차 향기를 음미하며 삼인행이 전보다 밝은 빛이 이마에 떠도는 것을 느꼈다. 보이지 않는 변화의 조짐인가? 그렇다고 표상과 연관 지을 성질은 아니었다.

"시장경제는 점점 어려운데 표사장님은 흔들림이 없죠?"

"세상은 파도타기 아닙니까. 저라고 그 여파를 비켜날 수 없지요. 어쨌거나 허리띠를 단단히 조여 맬 수밖에요. 그쪽은 어떤가요? 겨우살이를 단단히 하였어요?"

"저야, 겨우살이가 따로 있겠어요. 경제가 궁핍할수록 쪽물들인 한복 한 벌 해 입기가 어디 수월한가요. 사양길로 나선지 오래지만 인내하는 거죠."

"너는 딸린 식솔도 없고, 사교육비를 생각하나, 네가 제일로 부럽다."

삼인행은 말해놓고 나서 아차 하였다. 독신녀의 가장 취약한 구석을 건드리다니.

"부럽다는 눈높이의 매김과 눈 아래의 동정심은 자기 위안에서 오는 것 아닌가요?"

표상은 삼인행의 그 마음을 재빨리 간파하고서 대화의 물꼬를 휘어잡았다.

"어쩌면 여유 있는 자와 자기만족을 구원하는 부류의 이상기류 아닐까 싶네요."

"말 한마디 불쑥 잘못해 놓고 치도곤을 당하네."

"아니오. 사실을 말했을 뿐이오. 사실을 말하는데서 오는 파상음이자 반비례의 탈 현상 아니겠어요."

"어렵네요."

"심각해 할 건 없어요. 난 약속이 있어서 이만 가봐야겠어요."

표상은 시계를 흘끔 확인하고 소탈하게 자리에서 일어났다. 표상은 올 때마다 그렇게 한자락 여운을 남기고 갔다. 그게 돌아옴의 예시인지도 모르겠고, 비유법인지도 몰랐다.

"표사장님과는 특별한 관계는 아니지?"

"너답지 않은 의문이네. 그렇게 본 거야?"

삼인행은 서림의 과민한 물음에 웃음을 사려물었다. 오늘따라 서림답지 않은 돌출 반응이었다. 평소 세상사와 인간관계에 대해 전혀 무관심한 그녀가 아니던가.

"그게 아니고, 풍요로운 농담 속에 가녀린 진심이 숨겨져 있다고 했거든."

"염려 푹 놓으셔. 그보다 왠지 모르게 너의 감정이 상당히 고온현상이야. 가슴께까지 밀물이 차오른 느낌이거든. 매생이가 감정의 상승요인인가?"

"그건 어디서 따온 말이야?"

서림은 삼인행의 말에 자신의 감정을 다스렸다.

"아무튼, 너의 감정의 변화는 좋은 현상이야. 나이가 들수록 감정이 메말라 가지 않니."

"사람의 감정이라든가, 사고개념이 단순해진다는 것은 늙음을 말하고 도(道)의 경지에 도달하는 길목 아닌가?"

"지금까지 그렇게 살려고 노력해 왔지 않았어? 앞으로 보면 봐도 잔잔한 가슴에 파도가 일고 일엽편주에 몸을 싣고 그 파도를 헤쳐 나갈걸."

삼인행은 후훗 웃음 치는 서림을 장난스레 바라보았다. 삼인행의 결혼식 날, 부케를 던졌을 때 공교롭게도 서림이 받았다. 서림은 당황해하며 부케를 받으려 하였던 곁의 친구에게 재빨리 안겨 주었다. 그 모습이 세월이 흐른 지금 어쩌면 그렇게 선명하게 떠오를까.

"고해의 난장 아닌가? 나는 변함이 없을 거야. 어떠한 대상도 나의 공고한 영역을 침범할 수 없을 거야."

서림은 그렇게 스스로에게 다짐을 하면서도 백상이 보낸 편지를 눈앞에 펼쳤다. 아니다. 그것은 감정의 상승과 나뭇가지의 흔들림과는 다르다. 미풍에도 흔들리는 가벼운 나뭇잎이 아니다.

"표사장님은 이미 네 마음에 서린 안개가 걷힐 거라고 하던데?"

"안개야 마음먹기에 따라 끼었다 걷혔다 하는 게 아니겠어?"

서림은 문득 삼인행과의 그 같은 대화가 아무런 보탬이 될 수 없다고 생각하였다. 그 전에는 앉으면 한복디자인과 자연염색에 대해 진지하게 의견을 나누었고, 차가 지니고 있는 여러 품성을 이야기하였다. 그런데 오늘의 대화는 너무나 동떨어진 갈색 대화였다.

"가만. 시간이 이렇게 됐나? 함께 영화관람 어때?"

"영화? 이미 누군가와 선약이 있는 것 아냐."

"딸애가 하두 보채 싸서 그러자고 했어. 요즘 애들은 막무가내야."

"세상이 온통 십대판 아닌가? 따님과의 영화관람장에 내가 들러리 설 수야 있나. 난 따로 할 일이 있어."

서림은 서둘러 가게문을 닫는 삼인행에게 쫓기듯 길거리로 나섰다. 할 일이 있다고 하였으나, 무작정 혼자만의 시간을 즐기고 싶었다. 자신도 모르게 자갈치로 향하였다. 비릿한 생선냄새와 짭짤한 소금기가 한데 어울려 생동감을 주었다. 죽은 시신들이 끝없이 진열된 비좁은 공간을 부딪치고 비집으며 앞으로 나아갔다. 이거 얼마죠? 사지도 않을 생선들을 눈으로 어르며 괜스레 값을 물었는가 싶었는데, 어느 사이에 한쪽 팔이 무지근하였다. 낙지, 병어, 꼴뚜기, 갈치, 전복 따위를 사들고 있었다. 쉬었다 가이소, 이리 오이소. 꼼장어 아줌마의 극성스러운 유혹에 못 이겨 한쪽 구석자리를 차지하였다. 꼼장어 값이 몰라보게 올랐다. 이인 분을 시켰다. 완연하게 겨울바다 빛으로 물든 항구를 바라보며 소주잔을 들이켰다. 호젓한 기분으로 홀로 술을 마셔본지가 언제였더라? 철판 위에서 지글거리는 꼼장어가 바다로 이끌었다. 서림은 꼼장어가 유혹하는 대로 바다 깊이로 나아갔다.

혼자 마시는 술도 괜찮았다. 처음 도둑술을 마실 때가 그랬던가? 남보다 일찍 술을 배웠지, 아마. 고등학교를 졸업할 무렵 그녀는 비로소 아버지 없는 부재현상을 느꼈다. 반쪽 보호자. 직장일로 밖으로만 나도는 어머니라는 존재는 그녀의 가슴에 반쪽만을 채워주었다. 그렇다고 나머지 반쪽을 채워줄 아버지의 존재는 어디에 있느냐고 울먹일 수도 없었다. 언제부터인가 그것은 불문율처럼 가슴에 빗장을 채웠다. 그런데 대학진학을 앞두고 아버지의 존재가 절실하게 다가왔다. 어째서였을까? 그녀는 한쪽 가슴이 서늘하게 비어 찬바람을 일으키는 현실을 한잔 술로 묻고 싶었다. 그것은 충동이자, 지금까지 억제되어 왔던 욕구불만의 표출이었다. 어머니에게 향한 반항심도 다분히 작용하였다. 그리고 어머니에 대한 반항심은 미움으로 번져났고, 아버지 없는 설움이랄까, 한없이 초라하게 느껴지는 자신을 붙들기 위해 프랑스로 떠났다. 일종의 도피행위라고나 할까, 어머니와 연관되어 있는 사회로부터 멀리 벗어나고 싶었다. 결국은 돌아오게 되었지만…….

무엇이 다시금 어머니의 품으로 돌아오게 하였을까. 굳이 이름을 부여할 수 없었던 강인한 흡인력. 햇수로 삼년간의 유학생활은 정말 열심이었다. 당장 경제적인 어려움이 따를수록 이를 악물고 매달렸다. 그렇게 자신을 혹사하는데서 처절하게 어머니의 존재와 아버지라는 실체를 잊고 싶었다. 나는 이제 어느 머나먼 행성에서 온 우주인이야. 철저하게 자신의 성벽을 쌓아 올렸다. 그런데 어느 날 유학생 선배의 집에 초대받아 된장국을 맛보았다. 그 순간 강렬한 무엇이 이마를 쳤다. 그래, 바로 그거야! 나의 본래면목을 망각하고 있었어. 나를 빚어준 향토 위에서 나의 영혼으로 세상을 물들이는 거야. 나만이 지닐 수 있는 색상, 그것을 찾아야 해. 서림은 그날로 돌아왔다. 그리고 여러 곳을 기웃거리며 시행착오를 거듭한 끝에 오늘에 이르렀다.

어쨌거나, 이불을 둘러쓰고서 외할머니가 손수 빚어 즐겨 마시는 약술 한잔을 들이켰을 때, 목을 쏘는 듯한 짜릿하고도 강렬한 자극에 자신도 모르게 부르르 몸을 떨었다. 그렇게 배운 도둑술은 대학에 들어가 동아리가 형성되면서 자연스레 침전되었다. 어울려 마시는 술. 니나노 판이 아니어도 상관없었다. 청승맞은 단계에서 벗어난 모듬의 합주(合酒)는 외로움을 몰아낼 수 있어 무엇보다 좋았다. 그런데 오늘은 모처럼 혼자 술을 마신다. 빗방울이라도 후두긴다면 금상첨화겠는데. 바다를 후두기는 겨울비. 바다의 차가움과 빗방울의 변주. 그 차가움은 금방 하나가 되어 소금기로 번지리라. 이 세상에서 가장 고독한 사내와 마주쳐 금방 냉장고에서 꺼낸 소주잔을 부딪치고 싶다. 철판 위에서 지글거리는 꼼장어를 안주삼아. 서림은 꼼장어를 더 시키려다 자리에서 일어났다.

"누군가를 기다리는가 했심더."

"청승맞아 보이지 않구요?"

서림은 거스름돈을 내주는 꼼장어 아줌마의 말을 뒤로하고 자갈치를 벗어났다. 전철을 타려다 그냥 걷기로 하였다. 남포동을 가로질러 국제시장 깡통골목을 지나치기 위해 지하상가를 들어섰다. 아트 숍을 지나쳤다. 도자기, 그림, 개량한복, 우리네 풍물 따위를 직접 제작하며 판매를 하였다. 그런데 오늘따라 한가한 모습들이었다. 그만큼 시장경제의 한파로 손님들이 없다는 뜻이리라. 서림도 한때 이곳에서 한복을 지으며 자연염색을 대중화시켜 볼까 하였으나, 곧바로 그만 두었다. 좀 더 넓은 시공과 광장이 필요해서였다. 그리고 작업장을 친구의 소개로 그녀의 별장 옆 버려진 농가를 얻어 개조하였다. 드넓은 산천이 전부 작업장인 셈이었다.

서림은 한곳에 걸음을 멈추었다. 머리 치렁한 여인이 인두로 섬세하게 꽃누름을 하고 있었다. 참, 저런 게 있었지. 서림은 걸음을 멈추었다. 생화를 갈기갈기 찢어 꽃잎 하나하나를 모자이크하듯 붙였다. 오묘한 조화라고나 할까, 꽃잎이 새롭게 살아나기 시작하였다. 화무십일홍이라고, 열흘 붉은 꽃이 없다고 하였는데, 저 인두질로 오려붙인 꽃은 박제가 되어 액자 속에서 무상심으로 피어났다. 꽃의 생명. 저걸 생명이라고 말할 수 있을까? 하지만 캔버스에 옮겨진 산수화 한 폭과도 같은 생명감을 지니고 있지 않을까. 향기 없는 꽃. 흔히들 생명이 다하면 향기는 증발되어 존재가치를 떠들리지 않는다. 그저 무심한 꽃의 영상일 뿐.

서림은 순간 액자 속에 갇힌 어머니의 초상을 떠올렸다. 몇 년 전 생일기념으로 더 늙기 전에 제대로 된 사진 한 장 남겨두기 위해 초상화를 전문으로 하는 선배에게 부탁하여 액자에 넣어 걸어 두었다. 가장 친숙하게 닮은 사진인데도 어머니는 매번 외면하였다. 서림은 어머니의 그 마음을 이해하였다. 짝 잃은 비둘기처럼 외롭게 걸려있는 초상화. 무엇보다 그게 싫었을 것이다. 하지만 나이가 들고 주름살이 깊게 패일수록 어머니의 체취는 된장국만큼이나 진하게 다가와 마음을 포근하게 하고 아릿하게 하였다. 참, 이상하였다. 어머니에 대한 끝없는 반감과 증오가 어찌하여 아릿한 사랑으로 변하였을까.

인두 끝은 파르라니 마지막 향기를 발산하는 꽃잎에 와 닿았다. 서림은 자리를 떴다. 미로처럼 점포들이 들어선 국제시장을 벗어났다. 집 앞에 이르렀다. 아이고, 허리, 다리야. 어머니의 부지불식간에 흘러나오는 신음소리가 들리는 듯하였다. 어머니의 그 통증은 언제부터였을까? 이층 비좁은 방에서 그녀에게 남 몰래 젖을 물리던 그때부터였을까. 어머니의 젖꼭지를 통하여 그 한숨소리를 전해들을 수 있었던가? 처녀가 애를 낳았다는 죄의식. 어머니는 외할머니의 눈흘김과 장탄식에 주눅이 들었고, 이웃들의 수군거림과 따가운 시선을 피해 다락방이나 다름없는 이층 방에서 행여나 어린아이의 울음소리가 새어나갈까 전전긍긍하였다.

꼴 한번 좋다. 내 우사는 고사하고 조상 욕 먹이지 않을려거던 쥐죽은 듯 처박혀 있거래이. 외할머니는 미역국을 끓여주면서도 주먹밥을 먹이듯 어머니의 가슴에 종주먹을 박았다. 그때마다 어머니는 무르팍으로 한숨을 죽이며 갓난아기를 꼭 끌어안았다. 다행인 것은 전쟁이 끝난 어수선하고 뒤숭숭한 시국이어서 이웃들의 야릇한 눈길을 변명 비슷하게 얼버무릴 수 있었다. 무슨 알라 울음소리고? 이웃사람들이 신기한 눈으로 돌아볼라치면, 외할머니는 천연덕스럽게, 누가 대문간에 버리고 간 아기를 주워 키우는구마는. 먼산바라기로 한숨을 삭이며 뉘 집 개가 짖느냐는 얼굴로 대답하였다. 아닌 게 아니라 피난 도시답게 전쟁의 공포 속에서 끼니를 해결할 수 없었던 피난민들 가운데 눈물을 머금고 강보에 싸인 핏덩이를 내다버린 사례가 허다하였다. 한마디로 시절이 잘 맞아 떨어졌다고나 할까, 외할머니의 궁색한 변명은 잘도 먹혀들었고, 어느 누가 버린 알라인지는 몰라도 타고난 복은 있는 갑다. 처녀엄마를 두어서⋯⋯. 지나치는 사람들이 혀를 차며 동정심을 내보일라치면, 외할머니는 어머니의 뒤꼭지를 향하여 밉살맞게 눈을 흘겼다.

서림은 그렇게 주워다 키운 아이로 판 박혔다. 어머니는 서림이 기어 다닐 무렵부터 외할머니에게 그녀를 맡기고 사회일선에 나섰다. 지극한 불심으로 소년원이나 고아원에서 헌신적으로 아이들을 돌보았고, 건강이 허락할 때까지 어린이 자비원을 운영하였다. 외할머니도 점차 외손녀에게 향한 시선이 부드러웠다.

아이고야, 저게 걸음마를 한다. 어이구, 한 발, 두 발, 그렇지러. 할매한테 오거라. 외할머니는 듬뿍한 사랑으로 잠시의 시름과 외로움을 잊었다. 적막한 집안에 어린아이가 있는 것도 괜찮았다. 외손녀가 칭얼거리며 보채기라도 할라치면 오냐, 오냐, 니 어미 올 때 다 됐다. 내 등에 업히거라. 포대기 끈을 질끈 동여매고서 마실을 한 바퀴 돌았다. 바로 지척에 있는 골목시장에 내려와 사탕도 곧잘 사 주었다. 외손녀가 영판 곱고 귀엽네. 주워 키우는 알라 같지 않구마는. 매치나 뒤치나 외손녀 아닌감. 부부도 한솥밥을 먹으면 닮는다고 하지 않던가베. 갈수록 이쁜 짓거리를 하는구랴. 어이구, 니 땜새 이 할매도 덩달아 사탕을 얻어 묵는데이.

외할머니는 늘어진 포대기를 추슬려 올리며 엉덩이를 토닥거렸다. 그런데 자랄수록 어머니를 닮아가는 데서 곤혹스러움이 따랐다. 야야, 니는 갈수록 니 어매를 닮아간다. 키운 정도 닮아 가는가? 딸이 엄마 닮는 게 뭐가 잘못인가요? 그때마다 서림은 몹시도 불쾌하여 암팡지게 실눈으로 쩨려보았다. 오냐, 알았다. 암만. 닮아야제. 확실히 닮아야제. 주책없는 노인네들은 황급히 손사래를 쳤다. 외할머니도 그런 말을 들을 때마다 종주먹을 놓듯이 이웃들의 입을 틀어막았다. 그 따위 말을 알라 앞에서 또 한 번 해보거래이. 가만 안 놔둘기다. 크는 알라에게 만에 하나 마음에 상처를 줄 말은 하지 말아야제. 외할머니의 그 같은 종주먹은 먹혀들었다. 시절이 더할수록 이웃들의 숙덕거림은 물밑으로 가라앉았다. 그와 더불어 서림은 점점 어머니를 닮아갔다. 이제는 주워다 키운 자식이라고 생각하지 않았다. 누구나 친딸로 자리매김하였다. 하지만 처녀가 애를 낳았다는 그 비밀스러움을 어떻게 해석해야 할지 아리송하였다. 거기에 대한 의문과 반기를 제일 먼저 든 사람은 서림 자신이었다.

어떻게 엄마 혼자 나를 낳을 수 있죠? 또렷한 눈망울로 자못 심각하게 의문을 달았다. 어매 뱃속에서 나왔지 어데서 나와? 외할머니는 알밤을 쥐어박듯 하였다. 참 알 수 없는 수수께끼였다. 그녀가 외할머니 무릎을 베고 잠이 들면 한숨을 쓰러지게 하면서도 출생의 비밀을 물으면 역성을 냈다. 어쩔 때는 알에서 깨어난 시조신화를 들먹이며 외손녀의 출생의 비밀을 합리화시켰다. 듣기에 따라서는 허무맹랑한 억지스러움이 깔려 있었으나, 역사에 눈을 뜨면서부터 그저 말없이 들어 넘겼다.

사람이 우찌 알에서 태어날 수 있을까? 참말로 신기하재. 알에서 태어난 사람마다 나라를 일으켜 세우고, 그걸 보면 암탉이 혼자 알을 낳는 그 이치를 쪼매 알 것도 같고……. 외할머니는 스스로 의문을 베어 물며 무릎을 베고 잠든 외손녀를 다독거렸다. 하지만 아버지에 대한 의문은 수면 아래로 가라앉을수록 호수에 거꾸로 비친 나무처럼 그 음영이 배가되었다. 외할머니도, 어머니도 끝내 비밀에 부친다면 스스로 밝혀내리라. 그렇게 울타리를 치고서 정중동의 자세로 성장하였다. 그렇다고 성급하게, 목말라하며 매달리지 않았다. 입시지옥을 비롯하여 학업에 매몰되어 그랬지만 성격 자체도 한 몫 하였다. 낙천적이면서도 잠시 잠시 회의적인 일면을 지니고 있는 단면이 애달스럽게 스스로를 보채게 하지 않았다. 언젠가 때가 되면 어머니의 알집 속에서 태어난 출생의 비밀이 자연스럽게 드러나리라. 모르긴 몰라도 외할머니의 입에서 나올 수도 있을 것이고, 멀게는 어머니의 유언 속에 담겨있을지도 모를 일이었다.

　그러나 유감스럽게도 외할머니는 침묵을 드리운 채 눈을 감았다. 외손녀의 손을 잡고 마지막 한마디를 하려다 깊이 모를 어둠 속으로 잦아졌다. 어찌 생각하면 허망한 운명이었다. 사람의 운명이 이렇게도 단순하고 허무로운가. 싸늘하게 식어가는 외할머니의 손을 쓸어안으며 눈물을 흘렸다. 외할머니는 외손녀의 출생의 비밀을 가슴에 지닌 채 세상을 떠난 것이다. 외할머니가 돌아가신 뒤로 어머니의 침묵은 더욱 짙게 드리워졌다. 아버지의 존재에 대한 그 어떤 언급도 침묵 속에 가두었다. 어머니의 침묵과 주위의 냉기어린 시선에 반기를 든 것이 프랑스 유학이었다. 일종의 도피나 다름없었다.

　꼭 한번 어머니의 가슴에 숨겨진 비밀스러움을 들추어 낼 때가 있었다. 오강윤 선생에게 그녀를 인사시키고 난 뒤였다. 오강윤 선생이 부산에서 초대전을 열 때였다. 교육계의 원로요, 서예가로 지상을 통하여 오강윤 선생에 대한 명성은 막연하게나마 알고 있었으나, 어머니와 오랜 교류를 쌓아왔다는 사실을 전혀 모르고 있었다. 네가 인사를 드릴 분이 있다. 옷 갈아 입거라. 어머니는 전에 볼 수 없었던 엄숙한 목소리였다. 오늘은 별일이네요. 그녀는 느닷없는 말에 의문을 달았다. 시장 나들이 한번 같이 동행하기를 무언으로 내친 어머니였다. 너로서는 큰 그늘을 드리워줄 어른이다. 잔말 말고 일어나거라. 어머니의 강요는 어느 때와는 달랐다. 서림은 의아한 마음으로 어머니를 따라 나섰다. 뜻밖에도 전시장이었다. 화환과 화분이 빼곡이 출입구를 장식한 걸로 보아 하루 전날이나 이틀 전 오픈행사를 치렀지 싶었다. 미리 연락이 있었는지 오강윤 선생은 기다리고 있었다. 첫 인상이 의지가 굳건한 선비형이었다.

　두 사람은 굉장히 반가워하였다. 그 반김에서 보통 깊은 사이가 아니라는 것을 느껴 알았다. 서림은 어머니의 소개대로 인사를 드리고 두 사람만의 오붓한 자리 마련을 위해 전시작품을 감상하였다. 그래요. 정말 이쁘게 자랐어요. 새로운 감회가……. 간혹 토막 치듯 오강윤 선생의 목소리가 그녀의 귀에 와 닿았다. 어머니의 목소리는 서림을 의식해서인지 가만가만 깨알을 씹듯 하였다. 아, 저 분은 무언가를 알고 있다. 대체 어머니와는 어떤 관계이며, 언제부터 알고 지낸 걸까? 서림은 자신도 제어할 수 없는 울렁거림이 일었다. 잔잔한 바람결에 이는 호수의 잔물결. 그 같은 자신의 감정을, 선생님 문하에서 서예를 배우고 싶다는 말로 드러냈다. 두 사람의 관계를 좀 더 선명하게 파악하기 위해서는 오강윤 선생이 똬리를 틀고 있는 굴속으로 뛰어 들어가야 하지 않겠는가.

허허, 그것도 좋은 인연이지. 오강윤 선생은 선선히 승낙하였다. 어머니는 그저 말없이 입술을 깨물었다. 그렇게까지 비약하리라고는 예상하지 못한 듯하였다. 오강윤 선생으로부터 점심 대접을 받고 집으로 돌아오는 길에 어머니는 난데없이 소리방에 들러 디스켓을 한 장 샀다. 알 수 없는 조짐이었다. 어머니가 즐겨 듣는 음악이라곤 명상음악 따위였다. 어디다 쓰시려고요? 서림은 실없다는 투로 물었다. 오 선생님을 만나고보니 불현듯 생각키는 노래가 있어서…….

어머니는 더 이상 말문을 닫았다. 집으로 돌아온 어머니는 짬만 나면 새로 사온 음악을 틀었다. 그건 이산가족 찾기 노래 아닌가요? 서림은 어느 정도 귀 따갑게 들었다 싶었을 때 약간은 신물이 난다는 투로 말하였다. 그 노래야 텔레비전만 켜면 시시때때로 흘러나오는 애절한 노래였다. 어머니는 그녀의 말을 귓결로 흘려들었다. 그런 어느 날, 볼일이 있어 서울을 가자 어머니는 큼직한 하얀 사각봉투를 건네주었다.

여의도 광장에 가서 이걸 곱게 붙여 놓거라. 어머니는 자못 숙연한 얼굴로 말하였다. 예전에 볼 수 없었던 얼굴빛이었다. 이 분이 누군데요? 오강윤 선생님의 절친한 친구 분이시다. 저번 전시회장에서 우연찮게 이야기를 나누다가 서로가 소식이 끊겼다는 사실을 알았다. 속는 셈 치고 네게 심부름을 시키기로 한 것이다. 어머니의 목소리는 예전에 감지할 수 없었던 미세한 감정이 실려 있었다. 엄마도 아는 분이네요? 어머니는 추궁하듯 묻는 말에 완강한 침묵을 드리웠다. 서림은 언제나처럼 어머니의 그 침묵이 싫어 썩 내키지 않았지만 볼일을 보고 여의도 만남의 광장을 찾았다.

대문을 들어서자 남숙여사는 무언가를 화들짝 문갑 속에 감추었다. 머리맡에는 중관론(中觀論)이 펼쳐져 있었다. 여산 스님 말처럼 요즘 들어 부쩍 인연품이라든가, 인과품에 대해 성찰하였다. 이제 자연으로 돌아갈 연세에 인연의 근원이 무슨 연고며, 인과의 종말을 알아서 어쩌겠단 말인가. 나지도 않고 멸하지도 않으며, 항상치도 않고 아주 없지도 않으며, 동일하지도 않고 차이지지도 않는 게 인연법이 아니던가.

"무슨 보물이기에 딸한테도 감추죠?"

서림은 지금까지의 감정을 털어버리며 어깃장 비슷하게 말하였다.

"아무 것도 아니다……."

남숙여사는 갈라진 음성으로 얼버무렸다.

"매생이국을 더 끓여 드릴까요?"

"그렇게 하렴."

그런데 매생이를 보낸 그 사람, 어쩌면 그렇게 닮았을까. 내가 잘못 본 것일까? 오강윤 선생은 알고 있었을 텐데, 고인이 된 지금 아쉬움을 베어 물게 하였다. 그래, 여산 스님은 알고 있을 것이다. 남숙여사는 여산 스님에게 확인을 해보리라 마음먹었다. 서림은 부엌에 들었다. 냉장고를 열자 매생이와 함께 보낸 굴 향기가 훅 끼쳤다.

3

부산항을 출발한 배는 오륙도를 돌아나갔는가 싶었는데, 깊고 푸른 동해로 접어들었다. 너울진 파고에 떠밀리듯 서두르지 않고 굼뜨게시리 가만가만 앞으로 나아갔다. 망망대해. 표상은 노을로 물든 바다를 바라보며 또 다른 감회에 젖었다. 남의 배를 빌어 수산물을 운송하던 것과는 전혀 다른 감회였다. 비록 낡은 배를 인수하여 여러 날 수리한 배지만 내 소유라는 자긍심은 마음을 상큼하게 부풀렸다. 해원호. 이 배를 인수하여 수리하는 과정도 만만찮았다. 주위에서는 엉뚱한 투자라고 나무랐다. 그만큼 수리비용이 생각보다 많이 들었다. 일관된 의지대로 밀어붙였지만 주위의 염려대로 예상외의 지출을 감내해야 하였다. 그리고 먼 바다에 나가 조업하는 것도 아니고 공해상에서 도킹하여 수산물을 받아 싣고 올 거라면 굳이 무리를 해가며 배를 인수하여 수리할 필요가 있느냐는 것이었다. 그보다는 지금까지 해온 대로 임대형식으로 배를 빌어 사용하는 게 훨씬 부담이 적다는 것이었다. 그런저런 주위의 염려와 기우를 물리치고 배를 소유한 것은 나름대로 계획이 있어서였다. 적당한 기회에 사할린 기지에서 활용할 심산이었다. 그렇게 되면 명상은 보다 활발하게 현지의 수산 물량을 확보하는데 도움이 될 것이다. 명상은 표상의 그 속내를 벌써 알아차리고 흔감한 얼굴을 하였다. 녀석, 머리 하나는 일품으로 돌아간단 말이야. 표상은 빙긋 웃음을 사려 물었다.

"사장님, 저녁 식사요."

선장이 주방으로부터 연락을 받고 표상의 상념을 일깨웠다. 오늘은 첫 출항이어서 시무식 겸 표상이 동승하였다. 앞으로는 선장이 배에 관한 모든 일을 일사분란하게 주관할 것이다. 그리고 앞으로는 큰아들에게 사업일체를 물려주고 뒤쪽으로 나앉을 계획이었다.

"동해의 바다는 저녁노을을 빨리 삼키는구려."

"그 대신 아침 해가 일찍 떠오르지요."

선장은 앞장서 주방으로 내려갔다. 주방장은 된장을 가미한 매콤한 명태찌게를 내놓았다. 바다에서는 김치와 된장, 고추장을 곁들인 요리가 제일이었다. 설탕과 조미료를 배제한 반찬새가 입맛을 돋우었다.

"네놈 음식 솜씨는 우리 마누라 손맛보다 낫다야."

갑판장은 조리장을 추켜세웠다. 바다에 나가면 향수를 가미한 소박하고 담백한 음식일수록 혀끝을 부드럽게 하였다.

"자네는 선원생활을 몇 년이나 하였는가?"

표상은 새삼 조리장에게 관심을 보였다. 면접을 보았으나 선장의 일방적인 신임 아래 채용된 선원들이었다.

"한 오륙 년 되었습니다. 쭉 이 배만 탔구만요."

"그래서 선장의 신임이 남 달랐군. 요리전문학원에라도 다녔는가?"

"아닙니다. 배를 타기 전에는 횟집을 경영하였습니다."

순간, 조리장의 얼굴 한켠에 어두운 그림자가 스치고 지나갔다.

"이 정도 솜씨라면 실패란 없을 텐데……."

"마누라 원혼이 들려 바람처럼 찾아 나선 겁니다."

배안의 살림을 맡아보는 사무장이 곁들었다. 두 사람은 절친한 사이였다.

"무슨 사연이 있는 게로군."

"뭐, 종류가 따로 있습니까."

"아니지. 바람이 들었다면 종류가 많은기라. 하늬바람, 높새바람, 갈바람, 회오리바람, 쏙쏠이 바람, 봄바람, 미더운 바람, 큰바람, 작은바람, 바다 위에서 계절을 넘나들면서 그것도 모르냐."

갑판장은 추임새를 놓듯 말하였다.

"남의 사생활에 대해 꼬치꼬치 캐묻는 것도 실례야."

선장은 점잖게 분위기를 가라앉혔다. 표상은 저녁을 들고 선장실에서 선장과 차를 마시면서 조리장의 과거지사를 다시금 떠들렸다. 여전히 궁금하였던 것이다.

"그 친구 참 안됐어요. 중동까지 가서 벌어온 돈으로 반듯한 횟집을 장만하였는데 마누라가 저 신세로 만들었어요."

"바람이라도 났단 말인가요?"

"그랬다면 마누라에 대한 미련일랑 접어 버리지요. 전망 좋은 바닷가에서 횟집을 경영하였는데, 태풍이 불어쳐 이제 막 입덧을 하는 마누라를 높은 파도가 삼켜 버렸어요. 조리장만 간신히 살아남았어요."

"그러니까 마누라의 고혼을 건져 올리기 위해 배를 탔단 말이지요?"

표상은 순간 남숙여사를 떠올렸다. 조리장의 아내와는 아무런 연관성이 없는데 어째서 불쑥 떠오른 걸까? 여산 스님의 말을 빌어 단편적으로 알고 있을 뿐, 서림을 사랑의 푯대로 삼고 오늘에 이르기까지 사랑하는 사람을 기다리는 기막힌 사연의 깊이를 알 수도, 캐물을 수도 없으나, 왜 불현듯 박제상의 아내처럼 하염없이 그리움과 기다림을 안고 사는 남숙여사가 떠오른 걸까. 어디 그뿐인가. 백상의 어머니 종부네 또한 행방불명이 된 남편의 생사를 가슴으로 삭이며 한 세월을 회한으로 보냈다.

"바다에 잠긴 마누라의 원혼을 건져 올리기 위한 집념. 어쩔 때는 참 바보처럼 보이기도 하고요."

"가슴 한구석이 저릿하오. 마누라의 혼백을 수습하기 위해 나선 그 마음이 일종의 순애보만 같아서요."

"누가 아닙니까. 마누라의 원혼을 건져 올린달 것 같으면 무당을 데려다 씻김굿이라도 하면 될 걸 미련스럽기도 하고요."

"마음의 위안처를 찾기 위해서는 씻김굿보다 마누라의 원혼이 잠들어 있는 바다를 누비는 것이 더 좋지 않겠어요?"

"배의 이름을 해원호로 제가 강력하게 추천한 것도 조리장의 그 마음을 헤아려서였습니다. 본인도 참 좋아하고요."

"그 말을 들으니 더욱 배의 이름이 마음에 드오."

표상은 선장과 술잔을 나누고 나서 잠자리에 들었다. 칠흑 같이 어두운 밤바다에 쏟아져 내리는 별들이 하나같이 웃음을 깨물며 미지의 세계를 들려주었고, 갑판을 때리는 파도소리가 먼 나라의 자장가처럼 아스라이 들렸다.

다음 날, 표상은 남들보다 늦게 자리에서 일어났다. 입안이 까칠하였으나, 조리장의 정성이 깃든 맛깔스러운 반찬새를 대하자 금방 식욕이 돌아왔다. 선장에게서 조리장의 깊은 사연을 들어서인지 조리장이 매 끼니때마다 내오는 음식이 그저 몸에 배인 의무감에서 빚어지는 것이 아니라는 것을 알았다. 음식 하나하나에 남다른 정성이 깃들어 있었다. 매번 아내의 원혼을 위한 차례상. 표상은 그렇게 받아들이고 이해하였다. 형식적이고 의무적인 한 차례 제례상보다는 바다 위에서 아내의 원혼과 대화를 나누며 의식을 치르듯 차려 올리는 음식상. 표상은 조리장을 바라보며 무슨 말을 하려다 그만 두었다. 그릇 한 개를 씻는데도 정갈스러워 방해하고 싶지 않았다. 짧다면 짧은 인생인데 그 안에서 빚어지는 무수한 인과관계…….

"공해선상에 이른 듯합니다. 선장님께서 교신을 주고받습니다."

갑판장이 보고하듯 표상의 의식을 일깨웠다.

"정말 따분하다할 정도로 오래 걸리오."

"마음먹기에 달렸지요. 사장님께서 그만큼 첫 출항에 대한 기대감으로 조바심 친 거죠."

"그렇긴 하오. 여기까지 오는데 몇 시간이나 걸리오?"

"부산에서 동해까지 오는데 열여덟 시간 내지 스무 시간 소요되고, 동해에서 공해선상까지 오는데 한 여섯 시간 정도 걸린다고 봐야지요."

"캄차카까지 얼마나 걸리지요?"

"동해에서 캄차카까지는 한 일주일 잡아야 될 걸요."

"쉽게 건너 뛸 수없는 거리로군."

표상은 갑판으로 나왔다. 멀리 조그마한 무인도처럼 배 한척이 떠 있었다. 명상이 말한 캄차카호일 것이다. 해원호는 캄차카호로 다가갔다. 점점 두 배의 거리가 좁혀졌다. 명상은 캄차카호 갑판 위에서 표상을 기다리고 있었다. 바닷바람에 그을린 얼굴은 퍽 밝았다. 평소 명랑한 성격이어서 어디를 가나 천성을 버릴 수 없을 것이다.

"공해선상에서 만나뵈니 한달음에 고향땅을 밟고 싶습니다."

명상은 표상을 반겼다. 표상은 명상을 얼싸안았다.

"무엇하면 내 배로 잠깐 고향에 다녀오지."

"제게 주어진 업무가 태산 같은 걸요. 백상이 형님은 자주 만나십니까?"

"지난번에 부산에 왔더랬지. 매생이 속에 잠시 묻혀 지내는가 보네."

"반가운 현상입니다. 보내준 반쪽 옥편은 관심을 접어두고요?"

"그 성질에 그럴 리가 있겠는가. 속으로 끙끙 앓아가면서 무언가를 끄집어낼지 누가 아나."

"저는 아무리 생각해도 헛수고일 것 같습니다. 그 속에서 무엇을 찾아낸단 말입니까. 설령 찾아낸다고 하더라도 다 썩어 문드러진 유령 아니면 허깨비 밖에 더 있겠어요."

"자네는 언제까지 비판적인 시각으로 대할 건가?"

"그렇지 않습니까. 현실을 직시해야지요. 다 부질없는 짓입니다. 상처로 짓물러 터진 지난날의 영상들은 땅속 깊이 묻어버리고 미래를 여미어야지요. 과거에 너무 집착하는 것도 병통이요."

"오늘이 현재라면 어제는 과거요, 내일은 미래 아닌가. 어제가 없으면 어찌 오늘이 있으며, 오늘이 허공에 떠 있으면 미래 또한 물거품에 지나지 않겠는가."

"제 말은 백상이 형님은 너무 과거에 매몰되어 있다는 겁니다. 지금 세상이 어떻게 돌아갑니까. 순간순간 변화를 창출하는 빛과 색의 세계입니다."

"아무리 변화의 색채가 무궁하다할지라도 뿌리를 내리고 발을 내딛고 있는 곳은 땅일세. 그런 사람이 있어야 역사를 올곧이 재정립할 수 있네. 백상이 그러더군. 어느 시대를 막론하고 한 시대가 지나면 죽은 자가 일어나 말을 한다고."

"허허, 미륵화현의 도래군요. 입씨름은 그만합시다. 주문한 물량보다 더 많은 수량을 확보하였으니까 물량이나 제대로 확인하십시오."

명상은 현실로 돌아왔다. 운 좋게도 캄차카에서 나는 왕게를 예상보다 수월하게 확보할 수 있었다. 사할린에서 숨 가쁘게 캄차카로 건너가 발 빠른 행보를 한 것이다.

"자네의 순발력을 전적으로 믿네. 무엇하면 그쪽에 현지 사무실이라도 하나 개설할까?"

"그럴 것까지는 없습니다. 캄차카호와 단단히 계약을 맺었으니까 한점 차질이 없을 것입니다."

명상은 계약서를 내보였다. 표상은 다시 한 번 명상이 믿음직스러웠다. 명상의 말대로 물량은 주문량보다 많았다. 해원호로 물량을 옮겨 싣고 명상과 다음을 기약하고 났을 때는 꼬박 하루가 소요되었다. 앞으로 캄차카에서 나는 왕게뿐만 아니라 사할린에서 잡히는 명태라든가, 연어 따위도 캄차호가 실어와 공해선상에서 공수할 것이다.

"백상에게 전할 말은 없는가?"

"저는 더 이상 형님이 바라는 바를 충족시켜 줄 수 없다고 전해 주세요. 그리고, 그만 둡시다. 서로의 건강을 빌어야지요. 나이가 들수록 건강이 우선입니다."

"사람이 싱겁기는……."

"참, 여산 스님과는 더러 소식을 주고받는가요?"

명상은 느닷없이 여산 스님을 들먹였다.

"여기서 돌아가는 길로 만나러 갈 거야."

"스님께 왕게를 보시하려고요?"

"또 싱겁을 떨기는. 얼마 전 풍찬노숙 같아서 찾아오는 손님들을 위해 요사채라도 한 채 지으라고 단단히 약조를 받아왔거든. 얼마나 진척이 있는지 가봐야겠어."

"듬직한 물주십니다. 이다음에 저의 별장도 부탁해야겠어요."

"노후를 생각해서 그것도 좋은 일이지. 그런데 갑자기 여산 스님은 왜 들먹인 거야?"

"지난여름 젊은 스님 한 분이 사할린 휴양지에 관광차 왔더랬어요. 우연찮게 안내를 하게 되어 서로 말문을 텄는데, 여산 스님을 잘 알지 뭡니까. 문경 봉암사 선방에서 여산 스님이 선원장으로 계실 때 어깻죽지에 죽비깨나 맞았다고 하더군요. 헌데, 여산 스님의 구도행과는 달리 현대적인 감각과 사고를 지니고 있었어요."

"사할린에 포교원이라도 지을 생각이었나?"

"그냥 관광수행이었어요. 제가 다소 진지한 얼굴로 이곳에서 억울하게 고국을 그리다 죽어간 한인들의 원혼을 위해 포교원이라도 지었으면 좋겠다고 하자 머리를 가로 젓지 뭐예요. 여산 스님 같으면 흔쾌히 마음을 주었을 건데요."

"사람마다 노는 물이 각기 다르지."

"여산 스님께 의향을 한번 물어 보세요. 제가 적극 추진할 테니까요."

"자네가 그런 생각을 했었나?"

"사할린에서 억울하게 죽어간 한인들의 원혼을 달래는 데는 그보다 더 좋은 일은 없을 것입니다."

"그렇게 말해봄세."

"자, 갑니다."

명상은 출발 신호 소리를 듣자 두 손을 높이 흔들었다. 표상은 멀어져 가는 캄차카호를 말없이 바라보았다. 캄차카호가 어둠 속에 깜박 묻혀들 때에야 해원호는 방향을 돌려 서서히 물살을 헤쳐 나갔다. 차가운 겨울바람이 매서웠으나, 구름 한 점 없는 밤하늘은 추위에 떠는 소녀의 눈망울을 닮은 별들이 쏟아져 내렸다.

"캄차카 왕게 맛을 한번 봅시다."

표상은 선장을 돌아보았다. 모두들 수하물을 운반해 싣느라 진들이 빠져 있었다. 피로도 풀 겸 이럴 때 한잔 술이 필요하였다. 표상의 말이 떨어지기가 무섭게 조리장은 솜씨껏 왕게를 요리하여 내왔다.

"이거, 영덕대게 맛과 버금한데요."

"조리장의 솜씨 때문이겠지. 솔직허니 말해서 영덕대게와 비교해서는 안 되지. 안 그런가?"

"두 사람은 마주치면 입씨름이야. 신선한 맛이 그만이구마는."

"뭐니 뭐니 해도 배가 출출하면 입맛이 돋아나고, 땀 흘리면 술맛이 죽이니께."

"헌디, 명상이 그 사람 상당히 활달합디다. 외교수완도 대단하고요."

"그래서 믿고 신뢰하지요."

표상은 선장의 말에 머리를 끄덕였다. 사람이 한평생 자기 직분에 맞는 직업을 천직으로 알고 유감없이 발휘해 나가는 것도 보람 있으리라.

"사람이 사람을 믿고 신뢰하기가 점점 어려운 세상 아닌가요?"

"누가 아닙니까. 윗사람이 아랫사람을 신뢰하고, 아랫사람이 윗사람을 믿고 따르는 것은 동물의 세계에서도 돈독한 질서요 삶의 윤리인데, 어찌된 일인지 부모가 자식을 신뢰하지 않고 자식이 부모를 불신하는 세태가 되었습니다."

"그게 돈이라는 물신(物神)이 지배한 때문입니다. 누구나 상식적인 인식입디다만, 돈의 단위와 가치가 사람을 매김하고 조종하는가 하면, 인성을 마비시키고 무두질하는 병리현상이 온존하다는 겁니다."

"그러게요. 그걸 개탄하면서도 거기에 지배당하는 게 현실 아니오."

"선장님도 부하선원들로부터 더러 배신을 받았는가 봅니다."

"전혀 없지는 않았지요. 괜히 새삼스레 들먹이면 이 좋은 분위기를 망칠게고, 술이나 듭시다."

선장은 가벼운 기분이 되고자 하였다. 아무리 크고 튼실한 배일지라도 바다 위에서는 일엽편주에 지나지 않았다. 목숨과 직결되는 험난한 바다에서 일어나는 갈등과 고통은 가장 예민하고 첨예한 비숫날처럼 가슴에 와닿기 마련이었다. 그 비숫날이 때로는 불신과 절망으로 내닫기도 하였다. 그런 점을 생각할 때, 선주와 밤하늘의 별들이 쏟아져 내리는 공해선상에서 술을 든다는 것은 흔치 않은 일이었다.

"저는 사할린을 한번 가보고 싶습니다."

기관장이 표상에게 술잔을 쳐올리며 듬직하게 말하였다.

"정 그렇다면 이 배로 기회 봐서 한번 가면 될게 아니오. 사할린에 무슨 인연이라도 있으시오?"

"우리 작은할아버지 한 분이 젊은 시절 만주를 거쳐 사할린까지 들어갔다는데, 아직까지 생사를 모릅니다. 아마 한참 고인이 되고도 남았겠지만."

기관장은 술잔 속에 한숨을 묻었다. 따지고 보면 대체로 별리의 잔해를 안고 있는 게 인간사 아니겠는가. 술자리는 조용한 가운데 자정을 넘어 새벽으로 치달았고, 표상은 새벽녘에 잠자리에 들었다. 그동안 배는 동해에 들어서 남으로 남으로 향하였다. 표상이 눈을 떴을 때는 멀리 호미곶을 지나고 있었다. 한낮이 지나고 또 다시 어둠이 내리고 있었다. 차가운 바닷바람이 이마를 비질하였다. 뱃전에 부서지는 파도가 지난밤보다 성깔지게 뒤채였다. 꼬박 스물네 시간을 채우고 나서야 배는 오륙도를 지나 부산항에 들어섰다. 먼 여정만 같았다. 잠시 새벽녘을 기다렸다. 잠들어 있는 항구는 불빛만 겨울 추위를 타고 있었다.

여명은 소리 없이 새벽을 열었다. 대기하고 있던 차량들이 차례를 기다리고 있었다. 표상은 일일이 물량을 확인하며 차례대로 실어냈다. 그들은 숨 가쁘게 산지사방으로 내달릴 것이다. 표상은 한 차례 홍역을 치르듯 수하물을 처분하고 남은 물량은 냉동 창고에 저장하였다. 이것들은 함지박을 머리에 이고 달려온 소매상인들에게 풀어줄 것이다. 한낮이 되어서야 표상은 홀가분한 기분으로 사무실을 나섰다. 왕게 두 상자를 택시에 실었다. 서림과 삼인행에게 선물할 것이었다. 내일은 택배로 백상에게 왕게를 보내고 나서 여산 스님을 찾아보기로 하였다. 요사채가 어느 정도 진척되었는지 신경이 쓰였다. 표상은 삼인행의 가게로 가는 동안 아직도 입안에 캄차카 왕게의 향기가 감도는 조리장의 손맛을 음미하였다. 바다에 수장된 아내의 혼백을 건져 올리기 위해 배를 탄 간절한 기원······.

인연의 빛살무늬

1

차밭에 이르렀을 때, 여산 스님은 세상을 놓아버린 돌부처 마냥 가부좌를 틀고 있었다. 누가 오는지 인기척도 몰랐다. 표상은 조용한 걸음으로 요사채를 둘러보았다. 잘 꾸며놓으면 아담한 별장을 연상케 하지 싶었다. 그런데 겉은 축조되어 있는데 내부는 텅 비어 있었다. 마치 내장을 다 꺼내고 널어놓은 오징어 형상이었다. 집을 지은 지가 언제인데 아직도 이 모양이야? 목수랄 놈은 일손을 놓고 어디를 간 게야. 보아하니 일손을 놓은 지가 꽤나 여러 날 된 것 같았다. 무슨 일이 있는 걸까? 혀를 차며 차밭으로 발길을 옮겼다. 차나무가 동해를 입지 않을까, 걱정을 하였는데, 여산 스님의 꼼꼼한 정성이 배어 있었다. 콧물을 달고 있는 어린아이에게 솜옷을 입히듯 차나무 한 그루마다 마른 짚으로 감싸 동해(凍害)를 예방하였다. 가만히 보면 하는 일마다 백팔 배를 하듯 정성을 기울였다. 차나무를 둘러보고 지침지침 돌아오자 여산 스님은 좌선삼매에서 놓여나 표상을 반겼다.

"비릿한 생선 냄새가 난다고 하였더니 말없이 오셨습니다."

"찜질방에서 왕게 냄새 따위는 말끔히 씻어냈는데 스님의 코는 해파리 촉수보다 더 예민합니다."

"차향기로 입안을 다스리면 생선 냄새가 사라질 것입니다. 첫 출항은 재미있었어요?"

여산 스님은 찻물을 끓였다. 섬진강 건너 지리산 상봉에 먹장구름이 똬리를 틀고 있었다.

"염려덕분에 첫 출항치고는 풍성하였어요. 명상이 애를 많이 썼고요. 스님께서 공해선상을 구경하였더라면 좋았을 것을 그랬습니다."

"맞아요. 전국을 다 돌아다니며 수행을 하였지만 바다 한 가운데 나가 가부좌를 틀지 못하였어요."

"기회 봐서 동해 공해선상에 한번 모시겠습니다."

"저를 캄차카 왕게 취급 하시려고요?"

"따로 보트 한척을 마련해 드리지요. 그래서 스님이 원하시는 만큼 공해선상에 떠 있으면 될 것입니다. 표류하는 난파선인줄 알고 지나치는 배가 구조해 주실 거구요."

"좋은 발상입니다. 해가 떠오르는 공해선상이야말로 미륵의 출현처가 아니겠습니까."

여산 스님은 소탈하게 웃음을 담았다. 정말이지, 바다의 생명력, 그 광활한 무한대를 가슴에 안고 싶었다.

"명상이 사할린에다 억울하게 죽어간 한인들의 원혼을 위해 포교원을 지었으면 하던데요."

"그것도 좋은 생각입니다. 공해선상에서 떠돌다가 사할린으로 향하면 되겠습니다."

"너무 쉽게 말하십니다."

표상은 여산 스님다운 농담으로 받아들였다.

"누군가는 해야 할 일 같아서요."

여산 스님은 생각을 여미었다. 그런 곳으로 눈을 돌렸어야 하였는데, 너무 관심 밖으로 내쳤다. 어느 신실한 젊은 수좌라도 있으면 자리를 마련해 주고 싶었다.

"그런데 요사채는 왜 저 모양입니까? 한 달이면 뚝딱 마무리 지을 것을 계절을 건너뛰다니요."

"글쎄 말입니다. 겨울비가 한 차례 내린 뒤로 일하는 사람들이 일손을 멈추었습니다. 무슨 영문인지 모르겠습니다."

여산 스님은 불편한 심기를 찻잔 속에 드리웠다. 무슨 일이든지 시작과 끝이 명확하고 상큼해야 하는데 이건 믿음과 신뢰 문제였다.

"미리 계약금 전부를 결제해 주지 않았습니까."

표상은 불쾌하였다. 처음 일을 시작할 때, 자재 값이 하루가 다르게 올라 현금이 아니면 조달할 수 없다하여 이왕지사 줄 돈 한꺼번에 전액을 다 지불하자고 믿음을 실어 주었다.

"조만간 공정을 마무리 짓겠지요. 피치 못할 사정이라도 생긴 지도 모르잖습니까. 기다려봅시다."

여산 스님은 곧바로 무심하고 태평한 마음으로 자리에서 일어나 표상이 묵을 방에 군불을 땠다. 저녁연기가 정겨움을 주었다. 곧이어 조촐한 저녁상을 차렸다.

"저녁상이 뿌듯합니다."

어느 신도 분이 보내왔는지 반찬새가 제법 정갈하였다.

"쌍계사에서 보내온 김장김치입니다."

여산 스님은 퍽 만족스러운 표정을 지었다. 무욕의 경계란 그런 것인가. 표상은 여산 스님의 그런 모습에서 방금 가졌던 불쾌한 감정을 건어냈다. 입에 맞는 정갈한 반찬새. 우리네 조상들은 상다리가 부러질 듯

한 진수성찬보다는 조촐한 상차림을 만족스러워하였다. 표상은 저녁 상을 물리고 나서도 반주 한잔이 간절하였으나, 여산 스님이 다루는 차 한 잔으로 대신하였다.

"요즘 백상이 소식을 보내옵니까?"

"얼마 전에 매생이를 택배로 보냈습디다."

"산중 생활만 하신 분이 제대로 끓이기나 하였어요?"

"친절하게도 끓여먹는 방법을 적어 보냈더군요. 매생이에는 굴을 곁 들이면 좋다는데 대신 버섯을 넣었어요."

"굴을 보내지 않았던가요?"

"제가 화개장터에 가서 버섯과 바꾸었어요."

"굴 정도는 괜찮을 것인데. 어렸을 때 그 맛을 잊지는 않았겠지요?"

"저야, 어린 시절이어서 갯내음만 배어 있지요."

여산 스님은 천진무구하였던 코흘리개 시절을 잠시 떠올렸다. 해방 과 더불어 온 산하가 일제의 압제에서 풀려난 감격스러움을 맛보았을 때, 여산 스님의 모자에게 혹독한 시련과 고통을 안겨주지 않았더라면 굳건히 고향에 뿌리를 내리고 있었을지도 몰랐다.

"지난 시절이 엊그제 같은데 무심한 세월은 이렇게 흘렀습니다."

표상도 코흘리개 아이 적의 여산 스님을 떠올렸다. 어머니와 함께 영 문도 모른 채 곤장을 맞듯 한 차례 홍역을 치르고 나서 낯설고 물설은 두메산골에 숨어들듯 둥지를 마련한 뒤에도 불안에 떨던 소년은 끝내 산문을 들어섰다. 그리고 남다른 정진과 고행 끝에 무소유의 경지에 이 르렀다. 표상은 운수납자로서의 실천행을 줄곧 지켜보면서 마음속으로 만족스러워하였다. 어떤 길이든 각고의 노력 끝에 일가를 이루고 자기 세계를 가꿀 수 있다는 것은 외경스러운 일이었다.

"세월만큼이나 빠른 것도 없습니다. 그와 더불어 사람마다 한 점 후회와 허무를 느끼기도 하고요."

"스님께서도 그렇습니까?"

"항상 게으름을 경책하지요."

"스님께서 그렇다면 우리 같은 중생은 말문을 닫아야겠습니다."

"뭘 또 그러십니까. 그만 주무십시오."

여산 스님은 방에 들더니 다시금 좌선삼매에 들었다. 표상은 뜨끈한 아랫목에 이부자리를 펴고 큰댓자(大)로 누웠다. 쉬이 잠이 올 것 같지 않았는데 어느새 잠이 들었다. 녹작지근하게 등허리를 방구들장에 지지다보니 절로 꿈속으로 나아간 것이다.

표상은 떠들먹한 소리에 눈을 떴다. 해가 반 뼘 정도 떠올랐다. 누가 이른 아침부터 소란인가. 표상은 조용한 절간을 어지럽히는 시비소리가 짜증스러웠다. 방문을 여니 웬 껑충한 사내가 스님을 상대로 목청을 높이고 있었다. 여산 스님은 어안이 없는지 지그시 눈을 내리깔고 앉아 말이 없었다. 누구네 개가 짖느냐는 모습이었다.

"오늘은 작심하고 왔응께 밀린 일당을 줘사쓸 것이오. 아니면 무허가 불법 건물로 고발 할 것이오."

사내의 말을 듣자하니 막무가내 어거지였다. 불법건물이라니. 분명 건축허가를 먼저 내라고 신신당부하였다. 그렇다면 건축업자가 그것도 무시하고 공사를 시작하였단 말인가?

"이보시오. 마침 잘 왔소. 요사채는 내가 지으라 하였으니까 이쪽으로 오시오. 자초지종을 들어봅시다."

표상은 사내를 손짓해 불렀다. 사내는 주춤주춤 다가와 표상과 대거리를 하였다.

"절에 왕창 시주를 한 모양인디 어째서 여태 코빼기도 보이지 않았다요?"

사내는 표상과는 생면부지인데도 사뭇 시비조였다. 예의라곤 없었다.

"그래, 언제 적 일당을 받으러 온 게요?"

"일한 첫날부터 한 푼도 받지 못했소. 나뿐만 아니라 함께 일한 허리 굽은 할배들도 신발 끈을 고쳐 매고 쳐들어오겠다고 벼르고 있소."

"건축업자에게 이미 공사대금을 일시불하였는데, 이쪽에 와서 봉창 두드리면 어떻게 되는 거요? 건축업자가 일을 시켰지 절에서 당신들을 고용하지는 않았잖소."

표상은 시답잖다는 듯 내쳤다. 얼마나 답답하였으면 왔겠는가마는 이 또한 상습적인 생떼인지도 몰랐다.

"그놈의 인사가 일만 죽자고 시켜놓고 차일피일 이 핑계 저 핑계 미꾸라지처럼 사탕발림하더니 아예 연락 두절이요."

"그 심정은 알만 하오만, 보다시피 이쪽도 마찬가지요. 진즉 다 지었을 집이 버려진 폐허처럼 저 모양 아니오. 나도 이제야 그런 사정을 알게 되었소. 교통사고라도 당하였는가 염려도 되고 하여 연락을 기다리고 있소."

"교통사고는요. 알고본께 상습적으로 공사를 맡았다가 손해 보았다는 허무맹랑한 입소문을 내지르며 노무자들의 일당마저 호주머니에서 내놓지 않아요. 얼마나 답답하고 속에 천불이 났으면 울큰불큰 찾아왔겠소."

"하루 벌어 하루 먹고사는 사람들의 일당을 착취 하다니요."

"누가 아니요. 그런 줄도 모르고……."

표상의 분노에 사내는 이를 갈아 부쳤다. 많이 배우지 못한 것도 서러운데 육체의 노동마저도 농락당하는 것 같아 억울한 모양이었다.

"그렇게 밖에 서있지 말고 들어와 차라도 한잔 들면서 이야기해요."

여산 스님은 흥분과 분노로 달뜬 표상과 사내의 감정을 늑진하게 가라앉힐 필요가 있다고 느꼈다.

"지는 차도 잘못하는디요."

"괜찮아요. 아침도 걸렀을 것이고……."

"홧김에 엊저녁부터 된통 술잔깨나 비웠구만이라우."

사내는 사양지심을 내보이다가 방안에 들었다.

"그런데 이번 절 일을 어떤 연고로 하게 된 게요?"

표상은 한껏 마음을 누지르며 새삼 사내를 뜯어보았다. 얼굴 한편에 선량한 기운이 감돌았다.

"스님도 알다시피 구들 놓는 노인네가 저와는 거리가 쪼끔 먼 사돈 양반이구만요. 사돈양반이 겨울로 접어들면서 노느니 염불이라고 술값이나 벌어 쓰자고 해서 그러자고 한 겁니다. 피죽대기 노동판에 젊은 사람 구하기가 어디 쉽나요. 인사가 늦었구만요. 저는 김성신이라고 하는구만이라우."

사내는 벌줌하게 꾸벅 통성명을 하였다.

"이름 한번 좋소."

"안 그래도 우리 할아부지가 성실하고 믿음직스럽게 살라고 지어주었구만요. 그래서인지는 몰라도 이적지 남 속이며 살지는 않았소."

"집은 어디시오?"

"여기서 쪼깐 멀어라우. 구들 놓는 노인과는 외가편으로 따져 사돈에 사돈이 되구만이라우."

"노인양반 그 연세에 일머리를 잘 휘어 잡드구만."

"스님 눈에도 그렇게 들어왔지라우? 원래는 섬사람인디 노름방을 전전하다가 살림을 다 말아묵고 뒤늦게 철이 들어 우리마을에 정착하면서부터 사람이 달라졌어요. 눈썰미있게 못하는 일이 없구만요."

"그럼, 젊은 처사도 고향이 섬이오?"

"외갓집이 섬이재요. 조약도라고, 새로 연륙교가 생겨 심심하면 낚시질도 더러 가요."

"시방 조약도라고 했소?"

"어째 그곳을 잘 아시남요?"

"잘 아다마다요. 어느 마을 뉘집이 외갓집이오?"

이번에는 표상이 호기심을 나타냈다.

"섬이 소라고둥만큼 쫌만 해도 부락이 상당히 많은디 말하면 알것소?"

김성신은 표상을 바라보며 뜨막한 얼굴로 반문하였다.

"글쎄요. 알면 다행이고, 모르면 할 수 없는 게고……."

여산 스님은 속으로 아차 하였다. 태어난 고향을 잊은 지가 언제인가. 어머니의 손에 이끌려 코흘리개로 떠나온 뒤로 오늘에 이르기까지 찾지 않았다. 백상과 그렇게 오랜 세월 형제지간처럼 지내왔으나, 한 번도 고향에 대해 묻지 않았다. 세속을 등진 출가외인이어서가 아니었다. 어머니의 한스러움이 맺혀 있기에 불문율처럼 망각의 늪 속에 묻어버린 것이다. 어머니도 죽는 날까지 모질게도 고향을 잊었다.

"우리 외갓집은 옛날에 어장막이로 번듯하게 살았어라우."

"어장막이는 물목 좋은 고기머리부락이 유명한데……."

"아따, 어째 그리 잘 아신다요. 외할아버지께서 물살 센 망여섬에다 어장막이를 하여 한참 주가를 올렸구만이라우. 알만 한 사람은 다 알 것이요."

김성신은 조금은 자랑에 겨운 얼굴이었다.

"그럼, 혹시 박해수씨가 큰외삼촌 아니시오?"

표상은 정색을 하고 물었다. 이런 일이 있나. 참 묘한 인연이었다.

"음마, 육이오 때 한참 날리다 처형당한 큰외숙을 어쩌코롬 안다요?"

김성신은 놀라는 눈빛으로 표상을 돌아보았다.

"내가 존경하던 분이었소. 그럼 한백상과는 이종사촌간이 된단 말이오?"

이번에는 표상이 놀랐다. 우연치고는 기이한 만남이었다. 댕기머리를 치렁하게 땋아 늘인 해심의 모습이 희미한 등잔불처럼 다가왔다.

"백상이 형님요? 낚시질가면 어쩌다 마주치는디, 대할수록 어려워서 인사 정도로 그치요. 백상 형님보다는 명상 형님이 정다워라우. 싹싹하고 분위기 좋고요."

김성신은 이게 무슨 돌연변이의 분위기인가, 눈을 디룩거렸다.

"어머니 성함이 해심 아닌가?"

"아니, 우리 어머니 이름까지도 알고, 도대체 뭔 이런 일이 있당가요? 호적을 담당하는 면서기도 잘 모르는디."

김성신은 황당하고 당혹스러워하였다. 느닷없이 진뻘에 빠져 발목이 시큰한 심사였다.

"내가 잠시 백상의 집에서 은신하며 지냈소. 백상의 아버지 은혜를 많이 입은 게요. 가르침도 받았고……."

표상은 새삼 아득하게 느껴지는 지난날을 곱씹었다. 대동아전쟁이 막바지에 이를 즈음 주위사람들을 선동하여 반일정신을 고취시키고 사회질서를 어지럽힌다는 죄목을 뒤집어 씌워 이제 막 여드름이 돋아나려는 표상을 학도병으로 끌고 가려는 일본순사의 콧등을 내갈기고 죽자고 도망쳐 나와 정처 없이 떠돌다 발길이 닿은 곳이 조약도였다. 바다로 둘러싸인 섬이 제일 안전할 것 같아서였다. 다행히 한민서를 극적으로 만나 몸을 의탁, 일본이 패망할 때까지 그곳에서 숨어 지냈다. 짧다면 짧은 세월이었지만 가장 가슴에 남는 시절이었다.

"그래라이. 우리 어머니는 자나 깨나 그 이모부와 큰 외숙을 입에 떠올리니께요. 지금도 간혹 꿈에 밟힌다면서 꼭 한번 보고 싶다는구만요.”

“그럴게요. 한선생께서 처제를 무척이나 이뻐했으니까. 아무튼, 반갑소. 이렇게 인연이 닿을 줄 누가 알았소.”

“아따, 말씀을 팍 낮추시오. 저도 얼떨결에 마찬가지로 반갑소. 자다가 제사떡을 맛보는 기분이네요. 그러고 보면 죄짓고는 못사는 세상이오.”

“그래서 인연이란 질긴 게요. 부처님뿐만 아니라 선지자들께서 좋은 인연을 만들고 싶거든 살아있을 때 선량한 마음으로 베풀고, 자신을 낮추라고 하였어요. 아닌 말로 부모로부터 악연을 물려받았다면 오늘의 만남이 어떻게 되었겠어요.”

“아이고, 스님의 법문은 저저이 옳습니다요.”

“어머님은 건강하시고?”

표상은 곱상하던 댕기머리 해심의 안부가 궁금하였다. 마지막 떠나올 때 수문통에서 마주 잡았던 손. 그 수줍어하던 얼굴이 눈앞에 선연하였다.

“우리 어머니요? 아직도 갯벌을 누빌만큼 건강하지라우. 술도 한잔씩 드시면서 노랫가락도 곧잘 내뽑고요. 엄청 고생깨나 하고 모진 세월을 살았음시러 낭만적인 구석이 다분하구만이라우. 허기사, 그렇게 자기 설움과 고생을 산화시킬 수밖에요. 언제 한번 만나 보실라요?”

“그것도 인연이 닿으면 만나게 되겠지.”

“헌디, 지가 들은 바로는 명상이 형님이 사할린에 가게 된 것도 그러저러한 인연 때문이라고 하던디, 그럼 사장님이 그 분 아닌가라우?”

“그런 셈이지.”

“워메, 그럼 잘 만나뿌렀소. 안 그래도 명상이 형님이 휴가차 고향에라도 돌아오면 저도 그곳에 데려가 자리 마련을 좀 해 달라고 단단히 마음 묵고 있었는디, 사장님께 직접 부탁해야 쓰것소.”

김성신은 매달리듯 말하였다. 여산 스님은 그 모습을 바라보며 비그시 웃음을 머금었다.

"배를 탈 수 있겠는가?"

"워따, 배라면 이골이 나부렀지요. 이래뵈도 갯가에서 나고 자랐응께요."

"그렇다면 이곳 공사가 마무리되는 대로 생각해 보겠네."

"고맙구만이라우. 지가 이렇게 앉아 있을 수가 없겠구만이라우. 이 녀러 건축업자를 찾아사 쓰것소."

"소재를 알아야 할 것 아닌가."

"같이 일한 노인네들이 찾아 나섰응께 곧 행방을 알 것이오. 제깟 놈이 요모조모 빠져나가는디 미꾸라지가 구정물을 일으켜 자기 위치를 노출시키지 않으오. 이번에는 잘못 걸렸소. 그래 뵈도 산전수전 다 겪은 한 가닥 한 노인네들이오. 아무튼, 우리 어머니께 사장님 만난 이야기를 하면 깜짝 놀라지 싶으오. 이만 가 볼라요."

김성신은 자리를 털고 일어섰다. 방문을 나서는 뒷모습이 허정해 보였다.

"참, 단순한 친구요."

"선량한 심성을 지니고 있지 싶습니다. 기회 봐서 해원호 선원으로 승선을 시켜야겠습니다."

표상과 여산 스님은 멀어져 가는 김성신을 바라보며 차를 들었다. 강물의 시원은 한곳인데 그 줄기는 여러 갈래로 나뉘어져 바다에 이르러 다시 만난다. 세월의 강물. 만나고 헤어지고, 헤어졌다가 다시 만나는 인생살이도 그와 같지 않을까. 어디 해심이 아들뿐이랴. 도처에 그보다 더 기구한 인연이 잔재해 있지 않겠는가. 다만 세월 속에 묻히어지고 잊히어질 뿐. 표상은 세간의 인연과를 절실히 느꼈고, 그와는 달리 여산 스님은 세속의 구차한 인연들을 여의었는지 모른다.

　인간에 대한 실망스러움을 안고 여산 스님의 토굴에서 돌아온 표상
은 다음 항해를 점검하였다. 굳이 표상이 앞장서 배를 타고 나갈 팔요
는 없었으나, 번차례로 한번은 캄차카 왕게를, 또 한 번은 사할린에서
실어오는 수산물을 동해의 공해선상에서 받아 싣고 와야 하였다. 이번
에는 사할린에서 보내오는 수산물을 받아 실어오기로 하였다. 선장은
흔감한 얼굴로 항구를 떠났다. 나이 들어 백수의 대열에 서있는 자신을
믿고 신뢰하는 표상의 배려가 고마웠다. 표상은 해원호를 전송하고 나
서 발길을 돌렸다. 목이 칼칼하였다. 시원한 맥주라도 한잔 들이키고 싶
은데 아직 해가 서산에 기울지 않았다. 자연스레 발길이 삼인행으로 향
하였다. 이럴 때 뜻 맞는 친구라도 있으면 좋으련만 어느 사이에 비슷
한 연배들은 보이지가 않았다. 다 어디로 갔을까?
　"어서 오세요. 기다렸어요."
　삼인행은 독서삼매에서 헤어나며 반겼다. 한가하게 홀로 앉아 손님
을 기다리는 것도 하루 이틀이지 때로는 지겨울 것이다.
　"수도처가 따로 없구려. 이곳은 지적간인데도 딴 세상에 온 기분이오."
　표상은 가게를 둘러보았다. 비좁은 공간속에 언제나 한결같은 물건
들이 숨을 죽이고 있었다.
　"지난번에 주신 캄차카 왕게 잘 먹었어요. 아이들이 더 좋아 하였어요."
　"종종 드리지요."
　"주문을 해야죠. 염치없이 매번 얻어먹을 수는 없잖아요. 우리 월례
차 모임 때 캄차카 왕게로 회식하기로 하였어요. 값도 싸고 영덕게보다
조금은 맛이 덜하다고는 하지만 부담 없지 싶어요."
　"벌써 따 놓은 당상처럼 고객을 확보하였구려."

"앞으로 신문, 방송매체에 광고를 내거들랑 비싼 모델료 들여가면서 유명 짜한 배우 쓰지 말고 저나 서림을 선정하세요. 보세요. 어때요?"

삼인행은 장난스레 포즈를 취했다.

"허어, 광고모델까지라……."

"그렇게 되면 캄차카 왕게는 물리도록 먹을 것 아니에요."

"다 꿍꿍이속이 있었구려. 염려 마시오. 광고모델로 나가면 아예 지점을 하나 차려 드리리다."

표상은 유쾌한 기분으로 차탁 앞에 앉았다. 삼인행을 알고부터 여러 종류의 차를 분별할 수 있었다. 여산 스님은 한결같이 우리네 녹차만을 고집하는 터라 중국차나 일본차 따위는 제대로 맛을 음미할 수 없었다. 그러나 삼인행은 한 자리에서 세 나라의 차를 돌아가면서 들게 하였다.

"오늘은 말차부터 드릴까 봐요."

"저야, 주는 대로지요. 서림은 자주 오나요?"

"지난번 캄차카 왕게를 맡겨 놓으실 때 찾아가곤 아직 얼굴을 보지 못했어요. 전화 해 볼까요?"

"삼인행과 따북하게 다담을 나누면 좋겠지만, 좋도록 하시오."

"표사장님은 어디까지 진담이고 어느 곳까지 농담인지 잘 분간이 가지 않아요."

삼인행은 살짝 눈 흘김을 하며 송수화기를 들었다.

"안 받는가요?"

"곧 연락이 올 거예요."

"말이 나왔으니까 묻는데 서림의 출생의 비밀을 알고 계신가요?"

"저희들은 그런 데에 무관심해요. 본인도 그런 속내를 한 번도 내비치지 않았고요."

"만일 삼인행이 출생의 비밀을 안고 있다면 어떻게 하겠어요?"

"저는 비밀스레 낳아본 적이 없잖아요."

"사람마다 종류도 다양한 비밀 한 가지씩은 가슴에 지니고 있어요. 이렇게 마주 앉아있는 것도 남들이 보면 비밀스러움을 유발시켜요.

"하여간 표사장님과 자리를 함께 하면 궁색함을 몰라요."

삼인행은 눈가에 가득 눈웃음을 지으며 이번에는 중국차를 다루었다. 누군가 비그시 문을 열고 들어섰다. 서림이었다.

"긴급사항이라도 일어났는가 싶어 왔더니, 그게 아니네."

서림은 함뿍 웃음을 지으며 표상에게 인사를 하였다.

"그렇게 생각하였다면 눈치껏 돌아서야지요. 그렇잖아도 비밀스러움이 한참 저장되어 가는 판인데."

표상도 웃음으로 맞으며 옆자리를 내주었다. 은근한 술 향기가 옷자락에서 묻어났다.

"냉동 창고가 꽉 차게요?"

"이르다 뿐이오."

"고귀하고 싱그러운 비밀은 아름답죠. 지난번 캄차카 왕게는 정말 맛이 좋았어요. 어머니께서 많은 생각을 여미며 드셨어요."

"많은 생각요?"

"생전 처음 보는 모습이었어요."

서림은 어머니의 그 모습에서 간절한 그리움으로 얼룩진 회한 같은 것을 감지하였다.

"그렇다면 자주 선물해야겠어요."

"그러다 목이라도 메이시면 어쩌게요."

서림은 웃음으로 받아넘기면서도 어머니의 그 모습에서 예사롭지 않은 징후를 느꼈다. 백상이 매생이를 보내 왔을 때도 그랬고, 한참 거슬러 올라가 오강윤 선생의 초대전시회 때 오 선생을 만난 다음 이산가족 찾기의 중심부인 여의도 광장으로 큼지막한 사각봉투를 들려주며 보낼 때의 그 모습과 맥락이 닿았다. 사각봉투 안의 짧막한 내용은 오 선생님의 이름을 빌린 어머니의 기원이 깃들어 있었다. 어떻게 이해하고 해석해야 할까?

"네가 더 심각해진다. 차 들어라."

삼인행은 가벼운 분위기를 원하였다. 요즘 들어 서림은 부쩍 심각한 구석을 내보였다.

"듣자니 바쁘다고 하던데요."

"새로운 실험을 시도하고 있어요."

"나는 어머님이 편찮은가 했다."

"어머님이야 늘 앓고 계시지."

"무슨 기발한 연구 실험이오?"

"약주(藥酒)를 담가요."

"난 또 뭐라고. 지난번에 말했잖아요. 외할머니의 비법을 재연한다 고요. 덕분에 약술은 맡아 놓고 들게 생겼어요."

표상은 싱거운 웃음을 지었다. 약술이라면 지난번 서림이 운을 떼지 않았는가. 새로울 것도, 신기할 것도 없었다.

"자연염색도 하지 그래. 자연염색과 약술. 떠오르는 게 없어?"

삼인행은 약간 흥미를 나타내며 한술 더 떴다.

"그 생각도 덤으로 가졌지……."

"난해한 해법 같소"

"갖가지 약초로 빚은 약술을 생각해 보세요. 그 향기로운 빛깔을 아 무 느낌 없이 들이켜 버리면 얼마나 맨숭해요. 낭만도, 풍류도 우리네 삶의 가장 밑자리를 모르는 술 향기가 아니겠어요?"

"약술로 염색한 옷을 몸에 두르고 다니면 그 술 냄새를 어찌 감당할까 모르겠소.”

“그러니까 우리의 사고의 틀이 단순하고 관념적이며 획일적이라는 거예요. 풋감으로 염색한 옷은 두고두고 풋감 냄새가 따라 다니겠네요. 더 나아가 비약하자면 옛날 기생의 치마폭에 정표로 휘갈겨 쓴 싯귀에서 질탕하게 마신 술 냄새가 났을까요?”

“매력적인 발상이오. 술 냄새야 표백을 하지 않더라도 수증기보다 더 빨리, 가볍게 증발될 것이고, 그 옷을 몸에 두르고 다니면 황토방이나 옥매트보다 더 건강에 좋지 싶어요.”

표상은 짐짓 장단을 맞추었다.

“하긴, 어떤 유명한 화가는 물감에 자신의 피를 섞어 애인의 초상화를 그렸다던가?”

“최상의 향수를 만들기 위해 단말마로 죽어가는 여인의 액체를 구하기 위해 엽기적인 살인행위를 저질렀다고 하지 않았던가요?”

“약술 담는 재미로 두문불출 한 거야?”

“약술 담는 솜씨가 아직은 어설퍼 제 색깔과 농도를 빚어낼 수 없지만 머지않아 온 집안에 향기가 그윽할 거야.”

“아무튼, 집념이 대단하다. 어머님의 건강이 그 정성으로 좋아졌으면 한다. 더불어 자연염색도 곁들이고.”

삼인행은 이번에는 우리네 녹차를 다루었다.

“어쨌거나, 약초로 술도 빚고 자연염색도 하시오. 늘 깨어나 자신을 담금질하는 자는 우뚝하게 자신의 자리를 확보할 수 있어요.”

표상은 무엇보다 서림의 보이지 않는 열정을 높이 샀다. 다른 사람 같으면 그 나이에 들어서면 적당히 몸에 밴 솜씨로 자리보존을 하기 마련인데 끊임없는 실험정신은 서림이 지닐 수 있는 하나의 솟대였다.

“그런데 이번에는 해원호가 공해선상에서 무얼 받아 오죠?”

서림은 그쯤에서 대화의 물꼬를 돌렸다. 약술로의 자연염색에 대해 더 이상 이러쿵저러쿵 말하고 싶지 않았다.

"연어훈제와 명태입니다."

"연어훈제 조금 주문할까 봐요."

"어머님을 위해서요? 그렇게 하세요."

"그런데 다른 이름 다 놔두고 배 이름을 하필이면 해원호라고 하셨어요? 죽은 목숨들을 싣고 다니는 까닭에 바다를 오며가며 물고기의 혼들을 위해 해원을 해 주겠다는 기원에서인가요?"

"삼인행의 비약적인 추측에 물큰한 마음이 듭니다. 이제부터 그런 뜻도 포함시켜야겠소."

"그럼, 다른 내력이 있다는 거예요?"

"순전히 조리장의 소원을 들어준 셈이지요."

"깊은 사연이라도 있어요?"

"뭐랄까, 태풍으로 바다의 원혼이 된 아내의 넋을 건져 올리기 위해 번창일로에 있던 횟집마저 정리하고 배를 탄 거요."

"잘 이해가 되지 않는데요."

"나도 그 이야기를 듣고 마음이 미묘하였어요."

"정말 흔치 않는 열부의 마음이네요."

삼인행은 믿기지 않는 얼굴을 하였다. 아침에 만나고 저녁에 헤어지는 세상 아닌가.

"깜박 잊고 있었는데, 여산 스님의 요사채는 완성 되었는가요? 어머니께서 궁금해 하더군요."

"아직 모르겠어요. 건축업자가 말썽을 좀 부려 차질이 불가피하였는데 어찌 되었는지, 해원호가 돌아오면 가봐야겠어요."

"집들이 겸 우리도 함께 갈까요? 주말여행도 겸해서."

"좋지요. 내 연락하리다."

표상은 삼인행을 나섰다. 어둠이 내린 거리는 겨울답지 않은 포근함을 느끼게 하였다. 남포동 일번가 상가를 지나치다가 문득 용무와 채종을 생각하였다. 제 대신 번거롭다 여기지 마시고 가끔 인정을 나누십시오. 외로운 분들입니다. 백상의 그 말을 잊고 있었다.

2

백상은 표상으로부터 캄차카 왕게를 택배로 배달 받았다. 그렇잖아도 연어훈제 따위를 받아먹은 터여서 매번 고맙기만 하였다. 곧바로 답례 전화를 하였더니, 최근의 근황을 알려주었다. 여산 스님이 찾아오는 손님들을 위해 요사채를 지었다는 것과, 요사채를 짓는 과정에서 건축업자의 농간 때문에 마음고생이 많았다는 뒷이야기를 덧붙였다. 그 와중에서 건축업자로부터 일당을 받지 못하여 찾아온 해심의 아들 김성신을 만났지 뭔가. 뭍에서 고생하느니 시원한 바다에서 배를 탔으면 해서 해원호 선원으로 승선시키기로 하였네. 어느 정도 맡은 일을 몸에 익히면 명상이 밑으로 보내야겠어. 그리고 이 기회에 아들 녀석에게 사업을 물려주기로 하였네. 표상은 카랑한 목소리로 전화를 끊었다.

그거, 참. 묘한 인연이구나. 김성신을 표상이 거두어 주듯 마음을 써주다니. 백상은 잠시 엉뚱한 생각에 잠겼다. 만일 표상과 해심이 부부의 인연을 맺었다면 어떤 자식이 태어났을까? 발상치고는 부질없는 망상이라고 스스로 나무라며 웃음을 베어 물었다. 표상은 해심이 이모를 아직도 잊지 않고 있으며, 해심이 이모 또한 표상의 존재를 가슴에 지니고 있으리라.

"무슨 생일잔치라도 준비한 거여? 사람을 오라 가라 하게."

재문이었다. 뒤이어 석재가 대문을 들어섰다. 석재의 손에는 양주 한 병이 들려 있었다.

"뭔 놈의 캄차카 왕게란가? 캄차카 왕게라면 마땅히 러시아산 보드카가 있어야 한디 그게 쉽지만은 않고, 대신 며느리한테 양주를 얻어왔네."

"그라고 본께 귀한 것을 보내왔구만. 명상이 보내왔던가?"

"그런 셈이지요. 옛날 일제 때 우리 집에서 숨어 살았던 표상께서 취급을 합니다."

"알고말고. 사람이 될라니께 똑부러지게 일가를 이루는구랴. 정리 또한 남다르고 말일세."

재문은 자신의 위치를 잠시 돌아보았다. 고향의 지킴이 노릇을 한다지만 한없이 낙후된 삶의 모퉁이에 서있지 않는가.

"떡 본 김에 제사상 차린다고, 이왕이면 판을 제대로 벌여보세, 까짓것."

석재는 어디서 얼큰하게 한잔 입가심 한 모양이었다.

"좋제. 부둣가 병산이 더러 전복 좀 가져오라 하고, 몇 사람 더 부르세."

재문도 덩달아 흔감한 얼굴로 한술 더 떴다. 백상은 병산을 부르고, 소리꾼 천종과 한수, 이장, 면장을 불렀다.

"뭔 일로 전복 추렴이여?"

병산은 해삼까지 곁들어 전복을 가져오고, 소리꾼도 강진까지 나갔다가 바삐 바삐 찾아들고, 읍내에서 일을 마치고 귀가하던 군의원도 어디서 귀동냥을 하였는지 마파람으로 들어섰다. 뒤늦게 면장, 이장이 대문을 들어서고, 한수가 바다에서 돌아왔다. 한수의 손에는 감성돔 몇 마리가 파닥거렸다.

"주복물을 봐왔소?"

"아니여. 낚시질을 쬐끔 했어. 하여지간 이 사람들이 명도구나, 생각하였구만. 헌디, 분위기가 어째 좀 다르네."

"그놈도 한 몫하것네. 어서 빼꼬시로 장만하여. 입질은 잘 하든가?"

"사리 물때 아닌가. 시간 낭비는 하지 않것데."

한수는 재문의 말을 도마 위에 올려놓았다. 술상이 제법 풍성하였다.

"오랜만에 알토란같은 사람들이 한 자리에 모였는디, 무슨 제목으로 건배를 들제?"

"그냥 잡것, 캄차카 왕게와 전복을 위해서제. 오, 참. 감성돔도 빠뜨리면 안 되제."

연장자인 재문의 말에 모두들 기분 좋게 술잔을 들었다.

"인자, 그냥저냥 한해가 저물어 가고, 내년에는 모두가 새로운 희망으로 살아봅시다."

"말도 말게. 이번 단위수협조합장 선거부터 팍 글러부렀네."

병산은 군의원의 말에 날선 눈으로 힐책하듯 말하였다.

"그려. 두세 개 면이 통합되어 조합장 하나를 두고 선거를 치렀으면 우리 섬사람들이 똘똘 뭉쳐 선거에 임해도 무엇 할 건디, 무슨 억하심정으로 미꾸라지 구정물 흐리듯 두 사람이 경합을 하여 초를 쳐? 거중조절을 못한 자네들이 책임을 통감해야 써."

"우린들 생각이 거기에 미치지 못했겠어요. 본인이 부득부득 나서겠다는 데야 어떻게 해 볼 도리가 없었지요."

한수의 따가운 질책에 군의원은 백상을 돌아보며 변명 비슷하게 사족을 달았다.

"그게 말이라고 하는거? 못 먹는 감 찔러나 본다고, 사적인 감정을 앞세워 면민들의 기대를 저버린 그 해악을 어떻게 보상할 것이여. 그리고 자네들을 쳐다보고 나온 태광이는 두루두루 해 묵을 건 다 해먹었지 않았는가?”

“누가 아닙니까. 결과가 이렇게 되고 본께 참 면목 없어 합디다. 우리들도 얼마나 말렸다고요. 그건 백상이도 잘 알 겁니다.”

“결과는 처음부터 초를 친 상태였는디, 면목 없어 하다니. 서로 머리 맞대고 살면서 그러면 못쓰는 법이여. 지금 시상에 좌와 우가 어디 있으며, 유지라는 놈이 사적인 감정을 들이댈 건 뭐여?”

“지도 크게 후회하고 자숙하고 있응께 이해하십시오. 다음 선거에는 그런 우를 범하지 말아야지요.”

“어찌됐든 이번 선거로 모두들 각성해야 쓸 것이여. 갈수록 농어민들의 살림살이는 궁지로 내몰리는디, 사적인 감정이나 앞세우고, 전근대적인 사고의 틀을 가지고는 발전이 없네. 당장 소 한 마리를 키우자 해도 사료 값이야, 날만 새면 물가가 천정부지로 올라 숨도 제대로 못쉴 판 아닌가. 바다는 날로 밑바닥이 썩어가고.”

“그러게 말이오. 논다니 시상도 아니고, 그렇다고 야바위 시상도 아닌데도 시절이 돌아가는 게 영 살맛을 잃게 하오.”

“어느 정권이 들어서도 도토리 키 재기요. 서민들과 농어민들은 뒷방 구석 노인네 취급하고 즈그들끼리 멱살잡이를 하며 도적질하기에만 고군분투 하지 않소.”

“그래도 반듯하게 뚫린 아스팔트 길 위에서 굴러다니는 세단처럼 번지르르하게 돌아가지 않는가요. 자네, 아들은 언제 행정고시에 합격한다고 하던가? 소식이 요원하네.”

면장은 조금은 듣기에 민망하다는 듯 이장에게 술잔을 안겼다.

“쪽집게 점쟁이 아닌 다음에야 누가 알것는가. 취직을 하자해도 들어갈 구멍이 없어논께 할 일없이 고시방에 처박혀 세월을 죽이고 있제.”

“그것도 국가적 손실이여. 젊은이들이 갈 곳이 없어 그 모양들이니.

한마디로 시대적 난맥상이여."

"끊임없는 반추동물의 새김질맨치러 해결의 끝이 보이지 않구만. 백상이 말처럼 남해의 진인이 나타나 빗자루로 쌓인 눈을 쓸어내듯 새로운 질서가 열리면 몰라도."

"혁명을 꿈꾸자는 것이오? 열 번 스무 번 혁명이 일어나도 매 한가지요. 지나온 시절을 돌아보면 알 것 아니오."

"들을수록 가슴 답답한 이야기는 저리 밀쳐두고, 어야, 천종이. 한가락 뽑아버려. 우리들 따라지 인생들이 혁명을 꿈꾼다고 될 일이여."

"그럴까요?"

천종은 병산의 부추김에 기다렸다는 듯 벌컥 술잔을 들이키고 나서 목청을 가다듬었다. 한수가 어디서 눈흘김으로 배웠는지 젓가락으로 상 모서리를 내리치며 고수를 자처하였다.

이 산 저 산 꽃이 피니 분명코 봄이로구나. 봄은 찾아왔건마는 세상사 쓸쓸하더라. 나도 어제는 청춘일러니, 오는 백발 한심하구나. 내 청춘도 날 버리고 속절없이 가버렸으니 왔다가는 봄을 반겨한들 쓸데가 있느냐…….

좋다! 어느새 지금까지 담았던 허접한 이야기들을 무릎 아래 짓눌러버리고 소리장단을 맞추었다. 따분하고 골치 아픈 일상은 잠시 잠시 노랫가락 속에 묻히어 산화되는 법, 우리네 조상들도 그렇게 한 세상을 여미었다. 그려, 그려. 까짓것, 인생이 백년을 산대해도 병든 날, 잠든 날, 근심, 걱정, 다 제하면 단 사십도 못사느니…….

"아따, 니 목소리는 인자 넓고 넓은 한 바다에 내놓아도 손색이 없겠다."

"그런께 자고로 사람은 일가를 이루어야 쓴단 말시. 개도 나이가 들수록 짖는 품위가 다르지 않던가."

"좋은 말 다 놔두고 하필이면 개랄 놈에게 비유하시오. 자칫 비하 발언으로 시비를 불러일으켜요."

"무식한 우리들이 보는 것, 듣는 것이 어디 가것는가. 그렇다고 누구맨치러 기도만 했다하면 천상의 소리를 듣겠는가. 받아들이는 사람이 공자의 마음이 되어야제."

"어쨌든, 천종이 자네는 고생하고 노력한 보람을 얻었네. 인자, 떠억하니 서울로 올라가."

"고향바다를 벗 삼으면서 세상을 울릴라요."

"그게 참 마음이다. 쬐끔 뜬다 싶으면 똥오줌을 못 가리는 사람들이 너무 많다. 아주 꼴불견이지야."

"병산이 자네는 뭔 생각을 하는가? 아직도 부산 남포동 일번가를 잊지 못하는 거여?"

"어떻고롬 잊것소. 한때 나름대로 웅지를 품었는디."

병산은 한수의 말에 남포동을 떠올렸다. 용무에게 자극을 받아 맨주먹으로 상회를 일구었던 시절. 산지에서 들어오는 수산물을 수집하여 입찰을 부치는 과정은 젊음을 투자하기에 족하였다. 그렇게 정신없이 보낸 세월이 언제였던가? 갑자기 불어닥친 공황처럼 수산물의 감소는 침체의 늪에 빠지게 하였고, 설상가상으로 디립다 화풀이 삼아 마신 깡소주 탓이었던가. 간경화라는 음울한 선고를 받고 물 좋고 공기 좋은 고향으로 낙향하기에 이르렀다. 그리고 몇 해의 투병 끝에 기적처럼 건강을 되찾아 욕심 없는 마음으로 전복양식을 하였다.

"그 많던 애인들은 어디로 갔는가?"

"무슨 씨나락 까묵는 애인들이오만, 시절이 언제요."

"병든 몸을 이끌고 고향에 내려와 곱다시 안주한 사람은 자네밖에 없지."

"그거사, 신실한 노력의 결과지요. 지금은 내남없이 앞산 작은굴 석간수를 옆집 드나들듯 떠오지만 그때만 해도 신새벽 추우나 더우나 약수를 떠온 사람은 병산이 형님밖에 없었어요."

이장이 떠듬하게 말하였다. 마을에서 가장 젊다는 이유로 이장을 맡겼는데, 그도 따지고 보면 오십대 초반을 넘어섰다.

"그런 신념과 의지로 오늘의 현실을 타개해 나가야 할 것이오."

"아따, 쪼깐 심각해지는데요."

백상의 말에 면장은 그 말뜻이 어디에 가 있는지 얼른 이해하지 못하였다. 처음 부임하여 만났을 때부터 미래지향적이고 진취적인 사고와 행동반경을 엿볼 수 있었는데, 때로는 직면한 현실과는 다소 동떨어진 의견을 내놓아 받아들이기가 어려운 점이 있었다.

"늘 말하지만 미역, 다시마, 굴양식은 물론 소 한 마리 키우는데도 꼬시래기 제 살 뜯어먹기 식으로 경쟁적으로 밀식을 하는데서 오늘의 병폐가 도래하였지 않았는가."

"맞는 말이시. 사촌이 논을 사면 배가 아프다는 옛말을 우리 의식에서 비질해 내야혀."

"그래서 하는 말인데, 앞으로는 마을마다 특성을 살려 어느 마을은 가두리양식, 어느 마을은 미역양식, 이런 식으로 다시마양식, 굴양식, 전복양식, 특수작물재배, 소와 흑염소 사육을 하자는 거요."

"소위 공동체 살림을 하자는 것 아닌가?"

"맞네. 현재의 단위 농협이라든가, 수협은 정부의 관여 아래 제 구실을 다하지 못하지 않는가. 스위스나 이탈리아의 소도시처럼 순수한 공동체 협동조합을 만들어 마을과 개인이 힘을 취합하여 생산과 판매를 개척하고 발전시키자는 거네. 마을 단위 또는 개개인의 특성에 맞는 것을 사육하고 재배하여 한 살림으로 생산하고 거두어들인다면 갈등요인도 없을 것이고."

"지금까지 뒤엉키고 어질러진 질서를 정리하고 가름하자면 하 세월 걸릴 텐디."

"이제 다들 나이 들어 힘에 부치고 탈진하여 욕심을 내자해도 낼 수 없을 것이오만, 대나무를 베고 나면 새로운 죽순이 올라오듯 정체된 현실을 새롭게 직시해야지라우. 더구나 인터넷시대 아니오."

"소리꾼의 추임새도 맞는 말이네. 농협과 수협이 거듭나지 못할 바에야 우리 손으로 공동체 협동정신을 한데 모으면 될 것이여. 우리 할아버지, 아버지네들은 마을마다 동제를 결성하여 자력으로 마을을 부흥시켰지 않았는가."

"그건 누구나 한번쯤 생각할 수 있는 좋은 의견인디, 난제임에 틀림없제."

"마을마다 투표로 의견을 취합하는 방법도 있지 않소."

이장은 적극적으로 백상의 의견을 따랐다.

"그 문제는 새로운 뉘우스맨처러 공중파로 한번 띄워보기로 하고, 다방이 없어진 뒤로 물오른 야시시한 애들을 구경하기가 썩 어렵구만."

한수는 짐짓 심각해지려는 분위기를 부추겼다. 분위기가 너무 한곳으로 쏠리는 것도 재미가 덜하였다.

"왜요? 아직도 박양인가, 하는 애를 못 잊어하는 거요?"

"못 잊어서 하는 소리가 아니고, 이 바닥이 잘 나갈 때는 다방이 몇개였는가? 새참을 들 때도 다방 아가씨들이 쪼르르 내달려와 커피를 타주어야만 트림을 제대로 할 수 있었제."

"한때의 호시절 부나비 같은 존재들이 아니었는가."

"그래도 한 번씩 아쉽구라."

"늙은 소 여물 마다 안한다 하던마는. 요즘은 대로변에 버젓이 서 있는 카바레가 한 몫 하잖소."

"그려, 그려. 연륙교가 생겨난 뒤로 남녀노소 분별없이 경치 좋은 도로변에 독버섯처럼 생겨난 카바레에서 왕창 스트레스를 해소한다며?"

"춤이라면 자네가 한 가닥하제?"

"그보다 여자들이 더 환장을 한다는디. 그 뭐냐, 다이어트인가, 비곗살 빼는디는 더 이상 좋은 게 없다면서?"

"안목을 넓혀 이해해야지라우. 눈만 뜨면 중무장을 하고설랑 바다로 들로 나가 일만 하지 않는가요. 그렇게라도 마음과 육신의 피로를 풀어야지라우."

"요는 그 바람에 비지살 배꼽 아래 훈풍이 든다는 거여. 소문으로는 누구네 여편네는 배 맞추고 입 맞추고 사단이 났다는디."

"아들 딸 다 키워놓고 쭈그렁 할망구들이 사단이 나봤자제."

"말은 한량없는 도덕군자네만 자네 마누라가 늦바람이라도 났다면 어쩔 셈이여?"

"아무튼, 제일 먼저 퇴폐문화가 농어촌을 물들이는 데서 문제의 심각성을 알아야제. 나라의 흥망성쇠도 그녀러 퇴폐문화가 좌지우지했응께."

"연장자다운 말씀이시오. 제이차로다 퇴폐문화 쪽으로 기울어 볼까 했던마는 글러 버렸소."

"오늘은 소리꾼도 있겠다, 배를 타고 바다로 나가세. 우리 아부지네들이 즐겨 그렇게 시절을 보냈지 않았는가."

"석재의 그 말이 마음을 움직이는구만. 그래도 이왕이면 다홍치마라고, 추임새를 놓을 치마 두른 태깔이 있어야 하지 않것는가. 어이, 병산이. 자네, 고금도 엿가락 장단인가, 세마치장단 정도 치는 여자들 있지 않는가."

"암만해도 한수 형이 이성에 굶주린 지 오랜가 보네. 나보다는 군의원의 말발이 더 설 걸."

"그럼, 어서 전화해 봐. 오면서 안주하고 술도 좀 더 가져오라하고."

"아따, 재촉이 새벽 장닭이오."

군의원은 한수의 성화에 전화를 걸었다. 그녀들은 금방 달려왔다. 그녀들은 자매처럼 정다웠는데, 광주에서 찻집을 하다가 이곳에 연륙교가 놓이자 고금도 중심부에 한정식을 겸하여 동동주를 빚어 손님을 맞았다. 분위기도 제법이고, 소리도 한 대목씩 하여 기관장들을 비롯하여 주말이면 관광차 내려온 낚시꾼들이 즐겨 찾았다. 그런대로 품위가 있고, 교양이 있어 비교적 평판이 좋은 편이었다.

"오메, 명창도 계시고, 오늘 제대로 왔는갑소. 안 그래도 추레한 낚시꾼들 한 팀을 보내고 억수로 스트레스를 받았는디, 소리 한 대목으로 날려 보내사 쓰것소."

"뭔 스트레스를 그렇게 받는가?"

"우리들 직업을 보면 모르겠어요."

"그러니께 여자는 듬직한 사내 품이 제일이여. 이장, 어여, 앞장 서. 배 시동을 걸어야제."

한수의 재촉에 모두들 자리에서 일어났다. 갯바람이 귓불을 따갑게 하였다. 바다가 출렁거렸다.

"바다는 추워서 안 되것소. 대섬 양지쪽에서 모닥불을 피웁시다."

"그것도 좋은 생각이네. 이장, 배를 대섬목으로 몰아가게."

면장의 의견에 재문은 찬성하였다. 대섬에 도착한 그들은 양지쪽에 모닥불을 피우고 빙 둘러앉아 술잔을 돌렸다. 금방 젊은 날로 돌아갔다. 삿치기, 삿치기, 삿뽀뽀……. 재문은 젊은 시절 여름이면 웃통을 벗어부

친 채 백상의 집 마당가에 둘러앉아 모깃불을 가운데 두고 놀았던 추억이 맺혀났다. 가락을 제대로 주워 담지 못한 귀머거리 만식이가 제일로 많이 등짝을 얻어맞았다.

백상은 소포가 왔다는 집배원의 말에 눈을 떴다. 몽롱한 정신으로 소포를 받아 한쪽 구석으로 밀어놓으며 지그시 눈을 감았다. 눈이 저절로 감긴 것이다. 타닥타닥 불꽃을 일으켜 세우는 소리꾼의 소리가 아스라이 파도에 잠겼다. 모처럼 인사불성으로 술을 마셨다. 다들 어떻게 돌아갔는가. 몸을 뒤치적 거리는데 병산에게서 전화가 걸려왔다.

"어이, 동생. 정신 좀 차렸는가? 고금도 한정식 집더러 전복죽 좀 보내라고 했응께 그걸로 속 풀게."

"형님은 괜찮습니까?"

"말도 말게나. 자네 형수가 눈을 세발 넘게 흘김시러 속풀이를 해주어 기신기신 일어났네. 뭐든지 도가 넘치면 안 되야."

병산과의 통화가 막 끝나자 한정식집 동생 되는 여자가 곱상한 태깔로 보자기를 안고 들어왔다.

"일어나셨네요. 나는 추위에 덜덜 떨다 살아왔는디."

"병산이 형님께서 그렇잖아도 방금 전화를 했어요. 누가 보면 보따리 안고 아예 살림 살러 온 줄 알겠소."

"그렇잖아도 늙은 총각 품에 안겨 밤새 언 몸을 굼실굼실 녹이라합디다. 두 사람은 뭣 땜새 죽이 잘 맞는다요? 신새벽부터 남은 추위로 오금을 펴지 못하는데 전복죽을 배달해 달라니요."

"그러고 싶어도 현재로선 안아 줄 힘이 없네."

백상은 자리에서 일어났다. 머리가 어지러웠다. 아직도 벌겋게 모닥불이 눈앞에 일렁거렸다. 그녀는 전복죽을 담아냈다. 한눈에 정성이 담겨 있었다.

"자네가 끓였는가?"

"언니가요. 어쩌면 짝사랑인지도 모르겠어요."

"짝사랑도 사랑 아닌가? 어찌 생각하면 짝사랑만큼 진솔한 사랑도 없을 거야. 그런 점에서 언니는 나이가 들었어도 순수한 마음씨를 지닌 것 같네."

"어쨌그나, 그 말을 이실직고해야겠네요."

"그 나이에 온전한 사랑은 금방 후회를 낳을 수도 있을 거야."

"그러다 언니가 열녀로 곰삭을까 걱정되는구만요."

"언니 걱정 너무하지 말고 자네나 좋은 인연 만나 청춘을 재생시켜요."

"안 그래도 병산이 큰 오라버니께서 앉은 자리마다 한 살림 차리자고 마음에도 없는 소리를 하는데요. 그리되면 얼마나 재미있을까. 언니는 짝사랑일망정 아랫동서가 되고 나는 큰동서가 되고 말이에요."

"쓰잘데 없는 신소리 그만하고 일어나. 매 맞기 전에. 나도 정신 차리고 일해야 되니까."

"어따, 무서운 거. 기껏 정성들여 속풀이 해주니까 돌아오는 게 매네요."

"언니에게 고맙다고 하여."

백상은 어서 그녀를 보내고 싶었다. 술 한 잔 들어가면 모를까, 맨숭하고 허정한 정신으로는 진달래 꽃물 같은 농지거리가 입안에 사각거렸다.

"헌디, 이것은 무슨 소포라요? 이쁘게도 포장하였어요. 오라, 여자가 보냈구만. 그러고 보니 임자가 따로 있는 모양이네. 그것도 모르고 언니가 죽도록 짝사랑하게 생겼네요."

그녀는 자리에서 일어서려다말고 소포를 발견하고 한마디 하였다.

"싱겁떨지 말고 잘 가요."

백상은 그녀가 돌아간 뒤 소포를 끌어당겼다. 서림이 보낸 것이었다. 조심스레 소포를 뜯었다. 뜻밖에도 여러 색상으로 물들인 명주 옷가지였다. 이건 또 뭐람. 백상은 곱게 접어 동봉한 편지봉투를 개봉하였다.

쓰잘 것 없는 천 조각을 보내 귀중한 시간을 빼앗지나 않을까 염려됩니다. 별다른 깊은 뜻은 없고, 옷가지에 물을 들이는데 새로운 시도를 하였어요. 어머니를 위해 약술을 빚다가 남은 약초로 담백한 색상을 내 보았어요. 표사장님 말씀이 그쪽에 향기 좋은 약초가 많이 자생하는 까닭에 예부터 궁중에 진상하였다고 하더군요. 손쉬운 방법으로 약초를 얻으려고 해서 면구스러우나, 그곳의 약초를 구해 보내주시면 많은 도움이 되겠어요

약술을 담는다? 백상은 냄새를 맡아보았다. 이건 무슨 약초로 빚어낸 색상이지? 백상은 각기 다른 색상을 매만져보며 조금은 신기한 생각도 들었다. 새삼 서림의 장인정신과 남다른 효성과 집념을 헤아렸다. 그만한 열정이 없으면 생각해 낼 수 없는 착상일 것이다. 그녀의 청을 들어주기로 하였다. 손쉽게 채집할 수 있는 약초를 구해 보내리라. 백상은 당장 급한 것도 아니어서 소포를 방 윗목에 밀쳐놓으며, 재문에게서 걸려온 전화를 받았다.

"정신 좀 차렸어요?"

"말도 말게. 다 늙어감시롬 고주망태가 되었는디 환영을 받것는가. 속풀이는 고사하고 안 쫓겨난 것만 해도 감지덕지해야제."

"이리 오세요. 한정식 집에서 전복죽을 보냈습디다."

"그년들이 이제 알고 보니 자네를 점찍은 게로군."

"상상작용은 하지 마시고 내려오세요."

"어이, 감세."

재문은 고무신을 끌고 대문을 들어섰다. 전복죽을 내놓자 단숨에 그릇을 비웠다.

"어따, 시원타! 간밤에 술이 너무 지나쳤어. 대섬은 가지 말아야 했는디, 그놈의 추위를 이기자고 술만 디립다 마셨어."

"한 번씩 그렇게 살풀이를 해야 가슴에 채인 멍울이 사그라져요."

"맞는 말이시. 자고나면 막막한 심정이라."

"그래도 작년과 올해는 매생이가 활기를 되찾게 했어요."

"배리댁이가 효자 노릇한다고, 바야흐로 웰빙시대가 도래하여 복고풍이 마음을 풍족하게 할 거야."

"그런 의미에서 바람도 쐴 겸 약초를 캐러가지 않을래요?"

"뜬금없이 무슨 약초? 갑자기 동의보감을 지은 허준이라도 되겠다는 거여?"

"누가 새로운 부탁을 해서요."

"약초야 쓰임새가 많제. 없어서 한이여. 더구나 싸구려 중국산이 범람하다보니 우리네 신토불이 약초가 귀하신 몸 아닌가."

"그래서 이 겨울에 약초를 캐자는 겁니다."

"손쉬운 칡부터 캘까? 그녀러 것이 어떻게나 번성하는지 선산이고 밭둑이고 할 것 없이 뿌리를 내리지 않는가."

"약낭골만 가도 잊혀지고 묵혀진 약초가 많을 걸요."

"그렇제. 새박죽, 오미자, 도라지, 너삼, 함박꽃, 더덕, 벙구나무, 산뽕, 등등 지천일 것이시. 헌디 겨울이라 쉽지만은 않을 걸."

"그렇겠지요."

"오늘은 아무래도 산 탈 힘도, 괭이 들 기력도 없느니. 따로 날을 받세나."

　재문은 소 먹이를 줄 시간이라면서 자리에서 일어났다. 방문을 열자 바람이 들이치면서 눈보라가 강녕들을 뒤덮었다.

　　3

　백상은 눈보라에 갇혀 뒹굴었다. 굼뜨적 일어나 서가를 정리하다말고 반쪽 옥편을 찾아들었다. 어디까지 보았더라? 비록 반쪽에 불과하지만 한 장 한 장 넘기며 살펴보기란 쉽지가 않았다. 뜻글자답게 글자 하나마다 간직하고 있는 오묘한 뜻과 내용보다는 어딘가에 반쪽 옥편을 지녔던 주인공의 비밀스러운 행방과 숨결이 숨겨져 있지 않을까, 그게 궁금증을 자아냈다. 그리고 그 궁금증만큼이나 아직까지는 그 어디에도 흔적을 찾아낼 수 없었다. 언젠가 꿈속에서 보았던 바다 위를 걸어오던 백발노인이 선명하게 다가왔다. 어쩌면 꿈속의 그 영상이 반쪽 옥편 어느 구석에 숨겨져 있을지도 모른다. 지난번에는 아무리 뒤적이고 찾아보았지만 헛수고였다.

　백상은 눈에 들어오는 글자 한자마다 백발노인의 영상을 포개놓으며 의미를 부여하였다. 어쩌면 손때 묻은 페이지마다 인광이 번득이듯 눈에 들어오지 싶은데 그렇지가 않았다. 백상은 반쪽 옥편을 머리맡에 밀쳐놓았다. 한 권의 책을 독파한 것보다 더 피로하였다. 자신도 모르게 설핏 잠이 들었다.

　누군가 한쪽 눈을 지그시 감고서 바늘구멍에 명주실을 꿰었다. 명주실은 노란색, 붉은색, 파란색, 흰색, 분홍색, 남색, 주황색, 색색이 물들인 것이었다. 색색의 명주실을 바늘구멍마다 꿰고 나서 무릎 위에 커다

가운데 사신이 나와 만파식적을 주었다는 고사가 있지만, 상상할 수 없는 것이었다. 외눈박이와 한쪽 날개를 단 새도 전설속의 상상의 새일 뿐이잖겠는가.

　백상은 머리맡에 밀쳐두었던 반쪽 옥편을 다시금 끌어당겼다. 무심코 넘긴 부분이 반쯤 떨어진 채 안으로 접혀 있었다. 풀로 떨어진 부분을 붙이기 위해 접혀진 부분을 펼쳤다. 거기에 뜻밖에도 빨간색과 파란색으로 표시를 해둔 곳이 눈에 들어왔다. 지금까지 볼 수 없었던 징표였다. 분명 의도적인 암시만 같았다. 비(比)였다. 견줄 비, 따를 비, 친할 비, 도울 비, 엮을 비, 나란히 할 비, 등등. 비가 지니고 있는 뜻이 여러 갈래의 정겨움과 정다움을 깔고 있었다. 빨간색과 파란색이 하나로 어우러져 선명하게 표시가 된 곳은 비익연리(比翼連理)였다. 무심코 그 뜻을 읽어가던 백상은 깜짝 놀랐다. 꿈속에서 여인이 명주실로 한 땀 한 땀 정성스럽게 수를 놓던 두 마리의 외눈박이 눈과 한쪽 날개를 가진 새가 비익조였고, 두 나뭇가지가 하나로 합쳐지는 나무가 연리지였다. 연리지나 비익조는 남녀 간이나 부부의 깊은 사랑을 말하는 것이었다.

　그렇다면? 백상은 무언가 실마리가 풀릴 듯도 하였다. 반쪽 옥편은 분명 두 나뭇가지 가운데 한쪽 가지를 뜻하고, 한쪽 날개밖에 없는 외눈박이 새 가운데 하나를 상징하지 않을까? 백발노인은 그걸 현몽하였다. 백상은 확신에 찬 나머지 흥분을 가라앉히지 못하였다. 자리에서 일어나 방안을 맴돌았다. 의문의 물결무늬가 반쯤 풀리는 듯하였다.

　자, 그럼 나머지 반쪽 옥편을 지니고 있는 사람은 누구일까? 틀림없이 그 주인공은 여자일 것이다. 서로가 피치못할 사정으로 헤어져있을지라도 마음 변하지 말고 기다리자고 언약한 정표라면 여자일 수밖에 없다. 어디에 살고 있는지는 몰라도 나머지 반쪽 옥편을 지니고 있을 것이다. 백상은 반쪽 옥편 속에 그 같은 애절한 숨은 뜻이 담겨있을 줄은 몰랐다. 한쪽 날개를 단 외눈박이의 두 마리 새가 하나가 되었을 때 비로소 하늘을 날 수 있다는 비익조의 애틋한 운명. 두 나뭇가지가 하나로 합쳐지는 연리지. 서로가 하나로 합쳐질 수 없는 그 한스러움을 어떻게 풀어내야 할까? 백상은 신명이 오른 무당처럼 도도하게 흐르는 감정을 주체할 수 없었다. 반드시 나머지 반쪽 옥편을 찾아내어 두 사람의 애절한 사랑을 해원해 주자. 모진 풍상과 함께 이미 고인이 되었다면 두 쪽으로 나누어진 옥편을 하나로 합쳐 두 사람의 묘소 앞에 바치리라.

　그렇다면 이 반쪽 옥편의 주인공은 과연 누구이며, 나머지 반쪽을 지니고 있을 여인은 어디에 살고 있는가? 난해한 수학문제보다 더 난감한 문제였다. 한없는 미궁으로 빠져드는 기분이었다. 남가일몽에 지나지 않는 꿈과 거기에서 파생된 상상력의 진공상태가 불러준 난제였다. 백상은 아득한 깊이의 동굴 벽면을 두드리는 기분이었다. 아무리 두드려도 돌아오는 것은 허공을 울리는 메아리뿐이었다. 아무튼, 오늘은 여기서 잠시 숨을 고르자. 한낱 몽상이라고 제쳐버려도 상관없지 않은가. 하지만 공기와 물은 소리 없이 떠돌며 빛과 생명을 탄생시키지 않는가. 백상은 트랙터가 대문 앞에 멎는 소리를 듣고서야 현실로 돌아왔다.

　"어야, 해빙기도 아닌디 무슨녀려 땅을 갈아엎겠다고 하는가?"

　재문이었다. 병산과 석재도 뒤따라 들어섰다.

　"갯벌을 갈아엎었으면 해서요."

　백상은 세 사람을 맞으며 싱거운 웃음을 담았다. 반쪽 옥편을 펼쳐들고 생각에 잠겨있는 모습을 보았더라면 실성한 사람으로 보았을 것이다.

　"갯벌을? 이 겨울 갯벌을 갈아엎어 무얼 심겠다는 건가?"

　병산은 어이없는 표정을 지었다. 간혹 가다가 엉뚱한 발상을 한다고는 하지만 이건 뜬금없는 짓이었다.

"갈아엎다보면 조개며 게도 잡을 수 있고, 꼬막도 쓸어 모을 수 있지 않겠어요."

"자네가 알다시피 갯벌이 병들어 조개 종류가 사라진지 오래지 않는가."

"그래서 갯벌을 갈아엎자는 겁니다. 갯지렁이라도 나오면 아직은 살아있는 갯벌로 희망이 있어요."

"갯지렁이야 골망골망 하면서도 숨을 쉬고 있제."

"하여간 갈아엎어봅시다."

"또 모르제. 세발낙지라도 기신기신 살고 있을지."

석재의 말에 백상은 세 사람을 앞세웠다. 바다는 썰물 때가 되어 저 아래 선창 너머까지 갯벌이 드러났다.

"어디서부터 시작할까?"

"제가 미리 대나무 장말을 꽂아 놓았어요. 저기 보이지요?"

백상은 트랙터를 몰고 오는 재문의 눈 아래를 가리켰다. 대나무 장말에 매단 깃발이 바람에 나부꼈다.

"가만있자, 이 지점은 옛날 장 목수가 배를 묻던 자리네. 격세지감이 따로 없느니."

재문은 트랙터를 멈추며 잠시 구레나룻이 덥수룩한 장 목수를 떠올렸다. 장 목수는 일자무식인데도 인근에서 알아주는 대목수여서 봄부터 겨울까지 배를 묻었다. 여름에는 한낮의 태양열을 차일로 가로 막고서 비지땀을 흘렸고, 한겨울에는 눈보라가 휘몰아치는데도 모닥불을 피워놓고 겨울의 짧은 해를 대패질하였다. 겨울에는 새로 배를 묻기보다는 헌배의 밑창을 갈아 넣고 보수하는 쪽이었다. 배 밑창을 좀이랄 놈이 벌집을 만들었거나, 갑판이 망가졌거나, 이물과 고물이 헐었음직한 배들을 땜질하고 도려냈다. 배의 종류도 다양하여 옹기배로부터 똑

딱선, 채취선, 어장배, 나룻배, 등등. 일감이 없어 노는 일이 없었다. 장 목수는 신명이 오른 사람처럼 그 많은 일감을 다림질하듯 한 점 오차 없이 해냈다. 그리고 무엇보다 즐거운 것은 추운 바다에서 김을 채취해 올 때나, 날이 궂어 바다에 나가지 못하는 날이면 장 목수가 일하는 자 갈밭에 나와 괜스레 모닥불을 들쑤시며 갯벌에서 잡은 문저리, 뻘덕게, 고동, 꼬막, 짱뚱어, 검붕장어, 맛조개, 따위를 찔끔 쇠주 안주로 깡통구이를 하였다. 그 시절이 엊그제 같은데 갯벌마저 병들고, 모든 게 흔적 없이 사라져 버렸다. 십년이면 강산도 변한다지만 이렇게 눈 깜짝할 사이에 시절이 변하다니. 우리 세대가 가고나면 또 어떻게 변할 것인가.

"뭣하요? 또랑물 건너기 두려운 황구처럼."

"에끼, 이래봬도 시큰한 추억에 젖어있는디, 똥개랄 놈에게 비유하다니."

재문은 병산에게 된통 눈을 흘기며 시동을 걸었다. 갯벌은 한 달여 가문 논바닥처럼 다져 있었다. 십년 전만해도 무릎께까지 척척 달라붙던 찰지디 찰진 갯벌은 어디로 갔는가? 백상은 시커멓게 뒤집혀진 고랑을 병산과 석재와 함께 말없이 뒤따랐다.

"더 아래로 내려가면 모를까, 갯지렁이 한 마리 구경할 수 없다야."

병산은 처음부터 기대를 하지 않았지만 실망스러웠다. 백상은 뒤처져 가며 고랑마다 샘플을 채취하였다. 바다 쪽으로 내려갈수록 갯벌은 찰진 기가 있었고, 문저리랄 놈도 파닥거렸다. 석재는 엉거주춤 문저리를 잡아들고 심난한 표정을 지었다.

"그놈도 우리처럼 지지리도 고향을 떠나기 싫었던가 보요."

"그런성 싶으이. 한심지경이네. 이녀러 갯벌이 이래서야 우리들도 어디 발가벗고 노닐 것는가."

"살리는 방법을 강구해야지요."

"어떻게? 해답이 궁색해지네."

"갯벌을 병들게 한 것은 바로 우리잖아요. 우리가 뿌린만큼 거두어 들이면 가능성이 보일 것이오."

"그거사, 탁상공론에 지나지 않는 이론이여."

병산도 석재의 말에 동조하며 회의적이었다.

"버려진 그물조각 하나 주워 모을 줄 모르는 의식구조 아닌가요?"

"허기사, 그렇게 질책하면 모두가 할 말이 없제."

"어쨌거나, 우리의 삶을 지탱해 주는 갯벌을 더 이상 병들게 해서는 안 되지요. 최소한의 노력을 심어야죠."

"다들 어디 그러냐. 우선은 곶감이 달다고, 목전의 이익에만 급급하잖냐."

"그렇다고 계몽을 하자는 것은 아닙니다. 스스로의 자각이 필요합니다."

"자연 사랑이 중요하다 그 말이제?"

"아따, 여기 또 우명한 낙지랄 놈이 있다. 그런디 어찌 이리 시들빼들 하다냐. 우황 든 소맨처럼 영 풀대죽이다."

석재의 말이 끝나기도 전에 병산은 축 늘어져 흐물거리는 낙지를 처들었다. 조금 더 내려가자 꼬막이 발에 밟혔다.

"인자 그만하면 안 되것냐?"

윗선창머리께에 이르러 재문이 소리쳤다. 이만하면 충분하지 않느냐는 얼굴이었다. 사족을 붙일 이유가 없었다.

"허참, 이 추운 날에 헛물만 잔뜩 켰구만."

병산은 잡은 문저리와 낙지를 멀리 내던지며 토심스러워하였다.

"웃다리 갯벌이라지만 냄새가 고약하다. 일당을 받으라고 했던마는 영 글렀다."

"기분도 잡쳐버렸고, 어디 가서 추위나 풉시다."

"갯벌이 이 지경인데 먹는 타령을 해서 쓰겠소."

"맞는 말이네. 기분도 전환할 겸 앞산 작은굴 약수로 입이나 헹구세. 동생이 말한 약초도 캐고 말이여."

재문은 지난번 입에 떠올렸던 말을 상기시켰다.

"그게 좋겠소. 이 겨울에 동삼이라도 눈에 밟힐지 모르고."

석재는 금방 기분을 전환시켰다. 백상은 채취한 샘플을 집에 두고 배낭을 짊어졌다. 물통과 약초를 캘 호미를 챙겨 넣었다. 병산은 큰재 너머 죽선부락 구멍가게에서 술과 안주를 사면서 빈병 서너 개를 얻어 석재와 나누어 들었다. 뒤따라온 재문은 그 사이 집에 들러 중무장을 하다시피 겨울 등산 점퍼와 털모자를 썼다.

"오랜만에 오르는디."

병산은 감회가 남달랐다. 간경화 선고를 받고 고향으로 돌아와 제일 먼저 필요한 것이 앞산 약수였다. 새벽같이 일어나 오리 길을 하루도 거르지 않고 오르내리며 약수를 떠왔다. 지성이면 감천이라고, 그게 효험이 있었을까, 삼년 세월이 지나 전문의원을 찾았더니 담당의사는 깜짝 놀랐다. 나무 등걸에 공이가 박히듯, 나무의 송진이 몇 천 년 동안 땅속에 묻혀있는 동안 그 속의 벌레가 화석이 되어 호박(琥珀)이 되듯이, 단단하게 굳어져 더 이상 간경화가 발전할 수 없다는 것이었다. 그럼, 건강을 회복했단 말인가요? 병산은 이게 꿈인가 싶었다. 그런 셈입니다. 이런 현상은 보기 힘든데 무슨 요법을 썼습니까? 의사는 오히려 신기하다는 듯 물었다. 글쎄요. 바위굴에서 샘솟는 약수를 매일 마셨습니다만. 물론 몸에 좋다는 약도 복용하였고요. 아무래도 약수가 결정적인 요인 같습니다. 더러 심산유곡의 청정수로 정화한 사람들이 있거든요. 허면, 술 한잔해도 되남요? 병산은 무엇보다 술 한 잔이 목말랐다. 그동안 얼마나 참아왔던가. 맥주 한 병 정도는 괜찮을 겁니다. 의사의 그 말을 들은 병산은 병원을 나서는 길로 맥주 세 병을 시원스럽게 들이켰다. 세상이 온통 내 것처럼 보였다.

"한동안 이 길을 오르내리면서 많은 생각에 잠겼지요?"

"말이라고 하는가. 죽음이 발길에 채이는 기막힌 절망감을 무엇으로 다 표현할 수 있었겠는가. 살아야 한다는 절박함과 생에 대한 애착은 건강한 사람은 상상도 할 수 없어이. 그렇게 마음을 비운 탓에 건강을 되찾았는지도 모르고……."

"아니, 생에 대한 애착은 삶에 대한 욕심인디 뭘 버려?"

"아따, 그 경개와 자리매김은 성격이 다르단 말이오. 건강을 회복하면 마음을 덜면서 살자, 바로 그런 거란 말이오."

"무슨 말인지는 알것네. 그래서 자네가 마음 즐겁게 살지 않는가."

"그때는 약수 뜨러 다니는 사람이 형님뿐이었을 걸요."

"아니여. 누구라고는 밝힐 수 없지만, 주말마다 거르지 않고 오르는 사람이 있었어야."

"이름을 밝힐 수 없었다면 혼자가 아니었구만."

"눈치 하나 빠르기는."

"밀회 장면을 된통 들켰다?"

"말도 마시오. 작은굴이 얼마나 신성한 곳이오. 남해 바다에서 구무섬을 끌고 온 마귀할미의 넋이 잠든 곳 아니오."

"그라제. 부정 탄 사람은 함부로 오를 수 없제. 자식 못 낳은 여인네가 꼭두새벽에 기원을 올리기도 하고."

"사랑에 눈먼 사람들이 그런 금기사항을 모르고 즉석 불고기식으로 사랑을 불태우드란 말이오. 어찌나 민망하고 무안스러운지 도리 없이 자리를 비켜 주었소."

"구경 가운데 불구경, 싸움구경, 그리고 그 구경이 제일이라 안 하던가. 자네의 숨죽은 사추리가 시근벌떡 하였겠네."

"아따, 형님도. 병든 몸이 무슨 발동이 걸렸겠소. 시루죽이 비켜서서 끝나기만을 기다렸제."

"그 다음은 어찌 되었소?"

"그 뒤로는 주말이면 그 두 사람을 위해 느즈막하게 해가 떠오를 때서야 산을 올랐구만."

"뭔가 싱거운 구석이 있는디요."

"자네 추리력도 상당하네이."

병산은 석재의 재우침에 마른침을 삼켰다. 옛날 같잖아 오르기가 벅찼다.

"어서 이 빠진 대목을 이야기 해 보시오."

"그날은 깜박 주말이라는 것을 잊고 산을 올랐구만. 헌디 작은굴에 오를 즈음 사내가 날벼락을 맞은 듯 고깃말을 채 추스르지도 못하고 구르듯 내리닫지 뭔가. 까딱했으면 정면으로 부딪칠뻔 했네."

별일도 다 있다싶어 주춤주춤 올랐더니 여자 또한 물수건을 손에 쥔 채 정신을 잃고 약수터에 쓰러져 있지 뭔가. 치맛자락이 볼썽사납게 올라간 몰골은 가관이 아니었다. 죽었는가 싶어 다가갔더니 심장은 뛰고 있었다. 사랑싸움을 하였나, 아니면 너무 격렬한 후유증인가, 여러 잡생각을 하며 물수건으로 이마를 적셔주고 인공호흡도 하였다. 한참만에 깨어났다.

"염라대왕 앞까지 갔다가 자네 덕에 살아돌아왔구만."

"의식을 되찾은 여자는 나를 발견하고설랑 에구머니나, 화들짝 치마 밑을 감추더니 훌쩍훌쩍 울기 시작하더만요. 가만히 내뻐러 두었더니 울음을 그치고 나서 비밀로 해달라고 빌듯이 애원하지 뭐요."

"그런디 상황이 어쨌기에 죽음 직전에 이른 거여?"

"저도 그게 궁금하여 물었지라우. 그랬더니 머리를 무릎 사이에 처박고서 울먹이며 띄엄하게 하는 말이, 두 사람이 바위굴 속에서 한바탕 질탕하게 일을 치르고 언제나처럼 약수터에서 아랫도리를 씻으려는데, 방석만한 시커먼 구렁이랄 놈이 약수에 똬리를 틀고서 금방이라도 집어삼킬 듯 혀를 날름거리더라는 겁니다."

"그래서 사내놈은 의리 없게 저만 살자고 혼비백산 산 아래로 내리뛰고, 여자는 너급을 놓았구만. 마귀할미의 정령이 더는 두고 볼 수가 없어 그랬을 거여."

"그러게요. 구렁이가 나올 철이 아니었는디, 그게 이상하단 말이오."

"헌디, 자네 혼자만의 비밀은 아닐세. 그 두 사람의 치정을 몇 몇 사람은 알고 있네. 넘어서는 안 될 나이 든 과부 질부와 놀아난, 노름판이나 기웃거리면서 거들먹거리던 새마을금고 이산가 하는 작자 아닌가. 이제사 알것네. 그라고 나서 뇌졸중으로 쓰러진 것이네."

"그게 뇌졸중의 발단이었는지는 몰라도 혼이 다 나갔을 것이오."

"그 집 내력이 다 그 모양이여. 그 애비도 일제 때 밀정 노릇을 하면서 여색을 얼마나 밝혔는가. 육촌 제수씨까지 거덜내지 않았는가."

네 사람은 지금까지의 이야기를 만담으로 산화해 버리고 작은굴에 이르렀다. 굴속에서 신선한 기운이 들이쳤다. 저 위쪽 큰굴과는 불을 지피면 연기가 통한다고 하였다. 등허리에 촉촉이 땀이 배어났다. 네 사람은 약수터에 둘러앉았다. 한겨울인데도 김이 무럭무럭 솟아났다. 양껏 약수를 들이켰다. 뜨뜻한 기운이 뱃속에 가득 찼다.

"자네는 여기 오를 때마다 감회가 깊을 거여."

"마음공부를 많이 하였지요."

백상은 재문의 말에 젊은 날 절망과 울분을 짊어지고 큰굴에서 생식으로 지새웠던 시절을 여미었다. 이제 와서는 얼음조각보다 더 시리디 시린 추억으로 새김 해야 하는가. 큰굴은 큰아버지와 작은아버지가 숨어 지내던 곳이었고, 토끼몰이 식으로 총살을 당하였다. 그 피 흘린 장소를 금기사항처럼 여겼을 때, 백상은 분연히 그 실체를 확인하기 위해 찾아들었다. 선명한 붉은 피는 좌우 이념도, 갈등과 대립도 섞여들지 않은 순수하고 정결한 생명체가 아니냐. 무엇이 이념을 낳게 하였고, 갈등과 대립을 극대화시킨 골육상쟁을 불러 일으켰는가. 생각하면 덧없고 부질없는 꼭두각시 놀음에 지나지 않았다. 그리고 아직도 꺼지지 않은 불씨를 안고서 얼음장 밑을 흐르는 잔여울처럼 대립각을 세우며 날을 세우고 있다. 무심하자고, 초연하자고, 인생이 한갓 덧없다고, 노장자의 사상을 억지 춘향이 격으로 끌어안으며 자신이 처한 음지에서 벗어나고자 하였다.

어떻게 생각하면 그렇게 출발한 방랑생활이, 다시금 반환점을 돌아나와 출발점에 이르듯 오늘 여기에 이르렀다. 남들은 스스로 피멍울이 들도록 육신을 채찍질하며 무애행과도 같은 길을 걸어왔다고 하나, 그 숱한 인고의 길을 걸어오는 동안 겪어야 하였던 정신적인 핍박은 참으로 어려운 극기였다. 육체적인 고통보다 정신적인 박해는 더욱 참담하게 하였다. 주위에서는 용케 세상을 이겨 나왔다고 한다. 연좌제라는 가시관을 머리에 쓰고서 인내심 깊게도 출발점으로 돌아왔다고 하였다. 그러나 분명한 것은 부딪치면 말썽이 생기고, 그 말썽이 화해의 장으로 승화되었을 때는 몰라도 그렇지 못하였을 때는 감정의 골이 더욱 깊어진다는 것이다. 낡고 하잘 것 없는 사상이라는 관념의 울타리. 얼마나 허약한가. 그런데도 비바람에도, 황사와 모래 먼지에도, 관념의 깃발은 펄럭이지 않는가. 모든 블록이 넘어지고 쓰러져도 그놈의 것은 날카로운 이빨을 숨긴 채 도사리고 있다. 휴화산이라고 함부로 접근하게 되면 언제 폭발할지 모른다.

"아무튼, 자네는 별난 구석이 있어."

"가만히 뿌리를 내리고서 시련을 달게 받아온 석재와는 어느 모로 보나 대조적이제."

"하긴, 그렇게 마음을 삭히고 소화해 왔응께 바닷물을 실은 갯벌처럼 살지 않는가."

"형님네들도 마찬가지지요. 각기 방법이 다를 뿐."

"하여지간 모든 사람들의 마음이 이 약수처럼 변함없이 영혼을 해맑게 해주면 얼마나 좋것는가."

"형님은 아직도 갈등의 골이 메꾸어지지 않았는가요?"

"나야, 매사 웃으며 지내지 않는가. 그 땜새 남들보다 오래 사는지도 모르겠고……."

재문은 씁쓸한 웃음을 매달았다. 다른 것은 다 제쳐두고 결혼만 해도 그랬다. 아버지의 사상을 들먹이며 한 동네 혼사를 얼마나 달가워하지 않았는가. 협박도 당하였고, 돌팔매질도 받았다. 그럴수록 오기가 뻗쳐 이마를 부딪쳤다. 물러서면 패배자일 수밖에 없었다.

"한숨 돌렸으면 약초나 캐봅시다."

백상은 시간을 일깨웠다. 소록도가 내다보이는 검푸른 바다는 허옇게 파도가 뒤채었다.

"동삼이나 한 뿌리 캤으면 좋것는디. 약수 먹고 자란 산삼이 있다고들 하지 않던감."

"전해 내려오는 전설일지도 모르제."

"그게 아니여. 어쩔 때는 비단각시처럼 산삼 냄새를 은근히 풍기기도 하고, 어느 시절에는 방석만한 구렁이로 둔갑하여 똬리를 틀고 있다고들 하지 않든가배."

병산은 산삼의 정체를 은근히 믿고 기대하는 눈치였다.

"산삼을 처음 본 사람은 소싯적 한치네 머슴이었제. 작은굴 암벽 위에서 나무를 하는디 향그러운 꽃향기가 코를 자극하여 가만가만 다가가 그 약초를 캐려는 순간 커다란 구렁이로 변하여 사라지더라는 거여. 얼마나 놀랐던지 구르듯 뒷걸음질 치다가 저 암벽 아래로 굴러떨어졌는디, 탐스럽게 어우러진 바위 옷이 푹신한 이불처럼 감싸듯 구해주었다는구만."

"마귀할미가 도우셨겠지요."

"저 바위옷도 한때는 관절염인가, 신경통인가, 아무튼 거기에 좋다니께 수난을 받았구만."

그러고 보니 군락을 이루듯 푹신하고 탐스럽게 자란 바위옷들이 군데군데 돌담 무너지듯, 늙은 할망구 빠진 이처럼 보기 흉하였다. 네 사람은 각자 방향을 정하고 비탈진 산등성이를 밟아 올랐다. 바다 건너 천관산 봉우리에 눈보라가 덮쳐왔다.

네 사람이 약속이나 한 듯 약수터로 돌아왔을 때는 겨울의 짧은 해가 저만큼 비껴나 있었고, 바다를 건너온 눈보라가 병풍을 두르듯 하였다. 지난날 이맘때면 부산과 목포를 오고가는 연락선이 회진포를 돌아나왔다. 서녁 햇살에 반사되어 눈을 부시게 하는 연락선은 무언가 모를 설렘과 그리움을 실어왔다.

"오미자가 아직도 바위마다 추위에 얼어붙은 채 지천이더구만."

"나는 더덕과 삼지구엽초를 수월찮게 캤네."

"저는 아직도 시들지 않은 산국화 한 무더기를 큰굴에서 캤어요."

백상은 지난시절을 떠올리며 큰굴을 찾았다. 여전히 신선한 기운을 안고 있었다. 그 신선한 기운을 안고 피어난 산국화. 참으로 마음을 애틋하게 사로잡았다.

"약수가 큰굴을 따뜻하게 뎁혀 철모르고 있었던가 보제."

석재는 잔잔히 이는 감정의 파고를 누질렀다. 석재는 아직까지 큰굴 쪽으로 고개를 돌리지 않았다.

"눈보라가 하늘의 꽃이로구나!"

네 사람은 제각기 채취한 약초를 견주며 병산이 사온 소주를 들이켰다. 더덕을 안주삼아 마시는 술맛은 목울대를 시원하게 비질하였다.

영혼의 그릇

1

서림은 백상이 보내온 택배를 받았다. 포장을 풀기도 전에 향긋한 약초 냄새가 방안을 가득 메우고 실안개처럼 집 전체를 에워쌌다.

"한약 냄새가 어디서 이렇게 가득하노."

남숙여사는 금강경을 암송하다말고 눈을 들었다. 무슨 까닭인가. 일체의 함이 있는 법은 꿈과 같고 그림자 같으며 이슬과 같고 더불어 번개와도 같으니…….

"향기가 굉장하죠? 섬에서 약초를 보내왔어요."

서림은 이층 다락방에서 조금은 대견한 얼굴로 소리쳤다.

"누가?"

"지난번 매생이를 보냈던 분이요."

"그 사람이……?"

남숙여사는 뜨악한 얼굴로 잠시 벅차오르는 마음을 가누었다.

"제가 필요하다고 해서요."

"아쉬운 소리해가며 귀한 약초까지 조달하고, 지극한 효녀 한번 났구나."

남숙여사는 눈을 흘기며 흠칫, 미망에서 깨어나 발아래에서 이는 파도소리를 들었다. 뱃전에 부서지는 파도소리였다. 고향바다가 눈앞에 다가오는군. 사랑하는 사람을 품에 안고서 아우르듯, 파도가 가만가만 섬을 애무하면 내 고향 섬은 새색시의 자태로 분 냄새와도 같은 약초 그윽한 향기를 발산하거든. 남숙은 상상이 가지 않을 거야. 섬 전체가 향긋한 약초로 어우러져 있지. 그이는 고향을 여윈 듯 하면서도 깨어있는 사람처럼 향수를 머금었다. 그럴 때의 그이의 표정은 무언가 모를 이중성을 지니고 있었다. 향수에 대한 진한 그리움과 정작 그곳으로 가까이 다가가기를 꺼려하는 이중주. 그 모습을 무심결로 받아넘겼었는데……

"제가 어머니 생각을 멀리 하였을 것 같아요?"

"그 약초로 빚은 술을 한잔하고 싶구나."

"기다려 보세요. 남은 걸로 자연염색도 하구요."

서림은 어머니의 가슴에 이는 감정의 잔 여울을 의식하지 못하며 잔털 사이의 흙부스러기를 털어내며 약초 하나하나를 진열대에 진열하듯 종류별로 방안에 늘어놓았다. 오미자, 더덕, 삽추, 하수오, 바위옷 따위는 쉽게 알아보겠는데, 어떤 약초는 쉽게 판별이 되지 않았다. 참 무심한 분이네. 도회지에서 낳고 자라 세세한 약초 따위는 잘 모르는 줄 번연히 알면서 한마디 설명도 없다니. 당연히 정겨운 편지 한 장 기대하였는데 섭섭하였다. 감정이 메마른 것인가? 내가 그만큼 구구절절하게 편지를 동봉하였으면 답신이 뒤따라야지. 서림은 전화를 걸까하다가 잠시 감정을 다스리기 위해 약초 냄새에 절어들었다. 종류도 다양한 약초 향기는 의외로 진하였다. 곧바로 취하였다. 몽롱한 의식 속으로 빠져들었다. 오랜만에 맛보는 나락이었다.

"시장에 다녀오너라. 해 떨어진다."

아래층에서 남숙여사가 소리쳤다. 금강경 독송에 빠져들다 보니 자신도 시간을 잊고 있었다. 아무런 기척이 없었다. 약초더미를 안고 무얼 하지? 남숙여사는 뭉기적 일어나 이층으로 통하는 나무계단을 기어올랐다. 한집에 살면서도 이층에 오른 지가 한참 되었다. 다리가 부실하고부터 계단을 오르내리는 게 고통스러웠다. 방문을 열었다. 약초냄새가 진동하였다. 서림은 약초더미를 베고 누워 있었다. 딸을 흔들어 깨웠다. 게슴츠레 눈을 떴다.

"야가, 무슨 일이고?"

"……어머니세요?"

서림은 가뭇한 눈으로 잠시 자신의 위치를 가늠하지 못하였다.

"약초냄새에 단단히 취했구마는. 일어나 시장에 다녀오너라."

"알았어요. 이렇게 영원히 잠들었으면 좋겠다."

이 짙은 향기를 어머니는 왜 무심히 맡을까. 서림은 옷매무새를 바로 하고 집을 나섰다. 이웃한 아파트상가를 들어섰다. 매장을 한 바퀴 돌아 저녁 찬거리를 사들고 계산대 앞에 서는데 낯이 익은 아가씨가 다른 날보다 더 환한 얼굴로 친절을 나타냈다.

"향기가 참 좋네요. 어디서 난 향수죠?"

향수? 내 몸에 배인 약초향기가? 서림은 웃음을 베어 물었다.

"진시황이 장생불로초를 캐 오라던 섬에서 난 향수예요."

서림은 그게 무슨 소리냐는 얼굴로 바라보는 계산대 아가씨를 뒤로 하고 집으로 돌아왔다. 남숙여사는 딸이 저녁 찬거리를 사오고, 저녁을 짓는 동안 이층 다락방에서 약초 하나하나를 관찰하고 냄새를 맡아보았다. 저마다 독특한 향기를 지니고 있었다. 사람도 제각기 그 사람만의 향기를 지니고 있을 것이다. 남숙여사는 아득히 꿈결처럼 밀려오는 그리움의 향기가 가슴에 차올랐다. 그래, 그이는 이 향기를 가슴에 지니고 있었어. 비록 간 곳을 알 수 없어 허공을 배회할지라도 그 사람의 향기는 묵혀진 장맛처럼 가만히 숨죽이고 있다가 불현듯 홀연히 다가와 가슴을 적셨다. 아무리 불러도 가까이 다가오지 못하나, 가슴에 지닌 그리움의 향기는 세월이 흐를수록 애틋한 울림으로 가슴을 두드렸다.

약초 하나하나의 향기를 다 맡은 남숙여사는 윗목 구석에 밀쳐놓은 구겨진 포장지를 찬찬히 뜯어보았다. 보내온 주소지가 퍽 낯이 익었다. 그래, 그쯤 어디라 했지? 남숙여사는 한동안 넋을 잃은 듯 생각에 잠겼다. 수려한 영상이 다가오면서 또 하나의 얼굴이 포개졌다. 처음 보았을 때 어딘지 모르게 닮았다는 느낌이 와 닿았지. 특히 눈매가 그랬어. 세상 사람들이 비슷비슷하게 닮은꼴이 많은지라 잠시 착시현상을 일으켰던 것일까? 가슴이 무두방망이질을 하였다. 알 수 없는 일이야. 남숙여사는 가슴을 진정시키며 망상으로부터 벗어나고자 하였다. 때맞추어 저녁을 들라는 딸의 목소리가 본래면목으로 돌아오게 하였다.

"어머니도 약초향기에 취했나 봐요."

"냄새가 진하더구나. 파도가 그 위를 구르고 말이다."

그 파도는 그이의 해맑은 미소로 번져났었다.

"오늘은 무척 감성적인 일면을 내보이네요."

당신의 감정을 쉬이 내보이지 않는 냉정함을 지니고 있지 않는가.

"아, 아니다……."

남숙여사는 자신의 감정을 평상하게 여미었다. 무언가 막힌 둑이 터지듯 확연히 짚고 넘어가야 하는데, 대책이 서지 않았다.

"어머니의 가슴에 파고가 일고 있어요. 그게 뭔지는 몰라도."

서림 또한 어머니의 가슴에 이는 감정의 파고를 따져 묻고 싶었으나, 마른침을 삼키듯 누질렀다.

"정말 노총각이라고 하더냐?"

남숙여사는 딸의 말에 심기가 불편하였다. 어떻게 가닥을 추슬러야 할 것인가.

"오라, 어머니의 마음이 거기에 있었구랴. 아직도 노처녀로 늙어가는 딸년이 마음에 걸리세요?"

"시답잖은 소리 그만하고, 서로가 소포까지 주고받는 걸 보면 네 마음이 움직인다는 것 아니냐."

"지구가 공전하고 자전하니까 생명을 키우죠. 움직이는 가운데 열정과 활력이 주어지는 것 아니에요?"

"글쎄다. 약초 냄새에 취한 네 모습을 보노라니 예전에 보지 못한 행동만 같아서 말이다."

"염려 마세요. 얼굴도, 이력도, 아무 것도 모르고 신용 하나만을 믿고 인터넷으로 얼마든지 질 좋은 상품을 구매할 수 있는 세상 아니에요. 서로가 언제든지 필요한 물건을 나누어 가질 수 있죠. 마음과 마음까지도요."

"마음과 마음까지라?"

"가슴이 철렁 내려앉으세요? 뒤늦게 딸년이 바람이라도 날까봐서요."

"모르겠다. 이미 불쏘시개에 불을 지피지 않았는지, 그게 염려된다."

"이상하다. 생각이 많아진 듯해요."

서림은 어머니의 마음을 헤아릴 수 없었다.

"정말 약술을 담글 거냐?"

"이미 말했잖아요."

"어찌 그 생각을 하였느냐?"

"약술을 즐겨 담던 외할머니께서 그러셨잖아요. 나이 들어 쇠잔할수록 따르는 병고는 마음에서 온다구요. 그 마음의 병근을 다스리는 데는 약술만큼 좋은 게 없다구요. 어머니도 외할머니 연세에 이른 거예요. 젊은 날의 기력을 대신할 보양제랄까, 에너지가 필요하다구요."

"허면, 네 말처럼 가까운 시장통에서 질 좋은 약초를 얼마든지 손쉽게 구할 수 있는데, 하필이면 어렵게 약초를 구할 게 뭐냐."

"지난번 캄차카 왕게를 선물한 표사장님께서 그곳에서 자생하는 약초가 제일이라고 하였어요. 옛날에는 궁중에 진상하였다나요. 이왕이면 족보가 확실한 게 좋잖아요."

"그 마음은 가상하다만……."

남숙여사는 가슴속에 솜뭉치가 채였다. 남숙은 모를 거야. 내 고향섬 전체가 약초향기로 어우러져 있지. 그 향기는 나라님의 침실까지 스며든 거야. 동화 같은 말이지? 우리 집은 일 년 열두 달 그 약초로 빚은 술 향기가 가득하지. 언제 약초를 선물할게. 어머님께서 약술을 즐겨 빚잖아. 그이의 목소리가 석양노을빛에 물든 파도말로 가슴을 쳤다. 보살님. 저와 표사장님과 백상과는 한 동아리처럼 지냅니다. 오강윤 선생님은 누구보다도 그 점을 잘 아십니다. 여산 스님의 말이 문득 귓전을 때렸다. 그렇다면 여산 스님은 어디서 태어난 걸까? 분명 오강윤 선생의 인연으로 세 사람이 만난 사이인 줄 알았는데, 그게 아닌가……?

"아무튼, 기대하세요. 누가 알아요. 신경통, 관절염, 오장육부와 마음의 병고까지 다스리는 효능이 있을지."

"내게는 산삼일지라도 효험이 닿지 않을게다."

남숙여사는 저녁상에서 물러났다. 그리움과 정한으로 상사된 가슴을 어느 약으로 다스릴 수 있을 것인가. 부처님의 자비 무궁한 손길도 이내 마음을 쓸어주지 못하거늘…….

저녁 설거지를 끝낸 서림은 백상에게 고맙다는 인사전화를 하고 약초를 다듬었다. 덕분에 네 사람이 앞산에 올라 신선한 약수를 마시고 하늘의 꽃을 가슴에 따 담았다는 색깔 없는 백상의 말을 상기하였다. 눈보라를 하늘의 꽃으로 비유한 것은 마음에 들었으나, 조금은 불만스러웠다. 안으로 똬리를 틀고 있는 감정이 밖으로 비어져 나와 정감을 불러일으킬 만도 한데 시종일관 건조한 구석이 있었다. 무엇이 그렇게 감성을 도사리게 하였을까? 하지만 내면에 도사리고 있는 생각의 여울은 깊어. 그 속에 비친 자신의 모습을 휘저으며 누군가를 찾고 있어…….

서림은 삼인행이 쉬는 날 함께 옹기마을을 찾았다. 겨울 날씨치고는 햇살이 투명하였다. 삼인행은 날씨에 편승하여 반듯하게 뚫린 국도를 버리고 해안 길로 차를 몰았다. 일광 바닷가와 대변포구는 겨울의 적막감이 내려앉아 있었다. 그러나 봄이 오면 사정은 달라질 것이다. 멸치축제로 떠들먹할 것이다. 입안에 감기는 비릿하면서도 기름진 멸치회.

"갑자기 옹기는 무엇에 쓰려는 거야?"

삼인행은 월전을 지나 간절곶에 이를 때까지 그 점이 궁금하였다. 자연염색에 필요한 옹기나 사발은 넘쳐나지 않는가.

"약술을 담그려고."

서림은 짤막하게 대답하였다. 길거리에 늘어놓은 옹기점에서 얼마든지 구할 수 있었지만 무언가 정갈한 맛을 우려내고 싶었다.

"약술을 제대로 빚을 수 있을까 모르겠네."

"실패는 성공의 어머니라고 했잖아."

"그러다 몸보신에 좋은 귀한 약술이나 안 버릴까, 염려된다. 약술 빚을 생각은 왜 했을까……?"

"해가 갈수록 어머니의 모습이 마음을 아프게 하는 거야. 외할머니께서 그 나이 적에 약술로 육신의 고통을 잊고 마음을 위하더구나. 그리고 약술로 염색한 옷을 몸에 두르면 근심걱정을 다스릴 수 있지 않을까, 표사장님의 조언을 깨물며 거기까지 가닥을 잡은 거야."

"너다운 실천행이구나. 오랜만에 진하해수욕장 모래를 밟아 볼까?"

삼인행은 허연 파도가 뒤채는 진하해수욕장이 나타나자 소녀적인 감정을 추스르지 못하였다.

"그럴까? 이곳도 옛날 같잖아 오염이 많이 되었어."

두 사람은 모래밭 솔밭머리에 차를 주차시키고 모래를 밟았다. 겨울 날씨치고는 햇살 반짝이는 날인데도 평일이어서인지 사람의 발자국 하나 남기지 않았다. 두 사람은 어깨를 나란히 하고 이쪽에서 저쪽 끝까지 말없이 걸었다. 파도 위에 미끄러지는 햇살이 눈부셨다. 갈매기가 한가롭게 시린 파도를 타고 있었다.

"옛 생각이 나."

"첫사랑?"

"그와 비슷한 사랑이었다고나 할까."

삼인행은 모래밭 끝머리 해가 떠오르는 곳을 바라보고 있는 거북머리 섬을 바라보았다. 지금의 남편은 그곳 벙커에서 해안을 지키는 경비병이었다. 칡넝쿨과 소나무로 뒤덮인 섬은 밀물 때면 뭍과 연결된 도두룩한 해안길이 물에 잠겼고, 썰물 때면 모습을 드러내어 발목을 적시는 물방울을 튀기며 건널 수 있었다. 그와는 썰물이 가장 멀리 빠져나갔을 때 만났다. 그때마다 두 사람은 중간쯤에서 마주쳤다. 우리는 말이야, 꼭 오작교을 건너는 견우와 직녀 같아. 그는 그리움으로 젖은 환한 웃음을 깨물었다.

"헤어진 거야?"

"헤어졌음 어떤 상처를 남겼을까?"

"그럼, 아직도 가슴에 지니고 있어?"

"영혼을 함께 하기로 하였으니까."

"에이, 재미없는 로맨스였네. 니네 신랑이구나."

"그 어느 사랑보다도 아름다운 추억을 가슴에 묻은 거야."

"갈데없는 곱상한 열녀의 마음이구나."

두 사람은 다시금 침묵을 드리웠다. 발길은 차를 세워둔 솔밭머리로 향하였다. 순간 서림은 파도를 타고 오는 백상의 목소리를 들었다. 약술 빛을 옹기그릇을 사러간다고요? 가장 아름답고 영원한 그릇은 영혼의 그릇이오. 영혼의 그릇요? 그래요. 그게 집이오. 영혼을 담을 수 있는 그릇은 집이란 말이오. 말하자면 옹관묘 같은 건가요? 해석은 자유요. 어제 저녁 다소 들뜬 기분으로 전화를 걸었을 때, 대뜸 하는 말이었다.

"어디로 가는 거야? 차는 이쪽이야."

삼인행은 방향을 일깨웠다. 서림은 등 뒤로 밀려드는 파도 말을 발로 걷어차며 차에 올랐다.

"방금 무슨 상념에 잠긴 거야?"

삼인행은 시동을 걸며 흥미 있어 하였다. 서림도 그런 면이 있었던가?

"아무 것도 아니야. 햇살이 미끄러지는 파도가 가슴에 와 닿았어."

"상투적인 자기변명 아닌가?"

삼인행은 웃음을 지었다. 하루 이틀 아는 사이인가. 서림은 잠자코 말이 없었다. 차는 서생왜성을 지나 굽이굽이 남창으로 향하였다.

"니네 신랑과 이곳에서 제법 로맨스를 즐겼다면 이 길도 추억으로 아로 새겼겠네."

"그때는 비포장도로였고, 저기 보이는 뚝이 온통 갈대밭이었지. 우리는 메추라기처럼 그 속에 숨어들어 시간을 불태웠어."

"그 추억을 평생 함께 하는 것도 행복이지. 아름다웠던 추억이 아픈 상처가 되어 반쪽 가슴으로 숨 쉬는 사람이 얼마나 많아."

"그 점은 인정해. 이른 시간이지만 남창장에 들러 국밥을 들고 갈까?"

"거기도 추억이 묻어난 거야?"

"남창 장날이면 국밥은 정말 진미였어. 그이는 그런 곳을 좋아했어. 시장 골목을 즐겨 찾았지."

삼인행은 남창을 들어서자 익숙한 골목길을 찾아들듯 남창역을 지척에 둔 남창장에 들어섰다. 장날이 아니어서 겨울 찬바람만 을씨년스럽게 비질하였다. 삼인행은 두런두런 손님들이 술잔을 나누고 있는 할매국밥집을 들어섰다. 그리고 소머리 수육과 국밥을 주문하였다. 서림을 바라보더니 남창 막걸리 한 병을 추가로 시켰다.

"이곳 막걸리 맛이 그만이야. 그 사이 주인이 바뀌었네. 전에는 할매가 며느리에게 물려주겠다고 노구를 이끌고 나왔는데. 보아하니 그 며느리도 어디로 가고, 낯선 기분이 드네."

"세월이 얼만데."

"그렇지. 나도 추억이 담겨있는 막걸리 한잔 해 볼까."

삼인행은 수육이 나오자 잔을 부딪쳤다.

"맛이 좋은데. 이걸로 약술을 빚을까?"

"에이, 그러면 향기가 제대로 우러나겠어? 무엇보다 정성이 들어야지."

삼인행은 나무라는 투로 말하고 한 병을 더 주문하였다

"대낮부터 취하겠다."

"나야 한잔이면 넘치지. 수육은 옛날 그 맛을 지니고 있어."

두 사람은 이른 점심을 들고 남창장을 뒤로 하였다. 그리 멀지 않은 옹기마을을 찾아들었다. 마을 전체가 옹기로 가득 차있어 겨울 햇살을 받아 검은 진주처럼 반짝였다. 영혼이 깃든 그릇. 서림은 백상의 말을 떠올리며 그만그만한 술 항아리를 골랐다. 삼인행도 덩달아 물 항아리 두어 개와 반찬그릇과 대접을 샀다. 눈이 살림이라고, 견물생심 다기와 함께 진열해 두면 잘 어울릴 것이다.

"다 고른 거야?"

"뭐든지 욕심을 부리면 안 되지."

두 사람은 왔던 길을 되돌아 나왔다. 이번에는 해안 길을 버리고 곧게 뻗어나간 국도를 조심스럽게 내달렸다.

옹기마을에서 돌아온 서림은 시장을 찾았다. 기억을 더듬어 외할머니가 자주 찾던 점포에 들러 빛깔 좋은 잘 뜬 누룩을 사왔다. 번거로운 일은 작업장에서 하는데, 약술만은 집에서 담그고 싶었다. 꼬두밥을 찌고 술을 빚어 넣으려면 아무래도 어머니의 은근한 조언이 필요할 터였다. 경험만큼 영험한 지식이 없다고, 된장, 간장을 담아온 손끝이야말로 책장 속의 이론을 능가할 것이었다.

"내가 뭘 아나. 외할머니가 술을 빚을 때도 못마땅해 하였는데."

남숙여사는 떨떠름한 표정을 지으면서도 시큰한 마음으로 일을 거들었다. 친정어머니는 친정아버지를 위해 술을 빚기 시작하였다. 일제의 눈을 피해 은밀한 장소에서 상회임시정부로 보낼 독립자금을 모금하기 위해 회합을 자주 갖게 되었고, 이층 다락방은 그 가운데 한곳이었다. 친정어머니는 그들을 위해 약술을 빚기 시작하였는데, 친정아버지가 만주로 피신을 하게 되었고, 해방이 되기 전 그곳에서 옥사를 하자 한잔 술로서 마음의 고통과 슬픔을 이겨 나왔다. 친정어머니의 그 모습이 마음을 아프게 저몄다.

"누룩과 꼬두밥을 몇 대 몇으로 하죠?"

"누가 무게를 달고 질량을 세분한다 하더냐. 손끝으로 알아서 맞추지."

남숙여사는 머퉁을 주면서도 일일이 간섭을 하였다. 서림은 어머니의 말을 귀담아 들으며 옹기마다 약술을 빚어 넣고 뚜껑을 봉하였다. 허리가 무지근하였다.

술 익는 냄새가 났다. 향긋하면서도 독특한 약초향기가 어우러져 그 어느 향기보다 좋았다. 하루가 다르게 술 익는 냄새는 더욱 짙게 방안을 꽉 채우며 코끝을 자극하였다. 이제는 무슨 약초향기인지 분간할 수 없었다. 매캐한 연기처럼 들어찬 술 익는 냄새는 아랫방을 온통 차지하고, 아침안개처럼 마당을 가로 질러 대문 밖을 빠져나갔다.

"온 집안이 술 냄새로 가득하구나."

남숙여사는 지난날 친정어머니가 빚은 은근하면서도 향기로운 술 익는 냄새를 떠올렸다. 거기에 비하면 향기가 너무 짙었다. 서림도 술 향기에 취해 머리가 어질할 정도였다.

"술 향기가 은근할 줄 알았는데 누룩과 약초를 분별없이 넣었는가 봐요."

서림은 실패작에 가깝다고 예감하였다. 하지만 술 향기가 고약하다고는 말할 수 없었다. 뚜껑을 열고 보글보글 자지러지는 술국을 조롱박으로 한 바가지 떴다. 예상하였던 대로 빛깔이 너무 짙었다.

"느닷없는 짓인데 정성이 제대로 들었겠냐."

"마뜩찮게 여기지 말고 이거 한 잔 들어보세요. 약효가 있지 싶어요."

"어디보자."

남숙여사는 내켜하지 않으면서도 전주를 맛보았다. 누룩 냄새가 진하게 목구멍을 자극하였다. 재치기가 나왔다.

"야야, 독하다. 무슨 약초인지 쓰기는 왜 이리 쓰냐."

"아이구야, 그건 너삼 뿌리를 담근 술이네. 오미자 술을 떠서 드린다는 게 깜박했네요. 오히려 잘 됐는지도 모르죠. 너삼은 신경계통과 황달에 좋다고 하였으니까요."

"지극한 효심이다. 이걸로 옷가지에 물을 들이면 앉으나 서나 쓴 술 냄새가 나지 싶다."

"이번에는 오미자로 담근 술을 드릴까요?"

"그만 됐다. 금방 취기가 돈다."

남숙여사는 머리를 싸안으며 자리에 누웠다. 그이가 말하던 고향의 향수. 그 섬이 파도를 타고 우쭐우쭐 눈앞에 다가왔다. 어쩔끄나, 가슴에 안고 있는 그이의 향수에 젖은 목소리를…….

서림은 어머니의 마음을 아는지 모르는지 단지마다 뚜껑을 열고 정성스레 술을 걸렀다. 그리고 열두 가지 약초로 빚은 술을 조금씩 병에 담아들고 작업장으로 갔다. 겨울에는 매일 찾지 않아 찬바람이 일었다. 이곳은 친구 남편이 별장이라도 지을까 하고 샀는데, 부동산하는 친척에게 속아 쓸모없는 땅이 되었다. 서림이 잠시 빌려 작업장으로 사용하고 있는데, 곧 뒤쪽으로 도로가 생겨 비워주어야 할 판이었다. 서림은 천 조각을 골라내어 열두 가지 약술로 물을 들였다. 술 향기가 얼어붙은 공기를 혜실하게 풀어내렸다. 두 번 세 번 색상이 제대로 나오기까지 물들이기를 반복하자면 몇 날이 걸릴 것이다.

실패는 성공의 어머니라고, 삼세번은 해야 된다고, 서림은 어머니의 정성스러운 손끝에 의지하여 네 번의 실패 끝에 말갛고 빛깔 좋은 약술을 뜰 수 있었다. 어머니는 처음과는 달리 실패를 거듭할수록 정성을 기울였다. 예전에 볼 수 없었던 진지함마저 떠돌아 서림이 오히려 이상한 눈길로 바라보았다. 서림보다 더 술 향기를 가슴에 안았다.

어쨌거나, 뜨고 남은 술은 서림의 몫이었다. 고혹적인 색깔과 밀랍보다 더 그윽한 향기는 분명 매혹적인 색상을 물들일 것이었다. 아름다움의 절정. 서림은 작업장으로 달려가 섬섬옥수로 개켜놓은 비단을 정갈스럽게 물 들였다. 오미자, 삽추, 쓴너삼, 삼지구엽초, 당귀, 바위옷, 산뽕, 하수오, 더덕, 도라지, 산매실, 구절초를 열 두 자락 명주에 물들였다. 몇 날을 작업장에서 밤을 지새웠다. 처음에는 희미한 그림자처럼 비치던 색상이 드디어 선명하게 드러났다. 각기 개성이 뚜렷한 품격을 나타내며 아릿한 정감을 주었다. 됐어! 서림은 열 두 자락 비단옷감을 곱게 개켰다. 집으로 돌아와 어머니에게 자랑삼아 내보였다.

"어때요? 제대로 성공한 것 같죠."

"정성을 그만큼 들였으면 나라도 그 정도는 물들였겠다."

남숙여사는 떫은 표정을 지었다. 이제 옷가지에 물까지 들이고, 어찌 그 노릇을 감당할 것인가. 남숙여사는 잘근 입술을 깨물었다.

"올 설엔 맵시 나게 설 옷을 해 드릴게요."

"내 죽거들랑 수의나 반듯이 짓거라."

"참, 어머니도. 그렇게 말하면 제가 슬퍼지잖아요."

서림은 열두 자락 비단옷감을 장롱에 간직하고 남은 술단지를 들고 대문을 나섰다. 남숙여사는 딸이 대문을 나서자 가만히 약술단지를 열고 술맛을 보았다. 깔끔하고 정갈한 향기가 혀끝을 자극하였다. 이 향기. 그이는 아직도 이 향수를 가슴에 간직하고 있을까? 당신이 맛보지 못하는 이 향수를 내가 맛보니 얼마나 얄궂은 운명인가. 남숙여사는 자신도 모르게 한숨을 내쉬었다. 그리고 서랍장 밑에 간직한 수놓은 보자기를 꺼냈다.

서림은 삼인행을 들어섰다. 미리 연락을 받은 표상은 먼저 와서 기다리고 있었다. 표상은 삼인행과 이야기를 나누고 있다가 반색을 하였다.

"드디어 약술이 익었다고요?"

"순전히 어머니의 정성 때문이었어요."

"모친께서요? 의외인데요."

"저도 놀랐어요. 그 모습에서 무언가 궁금증도 불러일으키고요."

"너의 외할머니를 생각한 것 아닐까?"

"글쎄. 이게 삼지구엽초로 빚은 술이고, 이건 하수오로 빚은 술이에요."

"정력주로만 가지고 오셨네. 음양곽에 대한 내력을 아시오?"

"술과는 인연이 천리 밖인데 뭘 알겠어요."

삼인행은 표상이 안주로 가지고 온 연어훈제를 내놓으며 찻잔을 술잔 대용으로 내놓았다.

"옛날 중국 시골 노인이 염소를 길렀는데, 삼지구엽초를 뜯어먹고 자란 숫염소랄 놈이 지칠 줄 모르고 암염소를 탐하는지라, 그것을 채취하여 술을 담아 마셨더니 정력이 되살아나면서 거뜬히 노익장을 과시하였어요. 사지가 어질지 못하거나, 양기가 떨어졌을 때, 그리고 냉풍(冷風)과 피로한 기운을 회생시켜 주지요."

"어쩜 그 방면에 그리 잘 아세요?"

"백상이 사는 섬에 유일하게 자생하지요. 옛날에는 구중궁궐에 진상을 하였고요."

표상은 술을 음미하였다. 술 향기가 가슴을 향긋하게 비질하였다. 마치 음악이 진동효과를 나타내는 것처럼 가슴을 울렸다. 문득 머슴 몽선이 떠올랐다. 아주 먼 기억으로 밀려나 망각하고 있었는데, 몽선이 뚜벅하게 눈앞에 다가선 것이다. 한민서네 머슴 몽선은 크고 우람한 덩치와는 달리 순박하기 이를 데 없었다. 한민서 처제 해심이 무어라 한마디만 해도 쩔쩔맸다. 술 잘 빚기로 소문난 종부네가 일꾼들을 위해 술단지를 몽선의 방에 묻어놓을라치면 꼴을 미어터지도록 한 바지게 베어 짊어지고 돌아온 몽선은 바지게 밑에 숨겨온 삼지구엽초 아니면 새박죽을 술독 속에 파묻으며 싱긋 웃음을 지었다. 이게 말이여. 여자를 작신작신 녹여주는 정력주가 될 것인게. 몽선은 그렇게 몇 날을 기다리다가 뽀글뽀글 술 익는 소리가 들리면 종부네가 술을 뜨기 전날 밤을 이용하여 전주를 한 바가지 떠서 흐벅지게 마셨다. 어쩌? 아랫도리가 막 성깔을 부리제? 몽선은 디룩한 눈으로 표상의 반응을 살폈다. 그거야,

자네나 나나 이팔청춘 아닌감. 표상은 도둑술을 얻어 마시며 시큰둥하게 대답하였다. 그래도 뭔가 다를 것이여. 거, 있잖은가. 해심이 처제. 서로가 은근히 좋아함시러 개 닭 쳐다보댓기 하지 말고 이참에 콱 안아부려. 남녀의 정이란 불꽃을 일으켜야 제대로 심어진단 말시. 몽선은 게슴츠레 웃었다. 아마 그런 날은 산에 나무 하러가서 다복솔 밑에서 용두질이라도 하였을 것이다.

"술 향기가 독특하다."

삼인행은 홀짝 술로 마셨는데도 귓불이 금세 빨개졌다.

"나는 연어훈제가 그만인 걸."

"그래요. 연어훈제나, 삼지구엽초 술이나 각기 그 지방에서 나는 신토불이라 잘 어울리오."

표상은 서림이 권하는 대로 하수오로 빚은 술까지 마셨다. 오랜만에 조약도 진미를 맛보았다. 종부네가 정성스레 빚은 술 향기가 가슴에 차올랐다.

밤늦게 삼인행에서 돌아온 서림은 술 향기로 물들인 비단옷감 한 감을 정성스레 포장하였다. 백상에게 답례로 약술을 보낼 수 없어서였다. 그로부터 열흘 뒤 서림은 백상으로부터 또 한 차례 택배를 받았다. 이번에는 곱게 접은 편지를 동봉하였다.

당나라 황제가 향기 없는 꽃을
신라의 선덕여왕에게 보냈다더니
그대 보낸 무지갯빛 비단 옷가지에
술 향기가 없네
원하노니 이다음에는 한 됫박 술 향기를
비단 옷가지에 싸서 보내게나.

내 이럴 줄 알았지. 서림은 속으로 웃음을 지었다. 가식 없는 백상의 마음이 실려 있었다.

"뭐가 좋아서 그런 얼굴이고?"

남숙여사는 질책하듯 정색을 하였다. 약초를 주고받고, 그 약술로 물들인 옷가지를 보내고, 암만해도 예삿일이 아니었다.

"다음에는 약술을 한 단지 싸서 보내라는군요."

"감정은 감정을 낳는다고, 감정들을 영 못 추스르는 것 같다."

남숙여사는 돌아누우며 지그시 눈을 감았다. 그 사람은 술을 대할 때마다 고향 섬에서 빚은 약술을 떠올리며 술자리를 내켜하지 않았다. 그렇다고 메마른 감정의 소유자는 아니었다. 누구보다도 따스한 정감으로 사랑을 심어 주었다. 어디메에 있을까? 지금까지 살아 있는 걸까? 마지막 떠날 때의 그 모습. 어째서 백상과 그이의 얼굴이 하나로 겹쳐질까? 딸에게 이 일을 어떻게 말해야 할까……?

"너무 염려 마세요. 철부지들이 아니잖아요."

서림은 백상이 보내온 약초를 다듬고 씻고 건조시킨 다음 누룩을 사기 위해 시장으로 향하였다. 발부리에 훈기가 채였다. 벌써 봄기운이 와 닿는 건가? 기상이변으로 겨울이 짧다고는 하지만 올 겨울은 영하의 날씨 속에서 봄을 멀리하지 않는가. 하지만 서림은 무언가 즐거웠다. 지척에서 들려오는 뱃고동소리도 정겹게 다가왔다. 불현듯 젊은 날 우울한 마음을 안고 음악다실에 홀로 오도카니 앉아 뜻 없는 공상과 회의에 젖었던 시절을 떠올렸다. 그때마다 추위를 탔다. 외할머니와 어머니는 두 사람만의 비밀을 간직하고 있어 따돌림을 받는 기분이었다. 주위의 벗들도 마찬가지였다. 저 애는 주워온 아이래. 아니야. 사생아라고 하더라. 그 같은 빗김 속에서 외로울 수밖에 없었다. 오늘의 감정 따위는 느껴보지 못하였다. 그럼, 오늘의 봄기운 같은 감정은 어디서 파생되고 발아된 걸까? 아무래도 좋았다. 세상의 인심과 감정의 파고는 동전의 앞면과 뒷면처럼 함수관계가 아닌가.

2

　백상은 바다생태계에 관한 세미나에 참석하기 위해 집을 나서기 전날, 환경보호단체로부터 갯벌의 샘플 결과를 받았다. 아직은 갯벌이 살아있어 회생 할 수 있는 가능성이 다분하다는 것이었다. 이건 혼자만의 힘으로는 어려울 것이다. 마을사람들, 나아가 섬 전체가 한마음으로 갯벌을 살려내야 한다. 백상은 이장을 불러 결과보고서를 복사하도록 하고, 마을회의를 열도록 하였다. 섬사람들의 자력과 노력으로 갯벌을 살려내고 싶었다. 아, 일본 놈들이 궁장토(宮庄土)였던 이 섬을 강제로 착취하여 이 섬에서 온전히 살려거든 섬 값을 지불하라고 윽박지르지 않았는가. 그런 날도둑놈들이 시상에 어디 있것는가. 하는 수없이 우리네 할아부지들이 왜놈들이 부풀려 요구한 돈을 마련하기 위해 원맥이를 하여 개간답을 팔고, 그래도 부족한 돈은 가가호호 할당을 하지 않았는가. 그런 피나는 역사를 지니고 있는디, 대대로 물려받은 갯벌이 죽어가는 것을 그냥 내몰라라 보고만 있을 수 있것는가. 우리로서는 문전옥답이나 다름없는디. 그려. 암만. 우리 힘으로 살려야제. 섬 전체가 한마음으로 사명감을 다져넣는다면 안될 게 뭔가. 자네 말처럼 순전히 무지한 우리들 잘못으로 갯벌이 저 지경이 되지 않았는가. 자네 말을 빌리자면 갯벌은 바다의 정화조라면서? 구십 넘은 봉식이 아범의 말은 숙지근하게 마을사람들의 마음을 대변하였다.
　여수는 많은 변화를 가져왔다. 한려수도에 걸맞게 관광도시로의 탈바꿈을 실현하고 있었다. 천혜의 바다가 주는 아름다움을 한눈에 담기 위해 자력갱생을 기울이고 있었다. 지난날 항구도시의 심장부라 할 수 있는 부둣가는 옛 모습을 찾아볼 수 없었다. 아쉬운 감이 없지 않았으나, 세상은 그렇게 변해가지 않는가. 세미나는 별로 새로울 것도, 감명 깊게 얻을 것도 없었다. 적당히 구색을 맞추고 생색내기에 지나지 않았다. 그런 점에서 세미나에 참석할 때마다 실망스러움을 감추지 못하였다. 한마디로 밑천이 얕은 학문탐구의 한계설정이었다. 유수한 기업체에서 앞날을 내다보고 지원해 주는 사회적 제도라든가, 인식이 절실할 때라는 발췌자의 마지막 사적인 말에 공감하였다. 그게 영세한 현실을 반영한 의미 있는 말이었다.

세미나가 끝나고 시에서 베풀어 준 해상관광은 신선한 추억의 한 자리를 마련해 주었다. 거북등처럼 수면 위로 떠오른 크고 작은 유인도와 무인도는 금방이라도 남해, 그 깊고 먼 바다로 나아갈 듯 하였는데, 향일암에 이르러 그 거북머리는 고해의 바다로 나아가고 있었다. 백상은 일행과 떨어져 거문도에서 하룻밤을 보냈다. 조약도와는 또 다른 경개를 나투었다. 깊은 바다물결이 발목을 적시고 허리께를 휘감아 돌아 가슴께까지 차올라 모든 시름을 한꺼번에 놓아버리게 하였다. 한마디로 남성적인 정열과 광기가 파도말에 뒤채어 가슴을 휘저었다. 겨울바다. 그 차가운 파도는 안으로 안으로 뜨거운 열정을 안고 있었다. 차가움은 어떠한 물체라도 가장 단단하게 담금질한다. 백상은 한밤을 고향 바닷가에서 느껴보지 못하였던 광기어린 해조음으로 몸을 뒤채었다. 깊고 먼 심해에서 울리는 숨결소리. 거기에 비해 고향바다는 아주 여리고 섬세한 여인의 감성이 묻어나지 않는가.

다음날, 백상은 순천을 돌아 나오다가 여산 스님의 안부가 궁금하여 하동으로 향하였다. 화개에서 내려 다리를 건너 여산 스님의 차밭을 찾아들었다. 굴뚝에서 연기가 피어오르고 있었다. 여산 스님은 아궁이 앞에 쭈그리고 앉아 공안을 굴리고 있다가 백상을 반겼다.

"어인 일이야?"

"세미나 참석차 여수에 갔다가 들렀습니다."

"아궁이 앞에 앉거라. 날이 추워질 모양이다."

"한 차례 추위가 지나가야 봄이 오지요. 듣던 대로 요사채가 제자리를 찾았습니다."

"그만큼 마음고생을 하였다."

"집짓는 일이 수월하던가요."

"그러게 말이다. 사람이 사람을 믿고 신뢰할 수 없는 것만큼 불행하고 비참한 인연도 없다는 것을 새삼 느꼈다."

"속세의 각박하고 야박한 인정을 혹독하게 맛보았군요."

"그런 셈이다."

"누가 스님의 마음을 그렇게 헤집었지요?"

"김성신이라고 너의 이종사촌 있지?"

"그녀석도 연관이 있어요?"

"아니다. 김성신도 피해자의 한 사람인데, 다행인 것은 그 덕분에 표상과 인연이 닿아 해원호에 승선하게 되었다."

"그건 알고 있습니다만, 사람으로 태어났으면 악연은 짓지 말아야지요."

"현재가 지옥이고 하늘나라라더니, 사람의 형상에 따라 그렇게들 구별 짓는가 보다. 이번에 내가 한 가지 느끼고 깨달은 것은 사기라든가, 충동적인 살인의 동기부여, 그 밑바닥을 들여다보면 일종의 관심을 끌기 위한 사회적 반항의식에서 도출된 애정결핍이라는 거다."

여산 스님은 숯불을 끌어 모아 다독이더니 고구마를 묻었다.

"범죄의 근원은 대체로 열악한 환경이 지배하죠. 물론 타고난 품성도 중요하지만……."

"글쎄다. 우리가 꼭 성선설이나 성악설을 따질 성질은 아니다만, 열악한 환경과 타고난 품성은 연관이 있지 싶다."

"가정환경이라든가, 교육환경은 지대한 영향을 미치잖아요."

"거기에 품성이 뒤따르고 말이다……."

"그런데 표상께서 김성신을 해원호에 승선시키면서 해심이 이모님을 만나 보았는가요?"

"너의 이모님께서 부끄러움을 탔는가 보더라. 이해가 간다."

"아무튼, 요사채로 하여 사람들의 왕래가 잦겠습니다."

"제자리에 뿌리내린 나무가 가만히 있어도 바람에 가지가 흔들린다고 하더니 세상사가 그렇구나."

여산 스님은 고구마를 묻은 숯불을 한 번 더 다독이고 나서 저녁예불을 보았다. 그 사이 백상은 저녁을 챙겼다. 이제 공양주보살을 들여놓을 법도 한데 아직도 손수 매사를 해결하려는 청정비구를 고집하였다.

"이 반찬새는 스님 솜씨가 아닌 듯싶은 데요."

"서림과 삼인행이 한번 다녀갔지. 약초로 담근 술로 자연염색을 실험삼아 해보았다나. 어찌 거기까지 발전하였는지 모르겠어."

"제가 그 약초 공급원입니다."

"서림, 순발력 한번 대단하구나."

여산 스님은 순간 깊이 모를 상념에 젖으며 무슨 말을 덧붙이려다 그만 두었다. 두 사람은 조촐하게 저녁공양을 들었다. 저녁상을 물리고 시커멓게 탄 고구마를 다식삼아 차를 들었다.

"검은 고기가 맛이 좋다고, 새까맣게 탄 고구마 속살이 먹음직스럽네요."

"검다, 희다, 구분 짓는 자체가 우리들의 편견에 지나지 않지."

"흑백논리야말로 가장 경계해야 할 소비지향적인 모순이지요."

"그렇지. 그 밑바닥에 깔린 본질을 간과한 때문이지. 그래서 말인데, 서림이 약술을 빚는다고 하였을 때, 어디서 온 발상인가, 잠시 생각했지. 더구나 자네가 약초의 제공자라는 데서 여러 갈래의 생각을 부추기고……."

"저도 처음에는 뜨막한 표정을 지었어요. 다분히 어머니를 위한 효심에서 우러난 것은 아닌 것 같고요. 약술로 자연염색을 해 보낸 것도 그렇고……."

"토인들이 얼굴을 황토로 단장하는 것을 보고 소위 문명인이라 자처한 사람들은 미개인의 주술적 행위라고 비하 내지 업신여기지. 자신들은 사향노루나 사향고양이의 오줌으로 정제한 향수를 뿌리면서 말이야."

"그게 흑백논리의 가장 단선적인 내면 아니겠어요?"

"우리가 삶의 중심부에서 보듬어 안고 사는 윤리적인 측면도 그러한 흑백논리적인 잣대로 재단해 버리는 사례가 많아."

"어느 시대를 막론하고 그 같은 모순의 광기가 범람하지 않는가요?"

"내가 이야기 하나 하지. 오강윤 선생님께서 들려준 이야기인데, 아직도 머릿속에 의문부호처럼 남아있어."

"의문부호요?"

"그렇다니까. 자네도 듣고 나면 여러 변수가 작용할 거야."

여산 스님은 잠시 뜸을 들이다가 호랑이 담배 피우듯 이야기를 시작하였다. 그러니까, 여인이 현해탄을 건너기 위해 관부연락선을 타려는 순간 남자를 발견한 것은 운명의 시발점을 예시한 점화였다. 그렇다고 처음은 아니었다. 이미 동경유학생으로 학교는 달랐지만 친선모임에서 서너 번 얼굴을 익혔고, 두어 번 같은 배로 현해탄을 건넌 사이였다. 그래서 더욱 반가웠는지 몰랐다. 그는 그녀에게 다가왔다. 반가워요. 함께 관부연락선을 타게 되었군요. 그녀는 밝은 얼굴로 인사를 하였다. 그러게요. 이렇게 만날 줄이야……. 순간, 그는 옆 사람의 발길에 차이기라도 한 듯 갑자기 중심을 잃었다. 그녀는 엉겁결에 그를 붙들었다. 중심을 잃은 그는 그녀에게 쓰러져 안긴 채 정신을 잃었다. 황당하고 난감하였다. 질서정연하게 배에 오르는 승객들은 두 사람을 헤어지기 아쉬운 연인 사이로 알고 퍽 흥미 있는 얼굴로 지나쳤다. 가까스로 곁에 있는 의자를 찾았다. 승객들은 모두 배에 오르고, 관부연락선은 곧 떠나려고 하였다. 정신을 잃고 고열로 신음하는 그를 매정하게 뿌리치고 여객선에 오를 수도 없고, 그렇다고 아픈 사람을 들처업고 배에 오를 수도 없었다. 그렇게 쩔쩔매고 있는 사이 관부연락선은 길게 뱃고동을 울리며 서서히 부두를 벗어났다. 발을 동동 굴러봤자 아무 소용이 없었다.

감정을 다스린 그녀는 다음 배편으로 갈 수밖에 없다고 체념하였다. 이왕이면 그와 함께 가는 것도 좋으리라. 그녀는 응급치료라도 받아야 할 것 같아 인근 병원을 찾았다. 진단결과 장티푸스라는 것이었다. 또 한 번 난감하였다. 격리수용이 불가분 하였고, 하루 이틀 나을 병이 아니었다. 그렇다고 매정하게 병원응급실에 내버려둔 채 혼자 관부연락선을 탈 수는 없었다. 유학생 친선모임에서 처음으로 만났을 때, 그녀는 자신도 모르게 눈을 내리깔았다. 가슴이 뛰었었다. 만남이 더할수록 자석에라도 이끌리듯 마음이 갔다. 어쩌면 마음 한구석을 차지하고 있었는지 몰랐다. 의식을 되찾은 그는 집에 연락하면 되니까 걱정 말고 먼저 가라고 하였다. 그럼 집에 연락을 하고 가겠다니까 무엇이 문제인지 펄쩍 뛰었다. 내 일은 내가 알아서 할 테니까 신경 쓰지 말라는 것이었다. 그 말 가운데 무언가 피치 못할 속사정이 있는 듯하였다. 하는 수 없이 그의 고집을 꺾고 입원을 시켰으나, 그녀가 지니고 있는 돈으로는 감당할 수 없어 조기 퇴원을 시키고, 어머니가 잘 다니는 암자로 옮겼다. 요양을 좀 하면서 공부를 하겠다는 말에 주지 스님은 선선히 받아주었다. 집에서는 두 사람 다 현해탄을 건너 열심히 학업에 매진하고 있는 것으로 믿어 의심치 않았다.

"그때부터 로맨스가 본격적으로 시작되었는가요?"

백상은 심드렁한 얼굴을 하였다. 흔히 전개되는 신파조 아니면 멜로드라마에 지나지 않은 이야기가 아닌가. 그걸 구태여 심각하게 들려주는 의도는 또 무언가. 그러나 여산 스님은 전혀 개의치 않고 이야기를 계속하였다.

"여인의 간호는 정성스러웠어. 처음에는 마음이 움직이는 대로 간호를 하였는데, 점점 시간이 흐를수록 연민으로 변하였고, 연민의 정은 사랑의 꽃망울로 맺힌 거야."

남녀의 정이란 묘한 것인가. 가까이 다가갈수록 가슴을 울리는 숨결 소리가 배어들었다. 그런데 이상한 일이었다. 그녀가 가까이 다가갈수록 그는 애써 마음을 멀리하였다. 그녀에게 향한 눈빛이 강렬하고 깊이 모를 정감을 담고 있는데도 정반대로 차갑게 대하였다. 때로는 추위에 떠는 겨울 밤하늘의 별빛과도 같았고, 지붕 위로 살짝 도망치는 들고양이의 눈빛을 닮기도 하였다. 그녀는 이중주로 울리는 그의 숨결이 가슴에 와 닿을 때마다 더 가까이 다가갔다. 그렇게 하지 않고서는 도저히 마음을 가눌 수 없었다. 더불어 그녀의 간호는 더욱 지성스러웠다. 그에게 향한 사랑의 힘은 그 어떤 두려움과 주위의 비난과 고통을 이겨나가게 하였다. 그러나 두 사람의 은신처는 오래가지 않았다. 그녀의 어머니가 그 사실을 알고 달려온 것이다. 동경에서 학업에 매달리는 줄 알았는데, 너무나 엉뚱한 반란이었다. 시내에서 암자의 주지 스님을 만나 그 사실을 안 것이다. 그녀의 어머니는 머리끄댕이를 잡아끌었다. 그날 밤,

그녀는 언약을 다짐하며 순결을 바쳤다. 몇 번인가 사랑할 자격이 없노라고 도리질하는데도 그녀는 그 순간을 놓치면 영원히 잃어버릴 것 같았다.

"솔직하게 말해서 저에게는 절실하게 와 닿지 않습니다."

백상은 여전히 흥미 없어 하였다. 잘 익은 고구마 맛이 훨씬 진미가 있었다. 그러거나 말거나 여산 스님은 이야기를 계속하였다.

"그런데 그녀가 어머니의 감시가 소홀한 틈을 타서 암자를 찾았을 때, 그는 떠나고 없었어. 소식을 알 수 없었지. 그리고 대동아전쟁으로 일본 유학의 길도 막혀버렸고, 해방공간을 맞아 냉전이데올로기라는 작두날 위에서 모두들 광기의 눈을 번득였고, 육이오전쟁이 일어난 거야."

그때까지 그녀는 그의 소식이 궁금하였다. 어쩌면 해방공간 속에서 희생양이 되었는지도 모르겠고, 민족상잔의 피 흘림 속에서 죽어갔는지도 모르겠으나, 그녀는 기다렸다. 언젠가 반드시 그녀 앞에 모습을 드러낼 것 같았다. 피난대열로 들어찬 도시. 그녀는 전쟁의 공포를 이겨내기 위해 그와 지냈던 암자에서 기도를 드렸다. 전쟁도 막바지에 이르러 피난을 내려왔던 사람들이 하나 둘 항구도시를 떠날 즈음 하늘이 감응해서였을까. 깊은 밤 그가 두억시니처럼 그녀 앞에 나타났다. 피접이 상접한 모습은 그간의 행적을 단적으로 말해 주었다. 오매불망 얼마나 기다렸던가. 그녀는 그의 품에 안기며 기쁨의 재회를 누렸다. 살아있었다니 꿈만 같았다. 그러나 재회의 기쁨은 오래가지 못하였다. 쫓기는 몸이었다. 탈출구를 찾아야 했다. 어느 곳을 둘러보아도 안전지대가 없었다. 한발작도 내딛을 수 없는 절망감에서 찾아낸 것이 현해탄을 건널 수 있는 밀항선이었다.

"많은 사람들이 밀항선을 타고 바다를 건넜다죠?"

백상은 비로소 자세를 바로 하였다. 순간 아버지의 행적을 떠올린 것이다. 아버지도 밀항선을 타고 일본으로 건너가 사할린에 이르렀을 것이라는 가정은 백상의 머리에서 쉽사리 비워내지 못하였다. 어머니뿐만 아니라, 명상을 비롯하여 주위사람들은 물론 표상까지 너무 부풀리고 과민한 쓰잘데 없는 상상력이자 추리력이라고 일축해버리지만, 충분히 그럴 수도 있지 않을까. 지금에 이르러 그 같은 상상력에 의한 기대감이 스므러져 가지만.

"그게 영원한 이별이었어. 그때 심은 사랑의 씨앗이 그녀를 평생토록 그리움으로 기다리게 한 거야. 그리고 그녀는 교육계에 몸을 담았지. 오강윤 선생님으로부터 그 이야기를 듣는 순간 단순한 개인사가 아닌, 우리 민족의 한 단면을 보았지. 그렇게 살아온 영혼들이 얼마나 많은가."

"그러게 말입니다. 아직도 미해결로 남아있지 않습니까. 오강윤 선생님은 어째서 그런 이야기를 스님께 들려주었을까요?"

"모든 중생을 제도하고 위안해 주라는 마음에서였겠지."

여산스님은 애매모호하게 맨숭한 머리를 쓸어내렸다.

"그 장본인을 만나 위안을 주었어요?"

백상은 조금은 짓궂게 어깃장을 놓았다.

"글쎄. 남녀 간의 인연이란 불가사의한 무엇이야. 인연 가운데 가장 은밀하고 풀 수 없는 매듭이기도 하니까. 그럴 때는 승려라는 한계를 느끼기도 하고……."

"스님이나 저는 그러한 사랑을 멀리 여의었으니까요."

백상은 다음 말을 물으려다 그만 두었다. 무슨 생각으로 그 이야기를 들려준 걸까? 방안의 분위기도 그렇고, 굳이 그런 이야기를 들려줄 이유가 없었다. 오강윤 선생의 이야기라? 거기에 어떤 함수가 있는 게 아닐까. 암시? 암시라면 어떤 성질의 것일까. 평범한 이야기 속에 담겨있는 순애보. 아니지. 여산 스님께서 에둘러 이야기하느라 멜로드라마적인 성격을 띠고 있었지만, 분단이라는 민족의 아픔과 한 여인의 비극적인 사랑을 담고 있다. 일생을 통하여 그 같은 기다림으로 삶을 살아온 여인들이 얼마인가.

"자네나 나나 본질적으로 사랑을 멀리 여의었다고는 할 수 없지."

"그럼 제 말이 표피적인 재단이란 말인가요?"

"그렇다고 봐야지. 나는 차나무를 심으면서 사랑이라는 개념을 달리 받아들였어. 한 줌의 흙, 그것은 어머니의 육신일 수도 있고, 한 여인의 부드러운 영혼일 수도 있지. 그 한 줌의 흙을 정성스레 북돋우어 주면 생명의 뿌리가 깊이를 더하고, 하늘을 떠받드는 나무의 본체는 바로 나일 수 있어. 그게 사랑의 본질이야. 자네도 바다를 사랑하는 만큼 갯벌의 생명력, 어머니의 자궁과도 같은 정화조라 할까, 하늘을 받아 안을 수 있는 갯벌 한 줌의 자생력이야말로 한 여인의 사랑과도 같은 성질이지."

"점점 난해한 보폭입니다. 스님께서 제게 들려준 그 이야기의 주인공은 누구입니까?"

"언젠가는 자네도 알게 될 사람이야. 우리네 할아버지들이 긴긴밤을 어떻게 보냈는가? 화롯가에 앉아 곰방대를 입에 물고서 주위의 애잔한 이야기를 화롯불로 다독이며 담배연기처럼 피워냈지."

백상은 여산 스님의 그 모습에서 단순한 이야기만은 아니라고 확신하였다. 어쩌면 서림과 관계된 이야기는 아닌가? 그렇다면 굳이 에둘러 연막을 칠 필요는 없을 것이다. 서림의 어머니가 지니고 있는 순애보라면 더욱 흥미롭고 실감이 났을 것이다. 어쨌거나, 안개에 싸인 듯한 여산 스님의 이야기의 실체는 무엇일까?

"그런데 서림의 어머니는 어떤 종류의 비밀을 안고 있을까요?"

백상은 내친 김에 불쑥 물었다.

"내게 고백하지 않은 이상 캐물을 수는 없지 않는가. 또 자신만이 간직하고 있는 비밀을 말한다 해서 위안이 될 건 없을 게고……."

"하지만 스님과는 특별한 관계 아닙니까. 어쩐지 방금 이야기의 줄거리와 무관하지 않을 듯해서요."

"자네의 상상력이 거기에 이르렀나? 하긴, 상상은 자유니까. 그리고 그만큼 서림의 개인사에 관심을 가진다는 것이겠고……."

"생각이 너무 앞서 나간다는 뜻인가요? 혹을 하나 더 붙이는 셈이군요."

"난감해 할 것까지는 없네. 서림이 왜 굳이 약술을 빌미로 자네더러 약초를 제공해 달라고 했겠는가."

"그야, 약초가 많이 자생하는 때문 아니겠어요?"

"물론 맞는 말이지. 하지만 그것은 어디까지나 표면적인 이유에 지나지 않을까……?"

"그럼, 그 속에 깃들어 있는 내면은 무엇이지요?"

"그것은 자네가 느껴 알 일이지. 이것 보게나. 군고구마 겉모습이 어떤가. 새까맣게 탔네. 자네와 나는 직접 숯불 속에 묻었기에 그 속에 먹음직스러운 내용이 들었다고 하겠지만, 남들은 어찌 생각하겠는가. 겉만 보고 그냥 지나칠 것이네. 무슨 말인지 알겠는가?"

"딱 들어맞는 비유라고는 할 수 없겠습니다."

"아닐세. 우리는 어떠한 사물이건 그 본질을 알아야 하네. 그 점에 있어 자네는 철두철미하지 않은가. 서림이 자네에게 약초를 부탁한 것은 한 발작 진일보할 수 있는 동기를 부여한 것일세. 의식적이든, 무의식적이든. 자네도 흔쾌히 거기에 따른 것도 별반 다를 게 없을 게고. 본인들이야 그런저런 밑바닥까지 꼼꼼스레 따져 묻지 않고 즐거운 마음으로 인정을 주고받겠지만, 무의식적으로 그 같은 나눔이 이루어진 그 저변을 살펴볼 필요가 있네."

"듣고 보니 딴은 그렇기도 합니다만, 저는 순수한 마음 그것입니다."

"자네답지 않게 수줍음을 담고 있군. 그런 가운데 감추고 싶은 비밀이랄 놈을 키운다네."

여산 스님은 장난스레 웃음을 머금으며 숯검정이 묻은 손을 휴지로 닦아냈다.

"저는 어느 누구도 제 마음 안에 끌어넣지 않습니다."

"왜, 모르겠는가마는 일전에 서림에게 보낸 시 한수는 무엇을 말하고 무슨 뜻이 담겨있는 건가?"

"그걸 어떻게 아시죠? 저는 다만 염색의 질과 색상을 보고 순간의 감흥을 적어 보낸 것입니다."

"서림이 상기된 얼굴로 보여주었어. 나는 그렇게 보지 않았네. 즉흥적인 감상이라기보다는 군고구마 속살 같은 마음의 음률이 젖어 있었지."

"굉장하십니다. 그렇다고 마음이 변하여 약초를 더 이상 제공 안할 수도 없겠습니다."

"자네가 어디 한두 살 먹은 어린애 마음인가. 스스로 잘 다스려 나가겠지. 그 점을 확인하고 싶었던 거야. 다만, 이제 와서 분수에 넘치는 감정 따위는 조심해야 하네."

"분수에 넘치는 감정이라니요?"

"문제는 서림일세. 자칫 뒤늦게 이성을 발견하였다는 몰입상태에 이를까 걱정이야."

"그건 또 무슨 말씀입니까?"

백상은 여산 스님의 저의를 알 수 없었다. 서림과의 관계를 흔연한 눈길로 바라보는가 싶었는데, 경계심을 강조한 것은 분명 모순이지 않는가.

"물론 활활 타오르는 불꽃은 강렬하여 두려움을 모르지만 자칫 부나

비처럼 자신을 태울 수도 있다는 것일세."

"그건 염려 놓으십시오. 어떠한 경우라도 그렇게까지는 비약하지 않을 것입니다."

"그렇다면 다행이네. 서로의 경계선이랄 수 있는 울타리 사이로 바람만 들이친다?"

여산 스님은 지금까지 진지하게 나누었던 대화를 깡그리 잊었다는 듯 자리에서 일어나 방문을 나서더니 손을 씻고 들어왔다. 백상은 무언가 마음이 편치 못하였으나, 이내 지우기로 하였다. 한 가지 분명한 것은 여산 스님의 장황한 이야기와 대화 가운데 어떤 암시가 깃들어 있다는 것이다. 그걸 화두로 삼을 필요는 없겠으나, 오래도록 머릿속에 남아 메아리로 울려나오지 싶었다.

"아닌 게 아니라 겨울밤이 길기는 깁니다."

"더 이야기 해 줄까?"

"아니 됐습니다."

"혼자 있을 때도 이렇게 겨울밤이 깊던가?"

"그건 시류에 따라 인심이 다르듯 마음 따라 길고 짧지요."

"그게 항상심이네. 굳이 길다고 느낄 필요도 없고, 짧다고 투정부릴 것도 아니지."

"표상은 자주 옵니까?"

"짬만 나면 차를 마시러 오지. 자꾸 번다하게 주위를 가꾸려고 해서 번거로울 때가 있네. 이제 사업일체를 아들에게 물려주어서인가……?"

"이왕이면 풍만한 몸피로 포교도 하시는 게 좋잖아요."

"요즘은 비만증이 사회문제로 대두되지 않는가. 모두들 날씬한 몸매를 가꾸기 위해 얼마나 많은 노력을 아끼지 않는가. 절 집안 또한 비만증에 걸려 숨 쉬기 곤란하게 되면 모든 병마가 한꺼번에 몰려오지 않겠어."

"스님의 지론이야 한결같지만 열 사람이 마셔야 하는데 고작 두홉들이 물을 내려준다면 어떻게 되겠어요."

"표상에게 적당한 선을 그어주는데도 자꾸 넘어서려고 해서 탈이야. 자네도 왔고, 연락을 해 볼까?"

"사업에 끄달린 분이 금방 시간을 낼 수 있겠어요."

"그렇긴 하지."

여산 스님은 가벼운 마음으로 전화를 걸었다. 응답이 없었다.

"곧 회답이 오겠지요. 저는 이만 자겠습니다."

백상은 여닫이문으로 칸을 지른 골방에서 네 활개를 폈다. 이따금씩 찬바람이 앙상한 나뭇가지를 울릴 뿐, 조용하고 편안하였다. 아무리 드넓고 호화로운 궁궐일지라도 몸뚱이 하나를 내려놓을 공간은 한 평 넓이도 되지 않는다. 그렇게 생각하면 인간 자체가 한없이 왜소하다. 크기를 말한다면 코끼리나 기린이 웃을 일이 아니냐. 그런데도 부풀리기를 좋아한다. 과장과 허구가 들어찬 이기심으로 자신을 과신한다. 백상은 부질없는 망상이라고 밀쳐버리며 잠을 청하였다. 언제나 그랬듯이 여산 스님 곁에 머물면 평온함을 찾았다. 저 이십대 절망과 회의를 안고 방황을 하다가도 여산 스님이 머물고 있는 토굴에 이르면 봄눈 녹듯 자신이 짊어진 고뇌를 내려놓을 수 있었다.

백상은 잠에서 깨어났을 때, 눈이 부시다는 느낌을 받았다. 햇살이 창문에 비쳐들어서가 아니었다. 간단하게 올리는 아침 예불소리가 하얀 눈송이로 변하여 짙푸른 차나무 잎새 위에 소복이 내려앉아서였다. 새삼 신기할 것도 없는데, 신선한 기운이 차오르면서 눈을 부시게 하였다. 문득 어렸을 때 보았던 목화밭을 떠올렸다. 가을이 익어 가면 황토밭을 하얗게 수놓은 탐스러운 목화송이는 장관이었다. 멀리서도 눈을 부시게 하여 그 위에 눕고 싶은 충동으로 달려가곤 하였다. 백상은 차밭으로 나갔다. 간밤 소리 없이 내린 눈송이를 쥐엄쥐엄 목화송이로 만들었다.

"그렇게 조화를 부리니 영락없는 차꽃(茶花)일세."

어느 틈에 여산 스님이 다가왔다. 손때 묻은 죽비를 들고 있었다.

"저는 목화송이를 연상하고 있는데요."

"그러게. 똑같은 형상을 두고 각기 다른 대상을 연상하다니. 마음의 조화란 그 바탕이 삼천대천세계야."

"저마다 자신이 빚어놓은 환경에서 오는 마음작용 아니겠어요."

"맞는 말일 수도 있지. 하나의 형상을 두고 사람마다 아름답고 추함의 경개가 다르듯이 말이야."

"그 기준의 설정은 자신이 뿌리내린 환경과 주위의 분별심에서 오는 인식의 차원 아닐까요?"

"민물고기와 바다고기가 엄연히 구별되듯이 말인가?"

여산 스님은 화두를 던져놓듯 말하고 나서 전화를 받으러 갔다. 그 사이 백상은 계속 쥐엄쥐엄 목화송이를 만들어 나갔다. 그 뒤를 따르며 큰어머니와 어머니와 작은 어머니가 하얀 머릿수건을 쓰고서 목화송이를 따고, 씨톨을 빼고, 부풀려 고치를 만들고, 물레로 실을 뽑았다. 백상은 베틀 위에 앉으려는 어머니를 바라보며 불현듯 목마름을 느꼈다. 눈뭉치 하나를 입안에 넣으려는데 여산 스님이 눈짓해 불렀다.

"표상의 전화인가 보죠?"

"새벽녘에 들어온 수산물을 처분하고 사무실로 들어왔다는군. 섬진강 은어회가 먹고 싶다는데……"

"비릿한 날고기라면 질릴 법도 할 텐데요."

"고기도 먹어본 사람이 더 잘 먹는다고 하지 않던가. 자네 사정은 어떤지 모르겠네."

"다소 복잡해지겠는데, 바쁜 걸음으로 오신다는 인심을 타박할 수야 없겠지요."

"혼자 오지는 않을 것이고, 자네 말처럼 복잡할 것 같네."

여산 스님은 표상을 기다렸다. 백상은 빗자루를 들고 큰길까지 눈을 쓸었다. 장승처럼 눈사람도 하나 만들었다.

표상은 점심시간을 맞추어 왔다. 예상하였던 대로 혼자가 아니었다. 그러나 여산 스님과 백상이 머릿속에 그린 인물들은 아니었다. 표상의 아들과 사할린에서 건너온 한인 2세였다. 사할린 현지 일본인 여자와의 사이에서 태어난 한인 2세였는데, 아버지의 유언에 따라 유골을 고향 선산발치에 묻기 위해 천신만고 끝에 들어왔다는 것이다.

"아버지의 고향에 오기 위해 육 개월 기한으로 배에 올랐어요. 해원호에서 일하면서 틈틈이 아버지 고향을 찾아보기로 하였어요."

표상의 장황한 설명이 아니더라도 자그마한 생김생김이 한인과 일본사람의 피가 느껴졌다.

"고향은 찾았어요?"

"대구 근처 경산이라는데 아파트단지가 들어서 알아볼 수 없다는 게야. 나도 함께 가보았지만 수몰지구보다 더 난망해. 더구나 친척이라는 사람들은 뿔뿔이 흩어져 간 곳을 모르고."

"막상 고국 땅을 밟았지만 아버지의 소원을 들어드리기가 어렵겠습니다."

한인 2세는 떠듬한 한국말로 말하였다.

"공동묘지에라도 모셔야겠지. 민족의 비극이 아직도 국경을 넘나들고 있어 착잡한 마음이네."

여산 스님은 가라앉은 음성으로 오늘의 현실을 비질하였다.

"아드님은 어인 일입니까?"

백상은 표상을 닮은 아들을 돌아보았다. 앞으로 사업을 이어갈 아들이지 싶었다.

"한 일주일 스님 무릎 아래에서 정신요양을 좀 시키려고. 해외에 파견 나가 있었더니 향수병이 들었다나. 남들은 해외로 나가지 못해 안달인데 성질하고는……."

표상은 대견한 눈으로 아들을 바라보았다.

"파견생활은 관광여행과는 다르지요."

"그래서 이참에 다니는 회사 그만두고 사업을 이어나가기로 했네. 그래서 인사차 온 거야. 나도 사회일선에서 물러날 때가 되었지."

"수렴청정하시겠다, 그 말씀인가요?"

"당분간은 그렇게 해야겠지. 갑시다. 은어회가 기다립니다."

표상은 사양하는 여산 스님을 억지로 앞세우고 다리 건너 하동집에 들어섰다. 오면서 미리 주문을 하였는지 곧바로 음식상이 나왔다.

"사할린 양반, 은어회를 들어 보시오. 청정수역에서 나는 것이어서 수박냄새가 날 것이오. 겨울 수박 맛을 아는가 모르겠지만."

표상은 사할린교포의 마음을 위로하는 마음에서 이런 자리를 마련하였다.

"정말 맛이 그만이네요. 연어의 속살과는 다른 맛입니다."

사할린교포는 퍽 만족스러워하였다. 일본여자의 피를 받아서인지 미식가다운 면모를 드러냈다.

"명상은 사할린에서 어떻게 지내지요?"

"여러모로 바쁘다는군. 이제는 한인사회에도 관여하며 유령비 제막이야, 복지향상에 이르기까지 신경을 쓴다네. 한인 대동계 모임도 주선하여 단합을 과시하기도 하고. 뭉치면 산다고, 서로가 상부상조의 마음이다 보니 함부로 대하지 못한다는 게야."

표상은 사할린교포 대신 말하였다.

"많이들 설움과 핍박을 받았을 게요."

"일본과 구소련당국으로부터 고통과 박해를 많이 받았지요. 그때 희생당한 억울한 영령들이 많고요."

사할린교포는 침울한 목소리로 말하면서도 은어회와 더불어 백상이 건네는 술잔을 사양하지 않았다.

"아버지께서도 많은 괄시와 고통을 받았겠어요."

"저의 아버지라고 예외일 수는 없었지요. 다만, 일본당국의 강요에 의해 일본인 현지 여자와 결혼한 덕분에 어머니가 다소간 보호막이 되었어요. 그러나 구소련당국으로부터는 박해가 심하였어요. 심지어 고문까지 받았어요. 이리 채이고, 저리 채이고, 국적 없는 조선인만큼이나 설움과 핍박을 받은 민족은 없을 것입니다."

"민족의 수난사지요. 그런 속에서 살아남기 위한 처절한 몸부림은 가히 상상도 할 수 없었을 것입니다."

"동정심으로는 자리매김할 수 없어요. 투쟁의 피 흘림이었으니까요."

"우리에게도 책임이 있어요. 미소 양 블록에 의해 사할린과의 소통이 단절된 관계도 있었지만 너무나 방관자연하였어요."

표상의 아들은 혈기 어리게 말하였다. 소홀히 할 수밖에 없었던 역사인식. 거기에 무게중심을 두면 참으로 암울한 시대적 배경 속에서 잊히어진 동토가 아니었던가.

"아직도 구제불능의 시대적 미아로 여기는 감이 없지 않아요."

"스님의 말씀이 맞습니다. 지금도 알게 모르게 조센진이라는 하대와 멸시를 받으니까요. 국력과 무관하지 않습니다."

"북한과는 일찍부터 소통이 되지 않았나요?"

"이쪽보다는 소통이 원활하였지요. 그쪽이 고향인 사람들은 해방과 더불어 태어난 곳으로 돌아 갈 수 있었고요. 하지만 그렇게 자유롭지는 않았어요."

"명상이 말처럼 억울하게 죽어간 원혼들을 위해 사할린에다 스님께서 포교원을 지을 생각이 없으세요?"

"그것도 좋은 제안입니다. 목말라하고 있습니다."

사할린교포는 적극적으로 찬성하였다.

"생각이 거기에 이르긴 하였지만 쉬운 일은 아닐겝니다. 내 나이도 있고. 이럴 때 상좌라도 있으면 좋으련만……."

"그러게요. 진즉 참한 상좌라도 거둘 것이지."

그들은 은어튀김이 들어 올 때까지 암울한 이야기를 주고받았다. 횟집주인은 여산 스님을 위해 특별히 신경을 썼다.

"앞에 흐르는 강이 꼭 제가 살고 있는 마을 앞을 흐르는 강과 같아요. 그곳에는 은어 대신 연어가 뛰놀지요."

"역류현상이랄까, 점점 인간들로부터 버려지고 외면당한 곳이 아름다운 산하로 다가오지요. 중심부에서 멀리 떨어진 곳일수록 낙원으로 인식되고요."

"사할린은 앞으로 세계가 주목하는 땅이 될 것입니다. 지하에 매장되어 있는 유전이나 가스가 만만찮다고 하니까요."

"뽕나무밭이 바다가 되고, 바다가 기름진 옥토가 된다고 하지 않던가. 헌데 잘못하였네. 서림과 삼인행을 모시고 올걸. 서림이 빚은 약술이 오늘 같은 날 금상첨화일 텐데."

표상은 아쉬워하였다. 그 생각을 못한 것은 아니었지만 여산 스님이 번거롭게 여길까봐 참았다.

"약술의 제공자가 백상이라면서요?"

"두 사람이 언제부터 그렇게 호흡이 잘 맞았는지, 특허를 내어 시판을 해보지 않겠는가? 진도의 홍주라든가, 이름난 문배주나 경주 법주도 처음에는 어린 손끝에서 시작하지 않았겠어."

"하여간 사업에는 일가견이 있다니까요. 서림이 원하는 것은 어머니를 위한 약술 너머에서 발아되는 자연염색 아닙니까. 다른 의도는 없어요."

"서림의 발상과 시도 또한 눈여겨 볼만 하지. 뭐든지 처음에는 여리고 사심이 없는 가운데 출발하지. 아름드리나무를 보면 그걸 실감하거든. 땅속을 뚫고 나오는 연약한 새싹이 세월과 함께 아무도 무너뜨릴 수 없는 고목이 되지 않는가."

"스님의 말씀은 법문입니다."

표상의 아들은 공감하였다. 점심식사가 끝나자 표상은 불콰한 얼굴로 아들더러 차를 몰도록 하였다. 사할린교포를 위해 남해 쪽으로 방향을 정하였다. 차는 진교를 지나 곧바로 남해대교를 건넜다. 사할린교포는 남해대교의 위용과 아름다움에 감탄하였고, 보리밭처럼 널려있는 마늘밭을 가리키며 즐거워하였다.

"유자나무도 눈여겨 볼만 할게요."

표상의 말에 사할린교포는 눈을 두리번거렸다. 북쪽지방과는 사뭇 다른 겨울 풍경에 매료되었다. 차는 일방통행식으로 미조항까지 내달았다. 겨울바다가 차갑게 수줍음을 타고 있었다.

"이 바다내음, 언제 맡아봐도 싫지가 않아요."

여산 스님은 광활하게 널려진 바다를 바라보며 심호흡을 하였다.

"어릴 적 향수가 묻어나서일 거예요."

"그런지도 모르지요."

여산 스님은 표상의 말에 간단히 동의하였다.

"때때로 어린 날의 향수가 그립지 않으세요?"

"알게 모르게 몸에 배어있는 걸요."

"이제는 한번쯤 안태고향을 찾아도 되잖아요."

"부모까지 저버리고 출가하였는데 태어난 고향을 찾아서 무엇 하게 요. 낯설게 다가올 거예요."

"낯설다는 것은 살갑게 맞아 줄 사람이 없다는 뜻인데, 백상이 있는 데요."

"백상의 존재는 다른 그루터기지요. 아마 출가를 하지 않았더라도 고향을 찾지는 않았을 겁니다."

"저는 그렇게 생각하지 않습니다. 해원이랄까, 마음의 빗장을 연다 는 의미에서 찾아가는 행위는 바람직하다고 여겨요."

"마음속으로야 벌써 수십 번은 다녀왔지요."

"달마대사가 낙엽을 타고 강을 건너듯이 말인가요?"

"한자리에 머물러도 삼라만상을 아우르고 우주공간을 순회할 수 있 는 게 인간의 마음작용입니다."

"찾아가는 행위는 모험심을 앞세우더군요."

사할린교포가 떠듬하게 자신의 현재 위치를 대변하였다.

"주저앉은 자는 침몰할 수밖에 없어요."

백상은 자신의 현재 생활이 조금은 나태하고 정체된 일상이 아닌가 자각하였다.

"자네는 바다와 더불어 살면서 이곳까지 와서 무슨 상념에 젖는 거야?"

"바다는 언제보아도 깨어나 있지 않아요?"

"어찌 보면 광기가 다분하지."

백상은 표상의 말에 공감하였다. 그 광기는 폭풍우를 몰아오고, 언제 그랬느냐는 듯이 헤실하게 웃는다. 그래서 두려움을 낳기도 한다. 하여, 찾는 자는 그 같은 두려움을 안고 있다.

"저, 다랭이밭들이 이제는 관광화가 되었구랴."

여산 스님은 차창 너머로 스쳐 지나치는 바닷가 올망졸망한 다랭이밭들을 가리켰다.

"새로운 시대의 변화요, 되돌아옴의 본래면목 아니겠어요?"

"그러게요. 하지만 아릿한 무언가가 가슴에 이는군요."

여산 스님은 지그시 눈을 감았다. 차는 곧바로 삼천포로 향하였다.

3

여산 스님은 표상에게 잠시 토굴을 맡기고 중국 여행길에 올랐다. 중국차를 음미하고 차의 산지를 돌아보기 위해서였다. 아무래도 중국은 차의 원산지로서 다양한 차문화와 제조법이 전통적으로 내려온 까닭에 눈여겨 봄직하였다. 고루하고 일천하기조차 한 양식에서 진일보하자면 남의 것을 철저하게 분석할 필요가 있을 터였다. 세상은 앞서 나가는 가운데 자기 것을 미화시키고 발전시켜야 한다. 따지고 보면 유감스럽게도 야생 차나무는 그렇다 치고, 차나무 재배에서부터 차 마시는 법도에 이르기까지 일본식 모방 내지 양식에서 크게 벗어나지 못하였다. 가야, 신라, 고구려, 백제, 고려에 이르기까지 자생력을 키웠던 차 문화가 임진왜란 이후 피폐일로에 들어서 거의 단절되다시피 하였다. 초의 선사의 노력에도 불구하고 일제강점기를 거치면서 왜색은 떨쳐버릴 수 없었다.

여산 스님은 차밭을 일구면서 가장 고민스러웠던 것은 이미 습합해버린 차인들의 의식구조였다. 비슷비슷한 다도법을 마치 곁눈질로 훔쳐보듯 몸에 바르고서 자신들의 다도법이야말로 가장 전통적인 것이라고 자부심을 내보였다. 제일로 자연스러운 행차(行茶)는 일상의 삶 가운데 녹아내려야 하는데, 보는 사람으로 하여금 숨이 막히게 하고 질식케 하였다. 그 엄숙하고 장엄한 시간소요는 어디에서 온 것일까. 그렇게 함으로써 그들만의 기득권과 권위의식을 조성하지는 않는가. 참으로 답답하였다. 길거리의 자판기는 왜 거부감이 없는지, 그 이용가치를 제대로 인식하지 못하였다. 학문이건, 종법(宗法)이건, 다도건, 배울 때는 철저하게 기본예법과 기초를 제대로 숙지해야 한다. 그런 다음에 놓아 버려야 한다. 탕탕 무애한 본래면목은 거기에서 비롯된다. 그런데 익기도 전에 고개를 쳐들고서 오늘의 세태가 무엇을 바라는지 인식하지 못하였다.

중국은 이번에 두 번째 여행이지만, 드넓은 대지 위에서 가난하면 가난한 대로 자신에게 주어진 일에 충실하다는 것을 느꼈다. 왜 고갯길을 돌로 까느냐고 물었을 때, 공정은 더디지만 아스팔트나 시멘트 길보다 훨씬 수명이 길고 보수하는 수고로움도 없을뿐더러 실업자를 구제할 수 있는 노동력을 산출하지 않느냐고 오히려 반문하였다. 가만히 생각해 보니 중국인만의 의식이랄까, 만리장성의 역사인식이 배어났다. 거기에 비하면 우리는 너무나 조급하지 않은가. 뭐든지 빨리빨리 정신이 부작용을 가져오고 경망스러움을 자아냈다. 느림의 미학을 모르는 소치일까.

여산 스님은 주로 녹차의 제조과정을 관심 깊게 관찰하였다. 강토가 드넓은 만큼 차의 종류도 다양하였고, 그 지방의 특색을 지니고 있었다. 기후와 풍토가 얼마나 큰 영향을 미치는지 깨달았다. 살아 숨 쉬는 동물이나 초목에 이르기까지 기후와 풍토에 따라 그 성질과 품격이 다르다는 것과 그것은 진화단계까지 이른다는 점이었다. 또 하나 눈여겨 볼 것은 국가에서 적극적으로 지원하고 장려한다는 것이다. 세계를 무대로 한 관광수입과도 연계되어 현대인의 입맛과 취향에 맞게끔 포장에 이르기까지 신경을 쓴다는 것이다.

강소성에서 호북성에 이르기까지 열네 성(省)에서 나는 차 종류의 다양성과 제각기 지니고 있는 향기와 맛은 전통을 이어오며 끊임없이 개발하고 복원하여 발전시킨 결과물이었다. 명품 대열에 들지 않더라도 차에 대한 집념은 대단하였다. 여산 스님은 피로도 잊은 채 차산지를 둘러보고 북경으로 나왔다. 공항대합실에서 비행기 시간을 기다리고 있노라니 한 무리 속에서 뜻밖에도 삼인행이 여산 스님을 발견하고 반겼다. 그러고 보니 공항대합실이 우리네 장터처럼 우리네사람들로 북적거렸다. 일본 오사카와 동경도 발을 들여놓기가 무섭게 어깨를 부딪치는 게 한국관광객이었는데, 이곳도 예외는 아니었다.

"스님께서 무슨 일로 오셨습니까?"

"차밭을 둘러보았습니다."

"혼자요?"

"여행은 혼자가 좋습니다. 보살님은 단체관광인가요?"

떼거리 관광여행은 보나마나 눈요기에 급급한 얼치기일 터였다.

"차 동호인들과 함께 겸사겸사 왔어요. 몇 종류의 차도 샀고요. 강산녹모단과 경산차, 고교은봉, 금산취아, 벽라춘, 황산취아를 맛만 보기 위해 조금씩 샀어요. 너무 값이 비싸서요."

"이름난 명차 아닙니까."

"우리도 다양한 품종을 개발하여 중국과 일본에 버금가는 차를 생산해야 하는데, 새삼 우리네 국토가 좁다는 것을 실감하였어요."

"드넓은 중국 땅도 이웃을 만나듯 이렇게 비좁지 않습니까. 우리네 녹차도 많이 향상되었고요."

"사실 우리 체질에는 우리 차가 제일이에요. 괜히 과대망상증에 사로잡혀 남의 것을 선호하죠."

"우리의 의식구조가 다분히 그렇잖아요."

"반가움과 함께 더불어 갔으면 좋겠는데, 같은 비행기가 아니네요."

"일행들과 가는 게 더 즐겁지요."

"그렇긴 한데, 제각각 개성들이 달라서 한마음으로 맞춤하기가 어려워요. 서림이라도 곁에 있었으면 좋았을 걸. 백상씨와 서해를 답사한다나요."

"어쩌면 중국여행보다 얻을 게 더 많을지도 모르지요."

"두 사람이 너무 갑자기 가깝게 다가가는 것 아니에요?"

"위험스러운 수위를 넘나들 나이는 아니잖아요."

"하긴, 뒤늦게라도 두 사람만의 세계를 가꾸어 나가는 것도 바람직하죠."

"마음의 교류는 좋은 현상을 낳지요."

"스님, 그럼 돌아가서 뵙죠. 제가 산 중국차를 대접할게요."

"기대하겠습니다."

여산 스님은 삼인행을 먼저 보냈다. 젊은 수좌가 왁자지껄 신도들을 인솔하고 출구를 나올 무렵 비행기에 탑승하였다. 사실 중국을 돌아본 김에 사할린까지 갈까 생각하였으나, 마음보다 훨씬 피로하였다. 새삼 젊은 날을 돌아보게 하였다. 인천국제공항에 내린 여산 스님은 차를 유난히 좋아하는 선방도반인 무연 스님이 생각 나 선산 월류산 자락에 자리 잡은 산사를 찾았다. 들판을 관통하는 감천강이 소리 없이 흐르고 나지막한 월류산 자락에 터를 잡은 암자는 어느 사이 이끼가 돋아날 듯하였다. 오랜만에 도우(道友)를 만난다는 기쁨이 발길에 채였다. 백상도 한때 여산 스님의 소개로 얼마간 신세를 진 적이 있었는데, 무연 스님은 남달리 정신박약자나, 시국사범을 넉넉한 마음으로 품안아 주었다.

백상도 시절이 가파르고 급박하였을 때 잠시 마음을 뉘였었다. 그런데 공기가 이상하였다. 침울한 기운이 떠돌았다. 여산 스님을 맞는 젊은 수좌부터가 낯설었다.

"들어오시지요. 스님께서는 저를 잘 모르시겠지만 저는 익히 들어 알고 있습니다. 이곳에서 출가한 무연스님의 막내 상좌입니다."

서로 통성명을 나누고 나서 안방을 차지하고 앉은 수좌는 차를 다루었다. 다기가 무연 스님이 즐겨 사용하던 때 묻은 것이었다.

"무연 스님은 어디 가셨습니까? 절 공기가 상당히 음울한데 무슨 일이 있었는지요."

"스님께도 연락이 갔을 거라고 생각합니다만, 전혀 모르고 오셨습니까?"

"이제 막 중국여행에서 돌아오는 길입니다. 차라도 한 봉지 선물할까 하고 지나치는 길에 들렀습니다."

"그러셨어요. 무연 스님께서는 열반하셨습니다."

"열반이라고요?"

여산 스님은 깜짝 놀랐다. 도저히 믿기지가 않았다. 건강은 타고나지 않았는가.

"평소처럼 사시예불을 드리고 돌아서 나오는데 정신착란증으로 요양 중인 대학생이 등허리를 식칼로 찔렀습니다. 잘 아시겠지만 인자하기 그지없는 분 아닙니까. 그 애의 어머니가 독실한 신도인데다 학생의 심약한 근기를 잘 다스려 주었는데, 순간적인 발작으로 살인을 불러 일으켰습니다. 참으로 어처구니없는 돌발적인 사건이었습니다. 운명이거니 생각하면서도 마음이 착잡합니다. 저는 본사 강원에 있다가 절이 안정될 때까지 있어달라고 해서 와있습니다만, 새삼 인생무상을 절실히 느낍니다. 모두가 존경하였던 스님이 아니었습니까?"

"저 역시 마음을 가늘 수 없군요."

아뿔싸! 베풂이 살인으로 인화되었구나. 여산 스님은 마음이 혼란스러웠다. 하룻밤 묵고 가라는 말을 뒤로 하고 허정한 걸음으로 암자를 내려왔다. 문득 언젠가 보내왔던 시 한수가 떠올랐다.

저녁노을 붉으막에
다우(茶友)를 만나 세상 시름 잊었네.
사바에 여행 와서
도우(道友)를 만나 넉넉하고
다우를 만나 향기롭네.
내 사바에 다시 올 땐
차와 도(道)있어 올려네.

토굴로 돌아온 여산 스님은 피로가 한꺼번에 몰려왔다. 도반의 갑작스러운 열반은 여행에서 오는 피로감을 가중시켰다. 공덕을 짓는 것은 베푸는 가운데 쌓는 것인데, 세상의 인심은 때로는 헤아리기 어렵구나. 여산 스님은 꼼짝없이 몇 날을 앓아누웠다. 그 사이 한 차례 눈보라가 휘몰아쳤고, 그 눈보라가 녹아들면서 봄기운을 배태하였다. 무상한 세월이 아닐 수 없었다.

겨울의 서해바다는 쌀쌀맞은 여인의 치맛자락 속에 감추어진 수줍음을 머금고 있었다. 저녁노을로 물든 바다는 곧바로 어둠을 불러오고, 어둠을 드리운 갯벌은 생명의 원천을 벌거벗은 춤사위로 드러냈다.

"비단 옷자락에 서해의 바다빛을 물들였으면 좋겠어요."

서림은 꿈을 꾸듯 말하였다. 서해의 바다를 이렇게 깊이 있게 음미해

본적은 없었다.

"그 옷자락을 두르고 서해의 바닷물을 전부 삼켜 버릴까요?"

백상은 서림의 빛깔 고운 도전과 성취욕을 감지하였다.

"서해의 용이 하늘로 승천하는 모습이 눈앞에 전개되네요."

서림은 웃음을 베어 물었다. 정말 마음과 마음이 통하였다. 소리 없
는 해조음. 조용한 침묵을 드리우면서도 마음은 한량없이 드넓었다. 바
다를 닮은 사나이. 서해의 바다를 둘러보면서 백상에게서 받은 인상이
랄까. 자신을 내보이지 않으면서도 파도의 날을 세우고 있었다.

"용은 인간이 상상할 수 있는 신성한 수호신이지요. 용꿈을 꾸고 싶
은 것도 인간의 최대 욕망을 상징하구요."

"하늘로 치솟는 거대한 화산. 그게 용의 분신 아닐까요?"

"인간은 누구나 거기에 도전하고 싶은 한계를 지니고 있어요. 그래
서 허망한 일상으로 떨어지기 쉽고요."

"저는 소박한 꿈을 지녔었는데, 요즘은 사정이 조금 달라졌어요."

서림은 백상의 어깨에 머리를 기대고 싶었다. 따뜻한 기운이 마음을
평안하게 해주지 싶었다.

"마음의 변화인가요?"

"질적 변화라고 할까요. 어머니는 그런 저를 보고 그 나이에 위험스
러움을 안고 있다나요."

"갑작스러운 변화는 위험스러움을 낳을 수도 있어요."

"저는 그 위험 수위가 어떤 것인지는 몰라도 받아들이고 싶어요."

"보이지 않는 거대한 물체를 향한 도전이라……."

백상은 속으로 머리를 가로 저었다. 분별과 무분별은 이성의 명암에
의해 대별되는 성질이 아니냐.

"저는 어려서부터 만남, 그 자체를 외면 내지 기피해 왔어요. 성장과

294

정의 환경 자체가 말없이 저를 그렇게 인도하였어요. 유일한 인과관계는 어머니가 아닌 외할머니였어요."

"할머니의 존재는 역사요, 전설의 매개자지요. 한없이 기대어 공감할 수 있는 대상 아닌가요?"

"물론이죠. 외할머니가 돌아가신 뒤로 인과관계는 단절되었어요."

"삼인행을 비롯하여 친구들이 많지 않습니까?"

"겉치레에 가까운 만남이에요. 아무리 절친한 친구라도 마음을 다 들어 기댈 수는 없으니까요. 삼인행은 다소 성질을 달리하지만."

"그런데 갑자기 변화의 조짐이 찾아왔다?"

"드넓은 바다에 안기어 그 파도를 타고 싶어요. 저는 이미 주사위를 던졌어요. 맹목적이라 해도 두려워하지 않겠어요."

"나이가 들수록 두려움의 존재는 희소가치를 부여해요. 어렸을 때는 바람, 물, 불을 비롯하여 자신을 따라오는 그림자, 나무의 형상, 심지어는 보이지 않는 상상속의 물체와 밤하늘의 별들까지 두려움의 대상이었어요."

"그리고는요?"

서림의 얼굴에 웃음이 번져났다.

"철이 들면서 뚜렷한 대상이 두려움을 가져오지 않았어요? 사람에 대한 두려움을 비롯하여 사랑과 좌절에 이르기까지 미세한 감정을 유발하는 대상이 두려움을 안겨 주었어요. 그런 것들이 세월과 함께 삭아지면서 죽음에 대한 두려움이 석양노을처럼 번지지 않겠어요? 죽음마저도 놓아버린다면 모든 두려움에서 해방되겠지만……."

"저는 아직 죽음을 떠올리지 않았어요. 죽음을 미리 바라볼 필요는 없으니까요. 하지만 두려움을 지니지는 않겠어요."

열정의 불길이 어떤 질량인지 아세요? 서림은 그 말을 삼켰다. 능청스러움. 백상은 분명 능청스러움을 지니고 있었다. 사막의 도마뱀이 열을 감지하듯 서림의 가슴 속에서 발산되는 열량을 감지하면서도 짐짓 모른 체하였다. 그게 백상이 지니고 있는 수용의 표출인가? 백상의 어깨에 머리를 기대고 싶다. 그의 가슴에 비단자락에 물을 들이듯 노을빛을 물들이고 싶다…….

"비익연리라는 말을 들어봤어요?"

"……비익조 말인가요?"

서림은 백상의 느닷없는 물음에 어정쩡한 표정을 지었다.

"비익조와 연리지요. 한쪽 눈과 한쪽 날개만 지니고 있는 두 마리의 새가 하나가 되었을 때 비로소 두 눈과 한 쌍의 날개를 지니고서 하늘을 날 수 있는 비익조와 두 가지 나무가 하나로 합쳐지는 생리를 지닌 연리지요."

"그것은 가장 간절하고 절실한 사랑을 상징하는 게 아닌가요?"

"나로서는 그게 풀 수 없는 수수께끼요."

"수수께끼라니요?"

서림은 얼른 이해가 되지 않았다. 백상의 말 속에는 간혹 벼랑을 뛰어넘는 엉뚱함이 내포되어 있었다.

"차차 알 날이 있을지도 모르죠."

백상은 반쪽 옥편에 숨겨진 비밀스러움을 말하려다 그만 두었다. 다음 행선지로 발걸음을 옮겼다. 갑자기 끝없는 사막을 걷는 기분이었다. 바다 위의 사막. 겨울바람으로 일어서는 파도가 무수한 입자로 모래를 실어오는 착시현상을 일으켰다. 때 아닌 서림의 고백에 가까운 대화가 백상을 황량한 사막 한 가운데에 놓이게 하였다. 사막을 사막으로 보아서는 안 되죠. 거기에는 반드시 신기루가 있어요. 그것은 오아시스일 수 있고, 한 겹 모래언덕을 파 내려가면 지하수가 흐를 수도 있어요. 백상은 메아리로 울리는 그녀의 말에 감전이라도 된 듯 그녀의 손을 꼬옥 잡았다. 충만한 감정은 시간이 흐르면 썰물처럼 빠져나가기 마련이다. 아니다. 밀물과 썰물처럼 반복되는 것이 감정의 질량이다. 두 사람은 말 없이 걸었다. 굳이 방향을 가늠하고 시간을 헤아릴 필요는 없었다.

　　백상은 서림과 가졌던 시간을 더 이상 떠올릴 수 없었다. 시간이 정지되듯 피로가 엄습하였다. 서해가 끝나는 지점에서 서림과는 어머니의 전화를 받고 헤어졌다. 백상은 오히려 다행으로 여겼다. 전혀 예기치 않은 감정의 늪을 건너 뛸 수 있어서였다. 무수한 감정의 입자와의 싸움. 일찍이 겪어보지 못하였던 격렬함이었다. 그래서 피로가 더께로 짓누르는지 몰랐다. 서림을 보내고 혼자가 된 백상은 비로소 서해바다를 찾아온 목적을 깨물었다. 기름오염으로 뒤범벅이 되었던 갯벌이 그동안 얼마나 정화되고 회생되었는지 가늠해 보기 위해서였다. 기름 유출로 재난을 당한 갯벌을 살려내기 위해 온 마음으로 가슴 아파하며 매달리지 않았는가. 거기에 보답이라도 하듯 갯벌은 생각보다 자정능력을 지니고 있었다. 기진한 몸체를 가누고서 생명을 키우고 있었다.

　　백상은 서해에서 가져온 갯벌 한줌을 쓸어보며 어느덧 깊이 모를 잠속에 떨어졌다. 해심이 이모가 다가왔다. 아야, 뭔 잠을 그리 깊이도 자냐? 일어나 봐라. 해심이 이모는 백상을 흔들어 깨웠다. 그리고 두툼한 앨범을 펼쳤다. 이게 누구 앨범이죠? 백상은 눈을 부비며 어리둥절한 얼굴로 물었다. 여기 보그라. 해심이 이모는 낡고 퇴색한 앨범을 조심스럽게 넘기더니 한 곳을 가리켰다. 누렇게 뜬 사진속의 인물은 명암이 분명치 않았다. 누군데요? 보면서도 몰것냐. 느그 아부지 아니냐. 학생시절의 모습이 저랬다. 살아생전 꼭 한번 만나보고 싶었는디, 원수녀러 무상한 세월은 여기까지 왔다. 해심이 이모는 한숨을 쓰러지게 하였다.

앨범은 어디서 찾으셨어요? 백상은 아무리 눈을 부비고 보아도 윤곽이 뚜렷하지가 않았다. 우연히 바다에 나갔다가 파도에 떠밀려 오는 걸 발견하였다. 무슨 보물이라도 되는가 싶어 상자를 열어보았더니, 시상에 느그 아부지가 지니고 있던 앨범이지 뭐냐. 어찌나 반갑고 놀랐던지 이렇게 뛰어왔다. 해심이 이모는 눈가에 어리는 눈물을 찍어냈다.

아버지라? 백상은 도무지 실감이 나지 않았다. 아버지라는 존재에 대해 절망하고 회의한 나머지 그 실체를 확인하기 위해 떠돌았던 시절이 아득한 거리로 밀려나면서 아무런 감동을 주지 않았다. 이건 또 뭔가요? 백상은 물에 젖은 상자속의 노트를 가리켰다. 역시 낡고 빛바랜 것이었다. 백상은 조심스럽게 노트를 펼쳤다. 내용을 더듬어 읽기 위해 눈을 가까이 가져갔다. 아버지가 담은 것이라면 자신이 걸어온 여정이 서리 맞은 홍시처럼 애처롭게 매달려 있을 것이다. 누가 그걸 꼼꼼히 읽었겠냐. 소리나게 읽어봐라. 해심이 이모는 은근히 재촉하였다. 백상은 해심이 이모의 재촉에도 불구하고 한 글자도 해독할 수 없었다. 야는, 느그 아부지가 쓴 글을 제대로 못 읽냐? 해심이 이모는 안타까운 얼굴로 나무랐다. 안 되겠어요. 도저히 읽어내지 못하겠어요. 백상은 갈라진 음성으로 말하였다. 너무 낡고 물에 젖어서 그러냐? 아닙니다. 그보다……. 해심이 이모는 실망스러운 눈으로 백상을 물끄러미 바라보았다. 그리고 그 눈빛은 점점 시야에서 멀어져갔다. 나중에는 정말 해심이 이모인가 하는 의구심마저 들었다. 어디서 본 듯한 여인네의 뒷모습을 연상시키기도 하였다.

꿈이었다. 백상은 머리를 가로 저었다. 흐릿한 영상으로 사라지던 해심이 이모의 뒷모습. 이건 또 어떤 메시지를 담은 꿈일까? 어디서 본 듯한 여인네의 뒷모습으로 변모해 가던 해심이 이모의 모습이 아무래도 마음에 걸렸다. 그 여인네가 누구일까? 거기에 생각이 이르자 어두운 그림자가 내려앉았다. 전화기를 끌어당겼다.

"어짠 일로 전화냐? 오랜만에 목소리를 들어보겠다."

해심이 이모의 목소리는 여전하였다.

"꿈을 꾸었어요. 안부가 궁금해서요."

"내가 죽는 꿈이라도 꿨냐? 암시랑토 않다. 더구나 성신이가 표상 덕분으로 매달 꼬박꼬박 월급을 보내와 신상이 펴졌다."

"표상을 한번 만나보시죠."

"이 나이에 무슨 흉물이게. 젊은 날은 그냥 가슴속에 지니고 있는 것이다. 내 꿈을 꿨다는디 내용은 뭐시냐?"

"이모님께서 바다에 나갔다가 아버지 앨범이 든 상자를 발견하였더군요."

"오메, 그래야? 안 그래도 방금 바다에 나가 바지락을 캐다가 무심코 느그 아부지를 떠올렸어야. 동네 꼬막, 굴, 바지락 양식장을 만들 정도로 꼬막이야, 고동이야, 바지락 국을 좋아 했느니라. 그 얼굴을 어디서한번 볼끄나. 그게 내 평생 소원인디……."

해심이 이모는 금방 목이 메었다. 백상은 더 이상 전화기를 붙들고 있을 수 없어 통화를 끝냈다. 바람이라도 쐬자고 수문께로 나갔다. 바닷물이 원뚝 중허리를 찰랑찰랑 때렸다. 갑자기 종이배를 만들어 띄우고 싶었다. 어린 날, 이맘때면 한쪽에서는 연을 띄우고, 한 무리는 배를 만들어 가없는 마음으로 바다에 띄워 보냈다. 그리고 콧수염이 거뭇한 또래들은 수문께에서 낚싯줄을 드리웠다. 그 시절이 언제였던가.

"어디 답사 갔다고 들었는디 다녀왔구만."

돌아보니 재문이었다. 낚싯대를 들고 있었다. 소를 돌보고 난 짜투리 시간인가 보았다.

"정열의 불씨를 일구기 위해 서해를 다녀왔습니다."

"자네답지 않게 시리 웬 정열의 불씨야?"

재문은 뜬금없는 농담이라는 듯 낚싯대를 드리웠다.

"형님은 추억을 감아올리기 위해 낚시를 하지요?"

"그러게. 바다가 너무 적막하지 않는가."

"속으로 앓으면서도 열녀의 마음으로 사는 여인네 같지 않아요?"

"바다가 말인가?"

재문은 낚싯줄을 감아 올렸다. 문저리 한 마리가 파닥거렸다.

"그럼, 누구를 말하겠어요."

"이제 보니 그녀러 갯벌만 진창 밟다 왔구먼. 미치광이 행세를 하던 무공이가 목물에 잠긴 채 바다 가운데서 웃고 있네."

"무공이야말로 바다를 온전히 사랑하였어요."

바다는 아무리 발가벗은 몸일지라도 비단옷자락보다 더 부드럽고 따뜻하게 감싸 안는다. 넓고 푸른 사랑으로 충만한 그 안에서 모든 생명은 유연하게 숨을 쉬고 있음에랴.

"바다만큼 드넓은 사랑이 있을까. 무공은 진짜 바다의 진면목을 안 거여. 이놈들 좀 보게. 이렇게 풍요로움을 주지 않는가."

이번에는 감성돔 한 마리가 허공에서 은비늘을 쏟아 냈다.

가슴에 수를 놓다

1

"술맛 한번 좋구나!"

남숙여사는 딸이 빚어놓은 약술단지 하나를 끌어안고서 대낮부터 기분 좋게 취하였다. 서림이 외출하면 술 향기에 이끌려 이층 다락방에 올라 술맛을 찔끔찔끔 맛보던 것이 이제는 유일한 낙이자 가장 친숙한 벗이었다. 제일로 무릎관절을 비롯하여 오만삭신이 마디마디 결리고 쑤시는 고통으로부터 놓여 날 수 있어 좋았다. 통증을 잊는 가운데 오히려 활력이 솟았다. 친정어머니가 이런 기분으로 즐겨 술을 빚어 마셨는가.

"지나친 음주는 오히려 건강에 이롭지 못해요."

서림은 심난한 표정을 지었다. 백상과 서해를 다녀왔을 때, 어머니의 늘어난 주량에 어안이 없었다. 약술을 처음 빚을 때는 신경통과 관절염으로 음울하고 고통스럽게 지내는 것보다 한잔 술로 잠시 잠시 마음의 고통을 더는 모습이 좋아 보였는데, 언제부터인가 아예 술 단지를 안고 지냈다.

"내 가슴에 색색이 염색하는 게 훨씬 낫지 않느냐?"

"절제가 있어야죠."

"너도 술맛을 알면서 그러느냐? 이제 보니 서푼어치 서방님보다 훨씬 낫다는 말을 실감하겠다. 이리 좋은 걸 어찌 외면하고 힘들게 살았을까……."

남숙여사는 술잔 속에 한숨을 죽였다. 뒤돌아보면 살아온 여정이 꿈결처럼 애틋하고 고통스러웠다. 신경통이나 관절염보다 더 쑤시고 결린 세월이었다. 살아 돌아온다는 기약 없는 가운데 기다림의 나날은 더디고 더딘 형벌이었다. 전쟁이 끝난 암울하고 참담한 썰물진 벌판에서 만삭의 배를 안고 폐허나 다름없는 암자의 뒷방에서 분만한 핏덩이를 친정어머니에게 맡기고 사회일선에 나선 그때부터 인고의 나날이었다. 고아원이나 소년원에서 눈 까만 아이들과의 생활은 자신의 현재위치를 담금질하는 위안처이기도 하였다. 부모를 잃어버린 순수한 생명들. 전쟁이 몰고 온 비극 아닌가. 그런 아이들을 따뜻한 마음으로 음지의 그늘에서 볕바른 양지로 인도해 주는 사명감을 기꺼이 감내하였다. 때로는 자신의 한계에 부딪쳐 절망감으로 가슴이 찢어질 때면 산사를 찾아 자비를 구하였다. 그리고 딸이 성장할수록 다가서는 그리움의 환영과 딸에게 향한 죄책감을 어떻게 다스리고 이겨 나왔던가. 냉혈한처럼 인내심을 베어 물고서 세상의 온갖 고난과 사시(斜視)의 눈으로 바라보는 주위의 시선들을 감내하며 살아온 결과물이 무언가. 이제야 그러한 고통과 기다림으로부터 놓여나 가벼운 마음이고 싶었다. 그게 술이 가져다 준 선물이었다.

"엄마가 짊어진 고통의 멍에는 스스로 짊어진 거예요."

서림은 오늘 따라 어머니의 행동이 못마땅하였다. 어찌하여 스스로 짊어진 멍에로부터 진즉 놓여나지 못하였는가. 운명으로 체념하기 이

전에 얼마든지 자유롭게 놓여날 수 있었다. 누구를 기다리며 아까운 청춘을 허송세월하고 여기까지 왔단 말인가. 실체가 없는 막연한 기다림. 그 인고의 세월을 알았을 때, 어머니의 곁을 떠나고 싶은 반발심을 가졌었다. 그리고 먹장구름과도 같이 자신을 뒤덮고 있는 환경으로부터 벗어나기 위해 프랑스 유학길을 택하였다. 어머니는 말없는 가운데 기꺼운 마음으로 보내주었다. 영원히 어머니 곁으로 돌아오지 않겠다고 다짐하였다.

그런데 그게 아니었다. 이국의 하늘 아래에서 비로소 자신의 존재를 확연히 깨달았다. 아무리 동화하려고해도 어디까지나 이방인이었다. 자신이 태어난 땅, 그곳에서 자라난 풀 한포기와도 같은 존재였다. 그 풀과 나무와 흙과 물과 바위와 하나로 어우러져 사는 것이야말로 가장 빛살 고운 삶이라고 가슴에 여미었다. 마침 외할머니의 운명에 직면하여 그 길로 귀국한 그녀는 자연의 모든 색상을 가슴에 채색하기로 하였다.

그리고 외할머니의 마지막 유언도 유언이었지만, 청승맞아 보이기까지 하는 어머니를 혼자 내버려 둘 수 없었다. 그때는 아무리 막연한 기다림일지라도 그리움이 배가되는 기다림은 참 좋은 것이라고 생각하였다. 어머니의 처연한 빛살은 무척이나 마음을 아리게 하였다. 누구를 저렇게 말없이 기다리는 걸까? 외할머니, 어머니가 기다리는 사람은 누구죠? 아버지 아닌가요? 시끄럽다. 니가 뭘 안다고. 다 지년 팔자고 운명이재. 살아생전 외할머니는 가만한 소리로 의문을 내보이면 쥐어박듯 말하고 나서 먼산바라기를 하였다 그 같은 함구령이 오늘에 이르러 무엇을 증명하였는가. 뒤늦게 술과 벗하며 몽상과도 같은 그 기다림과 그리움에서 놓여나고자 한다.

"그렇게 말하는 너는 어떻게 살아왔는데?"

서림은 어머니의 그 말에 잠시 말문을 닫았다. 어머니하곤 달라요.

저는 모든 굴레로부터 놓여난 자유인이에요. 더불어 황혼의 아름다움을 누릴 거예요. 서림의 눈앞에 서해의 노을빛이 가득 찼다. 백상의 따스한 체온이 손마디에 전해졌다.

"저는 어머니처럼 세월의 인고를 짊어진 채 대책 없이 막연한 기다림으로 살지는 않을 거예요."

"오랜만에 팔자 좋은 소리를 하는구나. 네가 무슨 말을 해도 설익은 풋감이나 풋사과처럼 살지 않았다. 누가 뭐라 해도……."

남숙여사는 손사래를 치듯 딸을 내쳤다. 서림은 어머니의 주량이 조금은 과하지 싶어 심기 사나운 마음으로 방문을 나섰다. 시장이나 한 바퀴 돌아보자고 대문을 나섰다. 무언가 꼭 꼬집어 말할 수는 없지만 어머니로 하여 마음이 씁쓸하였다. 매번 부딪치는 감정과는 다른 성질이었다. 술에 취하였다고는 하나 어머니의 말마디에 푸른색 잉크빛이 맺혀 있었다.

서림은 건성으로 시장을 보고나서 타박걸음으로 대문을 들어섰다. 방문을 여는 순간 서림은 깜짝 놀랐다. 어머니가 이층 방으로 오르는 계단 아래에 술단지를 꼭 끌어안은 채 쓰러져 있었다. 이층 방에서 내려오다 정신을 잃었는가 보았다. 두 눈을 내리감고 흐트러짐 없는 모습인데도 차가운 기운이 서렸다. 서림은 급한 마음으로 119를 불렀다. 노친네 혼자만의 빈 공간. 서림은 어머니를 두고 외출이 잦았다고 자책하였다.

"뇌출혈입니다."

의사의 그 한마디는 서림을 깊이 모를 낭떠러지 아래로 떨어뜨렸다. 남숙여사는 의식이 깨어났는데도 사물을 분별하지 못하였다. 아득한 절망감이 밀려들었다. 졸지에 당한 일인지라 대책이 서지 않았다. 그저 조급한 마음으로 병상을 지켜볼 수밖에 없었다. 아무에게도 알리지 않았는데, 삼인행이 어떻게 알고 병문안을 왔다. 두 사람은 휴게실로 나왔다.

"우리 둘째 녀석이 자전거를 타다가 발을 접질렀지 뭐야. 지나치다가 너를 발견하고 놀랐지. 어머님이 어떻게 된 거야?"

"의식불명이야. 이층 방에 오르는 계단에서 발을 헛디뎠나봐."

"평소 정신력이 남달랐잖아."

"그래서 놀란 거야."

"충격을 받을 일이라도 있었나?"

"내가 외출이 잦은 사이 약술을 품에 안고서 무언가를 고뇌스러워하였어. 말은 하지 않았지만."

"원인 제공자는 바로 너였구나. 백상씨도 일조를 한 셈이고……."

"그렇게 비약하는 건가?"

서림은 회생의 가망이 없다는 데서 세상이 희뿌옇게 다가왔다. 외할머니의 죽음과는 또 다른 크나큰 절망과 슬픔이 눈망울을 적셨다. 남숙 여사는 의식불명 속에서 한 달을 버티지 못하였다. 한마디 말도 없이 서림의 손을 움켜쥔 채 눈을 감았다.

2

여산 스님은 차밭을 일구다말고 부고를 받았다. 해동과 동시에 웃다리 산비탈을 차밭으로 개간하기로 한 것이다. 항상 느끼지만 노동은 땀흘린 만큼 신선하였다. 거짓이 없었다. 세치 혀는 과장과 거짓이 도사리고 있지만 노동은 그 대가만큼 주어졌다. 그 공간에 서 있노라면 무언가 상큼한 기분이 들이쳤다. 그래서 진솔한지도 몰랐다.

"서림의 어머니께서 운명하셨다고요? 곧장 가리다."

여산 스님은 삼인행으로부터 부고를 받는 순간 착잡한 심정이었다. 한 달여 병원에 계시는 동안 두 번 문병을 갔었다. 표상과는 사흘 전에 병문안을 갔었는데, 기어이 눈을 감았구나. 오강윤 선생으로부터 남숙 여사가 걸어온, 숙명적인 삶의 여정을 어느 정도 들어 알았는지라 남다르게 대하였다. 그녀 또한 백상을 눈앞에 의식하고부터 여산 스님에게 말없는 가운데 가슴에 지니고 있는 그리움과 기다림의 세월을 고해성사를 하듯 들려주었다. 스님, 제가 짊어진 운명의 그늘을 어떻게 가닥지어 볕이 들게 해야 할지 그 해답을 아직 모르겠습니다. 암담해 하는 그녀의 마음을 따뜻한 말 한마디로 위로해 줄 성질은 아니었다. 여산 스님이 병원장례식장에 도착하였을 때는 표상과 삼인행이 자리를 지키고 있었다. 표상은 무료하게 앉아 있다가 반갑게 맞았다.

"스님이 오신다기에 기다리고 있었습니다."

"어쨌거나, 고인의 명복을 빌어야지요."

여산 스님은 지성껏 천도를 하였다. 살아있을 때와 죽었을 때는 무엇이 다른가. 말없는 침묵.

"스님께서 저의 어머니의 유골을 조각배에 실어 바다에 띄워 보냈으면 합니다."

"고인의 바램인가요?"

나무관세음보살! 여산 스님은 서림의 울먹이는 말을 듣는 순간 가슴이 찌르르 울렸다. 고인이 마지막 바란 것은 그것이었구나. 혼백이나마 그리움의 화신 가까이 가고 싶어 한 간절한 희구. 바다는 고해요, 그 고해를 건너면 피안의 세계다. 고인이 바라는 피안의 세계는 그리움의 동산인 것이다. 기다림으로 지새웠던 그리움의 존재가 손짓해 부르는 동산……

그 사이 조문객이 들이닥쳤다. 갑자기 장례식장이 조문객들로 북적거렸다. 허리구부정한 이웃들과 고아원과 소년원에서 남숙여사의 사랑을 받고 자란 청장년들과 교육계의 선후배들, 그리고 평소 마음을 나누었던 신도 분들이 애도의 물결을 이루었다. 표상은 새삼 놀랐다. 알게 모르게 꿋꿋하게 세상을 다져온 빛살무늬가 장례식장을 수놓았다. 정말이지, 외롭게만 생각하였는데, 그간의 여적이 말없는 동산을 이루고 있었다. 표상은 백상이 온다는 말에 기다렸다. 상갓집에 와서 술을 대작할 수 있는 사람이 있어야 하는데, 도대체가 맨숭하였다. 백상은 밤이 깊어서야 문상을 하였다. 고인을 지키고 있는 서림의 모습이 외롭게 보였다.

"자네가 오니까 가슴을 짓누른 공기로부터 놓여날 수 있겠네. 여산 스님을 두고 자리를 뜰 수도 없고 답답하였지."

표상은 여유를 찾았다. 삼인행이 조촐한 술상을 마련하였다.

"서림을 봐서라도 좀 더 건강하게 사셔야 했는데 마음이 아파요."

"떠날 때는 예고도 미련도 없는 법이오. 떠난 자리는 남는 자의 몫이오."

"그런 의미에서 자식이 왜 필요한지 알겠어요."

삼인행은 말해놓고 아차 싶은 마음으로 백상을 의식하였다.

"동물이고 식물이고 최대의 번식력은 생존법칙에 있어 최상의 우위를 차지할 수밖에요. 멸종 위기에 처하였다는 것은 번식력의 쇠퇴 내지 감소를 뜻하지요."

"두 분께서 장단이 척척 맞습니다."

백상은 표상과 삼인행의 말을 무질렀다. 너무 많은 번식력은 또 다른 재앙을 불러오지 않는가. 표상은 한잔 술이 들어가자 가슴이 풀렸다. 독경을 마친 여산 스님이 잠시 목을 축이기 위해 자리를 함께 하였다.

"장지는 정했어요?"

"조각배에 혼백을 실어 바다에 띄워 보냈으면 하더군."

백상의 물음에 여산 스님은 무념스레 대답하였다.

"예상하지 못하였던 바램인데요. 어느 곳이 좋겠어요?"

"동해 쪽이 어떨까?"

"좋은 생각입니다. 해원호에 실어 동해공해선상까지 나갑시다"

"평생 그리움과 기다림으로 보낸 고인을 생각하면 기다림의 실체와 가깝게 다가가지 않을까 싶습니다."

"고인께서 한평생 그리움과 기다림으로 지샌 그 장본인이 누구입니까?"

표상은 성급하게 물었다. 여산 스님으로부터 고인이 살아온 여정을 들어 알고는 있었지만 그게 궁금하였다.

"어느 세월이 지나면 자연 알게 될게요."

여산 스님의 얼굴 한켠에 곤혹스러운 그림자가 지나쳤다. 거, 참. 표상은 술잔을 들이켰다. 여산 스님은 분명 오강윤 선생으로부터 고인이 기다리던 그리움의 실체에 대해 들었음직한 데 안개를 피웠다.

"그럼, 조각배는요?"

삼인행은 대화의 물꼬를 바로 잡았다.

"내가 장식용 배를 파는 가게에 전화를 해보지요."

표상은 시원스럽게 응답하는 통화에 만족해하였다. 뜬눈으로 지새우다시피 한 백상과 표상은 약속시간에 맞추어 주문한 조각배와 혼백을 장식할 꽃다발을 안고 화장장에 들어섰다. 고인은 이미 한줌 재가 되어 서림의 가슴에 안긴 채 두 사람을 기다리고 있었다. 표상은 지체하지 않고 고인의 마지막 가는 길을 애도하는 조문 일행을 앞세우고 부두로 향하였다.

3

한 차례 봄을 시샘하는 영등할미 치맛자락이 비질한 바다는 봄기운을 드리우고 있었다. 해원호는 느릿하게 나아갔다. 김성신은 여산 스님에게 합장을 하다말고 백상을 발견하자 반갑게 인사를 하였다. 바닷바람에 검게 그을린 검붉은 얼굴에서 뱃사람을 실감케 하였다.

"명상이 밑에서 일할 거라고 들었다만."

"수속을 밟는 중이니께 곧 가게 될 것이오. 벌써부터 마음 설레요."

"생활은 어디나 마찬가지다. 건강이 제일이다."

"염려 꽉 놓으시오. 건강 빼면 남는 재산이 어디 있간디요."

김성신은 상복을 입은 서림을 비롯하여 침잠한 조문객들을 바라보며 두릿한 표정을 지었다. 가장 감동 깊게 한 것은 조리장이었다. 표상의 말이 떨어지기도 전에 음식을 지성껏 장만하였다. 서림은 배가 동해공해선상으로 나아가자 조각배에 유골을 안치하고 삼인행의 도움을 받으며 장식을 하였다. 고인이 마시다 만 약술단지를 유골 곁에 놓고 화엄경과 조리장이 정성스레 마련한 음식을 진설하듯 차렸다. 그리고 약술로 염색한 비단 옷자락 위에 수를 놓듯 꽃을 장식하였다. 그런 다음 역시 약술로 물들인 비단 천으로 돛폭을 달았다. 엄숙한 장엄미가 마음을 숙연하게 하였다. 백상은 순간 어렸을 때, 정월대보름날이면 휘영청 둥근 달을 안은 바다 위에서 한해의 풍해를 기원하며 갖가지 제물을 차려올린 조각배를 남해의 용왕에게 띄워 보내던 광경을 떠올렸다. 고인을 실어 보내는 저 배는 그리움과 기다림의 화신 앞으로 나아갈 것이다. 현생에서 못다 이룬 사랑을 저 생에서 이룰 수 있기를 기원하자.

다음날, 해가 서녘으로 기울어갈 때, 여산 스님의 장엄한 목탁소리와 함께 고인의 유골을 실은 조각배를 바다에 띄웠다. 조각배는 배 주위를 한 바퀴 둘러보듯 하더니 바람을 돛폭에 안은 채 방향을 잡아 나갔다. 처연하고 쓸쓸한 음영이 그 뒤를 따랐다. 서림의 두 볼 위로 눈물이 굴러 떨어졌다.

"잘 찾아갑니다."

표상의 말이 바람 끝에 매달리며 긴 여운을 남겼다. 어디로? 가는 곳은 아무도 모른다. 누구든 자신이 가는 방향도, 목적지도 모르면서 종착지를 향하여 가고 있다. 끝이 없는 길인지도 모른다. 무한대의 열림 속에서 티끌처럼 흩어지는 입자. 그리고 무수한 입자들은 또 다른 생명을 키우기 위한 밑거름이 되고, 그 속에서 새로운 생명이 태어난다.

해원호는 어둠을 헤치고 동해공해선상에서 나왔다. 먼동이 터오고, 새벽을 부시는 파도는 쉼 없이 뱃전을 두드렸다. 동녘하늘이 벌겋게 밝아오고, 어느 순간 불쑥 불덩어리가 솟구쳤다. 망망대해에서 그리움과 기다림의 언덕, 그 피안으로 향하는 조각배도 신선한 아침을 맞으리라. 서림은 바위처럼 뱃전에 기대어 앉아 보이지 않는 조각배가 가는 방향을 바라보고 있었다.

배가 항구에 닿자 함께 고인의 마지막 가는 길을 인도하였던 조문객들이 먼저 배에서 내렸다. 백상과 여산 스님은 서림과 삼인행을 집으로 돌려보내고 배에서 하룻밤 지새웠다. 삼인행은 고맙게도 서림 혼자 쓸쓸하고 허전하게 지내게 할 수 없다면서 함께 동행 하였다. 표상은 숙취가 가시지 않았는데도 백상을 상대로 술잔을 기울였다. 캄차카 왕게살과 연어훈제가 술을 마시게 한다고 하였으나, 죽음이라는 망령의 그늘에서 놓여나고 싶은 자기 최면이었다.

"사십구제를 스님 토굴에서 지내려면 아침 일찍 가야잖아요."

"염려 말게. 운전은 삼인행이 한다고 하였으니까."

"고인의 집에 들렀다 가자면 새벽같이 배에서 내려야 할게요."

"걱정 말라니까요. 오늘 따라 모든 것에서 벗어난 기분이오. 항상 해무가 긴 듯 눈앞에 일이란 놈이 가로 놓여 있었는데, 이상한 현상입니다."

"누가 그랬어요. 남의 죽음은 곧 나의 죽음이라고요."

"백상아, 술 들어라. 서림의 어머니께서 마지막 가는 길에 네가 보낸 약초로 빚은 약술을 음미하였다니, 묘한 상징성을 부여한 것 같다. 스님 안 그래요? 그리고 자신의 혼백을 조각배에 실어 바다에 띄워 보냈으면 하는 그 바램이 정말 선명하게 가슴을 친다. 나는 지금 죽는다 해도 그 기다림을 항해할 수는 없겠다."

"저는 충분히 이해합니다. 그 분이라면 그리움과 기다림의 세월을 안고 갈 수 있습니다."

백상 대신 여산 스님이 대답하였다. 묵시와도 같은 그 바램.

"한 인간이 열녀의 마음으로 그렇게 살다가다니. 마음 아릿해요."

백상은 갑판으로 나갔다. 어머니의 얼굴이 눈앞에 다가왔다. 어머니는 어떻게 한 세상을 살아왔는가. 순종을 미덕으로 아는 순박한 아낙네로서 한없이 올려다 보이는 가장네를 바라보며 자신의 위치가 항상 좌불안석이었다. 물과 기름의 관계. 부모들의 정략적인 결혼에 의해 부부의 인연은 처음부터 그렇게 맺어졌고, 드넓은 광장으로 나가려는 지아비의 행동반경은 가슴 한구석에 어두운 그림자를 드리우게 하였다. 그런 가운데 자식들의 존재는 마음의 버팀목이 되었다. 가뭇 마음의 안정을 찾으려는가 싶었는데, 골육상잔의 비극은 지아비를 영원한 미아로 만들었다. 행방불명. 전쟁이데올로기에 의해 이마 위에 씌워진 연좌제라는 가시관은 사상이 무엇인지도 모르는 아녀자에게 모진 고통과 서러움을 안겨주었다. 그와 동시에 억척스러운 아낙네로 변신하여 모질게 살아왔다. 그 같은 삶의 중심부에는 지아비를 기다리는 마음이 고여났다. 하마 살아 돌아올 것인가, 그 기다림의 정한은 세월과 함께 무디

어지고 체념에 가까운 회한으로 점철되었지만, 무덤까지 안고 갔다. 어머니의 한 많은 삶을 어찌 단편적인 질량으로 가름할 수 있을까.

그와는 달리 남숙여사는 신식여성답게 사랑하는 사람을 송두리 채 받아 안고서 기다림과 그리움으로 일생을 마쳤다. 사회일선에서 숱한 인고를 감내하면서 살아온 여정 또한 단순하게 자리매김할 수 없다. 아무나 감당할 수 없는 인고의 편린이었다. 그리움과 목마름으로 지새웠던 그 많은 세월을 가슴에 수를 놓듯 지니고 갔다. 사랑하는 사람을 끝내 혼자만의 비밀로 가슴에 지닌 채⋯⋯.

백상은 지그시 팔짱을 꼈다. 항구의 불빛이 밤하늘의 별처럼 바다에 떨어졌다. 아름다운 항구도시야. 보이는 현상은 장소와 때에 따라 저렇듯 가슴에 와 닿는다. 그래서 세상은 불공평한데도 평화로움을 부여한다. 백상은 불현듯 저 속에 갇혀 모닥숨을 내쉬는 군상들 가운데 아직도 고향바다를 그리워하며 몸을 뒤채는 채종과 용무의 기침소리를 들었다.

4

남숙여사의 사십구제를 지내는 동안 백상은 시간을 내어 두어 번 참석하였다. 서림을 위하는 마음에서였다. 표상은 사십구제 첫날부터 아예 여산 스님의 요사채 뒷방을 차지하였다. 백상은 막제를 당하여 열일 제쳐놓고 참석하였다. 다른 날보다 차들이 공터를 가득 메웠다. 표상은 산기운을 머금고 있었다. 삼인행은 차일을 친 공양 간에서 분주히 일을 거들고 있었다.

"아예 속세를 잊은 건가요?"

백상은 세상을 일탈한 듯한 표상의 행동 가짐이 새롭게 다가왔다. 그도 그럴 것이, 비록 아들에게 사업일체를 물려주었다 하더라도 마음을 놓을 수 없을 것이었다.

"그렇게 마음먹었다. 막상 아들에게 사업을 물려주고 나니 왠지 모르게 마음이 허전하고 건강이 예전만 못하다만, 청정심으로 차나무도 돌보고 자연경개와 더불어 마음을 덜어가니까 정신이 해맑다."

"그래도 갑자기 마음을 한꺼번에 비워도 무리가 따를 텐데요."

"아니다. 살아온 만큼 성찰이 필요하다. 사람은 누구나 황혼이 아름다워야 한다. 저녁노을처럼."

"마음부자가 따로 없습니다."

"너야말로 진즉 마음자리를 알았지. 막제라고 손님들이 많이 오는구나. 고인께서 외로운 인고 속에서도 한 떨기 청순한 꽃처럼 살았다."

표상은 관광버스에서 내리는 손님들을 바라보았다. 고아원과 소년원에서 남숙여사의 정성어린 손길로 올곧게 자라난 청장년들과 자비심으로 지내온 신도들이었다. 막제는 엄숙하게 진행하였다. 옥천사 주지와 쌍계사에서 온 젊은 수좌 두 사람이 여산 스님을 도왔다. 막제는 예정시간보다 훨씬 뒤늦게 끝났다. 참석자들의 한결같은 애도의 마음이 시간을 매달았다.

뒤늦게 점심공양을 하고 모두들 고인을 기리는 애틋한 마음을 안고 돌아간 다음, 백상은 표상과 더불어 여산 스님 방에서 차를 들었다. 다시금 사위가 제자리로 돌아온 듯 고요함이 떠돌았다.

"서림과 삼인행은 어디 갔나?"

"막제를 준비하느라 어제부터 피로가 첩첩이 쌓여 한숨 쉬는가 봅니다."

표상이 주위를 돌아보며 두 사람을 찾자 여산 스님이 대답하였다.

"무엇보다 마음이 무거울 것입니다."

백상은 침묵을 드리운 서림의 모습을 떠올렸다. 예전에 볼 수 없었던 슬픔과 세상을 놓아버린 비장함이 서려 있었다.

다음날 백상은 귀가 길에 올랐다. 서림이 이만큼 배웅하였다. 특별히 할 말이 있는 듯하였다. 두 사람은 산모퉁이를 돌아나갈 때까지 말없이 걸었다.

"여기서 헤어져요."

서림은 무겁게 걸음을 멈추었다. 지척에서 장끼랄 놈이 소리쳐 울었다.

"여산 스님 곁에서 좀 더 쉬었다 갈 거요?"

"저도 가야죠. 제가 가야할 곳으로 가야겠어요."

"그게 무슨 말이오?"

"더 이상 설 자리가 없어서요. 저의 출생의 비밀이라 할까, 아무튼 어머니께서 정한의 강물 위에서 고통스러워하였던 모든 것을 알았어요. 오강윤 선생님과 여산 스님까지 묵시적으로 알고 계셨는데, 우리 두 사람만 미망에서 깨어나지 못하였어요."

"점점 미궁 속에 잠기게 하는군요."

"그 해답은 여기에 있어요. 어머니께서 한평생 가슴에 수를 놓았던 유품이에요. 그리움과 기다림의 실체예요. 이 무슨 얄궂은 운명인지 모르겠어요. 저는 떠나요. 모든 인연을 놓아버리고 새하얗게 표백된 마음으로 저만 누릴 수 있는 곳으로요."

서림은 눈물을 보이지 않으려고 매정하게 돌아섰다. 백상은 멍한 눈으로 멀어져 가는 서림의 뒷모습을 쫓았다. 도대체 가닥을 잡을 수 없었다.

집으로 돌아온 백상은 떨리는 손으로 낡고 빛바랜 비단보자기를 풀어 헤쳤다. 오, 이것은! 순간 숨이 멎었다. 그렇게도 찾아 헤맸던 나머지 반쪽 옥편이었다. 그리고 손때 묻은 비단보자기에는 비익연리가 수놓아져 있었다. 한 땀 한 땀 정성스럽게 수를 놓던 꿈속의 여인이 백발 노인으로 변하며 걸어 들어왔다. 백상은 등줄기를 타고 흐르는 전율에 감전된 채 책상서랍에서 숨죽이고 있는 나머지 반쪽 옥편을 꺼냈다. 두 쪽으로 나뉘어졌던 옥편이 하나로 합쳐졌다. 그 순간 한쪽 눈과 한쪽 날개를 단 두 마리 비익조가 날개를 떨치며 비단보자기에 수놓아져 굳건히 뿌리내린 연리지에 날아올랐다.

- 완결 -

남도 5 꽃의 눈물

초판 1쇄 발행 2002년 6월 25일
개정판 1쇄 발행 2016년 11월 25일

지은이 정형남
펴낸이 이범상
펴낸곳 (주)비전비엔피 · 애플북스

기획 편집 이경원 박월 김승희 강찬양 배윤주
디자인 김혜림 이미숙 김희연
마케팅 한상철 이재필 반지현
전자책 김성화 김희정
관리 이성호 이다정

주소 우) 04034 서울시 마포구 잔다리로7길 12 (서교동)
전화 02)338-2411 | **팩스** 02)338-2413
홈페이지 www.visionbp.co.kr
이메일 visioncorea@naver.com
원고투고 editor@visionbp.co.kr

등록번호 제313-2007-000012호

ISBN 979-11-86639-40-5 04810
　　　 979-11-86639-35-1 04810 (세트)

이 도서의 국립중앙도서관 출판예정도서목록(CIP)은 서지정보유통지원시스템 홈페이지(http://seoji.nl.go.kr)와 국가자료공동목록시스템(http://www.nl.go.kr/kolisnet)에서 이용하실 수 있습니다. (CIP제어번호 : CIP2016025458)